金枝玉叶

余耕◎著

天津出版传媒集团
百花文艺出版社

图书在版编目（CIP）数据

金枝玉叶 / 余耕著. -- 天津：百花文艺出版社，2021.1（2021.7 重印）
ISBN 978-7-5306-7938-8

Ⅰ. ①金… Ⅱ. ①余… Ⅲ. ①长篇小说-中国-当代 Ⅳ. ①I247.5

中国版本图书馆 CIP 数据核字(2020)第 250787 号

金枝玉叶
JINZHI-YUYE
余耕 著

出 版 人：薛印胜
选题策划：唐 嵩 刘 勇　　责任编辑：唐 嵩
助理编辑：李 楠　　装帧设计：郭亚红
出版发行：百花文艺出版社
地址：天津市和平区西康路 35 号　邮编：300051
电话传真：+86-22-23332651（发行部）
+86-22-23332656（总编室）
+86-22-23332478（邮购部）
网址：http://www.baihuawenyi.com
印刷：天津新华印务有限公司
开本：880×1230 毫米　1/32
字数：280 千字
印张：12.875
版次：2021 年 1 月第 1 版
印次：2021 年 7 月第 2 次印刷
定价：59.80元

如有印装质量问题，请与天津新华印务有限公司联系调换
地址：天津东丽开发区五经路 23 号
电话：(022)58160306　邮编：300300

序

山脊上的徒手攀岩者

◎徐晨亮

谁是余耕?

当《金枝玉叶》这部书面世时,相信不少朋友已通过《小说月报》或舞台剧《我是余欢水》《当心你的狗》认识了这位小说家,或许还会有人抢答:他就是“史上最惨男主角”余欢水背后的男人。

2020年初,根据余耕小说《如果没有明天》改编的网剧《我是余欢水》火遍大江南北,被媒体誉为“开国产精品网剧先河”之作。“人人皆笑余欢水,人人皆是余欢水”,成了微博上阅读量超过十亿的热门话题。严格说来,这篇小说并非所谓“大IP”,作者也不是文坛大腕,但偏偏达到了让纯文学作品影响力“出圈”的效果,让我们不禁发出第二问:

为何是余耕?

作为余耕创作历程的见证者,我并不感觉意外。首发于《小说月报·原创版》的《如果没有明天》几年前获过百花文学奖颁出的影视剧改编价值奖,改编成舞台剧后更是短短三年时间累计演出超过两百场。我至今记得,在繁星戏剧村首演后的交流环节,一位年轻观众激动地诉说着该剧给他带来的触动。他发现,原来文学可以用这样一种方式呼应自己百味杂陈的生活,久未阅读当代文学作品的他,当场表示要再买一本原著细细品味。不单单是这一位观众,也不单单是这一部作品,余耕十多年来所推出的小说,曾无数次因其直击人心、切中痛点的表达,在普通读者与当代文学之间建立起有情、有感、有声、有色的心灵之桥。

余耕的经历与多数职业作家不同:少年时在体校打篮球,毕业后从警多年,后来开过攀岩俱乐部,做过体育记者乃至银行高管,年近四十才放弃一切,走上写作之路。很难说究竟是他阅尽千帆后,听从内心呼唤,选择了文学,还是被神秘的缪斯从千万人里选中。他所走的并非人们想象中那种常规的"作家之路",而更像一种路线未明的孤身探险。这条路上,他有过心气相投的旅伴,却从未主动结交掌握话语权的名流,迎合小圈子里的游戏规则,去换取在大大小小文学活动里露脸、具名的机会。很长一段时间里，他只是不少文学“圈内人”眼里容貌模糊的陌生人，万千怀抱梦想的写作者中普通一员，就像他的本名“王兵”——听上去平平无奇。但战士自有一份尊严与坚定的心气，他为自己选的笔名“余耕”就诠释了这种坚定：我要在自己的纸上园地里耕种，虽不盈方寸，却连通天地万象。

所以，上面的问题应该这样回答：余耕的作品之所以能“出圈”，概因他原本就不曾把自己限定为“圈内人”，即那种一心为了“成为作家”而“经营文学”者。他与文学彼此选择，决意开掘出一条不同寻常的路径。成为别人口中的“优秀作家”只是途中的意外收获，他心之所向，远在入云的山巅。

于他或许是一种幸运，对我却是一种发自内心的骄傲。我曾服务过的百花文艺团队，最初，没有因为陌生错过与余耕的机缘，后来，更坚定地成为他不同寻常之路上的同伴：《如果没有明天》及其雏形《末日降临》，以及《重器》《以爱之名》《虐爱穿心》《魔伽吒》《金枝玉叶》《我是夏始之》等风格截然不同的作品，相继发表于百花旗下品牌刊物《小说月报·原创版》，百花团队又精心编辑制作，先后出版了图书《如果没有明天》《当心你的狗》《笑苍山》《耳房》，还有最新的《金枝玉叶》。

读者即将翻开的这本长篇小说，是余耕作品里偏向于现实风格、带有厚重时代感的一部。它无法代表他题材多样的文学世界之全貌，但其中融入的心血，足以呈现他对于文学的完整理解。标题里的“金枝”是小说的中心人物与灵魂所系，而作品里她的妹妹玉叶等众多角色亦别具光彩，比如金枝的男友冯南燕，北京某户外俱乐部的创始人，他身上大概也投射了作者一部分个人经验。冯南燕对徒手攀岩与登山运动有近乎信仰的执着，他曾如此解释这种难以戒断的“瘾”：“你想一想，所有生命到了最后，卑微到只剩下生与死。当你坐在轮椅上等死的时候，回味你与众不同的经历，你看过绝大多数人不曾见过的景色，你的人生就会比别的生命更显厚重。”这形容的是征服雪山，却也可以理解为人生旅途中各种不同形式的“攀登”。从这个意义上说，小说的女主角金枝也是一位攀登者，冯南燕与她在人海中相互选择，正是因为辨认出彼此是灵魂上的同类。金枝攀登的是哪种意义上的山峰，读完此书后自会有答案。小说中与她有过多年纠葛的另一位男主角欧阳清如曾送给金枝一本小说，他这样概括书中的内容：“是一个像你一样善良并坚强的女性，向自己命运抗争的故事。”——这大概也是余耕本人的一种表白。

金枝收到的礼物，便是哈代的名著《德伯家的苔丝》，这本书不仅仅是贯穿小说情节的重要道具。英国维多利亚时代的乡下姑娘苔丝，与1966年生于昶山县召平镇桃花坞村的庄金枝，两人的命运有一种跨越时空的对应。关于苔丝的命运，曾有评论家这样解读，她的悲剧在于身处女性无力掌控命运甚至身体的时代，她“试图拥有自己”，她经历的苦难不是因为道德缺陷，而因为她是非人世界里一个“有真正人性的人”。金枝所处的时代和她的人生选择，自然与苔丝并不相同，但她同样称得上是一个血肉丰满、“有真正人性的人”——这样的角色，在我们今天的小说人物谱系里其实已不多见。《德伯家的苔丝》与《金枝玉叶》两部长篇小说的作者，在各自笔下纯真的乡下姑娘于复杂时世成长的心路中，融入了对转型期社会洪流的解剖，由此也让人物性格与命运的互动，产生了一种能呈现时代光影的动人力量。

以《德伯家的苔丝》为镜阅读《金枝玉叶》，所照见的还不止于此。余耕这本小说里也显露出一种接近十九世纪晚期现实主义作家的诚恳态度。他似乎笃信“情感也是一种知识”，并将小说作为“情感教育”的形式，借有完整灵魂的人物，召唤这样一种读者——会爱，能感受，待人以深情。不得不说，这种对“共情能力”和“代入感”的信任，在当下中国小说界，很容易被误读为“陈旧”“落伍”的表征。经历过二十世纪文学思潮的冲击，人们对于小说的理解已极为多元化，在余耕本人的其他作品里，也能看出阅读不同时代、不同类型作品留下的印迹。但《金枝玉叶》让我们发现，在他写作理念的基底，有某种固守，与时下常能看到的那种“纯文学”略有差异，也不同于更迁就读者的通俗文学与网络小说。或者说，我们必须打破“现实主义/先锋文学”“纯文学/通俗文学”“传统文学/网络小说”这类顽固的二分法，才能更准确地理解余耕作品提供的启示。

举例来说，《金枝玉叶》在正式出版前曾在某网络阅读平台连载，网络付费读者评分高达9.2分，但我们不能因此就把这部作品归入网络小说。浏览网络读者留言，我发现一个有趣的现象，不少读者在诉说自己深受感动的同时，会提到余华的《活着》或路遥的《平凡的世界》，认为《金枝玉叶》“有异曲同工之妙”。当然不能仅根据读者反馈就拿余耕的小说与那两部经典作品做简单类比，但其中还是可以捕捉到某种线索。从文学史的脉络来看，《活着》《平凡的世界》的魅力其实都超然于前面提到的那些二分法之上，特别是《平凡的世界》，在某个阶段也被文学界，特别是评论家们，视为“陈旧”“落伍”，与一代代普通读者的好评形成了鲜明对照。

不妨这样说，《金枝玉叶》与《活着》《平凡的世界》都是“有我的文学”，但又没有局限于高度个人化的破碎经验与内心风景，而在努力攀登另外一个层级——“我们的文学”。这样的努力无疑会启发我们不断重新审视文学的“公共性”问题,并将视野拓展到当下、本土之外的文学,甚至延伸到文学的外部。曾经读到过学者李博婷的一篇书评,介绍英国利物浦大学教授菲利浦·戴维斯的专著《维多利亚文学为何依然重要》。该书对于已被视为“落伍”的维多利亚时期小说的辩护,与我们的话题无关,我感兴趣的是文章提供的另外一些信息:菲利浦·戴维斯教授不只是一位书斋里的学者,也是一位实践“维多利亚文学”理念的行动者。他曾倡导发起了一个名为“进入阅读”(*Get Into Reading*)的运动,每周在监狱、医院、精神病院、护理中心等地举行分组朗读会,每个小组十人,用半年时间共同读完一本维多利亚小说,并分享心得。这样一种抚慰孤独、失败、多余、畸零之人的活动,被命名为“书疗”(*Bibliotherapy*)。读到这段介绍,我马上联想到经典名著《艰难时世》中的情节,在狄更斯笔下那个维多利亚时代英国的缩影焦煤镇里,有一个小小的图书馆,所提供的也是某种形式的“书疗”,或者说“精神庇护”:那些最平凡的劳动者,在做完十几个小时的苦活以后,走进图书馆翻看小说,书中描述的“人类的希望与恐惧,斗争、胜利与失败,忧虑、欢乐与悲伤”令他们惊奇,也令他们感动,因为“其中的男人和女人多多少少像他们自己，而其中的小孩也多多少少像他们自己的孩子”。

《我是余欢水》话剧与网剧激发的共鸣、《金枝玉叶》在网络平台收获的感动，也让我看到了焦煤镇图书馆和“书疗”小组的影子。或许几个世纪以来，文学正是这样，循着不同途径，“进入”普通人的生活，用低语和呢喃卸下我们心头的重压，改变我们看待世界的方式。这些途径通向的不是“内卷”于小圈子的那种文学，而是一种更为广阔的“我们的文学”。余耕与不同时空背景下信仰“我们的文学”的写作者一样，正在摸索一条属于自己的路，提供一种让普通人也能从中找到借以认识自身之过去、现在乃至未来的精神资源。这当然是一条艰难甚至孤独的道路，余耕做出的选择，我相信也并非出自某种理念化的思考，而是更接近于直觉，是用自己的身体回应远山的呼唤。但不管怎样，有了越来越多余耕这样的徒手攀岩者，才能让公众重燃对文学的热情，并将火种持久传承下去。

注：徐晨亮，文学评论家，资深出版人，曾任《小说月报》执行主编。

目录

楔　子

我正在老去，渐渐沧桑的面容让我感到有些害羞和尴尬。看着那些阳光下青春且骄傲的面孔，我几乎快忘记自己年轻时的模样。我经常会情不自禁地问自己：我记忆里的那些事情真实发生过吗？还是我道听途说的故事？

日落时分，北坡桃园里只剩下我和一壶慢慢冷却的残茶。我蜷缩在吊椅里，翻看那本读过无数遍的《德伯家的苔丝》，一位老友在书的扉页上留下一句话：人生很短，人生也很长；幸福的人生很短，痛苦的人生很长。

此刻，这本陈旧泛黄的书就在我手边，扉页上落款的时间是1976年春。那一年，是我人生中最黑暗的时刻，我当时只有十岁，却以一个告密者的身份害死了我娘。所以，我的故事应该从我十岁那年讲起。

对了，我叫金枝。

一 我是金枝

看见我娘和陈嘉树亲嘴的时候，我爹正在村广播室大喇叭里骂人。他先是骂邓小平是一只逮不到老鼠的猫，接着骂彭启德在自留地种洋柿子是地主习性不改，最后骂徐寡妇搞破鞋。

我爹每一回在大喇叭里骂徐寡妇的时候，徐寡妇也在大喇叭下面跳着脚骂我爹："庄正德，你个龟孙子，脑瓜上顶个绿帽子，还有脸骂你老娘搞破鞋。我寡妇自由恋爱碍你屁事，你家老婆倒好，偷汉子偷到舍不得来大姨妈，你还美滋滋地每个月装一回大姨夫，都不知道陈嘉树吃你家血豆腐都快吃吐了，不信回家问问你那破鞋老婆，她肚子里怀的是谁的种……"

约莫着我爹从村广播室走过来的时候，徐寡妇赶紧弯下满是赘肉的水桶腰，在地上找到跳掉的鞋子，趿拉着蹿进家门。徐寡妇是那个年代难得一见的胖子，我仔细数过，她总共有三道下巴颏儿。全桃花坞的人都是瘦子，瘦得人脖子比狗脖子还细，突然冒出一个徐寡妇这样的胖子，不由得让全村人馋羡。凡是靠稀汤寡水度日的人家，一个个全都瘦得皮包骨。但凡是能吃到油水的人家，一个个全都面色红润。一个胖子的家里，是不是顿顿都能吃上肥肉炖豆角，只能靠桃花坞人的想象了。

我娘当时正挺着大肚子，怀着我妹妹，已经是九个月身孕。陈嘉树和我娘站在猪栏边上，他俩一边给大白猪喂泔水汤，一边使劲地亲嘴。人嘴和猪嘴发出来的声响很像，以至于很多年以后，我都不喜欢跟男人亲吻，亲吻会让我想起喝泔水汤的猪嘴。

陈嘉树和我娘一样，都是大城市来的知青，我娘从济南来的，陈嘉树从北京来的。我娘是村里来的第一批知青，也是那批知青里面最漂亮的女人。桃花坞的男人给我娘编派了一个外号，叫“歇会儿”。意思是只要我娘打田间地头一过，干农活的社员就会有人提议“歇会儿”。“歇会儿”不是真累了，是想看看我娘的俊俏。我娘眼睛很大，肤色很白，在桃花坞，她就像一笸箩黑面窝头里的白面饽饽。

和我娘一起来桃花坞插队的，还有另外五个女知青，据说都跟我爹睡过觉。我爹是桃花坞村的大队书记，跟他睡完了，女知青就能回城。我娘也想回济南，她跟我爹睡了一年，不仅没有回到济南，还怀了孕，生下了我。这些事儿，都是徐寡妇背着我爹跟我说的。每回说完我爹的坏话，徐寡妇都会往我衣兜里塞一把瓜子，叮嘱我不要告诉我爹。其实，我本来也没打算跟我爹说，一是我有瓜子吃，二是我不相信我爹会做那种不要脸的事儿。

我娘说，我出生那天的八月八日是个大日子，正赶上桃花坞的功臣母驴生第七胎骡子。功臣母驴白天露出生产迹象，却迟迟不见下崽儿，我爹作为村里第一把手，主动留下来，还把我大着肚子的娘叫到牲口圈里，一起守着等母驴下崽儿。

我娘埋怨我爹，说她肚子疼一天了，干吗还让她来牲口圈里遭罪。

我爹说，不顾肚子里的亲娃儿，一心惦记着驴骡崽儿，这事儿往公社里汇报的时候好听，没准还能上报纸哩。

半夜时分，功臣母驴躁动起来，我娘也开始在草料垛子里打滚，慌得我爹赶紧跑进村里喊接生的四婶子。等我爹带着四婶子回来，我和驴骡各露出半拉头，正在吃紧的时候，上面来了个“十六条决定”从公社传达进了村，于是，我爹便扔下两个露半拉头的崽儿，敲锣打鼓满桃花坞宣传十六条最高指示去了。

我和驴骡平安落地，四婶子喜不拢嘴，说干脆管我叫驴对儿，起个贱名好养活。

我爹不同意，说自己是桃花坞的第一把手，他生的闺女便是金枝玉叶，所以就管我叫了金枝。

陈嘉树去年才到桃花坞插队，他个子很高，鼻梁骨也高，还爱讲笑话，村里的女人都喜欢听他说话。我娘也愿意听，听完了还会抿着嘴笑，笑完了就脸红。

看见我娘和陈嘉树亲嘴，我把“破鞋”两个字硬生生咽回肚子。我爹整天在大喇叭里念叨，发现“地富反坏右”分子搞分裂、搞破坏、搞投机倒把、搞破鞋，都要立即向他和组织汇报。听我爹说，桃花坞村没有搞分裂和搞破坏的人，但是搞投机倒把和搞破鞋的人不少。我爹还跟我娘说，他打眼一瞧，就知道谁要跟谁搞破鞋，而且一抓一个正着。

我爹这么好的眼神，愣是没有看出我娘和陈嘉树搞破鞋，真是个马虎爹。我怀着对我娘和陈嘉树的无比愤恨，一路小跑进了村广播室，眼泪汪汪地向我爹大声报告："报告爹，我娘和陈嘉树在咱家猪圈里搞破鞋。"

我爹愣了愣，从墙根抄起一把镰刀，一把把我推开，冲出广播室。这一刻，我开始担心我娘，因为我不知道我爹要用镰刀砍陈嘉树，还是砍我娘。就算是不砍我娘，是不是也会拉着我娘游街？以往在召平镇上游街的时候，破鞋们不光脖子要挂上破鞋，全召平镇的妇女和孩子们还会把烂地瓜和烂菜叶子扔到破鞋的脸上。烂到一包水的地瓜砸到脸上会开花，能招来整条街开心的哄笑。我娘那么好看的脸，要是被一包水的烂地瓜砸开了花，就难看死了。想到这些，我从地上爬起来，跟着我爹往家跑。

除了耳朵不灵光的，桃花坞村的人都从大喇叭里听到了我娘和陈嘉树在我家猪圈里搞破鞋。村里人平日上工磨蹭，听到这事儿跑得比狗还快，放个屁的工夫就把我家门口堵死了。我爹拎着镰刀跑，一路上有人给他让道，生怕耽误他去砍人。我爹跑到家门口，民兵连长庄水生憋着一脸坏笑："报告书记，陈嘉树往外冲了三回，都被我们堵回去了。"

我爹就像是电影里部队首长一样，拍拍庄水生的肩膀说："堵得好！"

庄水生的嫂子是徐寡妇，抓徐寡妇搞破鞋的时候，庄水生跑得没有这么快，都是我爹跑在最前面，好几次徐寡妇是被我爹光溜溜地摁在炕上的。为这事，我爹在大喇叭里骂过庄水生，骂他是非不清，不敢大义灭亲。

庄水生挨骂后，有天晚上去我家，从两个破裤兜里掏出一堆子弹壳，说是县上武装部组织打靶时留下的，还说红铜比黄铜贵四毛钱,一块二一斤。

我爹把红铜子弹壳收进笸箩里，批评庄水生应该把子弹壳交公。

庄水生说把子弹壳交给村书记就等于交公，还说了感谢的话,感谢村书记帮他大义灭亲。

庄水生走后,我爹对着我娘夸庄水生:“当过兵的人不一样,知道报恩。”

庄水生当过兵,他说自己当的是侦察兵,可我爹说他当的是炊事兵。庄水生的长相既不像侦察兵,也不像民兵连长,我总觉得他像电影里面的叛徒。我曾经一度担心我爹的安危,因为他身边有这么一个早晚要叛变革命的人。

堵在我家门口的村人主动让出道，我跟着我爹和庄水生走进去。

看见我爹拎着镰刀，我娘推了陈嘉树一把，让他赶紧翻墙走。

陈嘉树也看见了镰刀,他踩着猪栏爬上墙。我爹举起镰刀冲过去,却被我娘拦腰死死抱住,两个人一起摔进猪圈里,我爹正正地砸在我娘身上。陈嘉树上墙后,沿着墙又上了屋顶,翻过屋顶就看不见人了。

我爹躺在猪圈里,冲着庄水生大叫:“别愣在那儿装鸡巴,抓奸夫!”

庄水生一挥手,领着几个民兵蹿出门,剩下的妇女和孩子们笑眯眯地望着猪圈瞧热闹。

徐寡妇笑得最开心,她冲着猪圈说:“书记,你老婆挺个大肚子,陈嘉树都下得去嘴,这孩子该不会是陈嘉树的吧。”

我爹使劲挣脱我娘的手,站起身来,恨恨地踢了我娘肚子一脚。我娘浑身哆嗦着,左右翻滚两下,滚得浑身上下都是猪粪。我爹在大白猪身下找到镰刀,他瞅一眼门口和墙头上的村民,缓缓地举起镰刀。瞧热闹的妇女和孩子们或闭上眼,或瞪大眼。

我疯了一样扑进猪圈,抱着我爹大腿,求他不要砍我娘。

我爹的镰刀落下来,他没砍我娘,砍在大白猪屁股上。大白猪死命叫着,踩着我娘冲出猪圈,门口的妇女孩子们尖叫着躲闪开,大白猪留下一条血线,蹿得没了猪影。

说来奇怪,随着大白猪一声惨叫,一年半不见雨水的桃花坞下起了雨。桃花坞的土地跟桃花坞的人一样干渴,看热闹的人没有一个回家避雨,都在看我爹和我娘,还有我。

突然,徐寡妇叫起来:“书记,你老婆下面出血了。”

我娘身子下面的血水被雨水浇开,晕开一大片,看上去很吓人。我看着我爹,我爹看着我娘,我娘没睁眼,像是已经死了。

徐寡妇从墙头上跳下来,跑进猪圈,趴在我娘胸口上听了听,对我爹说:“还有气,没准是要早产。”

我爹冲着人群叫一嗓子:“快去找四婶子。”

徐寡妇说:“四婶子只会接生,你老婆这是早产大出血,得送镇上卫生院。”

我爹加上徐寡妇,还有看热闹的妇女们,七手八脚把我娘抬上一架平板车。我爹来不及去生产队套驴,他自己拉着平板车,急火火往村外走。我娘下面出的血,流到平板车上,又滴到路上。这样一来,出村的土路上留下两条血线,一条是大白猪的,一条是我娘的。两条血线一会儿汇合,一会儿分岔,最后被雨水合在一起。

平板车刚出村口，徐寡妇追上来，把一只脸盆扣在我娘头上,说是别让我娘呛了雨水。

我们的平板车走出去老远，我还听到徐寡妇在后面大声叫我:“金枝,别把俺家的脸盆弄丢了。”

雨下大了,往召平镇去的土路上满是水坑,脸盆颠掉地上好几回,我也给我娘的头上扣了好几回。我爹在前面拉车,我在后面推车,巴不得一步就赶到召平镇。这个时候,我真的害怕我娘死了,我娘会烙春饼、包粽子、包韭菜盒子。我爹除了抽烟、喝酒、骂人,什么都不会。我心里后悔得要死,觉得这些事儿都是我惹出来的,我不去广播室跟我爹报告,就不会冒出这些麻缠事了。我娘现在肯定恨死我了,全村人都能听见我跟我爹告状,我娘和陈嘉树肯定也听到了。平时,我没少挨我娘的笤帚疙瘩。以后,估计我娘得把笤帚疙瘩打开花。

“咣当”一声,脸盆又掉到路上。我捡起脸盆,要给我娘扣到头上的时候,看见我娘的脸色雪白,她忽然睁开了眼,努着劲儿对我说:“让我淋淋雨。”

我和我爹冒着雨,赶了十几里土路,把我娘送到召平镇卫生院时,天色已经擦黑。

我爹一进卫生院,就大呼小叫地找医生。

一个值班的男医生晃出来,约莫有四十岁的样子,穿着一件泛黄的白大褂儿,衣襟和袖口上都镶着油黑油黑的边儿。

男医生一张嘴,我就能闻到一股酒糟的臭味儿,他问我爹什么事。

我爹说我娘要早产,大出血,流了一路。

男医生看见我娘躺在连椅上，过去翻开我娘的眼皮看了一眼，又捏着她的手腕试脉，摇晃着站起身来，跟我爹说："妇产科医生下班了，你得去她家里叫人。"

我爹问男医生："她家在哪儿？"

男医生说："兽医站后面第三排平房最东头。"

我爹转身跑出卫生院，去找妇产科医生。我娘哼唧一声醒过来，开始叫疼，一声比一声高，一声比一声惨。我被我娘的惨叫吓哭了，我娘睁开眼，冲我招招手。我担心她会掐死我，没敢靠近我娘，站在离她三尺远的地方，小声地哭着。

男医生打着酒嗝走过来，手里举着一支针管，掀起我娘的裤子，给她打针。疼得我娘两手抓住椅背，惨叫声更大了。

男医生拔出针管，不知道是对我还是对我娘说道："种庄稼的女人，只要生育过了，再生孩子跟屙泡屎没两样，你咋这么娇气呢。"

我对男医生说："我娘不是种庄稼的女人，她是知青。"

男医生又瞅我娘一眼，说："怪不得，腚这么白。"

我娘打完针，一会儿就不叫了，她抹了一把额头上的汗水，看着我像是要说话。这时候，大门被撞开，我爹和妇产科医生急匆匆跑进来，后面还跟着一个很瘦的女人。她们七手八脚，把我娘抬进一间屋子，让我和我爹在外面等着。

不一会儿，瘦女人出来了，她问我是不是孕妇的女儿，是什么血型。

我爹把我往前推了一把，说我是孕妇的闺女，还说去年县医院医生下乡测过血型，说我是O型血。

瘦女人说孕妇失血过多，得输血。

说完，瘦女人拉着我的手往屋里走，吓得我使劲扯着我爹的裤腿，死活不放手。我爹掰开我的手，对我说："你是你娘身上掉下来的肉，你得去还你娘的骨血，要不你娘就死了。"

听说我娘会死，我就不哭了，跟着瘦女人进屋。屋里还有一间屋子，门上拉着布帘，能听见我娘在里面叫喊。拉布帘的门口有一张桌子，上面有一个白色方形的搪瓷盘子，盘子里放着一个脏乎乎的东西，我走近才看清楚，那居然是一个死掉的婴儿。我盯着搪瓷盘子里的死婴，禁不住又哇哇大哭起来。

瘦女人冲着我嚷嚷道："那不是你娘的，是下午早产的孩子死了。"

瘦女人有些不耐烦，她端起搪瓷盘子，递给门外的我爹，说是让他把孩子扔到垃圾箱里。

瘦女人从我身上抽了一大瓶子血，我觉得那个瓶子里不光是我的血，还有我娘和大白猪的血。今天一天，我见到了有生以来最多的血。看着瓶子里的血，我突然觉得眼皮很沉，想睡觉。

等我醒过来的时候，听见小孩子的哭声，一声高，一声低。男医生和瘦女人进进出出，像是很忙乱。

瘦女人从布帘后面出来，走到我眼前，问我晕不晕。

听我说不晕，瘦女人说："你跟我进来，你娘要跟你说话。"

我怯怯地跟着瘦女人走进里屋，看见我娘躺在一张床上，脸色就像一张糊墙的白纸。我娘身边放着一团模糊的肉，哭声就来自这团肉，我想这就是我娘肚子里生出来的孩子。

我娘睁开眼，冲我招招手。

不知道为什么，这一次我没有害怕，顺从地走到床边，对她说:“我错了,娘,下回不敢了。”

我娘笑了笑:“你没错,金枝,娘不怪你。”

娘不怪我,让我很意外。

我娘看一眼身边的婴孩,对我说:“这是你妹妹……”

我娘还没有说完话,就翻了一下白眼,样子很吓人。

过一会儿,我娘又说:“娘要走了,你以后要替娘照顾好妹妹。”

我哭了,哭着对我娘说:“你不能走,娘,金枝还小,还要娘照顾。”

二 玉叶

大雨下了三天，桃花坞的地喝饱了，桃花坞的人全都躲在家里避雨。小山村很安静，大喇叭三天不响了，我爹没读报纸，也没骂人。庄水生带着民兵帮我爹埋了我娘，下着雨埋的。以后许多年，只要梦见我娘，她都浸在水里。庄水生没有抓到陈嘉树。陈嘉树跑了，他再也没有回过桃花坞，也没有人知道他去了哪里。

埋了我娘之后，我爹耷拉着他那细长的麻秆腰坐在门槛上发呆。他也不是全然发呆，不发呆的时候，他在喝水，一碗接一碗地喝水，像是要把浸泡我娘的雨水喝干。雨一直下，我妹妹躺在潮湿的炕上，高一声低一声地哭着，就像是徐寡妇给我讲的鬼故事一样骇人。我爹忽然站起身来，进屋抱起我妹妹，妹妹哭得更凶了。我爹抱着我妹妹往外走的时候，我觉得有种不祥之兆，我紧随着我爹出门。我爹看见我跟在身后，回头冲我吼了一声："回去！"

我没敢回声，也不敢回去，因为我不知道我爹要抱着妹妹去哪里。我爹抱着妹妹一直往西走，爬上村西头的梧桐崖，梧桐崖是村里扔死孩子的山涧，谁家刚生的小孩死了，大人就会把孩子扔在这里。梧桐崖下死的不全是孩子，也死过大人，是徐寡妇的男人，也是庄水生的哥哥。我听我爹跟我娘讲过，说是前几年闹饥荒，桃花坞大人孩子饿死六十多口子，还不包括刚生下来没有名字的死孩子。活着的人，连哭丧挖坟的劲儿都没有，谁家死了人，找一领破席裹卷一下，就扔到梧桐崖下。

我爹还跟我娘讲过，闹饥荒那三年，桃花坞只有一个孩子活下来，就是村里中医彭启茂的儿子彭大河。

我娘问我爹，这么大村子，三年怎么会只出生一个孩子。

我爹说，头一年怀孕的都饿成死孩子，后两年，男人们饿得都没劲了，还怎么生孩子。

我爹站在梧桐崖上，双手举起我妹妹，他把头扭向一边，不敢看妹妹的脸。妹妹像是预感到了厄运正要降临，哭声越发大了。

我赶紧爬上梧桐崖最高的一块大石头，冲着我爹喊道："爹，你要是把妹妹扔了，我也跟着妹妹跳下去。"

说完，我又往悬崖边上迈了一步。我要让我爹觉得，我不是吓唬他，是真的要跳崖。这当口，雨又下大了，雨水哗哗地顺着头浇下来。突然，我看见我爹身后站着一个人，手里抓着一根长笛子，正是桃花坞的庄疯子。庄疯子一句话也不说，站在雨里怔怔地瞅着我爹。我爹看出我眼神发直，顺着我的眼光找到了身后的庄疯子。我爹迟疑着缩回手，往回退了一步。我妹妹大概是哭累了，她止住哭声，咿咿呀呀地叫着，像是在说话。我从悬崖上退回来,走到我爹跟前,生怕他反悔。我爹看一眼我,又看一眼怀里的妹妹，叹口气:“你不让我扔这个野杂种，你以后管她吃喝拉尿吧。”

我爹把妹妹塞给我,头也不回地往山下走去。庄疯子不知道什么时候走开了,跟他来的时候一样,一点动静都没有,活像徐寡妇鬼故事里的人。雨还在下,我把妹妹箍在胸前,远远地跟着我爹下了山。

我抱着妹妹走到村口的时候,雨停了,桃花坞活了,大人孩子像是雨后的貔子,从窝里钻出来透口气。

徐寡妇踮着脚尖,躲避着土路上的积水,一摇三晃走过来。

她凑到我跟前，扒拉着我怀里的妹妹看:“这个小闺女的眉眼还真像陈嘉树,取名了没有?”

我说还没有取名。

徐寡妇说:“你叫金枝,你妹妹当然就是玉叶了。”

妹妹突然又哭出声来,徐寡妇很是开心,说是妹妹中意这个名字,就应声了。

我也觉得妹妹该有个名字,玉叶就玉叶吧,挺好听。看我爹那股拧巴劲儿,大概也不会给妹妹取什么更好听的名字。

徐寡妇接着说:“玉叶这哭声不带劲儿，是不是没有给她喂奶?”

我对徐寡妇说:“喂米汤了,我娘死了,我不知道怎么给玉叶喂奶。”

徐寡妇说:“傻孩子,你没法给玉叶喂奶。”

我问徐寡妇:“那怎么办?”

徐寡妇说:“你抱着玉叶,赶紧去找水生媳妇,她家里的小子才三个月大，奶水足得像把喷壶，让她喂玉叶吃顿饱饭。”

玉叶吃了一顿饱饭，整整一晚上再没哭过。水生媳妇的奶水很足，喂养两个孩子都绰绰有余。我每天跑庄水生家三趟，抱着玉叶去喂奶。水生媳妇一见玉叶，就会把自己的儿子文革丢一边，先给玉叶喂奶。任文革怎么哭喊，水生媳妇都不去理会，自顾自地抱着玉叶去街上喂奶。水生媳妇每回都要抱着玉叶去街上喂奶，一边喂奶还一边大声夸玉叶，说玉叶可会心疼人，从不使劲咬她的奶头，还说玉叶长大后要给她们家文革做媳妇。

那半年，水生媳妇给玉叶喂奶成了桃花坞一道风景，大人、小孩、男人、女人围一圈。女人们挤眉弄眼，说玉叶肯定是陈嘉树那个浪羔子的崽儿。

男人们装着看玉叶长相，其实都在盯着水生媳妇的大白奶子瞅。有几回，水生媳妇给玉叶喂奶的时候，正好碰上我爹路过。女人们立刻止住调笑，我爹的脸耷拉着像个茄子，颜色也像茄子，他没有拿正眼看我和玉叶，趿拉着鞋走过去。我整日里兜着玉叶进进出出去喂奶，我爹倒也没有吭声，像是默认了水生媳妇给玉叶喂奶这件事。

我和我爹，还有玉叶，一起睡在东屋炕上。玉叶半夜总要哭一回，半夜哭，不是拉了也不是尿了，是饿了。我没胆子半夜兜着玉叶出门喂奶，只能任凭玉叶哭乏了，也就睡着了。玉叶半夜一哭闹，我爹就被吵醒了，我爹醒了就会骂玉叶是个野杂种。我爹骂上火来，后半夜我就不敢睡了，生怕我爹把玉叶抱去梧桐崖扔了。为了不让玉叶吵我爹睡觉，我把堆杂物的西屋炕收拾出来半面，我和玉叶睡到西屋炕上。看着玉叶半夜饿得哭，我也没辙，只能眼巴巴瞅着她心疼。有一天，我在一个塑料袋里找到几个白气球,吹起来给玉叶挂在头顶上玩儿。气球的底儿有一个奶头一样的把儿,玉叶半夜饿哭的时候,我就把气球摘下来,把那个假奶头塞进她嘴里。玉叶咂吧着小嘴儿,也能糊弄过去。

有天晚上,玉叶咂吧着假奶头正起劲儿,气球突然爆了。玉叶吓得浑身一哆嗦,哭声更大了。很多年以后,我才知道,玉叶咂吧的白气球是避孕套。这事儿,我一直没好意思跟玉叶说起过。

有一天大早,玉叶哭得凶,大概是饿狠了,我急火火地兜着她出门。我爹叫住我,把一只盖着碎花布的竹篮子递过来,对我说:“吃人家的嘴短,喝人家半年奶水,送篮子鸡蛋给水生媳妇。”

一篮子鸡蛋可不是个小事,村里割资本主义尾巴,把能变钱的鸡呀鸭呀鹅呀全都宰了。玉叶还没出生的时候,我爹在村里大喇叭上骂过彭启德,说他偷着把鸡养在炕上,再把鸡蛋偷着拿到召平镇换钱,再用钱买大白兔奶糖,是典型的资本主义习气不改。

彭启德在炕头上养鸡的事,是庄水生报告给我爹的,我爹带着民兵包围了彭启德的家,在炕上连根鸡毛都没找到。

我爹从哪里鼓捣出一篮子鸡蛋来,我好生纳闷。我后背上兜着玉叶,提着竹篮子走出门口,我爹又叫住我嘱咐:“别让人看见鸡蛋,也别说是我送的。”

水生媳妇的奶水滋养人,吃得玉叶白白胖胖,个头快赶上水生的儿子文革了。有一天,水生媳妇站在街上给玉叶喂奶,我爹趿拉着鞋走过来,水生媳妇老远叫起来:“书记,你看看,我这两兜子奶水都不够你家玉叶一个人吃的,把我家文革都快饿成刀螂了。”

我爹还是不正眼看我们，趿拉着鞋走过，撂下一句话："你喂的是野杂种，别想老子欠你人情。"

水生媳妇也不生气，笑着说："这么俊的女娃儿，你大队书记不要，我们家就留着做童养媳了。"

徐寡妇听不下去，在一边帮腔："大人把事儿做矬了，怪罪娃儿算个屌本事。"

我爹是出名的暴脾气，他除了对我娘有过笑脸，对任何人都耷拉着一个茄子脸。我爹喜欢趿拉着鞋走路，我娘说过我爹，说趿拉着鞋走路会把好运气趿拉没了。

我爹对我娘说，泥腿子走路才一蹦三跳，所有搞政治的大人物都是趿拉着鞋走路的。

我记得我娘当时把嘴撇到腮帮子上了，说大队书记领着种好地才是本分，距离政治十万八千里。

我爹不这样认为，他觉得自己就是桃花坞的政治中心。

我爹这些日子不怎么骂人了，只在大喇叭里读报纸读《毛主席语录》。自从我娘死了、玉叶出生，我爹不光不骂人了，他趿拉着鞋走路时的腰板，也不像以前那么直溜了。用徐寡妇的话说，是我娘不要脸，堵住了我爹那张臭嘴。

徐寡妇埋汰我爹的时候，从来不避讳我，好像我跟我爹和我娘不是一家人似的。

有天夜里，庄水生来我家，跟我爹小声嘀咕："镇上明天就要人了，咱们抓谁？"

我爹叹口气:“还能抓谁,你嫂子救了玉叶一条小命,肯定是抓不成了。”

自从玉叶出生以来,这是我第一次听见我爹叫玉叶的名字,以前他管玉叶都是叫野杂种。

庄水生说:“那还是老规矩,抓彭启德。”

我爹问:“什么由头抓彭启德?”

庄水生说:“偷着养鸡卖钱,走资本主义复辟道路。”

我爹说:“庄水生同志,作为一个政治家,你扣帽子要谨慎又谨慎,‘复辟’这个词是指帝王,地主是用不起的。”

庄水生脸上有些挂不住,好像很是惭愧自己作为一个政治家的不严谨,嘴里一个劲地称是。

我爹接着说:“彭启德也抓不得了。”

庄水生问:“彭启德怎么抓不得了?”

我爹说:“我买了他家的鸡蛋,你吃了他家的鸡蛋,抓了他,咱这不成了打自己脸了?”

庄水生说:“那就抓他弟弟彭启茂,以反革命、反毛主席罪抓,桃花坞有一半人都听过彭启茂骂毛主席,说毛主席是秦始皇。”

我爹摇摇头说:“抓你嫂子搞破鞋,抓彭启德偷偷摸摸卖鸡蛋,都死不了人。”

我爹点上烟斗锅,狠狠嘬了两口说:“在桃花坞抓了反革命、反毛主席的,万一定了性、死了人,咱们的子孙后代还怎么在桃花坞过活?”

庄水生说:“这个道理我能不明白?可镇上要人,摊派的名额完不成,这个政治责任咱们俩谁都负不起呀。”

我爹跷起一条腿来，在鞋底子上磕掉烟锅里的烟灰，起身说:“咱俩在桃花坞也算是把人都得罪透了，每一个革命人都要经得起牺牲,我们的政治前途不能毁在半道上,抓你二叔吧。”

庄水生也跟着我爹站起身来,嚷嚷道:“我二叔是个傻子,抓他做甚？”

我爹说:“搞破鞋是最保险的,死不了人,就说你二叔调戏你嫂子。”

庄水生说:“这个……我们家为革命牺牲的太多了吧？”

三 庄疯子

我爹读过两年半私塾，报纸上的字全认得。每天能在村广播室读报纸骂人，除了我爹，桃花坞村里找不出第二个人来。找不出第二个人来，不是村里没有，彭启茂和庄云鹤不仅读过私塾，还读过县里的新学。彭启茂家是地主成分，桃花坞的革命宣传阵地当然不能被地主阶级把持。庄云鹤倒是成色十足的贫农，可他读新学读傻了，严肃的革命宣传阵地肯定不会交给一个傻子。于是，矬子里面拔将军，我爹作为桃花坞除彭启茂和庄云鹤之外最有学问的人，不仅当上大队书记，还每天负责在大喇叭里读报，读语录，读最高指示，还有骂人。

庄云鹤的故事，是我爹讲给我娘听的。

庄云鹤是庄水生的二叔，也就是桃花坞人嘴里的庄疯子。疯归疯，庄云鹤跟别人疯得不一样，他是文疯子，从不祸害乡里村人，也绝少跟人说话，甚至都不打招呼。别的疯子整日疯疯癫癫邋里邋遢，庄云鹤却把自己收拾得利落干净，穿着他结婚时候的长袍，手里攥着一根竹笛，每天绕着桃花坞兜圈子。兜圈子也不是光走路，走到沟沟坎坎处，他会伸出竹笛扒拉开青草蔓子，像是在找什么东西。没有沟坎的地方，庄云鹤嘴里就会念叨：“沙上不闻鸿雁信，竹间时听鹧鸪啼。此情惟有落花知。”直到遇见另一处沟坎，庄云鹤又会伸出竹笛扒拉草蔓子。绕着桃花坞兜完一圈，庄云鹤会在后山桃园的一块大青石上坐上一天。太阳落山的时候，竹笛又派上用场，他用一双白净细长的手捏住竹笛，吹上一支好听的曲子。村里的人都不知道他吹的是什么，庄云鹤自己也没说过。直到我娘来到桃花坞，才听出来庄云鹤吹的是一首古曲，叫《鹧鸪飞》。我娘不会吹笛子，但是她会听笛子，因为我姥爷是省文工团吹笛子的。

庄云鹤生性厚道，脑子里没有三曲四拐，用桃花坞的土话讲，是一个憨娃子。庄云鹤原先有老婆，是他在县城读新学的同学，名字叫柳如风。柳如风她爹是县长，新学也是柳县长一手督办起来的，为了鼓励县上的女娃儿读新学，他率先把女儿送进学校。

庄云鹤家里穷，本来供不起读新学的学生，他能入新学是沾了彭启茂的光。彭启茂他爹彭老财主是桃花坞最大的富户，桃花坞一半的肥田都是彭老财主的，庄云鹤他爹是彭老财主的佃户。彭启茂和他哥哥到了读书的年龄，彭老财主便在桃花坞办了一家村塾，村中适学孩童全进了村塾读书，束脩都由彭老财主负担。俺爹能读两年半私塾，也是受益于彭老财主。

县里办了新学，县长让各村的乡绅带头送子女入新学。彭老财主有两个儿子，老大彭启德不爱读书，但铺排农事、结算地租倒是很在行；老二彭启茂五谷不分、四体不勤，四书五经读得还马马虎虎。彭老财主就把老大留在桃花坞料理家田，把老二彭启茂送到县里读新学。大概是担心儿子年纪小，一个人去了县城受人欺负，彭老财主就跟庄云鹤他爹商议，让庄云鹤陪着彭启茂一同进县城读新学，吃穿用度加束脩全由东家出。庄云鹤他爹一听捡个大便宜，还装出一副舍了儿子的熊样，一脸不情愿地应了东家，庄云鹤这才捞着进县城读新学。

我爹还说，彭老财主原先相中我爹进县城陪读，可我爹年龄太小，壮不了胆也做不了伴，这才轮到庄云鹤。

庄云鹤长得跟他的名字差不多，高高挑挑的像只仙鹤，加上在桃花坞读过四年私塾，出落得比一般孩子抢眼。新学一开课，柳县长的女儿柳如风就相中庄云鹤。相中庄云鹤，不光是因为庄云鹤长得高，还相中他会吹笛子。会吹笛子也不是主要的，新学里的学生会吹箫吹笛子吹唢呐的人不在少数，偏偏庄云鹤手指细长，指甲缝里不沾黑泥。长得高，会吹笛子，手指细长还干净，这三样合在一起，就让柳如风悦喜得不得了。两个半懂半不懂人事的男女，下了学就去操场兜圈子，兜圈子也不光是走路，有时也会拉一下手、扶一下胳膊。有个礼拜天，柳如风约了几个男女同学到家里玩，其中也约了庄云鹤和彭启茂。县长家的女用人招呼同学们喝茶嗑瓜子，柳如风就把庄云鹤领进自己的闺房。黄花少女的闺房，自带一股迷人心性的香气，庄云鹤一进门就觉得云里雾里的腿软。柳如风看着庄云鹤一副傻呆呆的样子，仰起脖子，洒出一串银铃一样的笑。

庄云鹤问柳如风笑什么。

柳如风趴在庄云鹤的肩膀，说自己笑他是个没见过世面的乡巴佬……

柳如风说些什么，庄云鹤压根就没有听进去，他只觉得柳如风说话时的口气很好闻，吹得他的脖子麻麻的、痒痒的。那一天在闺房里，柳如风亲了庄云鹤，等庄云鹤想亲柳如风的时候，同学们叫嚣着拥进闺房。

这些事儿，都是彭启茂跟我爹说的。庄云鹤和彭启茂，还有我爹，都在一个村塾读书。算起来，三个人也是私塾同窗。

庄云鹤家里穷得叮当响，在桃花坞讨上媳妇都很难，不承想得到县长的千金垂青，庄云鹤心里自是欢喜。没过半个学期，庄云鹤攀上县长女儿的事就传开来，还传到了校长耳朵里。偏偏校长在法国留过学，崇尚爱情自由，觉得少男少女钟情怀春都是人之常情，对庄云鹤和柳如风一事放任不问。柳如风也像她的名字，风在哪里都待不住。半年过后，柳如风喜欢上了县城富商钟家的四公子，很快把庄云鹤丢到一旁。自此，庄云鹤无心读书，难过得差点得失心疯。钟四公子好寻花问柳，是县城里出名的浪荡子。半年过后，钟四公子不光让柳如风怀了孩子，还染了她一身脏病。钟四公子撇下柳如风，借口去广州做生意，再无音信。又过半年，柳如风显怀藏不住肚子，把县长太太愁得差点上吊。无路可走的柳如风，便挺着大肚子来找庄云鹤。庄云鹤着实喜欢柳如风，也不问肚子里的孩子是谁的，便把柳如风带回桃花坞。桃花坞的后生进县城读新学，把县长千金的肚子搞大，还娶回家，这是村里头等体面的大事。看着挺着大肚子的柳如风挽着庄云鹤走过，桃花坞的人在背后咂吧着嘴称赞叫好，一肚子的馋羡。只有彭老财主默默摇头，有嘴欠的人问彭老财主，是不是自己的儿子没有娶到县长家的千金，看着眼馋嫉妒。

彭老财主叹口气说：“桃花坞自古多风流，县长家的千金偏偏叫柳如风，这桃柳相遇，不合桃花坞的气场，只要这场姻缘不是孽缘,便是桃花坞万幸了。”

村人没有把彭老财主的话当回事,只当他是起了酸劲儿,吃了醋。

庄云鹤家里砸锅卖铁办不了一桌酒席,更不用说筹备县长家能看得上的彩礼。备不起彩礼,就娶不了县长家的小姐。娶不了县长家的小姐,儿子偏偏又把人家肚子搞大了,县长岂能放过他们?这一夜,庄云鹤他爹和他娘思来想去,觉得没有活路可走,便双双跳了梧桐崖。庄云鹤的爹娘尸骨未寒,柳县长带着白礼亲自登门奔丧,并当场撂了话,说不收庄家分文彩礼,还要陪送女儿一大笔嫁妆,帮着女婿中兴家业。

家有丧事,三年办不了喜事。柳县长以让庄家有儿媳妇披麻戴孝为由,在头七出殡前先办喜事。于是,庄云鹤家东屋搭灵堂,西屋入洞房,柳如风草草嫁给了庄云鹤。

在彭老财主的帮衬下,庄云鹤家办了几桌像样的酒席,请亲戚邻人前来喝酒证婚。柳县长推说有公事,没有前来嫁送女儿,让柳如风的舅舅前往桃花坞代礼。庄云鹤家外面围了好几层看热闹的人,村人都想看看这红白事如何一堂操办。

我爹说,当时有一个云游的和尚路过桃花坞,赶巧在村头遇见我爹。

云游和尚问我爹,桃花坞的贞节牌坊怎么不见了。

我爹说,大前年地震的时候震塌了。

云游和尚感叹道,塌了贞节牌坊还如何守贞节。

我爹揶揄云游和尚:“你一个出家人不好好念经,管什么贞节牌坊。”

云游和尚微微一笑,顺口念道:

忠奸人同床，
红白事一堂。
但悲卿如风，
鹤鸣苦断肠。

婚后三个月，柳如风生下一个女婴。女婴生下来就浑身长满脓包，白天黑夜哭个不停，喝水吐水，吃奶吐奶，第七日便断了气。桃花坞的死孩子都扔到梧桐崖下，独独庄云鹤不肯，他用一床柳县长家陪嫁过来的丝绸被面包裹起女婴，埋到了北坡一株桃树下。

又过了三个月，庄云鹤从村塾下课回家，看见柳如风留下一张纸条，说要回娘家小住几天。自此，柳如风再也没有回过桃花坞，她也没有回县城娘家。庄云鹤辞了村塾老师的差使，四处找寻柳如风，这一找就找了十多年。

早些年，庄云鹤背着干粮去外乡找柳如风，一直找到省城。省城有几个读新学的同学，他们有的说柳如风去了延安，也有的说柳如风去了重庆，把个一根筋的庄云鹤说得云山雾罩，更加不知道往哪里去寻老婆。

这些年，庄云鹤的腿害了风湿病，出不了外乡，只能每天绕着桃花坞兜圈子。每天兜圈子的庄云鹤被桃花坞人叫作庄疯子，庄疯子每天用竹笛扒拉一遍桃花坞的草旮旯，从没说过他在找什么，可桃花坞的人都明白，他在找老婆柳如风。

庄云鹤被拉去召平镇游街，他好像很乐意，脸上泛着孩子般的笑意。庄水生带着桃花坞的几个民兵，一起押着他二叔庄云鹤往召平镇去。临出村口，徐寡妇从看热闹的人群里挤出来，安慰庄云鹤说："二叔，晌午还管一顿饭呢，馒头敞开了吃，我上一回游街回来，三天没吃家里的口粮，赚大发了。"

庄云鹤傻呵呵地笑着不作声，手里捏着长笛，随着庄水生他们溜溜达达往召平镇去了。桃花坞看热闹的群众在后面不远不近地跟随着，说是看热闹也不全是看热闹，批斗大会给每个村分摊"地富反坏右"名额，还分摊了三百个群众名额。批斗会的群众多了，才好意思叫万人批斗大会。每一回批斗大会，群众都会超员，农村人本来就喜欢看热闹，去的人还能挣五个工分，谁都会争着去。我背着妹妹玉叶也参加了批斗大会，孩子原本是不让参加的，就算是去了也不算工分。我爹不在的时候，庄水生权力很大，不光是给我记了工分，连我妹妹玉叶也算工分。

我爹说县革委会刚刚换了一个新主任，还是个女主任，把批斗大会放在召平镇，目的就是要肃清全县"地富反坏右"的重灾区。作为一个有敏锐嗅觉的政治人物，我爹一大早穿戴整齐去了召平镇，他要摸清楚新的县革委会主任的政治意图。这是我爹昨天晚上跟庄水生说的话，听得庄水生一愣一愣的，对我爹的敬意又增添三分。

批斗会设在东方红中学的操场，操场一头扎起一个比唱戏还要大的舞台，舞台上插满了红旗。我背着妹妹玉叶，随着桃花坞的人流进了操场。大喇叭里正在唱歌，唱的是《大海航行靠舵手》，桃花坞来的孩子们满脸兴奋，一进会场就跟着大喇叭唱歌。突然，歌声停了，有个男人学着我爹的样子，对着话筒吹了两下，又"喂喂"喊了两声，然后说："各村民兵连长注意了，各村民兵连长注意了，召平镇'地富反坏右'批判大会马上要开始了，把你们各村的‘黑五类’分子押到后台。”

庄水生听到广播，给民兵使个眼色，两个民兵掏出绳子，把庄云鹤反手捆绑起来。庄云鹤脸上没有了笑容，但也不气恼，他盯着会场上每一个年轻女人看。看也不全是老老实实地站着看，有时候，庄云鹤还凑到人家跟前看。直到被人家啐一口唾沫，或是扇一个耳光，或是骂一声臭流氓，他才会扭过头去，接着看下一个女人。庄云鹤就这样一路看着女人，被两个民兵押送到了会场后台，交给县里的民兵看管。县里的民兵不怎么看得起村里的民兵，因为县里的民兵穿统一的草绿色军装，虽说没有五角星和领章，但是看上去要正规一些。

歌声停了，我看见我爹跑过来，他急赤白脸地问庄水生："你二叔呢？"

庄水生说："送到后台了。"

我爹说："糟了，糟了，糟了。"

庄水生问："火燎鸡巴毛了？"

庄水生说完这句话，大概是觉得自己言语不妥，赶紧又找补一句："天掉下来，有书记你顶着，怕个屌啊。"

我爹说："这事儿，我扛不住。"

庄水生问："到底是什么事儿？"

我爹说："你猜猜，新来的县革委会主任是谁？"

庄水生说："就听说是个女主任，我怎么猜得到是谁。"

我爹说："是女的，是你那个跑了好些年的二婶子。"

庄水生瞪大眼睛，愣了半天："那个……破鞋柳如风？"

我爹急忙捂上庄水生的嘴："小点声，现在改名了，叫柳铁英。"

四　柳铁英

主席台上坐满一排人，我爹说都是市里和县里的大人物，他只认得中间就座的胖子，是市革委会的高主任。

柳铁英是在万人批斗大会上第一个讲话的人，她穿着一身草绿色军装，留着一头短发，皮色倒是很白，白得快赶上我娘了。柳铁英的嗓门很大，声音很尖，就算没有大喇叭，也能让会场上的人听清楚她的讲话。我爹和庄水生眼巴巴地望着柳铁英，眼神没有离开过片刻。我爹的眼睛里闪着亮光，他只有看见公社革委会夏主任的时候，才会两眼泛光。这一天，大概是柳铁英的演讲又燃起了我爹的革命激情。

我爹像是自言自语，又像是说给周围的人听："不拿稿子，一口气说半个钟头，抓得住重点，镇得住场子，引用了九段毛主席语录，背诵得一字不差，这才是政治家的水平和气势。"

我爹眼睛盯着柳铁英，用胳膊肘拐了拐身边的庄水生："咱们想要进步，得向你二婶子好好学习呀。"

庄水生同样没看我爹:“学她当破鞋?”

我爹终于从柳铁英身上收回两个眼珠子,瞪着庄水生凶道:“革委会主任是在代表伟大领袖毛主席发布最高指示,你这样埋汰她,不是讨伐破鞋,而是在污蔑我们的伟大领袖毛主席。”

我爹的声音不高,但是已经惹得周围群众纷纷转头,吓得庄水生出了一脑门子冷汗,自此再也不敢说他二婶子是破鞋之类的话。

柳铁英又背诵完一段毛主席语录之后,用力一挥手:“来呀!把‘地富反坏右’分子押上台来。”

大概是受我爹影响,我无比羡慕柳铁英的气势,尤其是她从后腰往胸前挥手时的样子,像韩英,也像刘胡兰,还像铁梅和江姐。从这次万人批斗大会开始,我就在脑子里把柳铁英想象成我娘。村里人背后也管我娘叫破鞋,我想,既然都是破鞋,我为什么不选一个大人物做我娘。

召平镇的“地富反坏右”的确多,在主席台上站满两排,全都低着头,胸前挂着大牌子,牌子上的名字还被画着大红叉。柳铁英一挥手,铆足全身劲儿喊道:“忠于毛主席忠于党,党是我们的亲爹娘。谁要是敢说党不好,马上叫他见阎王!”

这个时候,站在第一排挨批斗的庄云鹤突然转过身去,不眨眼地盯着柳铁英看。看了一会儿,庄云鹤挤开后一排的“地富反坏右”,朝着讲话的柳铁英走近两步。两旁的民兵只顾着看柳铁英,谁都没想到挨批斗的人敢这么不老实。看到“地富反坏右”行列里有一个穿长袍的老头朝自己走来,柳铁英一愣,立刻大喝一声:“你要干什么?”

柳铁英的一声断喝,把会场上的目光全都吸引过来,两边的民兵们还没来得及行动，就听到庄云鹤说：“如风……你走了这些天，走饿了吧，西厢房锅里的煮苞米还热乎着呢。”

柳铁英上下打量着庄云鹤，大概是看清了他胸牌上的名字，还有名字下面的四个小字“调戏妇女”。因为隔着太远，我看不清柳铁英脸上的表情，只记得她好久没有出声。主席台两边的民兵旋风一般拥上去，架着庄云鹤的两条胳膊，把他推搡回批斗队列。庄云鹤始终扭着脖子，看着柳铁英，嘴里不住声地絮叨：“如风，如风，现在不让酿桂花酒，我给你藏了一坛子，埋在后院驴棚里……如风，如风。”

庄云鹤在万人批斗大会上引发了一阵骚乱，召平公社革委会夏主任一溜小跑上了主席台，在这么多大人物面前，他是没有资格在主席台就座的。看到这幅光景，我爹知道摊上事了，他拉着庄水生急火火地挤上主席台，等着被传唤。我背着玉叶，跟在我爹和庄水生身后，也挤上主席台。我不仅仅是看热闹，我还想看清楚柳铁英的眉眼鼻子长什么样子。玉叶生来没有见过这么大的阵仗，望着台上台下乌压压一大群人，大气都不敢出。

夏主任跑到柳铁英跟前：“柳主任，您莫见怪，这个人神经不正常，是桃花坞村送来的。”

柳铁英一脸阴沉：“桃花坞谁送来的？”

夏主任擦了一把秃头上的冷汗，说：“大队书记叫庄正德，民兵连长叫庄水生，是他俩送来的。”

这个时候，庄云鹤又嚷嚷起来：“如风，你穿绿褂子不耐看，还是穿旗袍好看。今晚回家睡吧，给你铺的盖的新被褥，我一直没有睡过，如风，如风……”

坐在主席台中央的高主任有些不耐烦了，他瞅着嘀嘀咕咕的柳铁英和夏主任，问道："这个人叫唤什么？什么如风如风？"

夏主任又擦了一把汗，对着高主任说："这个人是个调戏妇女的惯犯，神经不正常，大概、大概是在叫唤乳房乳房吧。"

高主任把喝到嘴里的一口茶叶梗吐进盖杯里："太放肆了。"

柳铁英再次一挥手："简直是流氓成性，把他嘴堵上。"

民兵把庄云鹤的嘴堵上。庄云鹤原来只被反绑着双手，这回连双脚都绑上了，夏主任还安排两个民兵按住庄云鹤的头，让他把脸紧贴在主席台的木地板上，一动不许动。

我已经看清楚了柳铁英的样子，长相没有我娘好看，而且比我娘显老。我钻到主席台架子拐头里面，蹲下身来，也把脸贴在地上，想看看庄云鹤有没有难过，是不是哭了。我的眼光穿过几条"地富反坏右"的腿，看见了庄云鹤变形的脸，他的两个腮帮子被撑得鼓鼓的。他没有哭，也没有难过，脸上的神情开心得像个小孩子。我想不明白，庄疯子被欺负成这个样子，为什么还高兴得像个孩子。庄云鹤看见我趴在地上看他，便冲着我调皮地眨了两下眼睛，神情好像是刚刚吃过一顿红烧肉一样骄傲。

批斗大会继续进行，我爹和庄水生被夏主任轰下主席台，我背着玉叶紧贴在主席台的架子拐头里面，大人们谁都没有瞧见我俩。夏主任赶着我爹和庄水生下台的时候，冲着他俩骂道："你俩扫帚星摊上大事了！"

柳铁英又开始讲话，声音不像先前那么激昂了。听到柳铁英的声音，庄云鹤两眼闪着亮光，不停地冲着我点头，两个民兵差点没有按住他的头。

万人批斗大会结束后，各村去主席台后台领回各村的"地富反坏右"分子，我爹和庄水生却是空着手回来的，说是县里有交代，庄云鹤有破坏万人批斗大会的意图，要关起来审查。

大概过了半个月之后，庄云鹤回到桃花坞。

庄云鹤回到桃花坞，不是他自己回来的，是夏主任带着公社的民兵把他押送回来的。夏主任跟我爹和庄水生交代，说是从今往后不许庄云鹤参加批斗会，也不许庄云鹤出桃花坞，如果违反这两条，就让我爹和庄水生到县革委会亲自向柳主任交代。我爹不敢怠慢，安排村里的民兵三班倒守在庄云鹤家门口。庄云鹤回到家里后，没有一点动静，连着十几天没出门，也没有人听见他吹笛子。

五　十里桃花

又是一年春天，桃花坞村里几株稀稀拉拉的桃树开花了，提醒着桃花坞的人，这里曾经是十里桃花。

徐寡妇倚在门口的桃树上，撇着嘴跟刚刚嫁进桃花坞的新媳妇们卖弄："就剩这几棵毛桃子树，算哪门子好看。我刚进庄家门那阵子，桃花坞十里桃花呀，就像是走进棉花垛子里一样，风一吹，就看不见地皮了，踩上一脚，花瓣没过脚脖子……"

有一年轻媳妇问徐寡妇："这么多桃树都去哪儿了？"

徐寡妇接着说："我嫁到桃花坞第二年，赶上炼钢炼铁，所有桃树都砍光了，当柴火烧了。"

年轻媳妇叹了一口气："炼钢炼铁也是好事，支援国家建设。"

徐寡妇说："真要是炼出钢炼出铁，我也就不说什么了。全村的铁锅、铁锹、铁镐、铁笊篱都砸碎了，全部填到土锅炉里烧了七天七夜，最后烧出来一块大铁疙瘩，到现在还堆在公社大院里。”

我背着玉叶走过来的时候，徐寡妇指着我继续说道：“喏，水桶腰粗的老桃树，成仙成精了，都是金枝她爹带头砍的，不信让金枝回家问问她爹庄正德。”

立秋时节，快开学了，我知道我爹不会替我带玉叶的，我只能背着玉叶一起到村办小学上学。玉叶也算乖巧，不怎么哭闹，除非是饿了，或是拉屎了。水生媳妇想给她家小子文革断奶，说是文革吃奶的时候总是咬她的乳头。

给文革断奶就等于给玉叶断奶，我听了之后心里起急，搂着饿哭了的玉叶不知不觉掉下泪来。水生媳妇摸着我的头说，看在玉叶的面子上，我就再喂他两个月。

我打心眼里感激水生媳妇，急忙把玉叶塞给水生媳妇喂奶，我抓起扫帚来给水生家打扫院子。水生媳妇把雪白的奶子掏出来，塞给玉叶。一天只能吃一顿奶水的玉叶，立刻止住哭声，大口大口地吃起奶水来。等我把院子打扫干净后，水生媳妇问我：“你娘有一件白地紫花的汗衫，还在家里吧？”

我说在家里，我娘的衣服都装在一个化肥袋子里，还有一件列宁服。

水生媳妇笑着说：“你娘也穿不着了，放在家里就沤烂了，拿来给婶子穿吧。”

我飞奔回家，趁着我爹不在，赶紧把一化肥袋子衣物扛到水生家。水生媳妇顾不上要吃奶的文革，赶紧打开化肥袋子试衣服，喜得嘴巴半天合不上。

我知道，给玉叶断奶是迟早的事儿，我得让她学会吃大人吃的东西。每天早晨起来，我熬一锅小米粥，灌进一个葡萄糖瓶子里，带着去学校，等玉叶饿哭了的时候，就给她喂两口小米粥。我爹是大队书记，我带着玉叶去上学，没有老师跟我计较。不管是给玉叶喂小米粥，还是给玉叶换尿布，老师有时候还会伸把手帮忙。

我爹最近有点懒，不像以前天天去村广播室读报骂人了。在听不到最高指示，也挨不了骂的时候，村里人开始在背后议论我爹，说是自从我娘死了之后，我爹的革命热情就降低了。说我爹说得最狠的还是徐寡妇，她说："庄正德的革命热情，就是靠着一根鸡巴撑着。"

徐寡妇背后说我爹的很多坏话，我都认可，唯独说我爹的革命热情降低了是因为我娘死了，这一点接不上茬口。我爹犯懒，或者说我爹的革命热情降低了，跟我娘死不死没有关系，他的改变是在庄云鹤自杀之后才开始的，这一点我最清楚。这天傍晚时分，庄水生来了，说是他二叔庄云鹤不见了。

我爹懒塌塌地从炕上爬起来，带着全村的民兵寻遍了桃花坞，又找遍了召平镇，连庄云鹤的一根毛都没有找到。整整找了一天一宿不见人影，我爹让庄水生去公社跑一趟，向夏主任汇报情况。庄水生一脸憋屈，他觉得这么大的事儿，应该是我爹亲自去找夏主任汇报。我爹在鞋底板上磕着烟斗锅："人是你负责看管的，又是你家二叔，你还是桃花坞的二把手，你去汇报才是名正言顺嘛。"

二把手终究掰不过一把手，庄水生硬着头皮去公社革委会找夏主任汇报去了。我爹已经没有心思继续在炕上躺着了，他披上一件补丁摞补丁的破中山装，也出了门。

等我再次见到我爹和庄水生两个人的时候，已经是两天之后。

两天后的下午，学校刚刚放学，我背着玉叶最后一个走出教室，看到操场上围着一堆人，不光是学校里的学生，还有半个桃花坞的村人。我还没有挤进人堆，就听见徐寡妇哭天抢地地哭她二叔。

庄疯子庄云鹤死了。

他躺在一块门板上，满头满脸都是血迹，藏青色的长袍上，有半拉子衣襟变成了黑色，大概是被血渍染的。在此之前，我是不敢看死人的，心里会很害怕。不知道为什么，我不怕庄疯子，我觉得他其实是一个小孩子，只是长成了一副大人的模样而已。

桃花坞几位亦字辈老人都到了学校操场，我爹是正字辈，都得管他们叫爷爷。桃花坞有一个奇特之处，我很小的时候就发现了：讲政治的时候，我爹是老大；逢年过节和红白喜事，辈分高的是老大。我还发现，辈分高的家庭成分都很好，大都是贫农。辈分低的家庭成分就不好，启字辈的彭启德和彭启茂都是地主，辈分低的要管我爹正字辈叫爷爷，连我都是村里两个地主的姑姑。我问过我爹，为什么辈分低的人都是地主。

我爹说，地主家里有地有粮有房子，到了娶媳妇的年纪，媒婆能把地主家的门槛踢烂了，地主崽子早早就娶上媳妇生娃了。穷人家什么都没有，二十多岁才能混上一个外乡的女人生娃，一个辈分差十几岁，用不了三代人就能差出两个辈分来。

今天是桃花坞的白事，我爹放下了政治家的架子，恭恭敬敬地跟几位爷爷辈的老人说话，说着庄云鹤死的前因后果。徐寡妇趴在庄云鹤干瘪的尸体上，拖着长音咿咿呜呜地哭着，在我爹讲到要紧处的时候，徐寡妇就会把哭声压得很低、拖得很长。在我爹停顿的时候，徐寡妇则会把哭声放大，哭得惊天动地。很多年之后，当我走进大城市的时候，我才知道徐寡妇有做 DJ 的天赋。

原来，庄云鹤半夜时分出了桃花坞，走到了县城，还找到了县革委会。两天的光景，他三次拦下县革委会主任柳铁英乘坐的吉普车，被县里的绿军装民兵关押起来教训了一顿，说他不安心改造自己，身体力行反对“文化大革命”。结果，庄云鹤当天晚上就畏罪上吊自杀了。

被我爹唤作四爷爷的本家老人叹口气：“忠奸人同床，红白事一堂。但悲卿如风，鹤鸣苦断肠。这是云鹤命里的劫数。人死在外，入不得祖屋，就在这操场上搭灵堂，穿寿衣吧。”

从此以后，去村广播室读报骂人这事儿，我爹就不那么热衷了。庄云鹤头七那天晚上，彭启茂来了我家，他从怀里掏出一瓶衡水老白干，说是要送一送庄云鹤，尽一尽同窗之谊。我把玉叶安顿在被窝里，用猪油炸了一碟子花生米，等我给他俩端上油炸花生米的时候，老白干已经喝了半瓶。我爹端起酒杯对着彭启茂，眼睛瞅着房梁，大概是怕眼泪滚出眼窝，说道：“我以为……我以为只要豁出脸面，就能活下去，可谁知道……谁知道云鹤还是走了，而且走得不人不伦哇！”

庄云鹤被埋在北坡桃园里，就是他常年吹《鹧鸪飞》的大青石旁，我爹从家门口起了两棵桃树苗，栽在新坟边上。

庄云鹤出殡那天，桃花坞的人几乎全部上了北坡桃园。早在我出生之前，北坡的桃树就被砍掉炼钢了，桃园是沿用老地名叫的。没有桃树的北坡光秃秃的，只有发黄的枯草，看着让人心里愁得慌。自从听到徐寡妇说起桃花坞的十里桃花，那幅画面便种在了我的脑海里："走进桃花坞，就像是走进棉花垛子里一样，风一吹，就看不见地皮了，踩上一脚，花瓣没过脚脖子……"

从那之后，桃花在我心里开了无数回。也是从那之后，我在心里开始憎恨我爹了。我爹为什么要毁掉所有好看的东西？桃花坞的十里桃花，是我爹带头砍掉的；还有我那好看的娘，我爹要不往她肚子上踢那一脚，她肯定不会大出血死掉；就连那么可爱的小玉叶，都差一点被我爹丢下梧桐崖。

徐寡妇的哭声把我从开着桃花的北坡拽回了光秃秃的北坡，我周围的大人们一边烧着纸钱，一边放声大哭。玉叶在我的后背兜里也跟着嗷嗷地哭喊着，她是被吓哭的。我爹没有哭，但是眼圈也是红红的，他从山下面挑来两桶水，给刚刚栽下的两棵桃树浇水。四爷爷说，秋天的桃树栽不活，等到明年立春时节，再来给云鹤送桃树吧。

我爹把四爷爷叫到一边，避开了徐寡妇等一干女人的哭号声，跟四爷爷说："明天，县革委会的柳铁英主任，也就是云鹤的老婆柳如风，要来咱桃花坞检查工作，您老说说，咱们怎么弄？"

四爷爷仰着脖子瞅着天，应该是在思量我爹说的话。

看到四爷爷没有表态，我爹又说："不光是她一个人来，县革委会加上公社革委会，总共二三十口子人，老少爷们儿心里都憋着气儿，万一谁在言语上有个长短高低，咱们桃花坞可就摊上大事了。"

四爷爷松开脖子,低下头来说:“还能摊上什么大事?人生除死无大事,把咱们人都弄死了,总不能把咱们桃花坞平了吧,这世上还有天道吗?”

四爷爷越说越来气,连下巴上那几根灰胡子都跟着抖动起来,像是要咬我爹的样子,惹得坟子边上的村人都朝着我爹翻白眼,就连徐寡妇也停下了号丧,冲着我爹嚷道:“俺们二叔不能死得不明不白,得问那个破鞋要个说法!”

其他村人也跟着徐寡妇附和,都觉得庄疯子死得冤,死得不值。庄水生低着头,双手握着一根木棍子,不断地把火堆里没有烧透的纸钱挑起来,嘴里念叨着:“二叔,您把钱收了,遇神烧香,见鬼使钱。”

我爹有些着急,他对四爷爷说:“这个关键当口,您老就别说气话了,您在桃花坞德高望重,站出来说句话,让老少爷们儿消消气,桃花坞才能把接待工作做好哇。”

四爷爷叹口气说:“这是你们政治家的事儿,我一介荒村野夫说不着。”

四爷爷到底也没有开口说话,出完殡,埋了庄云鹤,桃花坞又恢复了原来的样子。我爹还是桃花坞的政治家,他去村广播室念了一圈人名,安排有人打扫卫生,有人刷标语,有人挂横幅。我爹还念了我和彭大运的名字,要我俩带着几个同学,沿路去捡散落在村里的纸钱,拿到庄云鹤坟头上去烧掉。

彭大运是彭启茂的二儿子,比我大两岁,因为考试总不及格,留级留了两年,成了我的同班同学。彭大运并不笨,只是心思没有用在课本上,抓田鸡、掏鸟蛋、逛麻雀、套兔子,这些事儿没有人比得上彭大运,每次看到他收获满满,同学们都会讨好地对彭大运说："你真是碰大运啊！"

彭大运最绝的是抓蛇。别人看到蛇，会用铁锹和石头乱打一气。彭大运看见蛇，会扑上去用手抓住蛇。说来也怪，蛇只要到了他的手上，乖顺得像根裤腰带一样，不逃也不咬。彭大运还敢把蛇装到书包里，当小猫小狗一样养着玩。有时候，他也会掏出蛇来吓唬女同学，只是他从来没用蛇吓唬过我，因为这一点，我对彭大运还是有好感的。我问过彭大运，你把那些活物儿都弄死了，以后会不会遭雷劈。

彭大运说："它们生来就是要被人弄死的。"

在北坡桃园烧纸钱的时候，我看见庄水生耷拉着头，带着两个背着枪的民兵上山去了。彭大运说，庄水生他们肯定是上山打狍子，招待县革委会的大领导。

彭大运还说，以前他爹当大队书记的时候，县里来了大领导，也会安排民兵上山打狍子。

彭大运还学着他爹的口气，双手叉着腰说道："桃花坞是个屁眼大的穷村子，县里的领导来，就是为了打牙祭，吃上一口狍子肉。"

烧纸钱冒的烟呛到了玉叶，她在我的后背兜里哇哇地哭个不停，彭大运赶紧用土埋住纸灰，我们这才各自回家去。回家之前，我顺道先去水生媳妇家，要给玉叶喂奶。自打穿上我娘的白地紫花汗衫后，水生媳妇就再也没有嫌弃文革咬她的奶头，也就不提断奶的事了。我进门的时候，看见水生媳妇穿着我娘那件藏青色的列宁服，正在照镜子。

水生媳妇接过玉叶，对我说："真是糟蹋了好衣裳，在咱们农村不好意思穿这么时髦。改天我得去逛逛县城，不为别的，就为了穿穿这身列宁服，真好看。”

喂完奶，我背着玉叶出门的时候，水生媳妇小声对我说：“明天上午过来喂奶吧。”

我有些纳闷，问水生媳妇为什么。

水生媳妇说：“你来了就知道了。”

六 谁是反革命

早晨，我给我爹做了早饭，玉米面粥和玉米面饼子，酱缸里漏进雨水招了蛆，下半年的咸菜泡了汤。我爹站着喝了一碗玉米面粥，从篮子里抓起一个玉米面饼子出了门，今天是桃花坞的大事，他肯定要早出门。我爹走后，我没有给玉叶熬小米粥，小米缸已经见缸底了，玉叶万一断了奶水，连口吃食都没有了。我跟我爹说了四五回，让他想办法给玉叶弄点小米，我爹压根儿就不想管。他还说，就算有小米也不想拿来喂野种。

我已经答应了我娘，一定要把玉叶养大成人，可我爹撒手不管，我一个女孩子怎么才能把玉叶养大成人啊。我娘的死，归根结底是我的责任，我之所以把一半责任推给我爹，是我实在承受不了全部责任。想起我娘，我心里就难受，我搂着玉叶睡觉的时候，哭醒过好多回，我真羡慕那些有娘的孩子啊。

水生媳妇昨晚上说了，今天上午给玉叶喂奶，早上就让玉叶扛一阵子饿吧。趁着玉叶还在睡觉，我赶紧给自己盛了一碗粥，吃了半块饼子,没有咸菜就着实在咽不下去。我在盐罐子里捏了一把盐粒子,就着下饭。就在这个时候,我听见村口锣鼓声响起来,我知道是县革委会的领导来了,赶紧背起玉叶,跑出门去看热闹。为了迎接县革委会的领导来桃花坞检查工作,学校放一天假,组织了二十个学生举着彩旗当迎宾队。二十人的迎宾队,只凑够了十九件白衬衣,校长只好脱下他的白衬衣,给彭大运穿在身上。彭大运是这二十人迎宾队里最高的,可穿上校长的白衬衣还是像个白大褂,昨天给庄云鹤出殡时,庄水生本家的子侄们都穿着这样的白大褂。

我背着玉叶奔到村口,才知道县革委会的领导还没有到,刚才敲锣打鼓是演练。玉叶饿哭了,我想起水生媳妇昨晚的叮嘱,就赶紧折回头奔水生家走去。刚刚走进胡同,我就闻见了炖肉的味道,馋得我狠狠地吞下一口口水。桃花坞谁家炖肉,半个村的人都会出来打听,打听是谁家这么×蛋狠心肠。待打听出是谁家炖肉, 上门借东西和还东西的人能排成队。上次我家吃肉的时候,我娘还活着。我爹在村口老槐树下把风,看到树枝树叶一摇晃,他撒开腿往家里跑,一进家门就压着嗓子喊我娘:“赶紧把肉下锅,起风了。”

我爹用鼻子品着炖肉的味儿,得意地跟我说:“起了风,炖肉的味儿,放个屁的工夫就吹走了,就算是狗鼻子也闻不出是咱家炖肉。”

今天不刮风,没进门我就猜出是庄水生家炖肉,还放了八角和大料。进门后,我看见水生媳妇正往灶膛里添柴,大柴锅里腾腾地冒着热气。看见我进来,水生媳妇赶忙用勺子从大柴锅里盛出一碗东西,塞进我手里:“狍子肉炖扁豆,赶紧趁热乎吃。”

许久不识肉滋味了,刚出锅热肉热菜烫嘴烫牙烫舌头,也没妨碍我狼吞虎咽。水生媳妇关上炉门,止了灶膛里的火,接过玉叶去喂奶。原来,水生媳妇说让我今天上午过来给玉叶喂奶,是为了让我吃上一口狍子肉。

水生媳妇一边给玉叶喂奶,一边打着带肉味的饱嗝,她擦了一把油乎乎的嘴唇说:“昨晚上打回来两只狍子,一只炖扁豆,一只炖芋头,哪回县里来了大领导,都是我掌勺,吃得他们顶到嗓子眼还舍不得下桌子。”

正说着话,四个民兵扛来两张大八仙桌,摆在院子当中。其中一个叫庄三的民兵打着嘻哈,冲着屋里喊道:“嫂子发发善心,弄块肉让我舔一口,要不迈不开腿干活了。”

水生媳妇坐在屋里笑道:“两只瘦狍子比猫大不了多少,桃花坞人人都来舔一口,让县里的大领导揣着个瘪肚子往回走呀。”

庄三回道:“狍子肉不解馋,我们说的是舔一口嫂子身上的肉。”

我听出来庄三说的不是好话,水生媳妇也不恼,她是桃花坞出名的好脾气:“嫂子身上的肉是专门伺候你哥的,你们几个麻利利回家,舔你娘个骚×去。”

庄三几个民兵被水生媳妇骂得一脸欢喜,嬉闹着出了门。水生媳妇对我说:“你别走了,在这儿帮我打个下手,一会儿没准还能剩下菜,你先拿抹布去把两张桌子擦干净,再把胡同口扫一下。”

能吃上一顿带肉滋味的菜,就算让我打扫半个桃花坞,我也乐意干。我突然觉得肚子有点疼,吃人家的嘴短,我不好意思说肚子疼，免得水生媳妇觉得我偷奸耍滑，我拎着扫帚出了门。忍着疼，我扫完胡同又扫院子，最后还把两张桌子擦拭干净，肚子疼到我出了一身冷汗。听到一阵热闹的吵嚷声，我想是县革委会的大领导们到了，我本想藏好扫帚就去茅房，可水生媳妇喊住我，让我赶紧把洗好的碗筷摆上桌子。我硬着头皮走进厨房，端起装满碗筷的铝盆，觉得十分吃力。

大人们连推带搡，分成两个桌子坐好。水生家门口挤满了看热闹的孩子，门口站不下了，利落一点的男孩子爬上水生家的院墙。穿着校长衬衣的彭大运第一个上了院墙，他呼喊着同伴道："上墙头来，桌子上的菜看得清楚。"

当着县革委会大领导们的面，庄水生不好意思过分生气，笑着挥手驱赶了好几遍看热闹的孩子。彭大运他们就像是看见了屎的苍蝇一样执着，赶走了不一会儿又围拢上了墙头。我已经没有气力为他们每个人分碗筷了，只好数着人头，捧出一摞碗，再抓起一把筷子，一起放到桌子上。分完第二张桌子上的碗筷，我额头上的汗珠子已经滴到了碗里，肚子里像是有一千把耙子在翻地。大人们的眼神都在自己关注的大领导们身上，没有人看到我的苦痛，包括我爹。我爹被分派在第一张桌子上，跟县革委会主任柳铁英坐同一张桌子，紧张得他只落座了半个腚，另一半腚始终悬着，准备随时站起来为大领导们跑腿。庄水生比较惨，连第二张桌子都没混上坐，只能里里外外上菜倒水。

先端上桌的是扁豆炖狍子肉，我已经吃过了，但还是禁不住肉味儿的诱惑，目送着柳铁英夹起第一块腿肉送进嘴巴里。那一刻，我看见了墙头上跟我差不多大小的伙伴们，跟着柳铁英一起张大嘴巴，随后跟着她一起大嚼起来，我甚至能听见他们"咕咚咕咚”咽下口水的声音。我和彭大运的眼光相遇了，他愣了一下神，似乎是在纳闷我怎么不跟着一起咽口水。我摇摇晃晃倒下的时候，只感受到了两件事，一是我看见彭大运摇摇晃晃在墙头上站起身来，二是我控制不住自己的下身，粪便像尿一样喷到了裤裆里。

不知道过了多久，我才恢复知觉，发现自己躺在院子里，眼前的大人们进进出出忙个不停。紧挨着我身边，并排还躺着七八个男人，一个个脸色煞白，嘴里不歇声“哎哟哎哟”叫个不停。院墙根下有一棵柿子树，我爹和水生媳妇都被反绑在树上。我爹站着，一脸发蒙相。水生媳妇坐在地上，闭着眼，汗水从她脸上往下滚，把我娘的白地紫花汗衫湿透了。一时间，我觉得很是惊恐，不知道发生了什么事情。忽然，我闻见了一阵阵臭味儿，墙头上的大人孩子们一个个捏着鼻子，脸上都是一副奇怪的神情。门口和院墙爬满了看热闹的人，已经不光是孩子们了，还有桃花坞的大人们。

门口一阵骚乱，庄三扒拉开人群，带着桃花坞的中医彭启茂走进来。庄三带着彭启茂直接进了堂屋，不多会儿，彭启茂走出来，走到桌子旁捡起一双筷子，扒拉着那盆扁豆炖狍子肉，还挑起一块放进嘴里，咂吧了两下又吐了。彭启茂用手从盆里拣出一片叶子，对着墙头和门口的人大声说道：“扁豆里面混进了泻叶，是泻药里面药性最猛的大泻之物。大家都来搭把手，给每个人灌一碗盐开水，能喝多少喝多少，一直喝到吐为止。”

庄水生让庄三架上大柴锅烧水，又央求几位邻居回家取点盐巴，说自己家的盐巴全都炖狍子肉用了。几位邻居有些不情愿，懒沓沓地捏着鼻子走开，回家取盐巴去了。

我的盐巴水是彭大运帮我盛的，他一边喂我喝盐巴水，一边对我说："以后别笑话我尿炕了，我可不往裤裆里拉屎。"

我能感觉到我满脸臊得通红，其实，我挺在意彭大运怎么看我的。一碗盐巴水喝完了，彭大运又给我盛来一碗，我突然想起了玉叶，我让彭大运赶紧去庄水生家炕上看一眼玉叶。旋风工夫，彭大运从堂屋里钻出来，说玉叶在庄水生家炕上睡得正香呢。

彭大运还说："我刚才在堂屋里听到柳铁英正跟人商量事，她说这不是一次简单的投毒下药，还说这次必须杀人立威。"

我问彭大运，杀人立威是什么意思。

彭大运说不知道，但是肯定要死人的。

我禁不住担心起来，抬头瞅了瞅绑在柿子树上的我爹和水生媳妇。

我又问彭大运，为什么把我爹和水生媳妇绑起来。

彭大运说，你爹是桃花坞的一把手，水生媳妇炖的狍子肉，不绑他俩绑谁去。

我和彭大运正在小声嘀咕着，柳铁英被她的吉普车司机搀扶着走出堂屋，她大概是喝了盐巴水恢复了一些体力，坐在院子中央的一把椅子上，黑着脸说道："这是一起严重的、有预谋的反革命案件，这是想把县里和公社两级革委会领导班子全部消灭掉，我一定要揪出这个反革命幕后黑手。现在，谁站出来举报投毒者，县革委会奖励五十斤小米，不，一百斤小米。"

整个院子静下来，没有一个人出声。当然，也没有人站出来举报。柳铁英坐在椅子上，又喝了一碗盐巴水，气冲冲地把碗摔在地上，说道："你们装聋作哑制不住我，只要我在位一天，桃花坞村就别想拿到一斤救济粮！”

人群里叽叽喳喳开始躁动起来，桃花坞人多地少，是全县出了名的穷山村，每年都要依靠国家的救济粮过活。现在，县革委会主任放出话来，不再给桃花坞发放救济粮，这等于要了桃花坞的半数人命。忽然，人群中肃静下来，四爷爷拄着拐杖走出人群，径直走到柳铁英跟前，说道：“过门那天，你叫过我四叔，还给我磕过头，今天我叫你一声侄媳妇，也不为过吧。”

柳铁英一脸不自在，梗着脖子叫道：“那是旧社会封建礼教的包办婚姻，现在是新中国，做不得数。”

四爷爷说道：“不认这门亲也就罢了，何至于害了他的命？你身怀六甲嫁入庄门，云鹤非但没有嫌弃你，还待你如上宾，做人总得讲良心吧。”

柳铁英的脸色变成铁青色：“我身怀六甲，孩子在哪里？就算我身怀六甲，你们怎么知道孩子不是庄云鹤的？”

四爷爷下巴上的稀疏胡子又抖动起来：“云鹤走了，你爹娘也成了古人，可桃花坞的天道还没死。云鹤的尸骨没有埋进庄家人的祖坟，就是因为他到死还是处男身，青天白日，朗朗乾坤，你如此颠倒黑白，真的不怕报应吗？”

四爷爷和柳铁英对峙的时候，一群穿绿军装的民兵背着枪走进来，柳铁英的吉普车司机跟在后面。柳铁英扶着椅背站起来，指着四爷爷说：“他就是桃花坞反革命事件的主使，先把他抓起来！”

四爷爷在村里德高望重，他被县里的绿军装民兵五花大绑捆上，桃花坞看热闹的人们喧闹起来，徐寡妇在人群里喊道：“四爷爷，这年头搞破鞋的搞成大领导，哪里还有什么天道。”

村里人跟着徐寡妇高声附和,也有人叫嚷着,说不能让他们把四爷爷带走。

柳铁英觉察出场面失控,大声喝道:“把桃花坞的反革命主犯押走!”

两个民兵上来架着四爷爷往门口走去,四爷爷扭过头来问道:“侄媳妇,我是主犯,谁是从犯呢?”

柳铁英用手指着柿子树:“这两个人当中就有一个从犯。”

我爹大概是从柳铁英这句话里面听到了活话,急忙争辩说:“柳主任,我冤枉,要是我投毒下药,我能吃这么多,您看看,谁有我拉得多啊。”

柳铁英想赶紧离开桃花坞,她对民兵命令道:“把掌厨的女人押走。”

我想起彭大运刚才说的“杀人立威”,他们如果把水生媳妇杀了,玉叶还不得饿死。

想到这一层,我急忙从地上爬起来,对着柳铁英说:“不是水生媳妇投的毒,我一上午都跟她在一块儿,再说了,她也吃了炖狍子肉,撑得她一直在打嗝,肯定不是水生媳妇干的。”

柳铁英低头看了我一眼:“你说不是水生媳妇干的,那你告诉我,泻叶是谁放进去的?”

我看了我爹一眼,我爹赶忙把头低下去,我回过头盯着柳铁英问道:“举报放泻叶的人,奖励一百斤小米,是真的吗?”

柳铁英说:“当然是真的,你现在举报,我让司机明天就把一百斤小米给你送到家里去。”

我又问柳铁英:“举报放泻叶的人,会不会杀人立威?”

柳铁英笑着说:“不会的,我让他写个检讨书就行了,因为我们已经抓到主犯四叔……四爷爷了,只对他一个杀人立威。”

村里的人不再出声了，他们全都憋住一口气，等着我的举报。我很害怕,紧紧地咬着自己的下嘴唇,这时候我想起了死去的娘,还有饿得嗷嗷哭的玉叶,我的眼泪止不住流下来。

我举起手,指着柿子树,对柳铁英说:“是我爹!”

七　谭记铁匠铺

玉叶上小学二年级的时候，我已经在召平镇读高三。到了高中三年级，重新划分班级，我进了高考冲刺班，彭大运去了普通班，也就是同学们说的垃圾班。彭大运纠集垃圾班里的另外七名男同学，组成八大金刚，每天旷课逃学，开始混社会。虽说进了高考冲刺班，我对自己考不上大学这一点，还是很有把握的。召平镇去年只有五个人考上大学，还有三个人是大专。我在冲刺班里排名三十开外，所以，我的志向是考进本市的大专，既能解决我的农村户口问题，还能照顾玉叶。

玉叶性格有点内向，不怎么爱说话。玉叶不爱说话，跟我爹有很大关系，因为玉叶每次怯生生地叫他“爹”的时候，他从来都不答应。时间久了，玉叶觉得很没有意思，也就不怎么爱说话了。其实，我爹跟我也不怎么说话。跟我不怎么说话，倒不是他那些年在村广播室读报骂人把话都说完了，而是从那次我举报他投毒之后，他就不怎么跟我说话了。

说起我爹,我想我还是先交代一下那次反革命事件吧。

我当着全村人举报我爹投毒之后，柳铁英就把我爹和四爷爷一起抓到了县城。我爹被抓走之后,桃花坞只剩下庄水生一个政治家,他分析说,我爹和四爷爷这回是凶多吉少。我说不能啊,柳铁英答应我了,让我爹写个检讨书就行了。

庄水生叹口气,说道:“你个屎孩子,哪里懂得搞政治的人个顶个都是说一套做一套。”

庄水生说话的语气阴森森的,让我从心底冒出一股凉气,觉得我爹真的是凶多吉少。我哭了整整一夜，想象着如果我爹没了,我和玉叶依靠谁活下去。

第二天，我站在村口等了整整一天，没有看到吉普车的影子,当然也没有等到那一百斤小米。天色已经擦黑,玉叶在我的背上哭闹起来,大概是饿极了。我背着玉叶往庄水生家走,去找水生媳妇给玉叶喂奶。水生媳妇问我,小米送来了没有。

我摇了摇头,说没有。

水生媳妇拍着炕沿儿骂道:“这个挨千刀的破鞋，迟早会遭报应的,哪有这样的领导,说话像是狗放屁。”

在水生媳妇的骂声中,我觉得自己浑身瘫软,禁不住趴在炕沿上哭起来,一直哭到自己打气嗝,还是止不住。

水生媳妇安慰我说,彭启茂家里有小米,明天先去他家借个三五斤,等你爹回来再想办法。

可是,我觉得我不仅仅是为小米哭,还有其他事儿,只是我一时半会儿想不清楚,就是想哭。哭完了,我才想明白,大概是万人大会的时候,我把柳铁英想象成我娘,现在被她欺骗之后觉得委屈,才会哭个不停。我哭的另一个原因是,我不仅害死了我娘,我还害死了我爹。

这天晚上，我熬到后半夜才昏睡过去。

天蒙蒙亮时，我起来把缸底的小米全部倒出来，稀汤寡水地熬了一小锅粥，刚刚够灌满一葡萄糖瓶子。我把葡萄糖瓶子装进书包，又塞进三个玉米面饼子，把还在熟睡的玉叶背起来，我今天不去学校上课了，我要进县城找柳铁英，要回那一百斤属于我的小米和我爹。

我赶了整整一天路，傍晚时分走到县城，一路打听找到县革委会。革委会的大铁门已经上锁，门口有一个站岗的绿军装民兵。

我问绿军装民兵，柳铁英是不是在这里上班。

绿军装民兵问我，找柳主任什么事。

我说她欠我一百斤小米，我来问她要。

绿军装民兵说我脑子有毛病，让我赶紧走开。

县革委会门前是一个方形广场，我在不远处找了一个背风的墙根，想先给玉叶喂小米粥喝。天变冷了，小米粥在葡萄糖瓶子里结成一坨，流不到玉叶嘴里，急得玉叶嘬着瓶口哭。我站起身来，背着玉叶往前走去，想找个人家要点热水，把瓶子里的小米粥烫开。

水生媳妇说县城晚上有街灯，跟白天差不多亮堂，还说县城的街上到处能闻见油炸馅饼的香味儿。可是，我走过的街上，隔着老远才有一盏街灯，也不够亮堂。油炸馅饼的香味儿压根儿没有闻到，只有一股子往鼻子里蹿的煤烟味儿。要不是刚才看见绿军装民兵背后挂着“昶山县革命委员会”的牌子，我真的会以为这里不是县城。

走着走着，煤烟味儿越来越重，我还听到了叮叮当当打铁的声音。县城里也有铁匠铺子？我心里有些纳闷。果然，在县革委会斜对面的街上有一家铁匠铺子，门口立着一块白铁皮，上面用红油漆写着“谭记铁匠铺”。

铁匠铺子里烧着一炉煤火，炉火边上，一个比我年龄稍大一点的男孩正在卖力拉动风箱。拉风箱的男孩皮肤很白，眼睛很大，样子很像电影《闪闪的红星》里面的潘冬子，说什么都不像是铁匠铺里的小学徒。

砧铁旁站着一个岁数比我爹还大的铁匠，身材魁梧，脸色黢黑，留着一个方方正正的寸头，每一根头发都倔强地直竖着。老铁匠正抡着手中的铁锤，锤打一件被炉火烧得红通通的铁器。在老铁匠不停的锤打中，那件半圆形红通通的铁器渐渐失去了红色，变暗。等到铁器变成暗灰色后，老铁匠用铁钳夹起半圆形铁器，放进砧铁旁一个水槽里，一股水汽冒起来的同时还发出“吱吱”声。老铁匠转过身，看见我站在门口，黑红的脸上愣怔了一下，问我：“这么晚，你个小姑娘家怎么不回家？哦，你还背着个孩子？”

我跟老铁匠回道：“我家在召平镇桃花坞村，我今晚上回不了家了。”

老铁匠放下手里的锤子和铁钳，示意拉风箱的男孩子收工，他走到我跟前问道：“桃花坞？听说县革委会那帮领导让你们村的人算计了，在狍子肉里面下了毒，是真的吗？”

我点了点头，问老铁匠能不能给我一些开水，并且从书包里掏出装着小米粥的葡萄糖瓶子。

老铁匠大概明白我的意图，他从我手里接过葡萄糖瓶子，顺手丢进水槽里，继续问我："你知道是什么人干的那件事吗？"

我很不情愿说这件事情，可是我现在有求于老铁匠，只好硬着头皮说："是我爹干的。"

老铁匠朝着铺子外面打量几眼，半晌后才压低了嗓子说道："你进来吧，坐下喝口热水。"

玉叶饿极了，哭得越来越凶。我接过老铁匠递过来的搪瓷缸子，"咕咚咕咚"一气喝下大半缸子热水，觉得一股暖流涌向周身，我对老铁匠生出一些好感。水槽里的热水融开了小米粥，我举着瓶子使劲儿晃了晃，让米粒和汤汁混在一起。葡萄糖瓶子塞进玉叶的嘴巴，小家伙立刻止住哭声，使足全身劲儿吞咽着小米粥，吃相着实惹人怜爱。

铁匠铺那个大男孩叫欧阳，老铁匠叫他关上铺门，说今晚收工了，明天要早起往看守所送镣铐。

欧阳说："师父，我上回去看守所送镣铐，龚所长说咱们做的镣铐开口尺寸太大了，有一回一个脚小的反革命死刑犯，晚上挣脱了脚铐跑了。"

老铁匠说："甭理他，昶山县的铁匠铺子都被当资本主义尾巴割掉了，咱们独此一家，开口大小都得让咱们做。"

老铁匠说完，递给欧阳一口铝锅："去招待所食堂问问老余，今天县领导们是不是涮羊肉了？"

欧阳的脸上露出好看的笑模样，接过铝锅，很开心地出了门。老铁匠搬过来一张小桌子，放在我跟前，他又从砧铁下面拖出来一张小板凳，坐下来问我："你一个小姑娘家，跑到县城来干吗？"

我说我来县城是找柳铁英要小米，还把这件事情的前因后果讲给了老铁匠听。

老铁匠听完,沉默了片刻,问道:“你几岁了?”

我说:“十岁。”

老铁匠叹口气:“柳铁英骗了你……难为你这孩子了,不举报你爹,你妹妹就得饿死;举报你爹,你爹这回是凶多吉少了。”

两天来,这已经是第二次有人说我爹凶多吉少,看来我爹这回真的麻缠了。我脑子里想着我爹的安危,铁匠铺的门被推开,欧阳两手端着铝锅,腋窝下还夹着报纸卷走进来,脸上还是他离开时的笑容。老铁匠接过他手里浑身是坑的铝锅,放在桌子上,里面盛着多半锅黑乎乎的东西,老铁匠说是羊杂汤。

欧阳跟着补充说,县里的领导涮羊肉的时候,他们就能跟着喝上羊杂汤。

欧阳摊开报纸卷,里面是一摞硬面烧饼,足有二十多个。

老铁匠问欧阳,怎么拿来这么多烧饼。

欧阳说,老余让咱们把吃剩下的烧饼,明天给他小舅子捎进看守所去。

羊杂汤的味道真是好闻,那天晚上,我喝了三碗羊杂汤,尝了胡椒面的滋味儿,还吃了四个硬面火烧,这是我十岁以前吃过的最好的一顿饭。

玉叶已经睡熟了,欧阳带着我去厨房,我不光把三个人吃饭的锅和饭碗洗干净,还把油乎乎的厨房擦拭了一遍。直到老铁匠进来招呼我去歇着,我才罢手。我们三个人围坐在炉台边上,老铁匠点上一锅旱烟,不一会儿,空气中就全是香喷喷的烟草味儿。我爹也抽旱烟,可他抽出来的烟味儿怎么就那么难闻呢?

老铁匠又问我今晚住哪儿。

我摇了摇头,表示自己晚上没有着落。

老铁匠对他的徒弟欧阳说:“把你的被窝腾出了，你今晚跟我挤一挤。”

欧阳笑着点头答应:“师父,那我先去收拾一下床铺。”

我冲着老铁匠和欧阳笑了笑,那个时候,我还不会说感谢一类的客气话,心里却满是感激。欧阳从里屋出来的时候,两手抱着一堆镣铐,放在炉台边上,然后坐下来,用一把铁锉开始锉镣铐。镣铐我认得,电影里面见过很多回。

老铁匠对欧阳说:“带棱带角的锉平了，让里面的人少受一点罪。”

欧阳头也不抬地应道:“我知道,师父。”

老铁匠转过头来,对我说:“谭家祖先从明代就迁来昶山县,世世代代都以铸刀铸剑为生,我祖上曾经为郑成功铸过剑。到了我这一代,却只能铸镣铐了。”

老铁匠在鞋底上磕掉烟灰,继续说道:“我铸的最后一把刀,是送给一位抗日的将军,你知道抗日吗?”

我点了点头,说我看了很多抗日的电影,还说了一句日本鬼子太可恨了。

老铁匠说:“那位将军是一位大大的抗日英雄,四川人,勇猛善战,为人耿直。当年,日本人打过来的时候,山东最大的官儿韩复榘带着军队跑了,人家这位四川的将军却主动请缨,进驻了滕县。我当年用了七天七夜,日夜不歇工,用祖传技艺,为将军铸造了一把指挥刀,并亲自送到藤县,献给将军。”

我觉得好困,就倚靠在身后的一块门板上,问老铁匠:“将军叫什么名字?”

老铁匠笑了笑:“名字嘛,我不记得了。”

欧阳停下手里的活儿,抬头说:“师父,您还没有讲将军试刀呢。”

老铁匠笑了,脸上露出骄傲的神情:“当时,将军正在写东西,他放下笔,拔出指挥刀来看了半天,直赞叹好刀好刀,然后对着桌子上的毛笔轻轻一挥,毛笔立刻断为两截。将军举着刀说道,若不把日寇赶出国土,我便随此笔,以死殉国!”

老铁匠又给自己装了一斗旱烟:“我离开藤县的第三天,仗就打起来了,将军坚守藤县三天三夜,壮烈殉国。据说,将军身上中了七枪才倒下的。倒下的时候,手里握着我给他铸的指挥刀。”

八 桃花坞的英雄

早上醒来的时候,我忘了自己在哪里,是玉叶的哭声把我吵醒的。

老铁匠说欧阳从看守所送镣铐回来了，他还打听到我爹和四爷爷的情况,都被关在死刑犯的牢房里。

我使劲忍着,才没有让自己掉下泪来。我匆匆忙忙吃了两个油炸馅饼，背上玉叶出了谭记铁匠铺。这是我第二次吃油炸馅饼,远不如上一次吃的时候香。上一次,是我娘从县城买的油炸馅饼,我一气吃了五个。老铁匠和欧阳出来送我,老铁匠把葡萄糖瓶子递给我,里面装满稠稠的小米粥。

接下来,我在县革委会门口等了两天,始终没有看见柳铁英的吉普车,也没有看见柳铁英。到了晚间,我还是回谭记铁匠铺借宿，借宿也不是白住，我每天晚上给老铁匠和欧阳做一顿晚饭。

欧阳对于我会做饭这件事很是新奇,他问我会做什么饭。

我问他想吃什么饭。

欧阳想了想，问道，你会做疙瘩汤吗。

我说疙瘩汤太简单了，我娘教会我做的第一顿饭就是疙瘩汤。

看到欧阳瞪大一双好看的眼睛，我越发有了做饭的好心情，我跟欧阳说："不过，我娘管疙瘩汤不叫疙瘩汤。"

欧阳问道："那叫什么？"

我说："我娘叫它雪里金。"

欧阳问道："为什么叫雪里金？雪里金怎么做？"

我很显摆地笑着，从米缸里舀出半瓢小米，对欧阳说："先把小米淘洗干净，放进开水锅里煮几分钟，在小米要熟不熟的时候捞出来，过凉水，再用笊篱沥干水。这个时候，小米已经半熟，但还是一粒一粒，不会粘成一坨。"

我从橱子里拣出一只最大的平盘，抓起一把白面，均匀地撒在盘子里，把半熟的小米倒进盘子里面，顺着一边晃动盘子，让白面裹到小米粒上。等白面把小米包住后，另外炝锅熬汤，汤开之后，就把裹着面粉的小米粒倒进汤里。然后，我对欧阳说："这就是雪里金，我娘教会我的。"

欧阳喝了四大碗我做的雪里金，还把我做雪里金的过程又跟师父讲述一遍。欧阳说普通话，音调跟收音机里的播音员说的一样好听。

老铁匠对我的手艺连连称赞，说所有疙瘩一般大，他这辈子头一回喝到这般入口，这般均匀的疙瘩汤。

第三天，我又来到县革委会门口，我认出一个穿中山装的男人，他也在庄水生家吃过狍子肉。

我拦下中山装，问他柳铁英在哪里。

中山装也认出了我，他说柳主任到市里面开会去了。

我问中山装，柳主任什么时候回来。

中山装说是开很重要的会，不知道什么时候回来。

第四天傍晚时分，我背着玉叶走回桃花坞，没有要回我的一百斤小米，也没有看到我爹。晚上停电了，家里只有一截蜡烛头，很快着完了。黑暗中，玉叶又饿哭了，我跟着她一起哭。后来，玉叶哭睡了，我哭着哭着也睡了。

以后的日子会过成什么样子，我不敢去想，反正不能再坏了吧。虽说家里的咸菜泡了汤，可是还有玉米，让我发愁的是没有玉叶吃的小米。好在水生媳妇主动提出来，要给玉叶早晚喂两次奶，还说文革是个男孩子，少吃两口奶不碍事。

接下来，村里有人送来小米，还特意说好不是借，是送给玉叶吃的。

有天晚上，彭启德送来一篮子鸡蛋，我数了数，足足有三十个。彭启德前脚走，我后脚就给玉叶蒸鸡蛋羹。蒸鸡蛋羹真好，煎鸡蛋会让别人家闻到香味儿，再说我家也没有煎鸡蛋的油。

吃得稍好一点，脑子就爱想事，想起这些天给我家送东西的人很多，庄大棒槌跟我爹吵过架动过手，他家婆娘居然还给玉叶做了一身新的棉裤棉袄，让我很是纳闷。

这些天，还生出一件稀奇事，庄水生顶替我爹，天天去村广播室读报纸。我挺喜欢庄水生读报纸，人家庄水生读报纸就是读报纸，从来不骂人。我爹读报纸的时候，不光是骂人，还三天两头死人。我爹读到毛主席去世的时候，对着大喇叭哭得哇哇响，徐寡妇又是第一个跳出来的，说我爷爷死的时候，我爹都没这样哭过。

从庄水生读报纸开始，就没有死过人，他读的是“拨乱反正”“打倒四人帮”什么的。听上去，感觉像是一桩桩好事。

一天晚上，我背着玉叶去找水生媳妇喂奶，正赶上庄水生读完报纸回家，庄水生对我说：“你爹和四爷爷大概没事了，没准这几天就能回来。”

我问庄水生为什么。

庄水生说：“邓小平上台了。”

我不是太明白：“我爹原来天天骂邓小平呀。”

一个月过后，我爹真的回来了，四爷爷也回来了。我爹回到家后，我叫了他一声，他犹豫了一下，最后闷哼了一声，算是答应。我知道我爹心里对我有气，他就算是不答应这一声，我也不会怪他。在以后的很多年里，我爹对我都是这样的态度，不冷不热，不尴不尬。也是在很多年之后，我才明白，其实，我爹是不知道该如何面对我。

我爹回到桃花坞当天就去了村广播室，他读了几条报纸上的新闻之后，又开始骂人了。我爹这回骂的不是村里的人，他从“四人帮”的王张江姚，一直骂到柳铁英。最后，我爹还讲了他在监狱里如何跟“四人帮”的爪牙柳铁英做坚决斗争的，足足用了两个钟头，讲到变电室跳闸才完事。一时间，让我觉得，把我爹抓起来的不是柳铁英，而是江青。

转瞬间，我爹成了桃花坞的英雄，村里主动请他喝酒的人越来越多，还有人拎着酒和猪肠子来我家喝酒。我爹把关押期间的故事讲得滚瓜烂熟，而且每天讲的都差不多，他说他不想连累桃花坞的父老乡亲，一进去就承认是自己投的毒，而且他还为四爷爷开脱，说是自己一个人的主张，没有受四爷爷的指使。

我爹还说，他几乎每天过一遍大堂，受一遍大刑，把后槽牙咬碎了两颗。每次说到这里，我爹还要用手扒开嘴让人看他的后槽牙。其实，我清楚地记得，我爹那两颗后槽牙是虫牙，有一年害了牙疼，疼到满炕上打滚儿，是我娘带着我爹和我，在召平镇大集上找人拔的牙。

接下来，我爹更忙了，他到公社里做报告，到县里做报告，最后还到市里做报告，讲他在监狱里怎么遭受严刑拷打，也讲他怎么从山上采来泻叶，怎么偷偷放进狍子肉里面。我爹在做报告的时候提到了我，他没有提我的名字，可桃花坞的人都知道，他报告里说的"遭到坏人举报"的坏人，就是我。

我爹是在召平镇中心小学操场上做的报告，就是那次开万人批斗会的地方，各个村里都组织村民去听报告，我们桃花坞小学全体学生都去了。当我爹讲到他"遭到坏人举报"的时候，全桃花坞小学的师生都在看我，看得我恨不能找个地缝钻进去。

彭大运凑到我眼前，趴在我后面说："你爹真能吹牛×哦。"

四爷爷回到桃花坞，几乎不见人，也不说话。直到上级派来调查组，把四爷爷问急了，他也只说了一句话："在那种拿人不当人的地方，他庄正德说人话才不是人呢。"

九 潘保东

十七岁那年，我终于来了例假。跟着例假一起来的，还有爱情。

一天放学路上，彭大运突然从路边冒出来截住我，他已经旷课多日了。

彭大运问我功课复习得怎么样。

我说文科没有问题，理科仍旧是我的弱项，考大学就不指望了，能就近上个大专，我也就心满意足了。

彭大运说："上大专吃上国家粮，是国家干部了，到那个时候，你就把我忘了吧？"

我说怎么可能呢，我们是发小加同学，一辈子都忘不了的。

彭大运说："既然一辈子都忘不了，那你就做我女朋友，我们谈恋爱吧。"

对彭大运突如其来的求爱，我没有丝毫心理准备，慌乱得让我生出几分怨气，虽然我对彭大运一直都有好感。还有，我不喜欢彭大运说话的口气,一副我愿意与否都得答应的架势。

我冷冰冰地回道:“现在是高考的紧要关头，我不想被这种事情干扰,谈不谈恋爱以后再说吧。”

我没有理会彭大运脸上的神情，骗腿跨上我爹那辆破自行车,急匆匆赶回桃花坞,给玉叶和我爹做晚饭。

我爹还是冷言冷语,玉叶还是不太爱讲话,我们三个人坐在一起吃顿饭,经常一句话都没有。这样也不全是坏处,没有人说话,我爹吃饭吧唧嘴的声音就会很响,有效地让我和玉叶都反感这个声音。反感之后,自己就不会吃饭吧唧嘴了。再说了,吃饭说话有什么好处,水生媳妇喜欢一边吃饭一边讲话,尤其是她哈哈大笑的时候,嘴里的饭菜嚼到几成细,让人看得一清二楚,活像拌匀称的鸡饲料。

玉叶读小学二年级了,每次考试都得满分,她学习的时候很专注，这一点让我很是欣慰。我最大的愿望就是让玉叶考上大学,离开这个家,离开桃花坞,去大城市里开始自己的新生活。玉叶的生活里,没有母爱,也没有父爱,这个结果是我一手造成的,我只能拼尽全力多做弥补。

今天的晚饭,玉叶只吃了小半碗米饭,就放下筷子去做作业了,状态很是反常。晚饭后,我和玉叶一起做功课,直到我们俩洗漱完了钻进被窝,我才开始问她。

玉叶扭过身去,不想跟我说话。

我扳过玉叶的身子,告诉她,不说清楚就不许睡觉,玉叶竟抽抽搭搭哭起来。玉叶不爱说话，就连哭也只是抽抽搭搭抹眼泪。

我知道问题有些严重,便把她搂进怀里。她哭够了,这才说:

“姐,他们骂我是野种,说我爹姓陈不姓庄,到底是不是真的?”

我很早就知道，自己会面临这个问题，只是没想到会这么早。玉叶还这么小,生母辞世,生父生死不知,她如何承受?

我对玉叶说:“坏孩子的浑话,你不要听信,咱爹就是冷漠的性格,他对你对我都是一张冷脸。”

玉叶继续哭道:“你叫他,他答应,我叫他,他都不看我。”

我说:“因为生你的时候,咱娘难产死了,咱爹怪罪你,才会那样。”

玉叶止住哭，我接着安慰她:“至少还有姐姐心疼你、保护你,你要乖,好好学习功课,将来考上大学,离开这个穷山沟,去大城市生活。”

潘保东是我的班长,数学在班里拔尖,人长得也周正,像电影演员王心刚,班里的女同学都喜欢他。上课时,潘保东就坐在我后面,但我们俩几乎不说话。有一天,我在课本里看到一张纸条,上面写着:你的作文写得那么好,如果考不上大学太可惜。从今天开始,我帮你辅导数学。

落款的名字是潘保东。看到是潘保东给我的纸条,心跳禁不住加快,这是班里女生梦寐以求的事儿。我对考大学没有兴趣,却无法拒绝潘保东的帮助。再说了,高考前夕的时间无比金贵,人家主动提出来帮我补习数学,我不能不识好歹。

我理了理刘海,转过头去,对潘保东笑着说:“谢谢班长!”

从那天起,我每天下午延迟一个小时回家,留在教室里,补习数学。潘保东帮我补习了一个月数学,我觉得大有收获,让我一直头疼的数学也不是那么难。在我心里,对潘保东又是感激,又是敬重，当然也不排除有几分爱慕。有时候，我也跟潘保东讨论作文，我能够给他的心得只有八个字：真情实感，言之有物。

潘保东说古有一字师，我就是他的八字师，还说这八个字琢磨通了，就能把他的作文水平提高一个档次。

眼看着高考临近，填写报考志愿的时候，潘保东问我报考哪所大学。

我说不知道。

我是真的不知道，因为我压根就没想去读大学，我还要在家照顾玉叶读书。潘保东说他报考的是省师范大学数学系，他还建议我报考这所大学的中文系，还说在同一所大学读书，能彼此照应。

我的心底涌起一股甜蜜的幸福感，不由自主地接受了潘保东的建议，填写了省师范大学中文系。我没有忘记对我娘的承诺，要照顾玉叶长大成人，因为我压根儿就没有把握考上大学。

高考前的日子过得飞快，转眼间还剩下不到一周的时间。

一天傍晚，教室里还剩下不到一半同学，教室门突然被人一脚踢开，彭大运带着他的七个金刚兄弟闯进来。

彭大运朝着我走过来，酸溜溜说道："夫妻双双把课补呀。"

我能感觉到自己的脸涨红，眼泪差点掉下来："彭大运，你不要这么浅薄好不好。"

彭大运说："我说句话就浅薄了，你俩勾勾搭搭是高尚？"

潘保东站起身来："彭大运，你说话注意点，我帮庄金枝补习数学，怎么成了勾勾搭搭了？"

彭大运走上前去推了潘保东一把："勾引我女朋友，你还有理了。”

我也站起身来,觉得自己被气昏了头:“谁是你女朋友,你不要脸,彭大运。”

彭大运对着另外七大金刚一挥手:“敢明目张胆给老子戴绿帽子,给我教训一下奸夫。”

彭大运的七个金刚兄弟一拥齐上，一会儿把潘保东打成一个血葫芦。

潘保东头上缝了二十三针,鼻梁骨骨折,右手腕骨骨折,住院治疗一个礼拜。等他急匆匆出院,赶到考场的时候,才想起自己的右手无法写字,潘保东趴在桌子上失声痛哭。潘保东的伤势已经构成轻伤,八大金刚全都被抓进派出所,但只有两个人被判劳教。彭大运因为没有参与打人,在看守所关了一个礼拜之后放出来,负担了潘保东的住院治疗费。

我带着矛盾的心情,如期参加了高考。高考结束后,我问我爹要了十块钱，买上一些水果和罐头，去召平镇潘保东家看望他。潘保东的妈妈把我的水果和罐头扔出门外,不让我进门,还骂我是扫帚星,说我害死我娘,害得我爹坐牢,如今还害得潘保东考不上大学。

没能看望成潘保东,我心里很难受,我蹲在潘保东家门口,一边哭着一边收拾起地上的水果,罐头瓶子已经摔破,糖水黄桃流了一地。我要把香蕉和苹果带回家去,玉叶还从来没有吃过香蕉呢。

这个暑假,我割了整整一暑假牛草,卖给畜牧场换一些零用钱。这一天,我在北坡上割牛草,大概是太累的缘故,心里还总是想着潘保东没有参加高考的事儿,一镰刀砍到左手背上,顿时血流如注。我赶到村里中药铺,中医彭启茂检查后,说我没有伤到静脉血管,帮我敷药包扎。彭启茂的老婆在一旁摔簸箕扔扫帚,一脸愤愤之色,应该是因为儿子彭大运赔偿潘保东医药费,对我存了一肚子怨气。手背割伤了,我第二天没有上山割牛草,居然收到省师范大学中文系的录取通知书。接到录取通知书,我不知道该喜还是该悲,瞬间大脑一片混沌。

我在家里思虑了整整两天,第三天傍晚,我蹬上我爹那辆破自行车去了召平镇。没有敲门,我就闯进了潘保东家里。潘保东的伤口已经愈合了,只有右手腕上还打着石膏板,正跟他父母和两个妹妹吃晚饭。看到我突然进入,一家五口很吃惊,一齐望着我,都没有说话。我也没有说话,我从口袋里面掏出省师范大学中文系录取通知书,放在潘保东跟前。我对他说:"如果不是你帮我补习数学,我不可能考上大学,也因为你帮我补习数学,招来飞来横祸,所以,这个大学我不能上。"

说完,我抓起桌子上的录取通知书,"嚓嚓嚓"撕个粉碎。临出门的时候,我对潘保东的母亲说:"婶子,潘保东很优秀,他多复习一年,没准可以考上更好的大学。"

从我进门,到我出门,潘家人自始至终没有人说话,他们或许不知道该说什么。

从这一天开始, 我无数回梦见自己拎着铺盖卷儿去大学报到,又无数回从一声叹息中醒来。不去读大学,是我反复考量后做的决定,并非一时冲动。我去省城读大学,玉叶怎么办?只有背负上玉叶,才会减少对我娘和玉叶的负疚。所以,我一点不觉得玉叶是我的负担,相反,我还要感谢玉叶。如果不能照顾玉叶,我真的不知道自己该怎么活下去。

去潘保东家撕碎我的录取通知书，一是为了坚定自己的决心，二是为了让潘保东的父母心理平衡。这方水土养大的人，都有这个毛病，见不得身边的人活得比自己好。鄙陋之地藏古风，这些劣根性在穷乡僻壤从来不加掩饰，这在我十八岁那年，就已领略熟识。

这天吃晚饭的时候，我爹主动跟我说话了，他低着头夹菜时问道："考大学的事有着落吗？"

我迟疑一下："有了，没考上。"

我爹嗯了一声，我们家又恢复了往日宁静。

我爹这几年落魄了，他不再是桃花坞的书记，也就不再去村广播室读报，不读报也就不能再骂人。渐渐地，村里人也不再跟我爹喝酒，甚至有意无意地躲着我爹。这些变化，是从上级派来调查组之后开始的。调查组在桃花坞调查一个礼拜，我爹跑前忙后，很是热情。有天晚上，调查组来到我家，跟我爹谈话到深夜。

我睡着后，被我爹的声音吵醒，他大声叫嚷："我是跟'四人帮'做坚决斗争的英雄，我被关在大牢的时候，你们在哪里？你们知道我在里面吃的苦受的罪吗？"

我躺在炕上，听到一个男人对我爹说："你向组织反映的情况，跟其他人反映的情况对不上。"

我爹声音越来越大："其他人没准都在撒谎呢？"

一阵短暂的沉寂后，另一个男人说道："你们说的泻叶，学名番泻叶，只有在中国的台湾、广西和云南生长，你在山东去哪里采的泻叶？"

十 彭大运

接下来的日子里，我更加心无挂碍地割牛草，我想在过年的时候，从头到脚给玉叶置办一身新衣裳。玉叶几乎没有穿过一件新衣裳，穿的都是我小时候穿旧的破衣裳。

今天，是省师范大学新生报到的日子，我把割下来的牛草打好捆，坐下来歇息会儿。我望着西边快要落山的太阳，心底刹那间涌起一阵酸涩，我知道，我的人生就此改变了。

白露之后，畜牧场不再收购牛草料，我已经积攒下了九十七块钱，足够玉叶和我一人置办一身新衣裳。接下来该去做什么，我没有想好，但是我知道我要赚钱，因为玉叶将来读书需要钱。最近，村里年轻人陆陆续续外出打工，据说珠三角一带有很多工厂，一个月能挣五六百块钱。我还得在家做饭照料玉叶，不能去那么远打工，我得就近想办法。

召平镇索具厂招聘工人，学徒工日工资是五块钱，中午不管饭,我觉得挺划算。他们看我是高中毕业生,负责招聘的人说,我比他们索具厂会计的学历还高,痛快地答应我第二天就可以去上班。我从召平镇回到桃花坞,看见我家院子里坐着好几个陌生人,庄水生和我爹正陪着他们说话,庄水生现在是桃花坞的一把手。看到我进来,人们全都站了起来,庄水生介绍几位陌生人,说是县里和市里招生办公室的。

一位副主任问我,为什么不去省师范大学报到。

我说不想读大学,我要在家里照顾妹妹。

县招生办的人说,召平镇今年考上大学的只有两个人,这是多大的荣耀,怎么能随随便便放弃呢。

两级招生办的人在我家院子里"嘚啵嘚啵"说了一下午,连我爹也开始劝我,还承诺他会照顾玉叶的生活,我始终不为所动。最后,我站起身来,撇下一院子的人回屋里给玉叶做饭去了。

玉叶从里屋出来,拉着我的手说:"姐姐,你去读大学,我不上学了,我跟着你去省城。"

看着玉叶惶恐的神情,我禁不住流泪了,抱着她说:"傻孩子,姐姐哪儿都不去,就在桃花坞踏踏实实陪你读书,姐姐这辈子跟着你走,你将来读大学,姐姐跟着你去大学做旁听生。"

当天晚上,我爹把他和我这辈子的话都说完了,一直劝我,让我去省城读大学。我爹还承诺要照顾玉叶,像我一样,每天给玉叶做饭。有一瞬间,我真的动心了,这毕竟是关乎我一生命运的大事。玉叶大概看出我神情变化,一直攥着我的手,突然开始死死用力。我低下头,看见玉叶惊恐的眼神时,我最后一次咬紧牙关,对我爹说:"就算是死,我也不会去读这个大学。"

上班两个月,索具厂的会计彭雪梅生孩子,厂长让我顶替彭雪梅做了会计。我没有做过会计,心里没有底,厂长说很简单,把进出两笔账记清楚就行,还让我翻翻以前的会计账本,学习一下如何记账。

我把所有账本翻一遍,差不多搞清楚了怎么做会计,才发现已经黑天。我很开心,做了索具厂的会计,厂长说会计是索具厂的管理层,还答应每个月给我加三十块钱工资。

我跨上我爹那辆破自行车,一路往桃花坞骑去,心情很是愉悦。快到村口的时候,突然,一个黑影从路边钻出来,挡住我的自行车。突如其来的惊恐,让我几乎从自行车上摔下来。那个黑影走过来,一把抓住我的手臂,吓得我惊叫起来:“救命!救命!”

黑影急忙用另一只手捂住我的嘴,并对我喊道:“别喊,是我,彭大运。”

我挣扎着甩开彭大运的手,还闻到一股浓烈的酒味,我气愤地问道:“你想干吗?”

彭大运说:“我就是想跟你好。”

我说不可能,你休想。

我扶起地上的自行车,推着往村里走去。

彭大运一把抓住自行车后座,带着哭腔说:“我就是忘不了你,白天想着你,晚上还能梦着你。”

我说:“想不想,梦不梦,那是你的事。彭大运,我本来对你还有好感,自从你带着人把潘保东打伤之后,我对你的好感就荡然无存了。”

彭大运愣怔片刻:“你真的喜欢潘保东?你不去读大学,不是为了我,是为了潘保东?”

我很是气愤:“我是为了我妹妹,跟其他人没有任何关系。”

彭大运说:“那正好,你不读大学,咱俩就般配了。”

听到彭大运这些说法,我对他更加不屑,我冷冷地说:“就算是我一天学不上,你都配不上我。”

兴许是我的这句话刺激到了彭大运,他竟然把我的自行车摔在地上,接着把我扑倒,喘着粗气对我说:“我今天晚上就把生米做成熟饭,你不嫁给我,看以后谁会要你。”

我没想到彭大运会这么冲动,我手脚并用地挣扎,拼出全身力气叫喊着救命。彭大运已经撕破我的衬衣,开始解我的裤腰带,我渐渐地感觉自己浑身开始变软,变得气力全无。突然,我觉得身上一轻,紧接着传来拳打脚踢的闷响,还有彭大运的惨叫声。直到有人把我扶起来,我才看清楚是庄三,还有庄三的弟弟庄四。一时间,我觉得自己既委屈又悲愤,忍不住号啕大哭起来。哭喊中,又吸引来几个村人,把彭大运摁倒在地上。

庄三问我:“这小子欺负你了?”

我哭着点头,有人把一件衣服披在我身上,遮住被彭大运撕烂的衬衣。徐寡妇也来了,她搀着我,送我回家。

徐寡妇在路上问我:“他得手了没有?”

我哭着摇头,说还没有。

徐寡妇说:“嗯,母狗不撩骚,公狗白硬屌,这种事,女人夹紧了,男人进不去。”

半路上,遇见彭启茂两口子跌跌撞撞往村口奔去,大概是刚刚得到信儿。

徐寡妇故意提高声调:“桃花坞的丑事儿,十件有九件都是姓彭的干的,真该捋着姓儿,把姓彭的都给劁了。”

彭启茂的老婆不肯示弱,回骂道:“我呸!桃花坞搞破鞋的,都是姓庄家的女人。”

我赶紧小跑着回家,不想听徐寡妇骂出来更刺耳的话。桃花坞只有两大姓,彭姓和庄姓。小时候,听四爷爷讲起过,说桃花坞原先叫彭家埠,村里只有彭姓,庄姓祖上流落至此,成了彭姓的佃户。

四爷爷又说, 就算成了雇佣关系, 彭庄两姓还是以兄弟相称,辈分也就此排了下来。

四爷爷还说,两个家族人丁越来越旺,彭家埠主事的都是彭姓,因为担心彭姓欺负庄姓,那一年,彭姓主事的人就把彭家埠改成桃花坞。

自我记事起,桃花坞受欺负的都是彭姓,因为大多数彭姓都被划归成地主,至少是富农。庄姓的家庭成分顶多是中农,其余的几乎都是贫农。彭姓和庄姓两边的小孩吵架, 我们骂他们地主,他们骂我们破鞋。

有一回,四爷爷拄着拐杖经过,听到我们两边小孩叫骂,气得他在石头上把拐杖敲断了:“人心不古,世风日下。人心不古,世风日下啊!”

我爹也得了信,刚要穿上衣服出门,看到我衣衫不整地进了院子。

我爹冲着我问道:“怎么回事?”

还不等我答话, 随后跟进门的徐寡妇替我回道:“彭启茂家的浑二小子,没得手,人当场逮着了,被庄三几个送派出所了。”

我爹皱起眉头说:“眼下正严打,不能往派出所送。”

说完,我爹拔腿跑出门去。

玉叶看见我的样子有些害怕,上前来拉着我的手,什么都不问,只是把头靠在我的身上。

一会儿工夫,水生媳妇和庄三媳妇来了,都先问我,彭大运得手了没有。

我很反感她们这么问我,我摇了摇头,庄三媳妇看着我衣衫不整的样子,脸上露出狐疑。我知道,庄三家跟彭启茂家闹过矛盾,为老宅基地界墙的事儿,两家还动过手。桃花坞沉寂了好几年,没出过像样的事儿,全村的人都跑出来看热闹,打听消息。家里人越聚越多,我刚要下逐客令,让村人散去,突然,院子里消停下来,两个警察一前一后走进来,我爹、彭启茂两口子和庄水生跟在后面。

我爹边走边对警察说:"没有弄成事,我们家丫头说了,没有弄成事,是他们小孩子家闹着玩的。"

彭启茂也跟着说:"是啊,两个娃儿从小要好,都是闹着玩的。"

警察进屋后,看了我一眼,让我把刚才的事情陈述一遍。

我抬头看一眼屋子里的人,那个警察手一挥,把屋子里的闲散人全都赶出去。我把事情经过一五一十讲了一遍,还把彭大运带人打伤潘保东的事情讲了,另一个警察在旁边做笔录。我们家里屋和外屋只有一道门帘,不怎么隔音,大概是我爹和彭启茂他们都听到我的陈述,我爹在外屋大声说:"金枝,你说是小孩子家闹着玩嘛,不要把事情搞大。"

彭启茂的老婆也跟着说道:"就是嘛,都是一个村子的人,低头不见抬头见,金枝,婶子求你了。"

听见我爹和彭启茂老婆的话，我心中很是愤怒：我是受害者，你们考虑过我的感受和我的尊严吗？

春节快要到了，我向厂长请了半天假，坐公交车去了一趟县城，给玉叶和我买过年穿的新衣服。彭大运被抓走两个月还没有放出来，我心里开始不踏实起来。本想给他一点教训，让他以后不要纠缠我，可是，没想到他会被关这么长时间。给玉叶和我买新衣服，是我有生以来花的最大一笔钱，本来心情应该很好，可因为彭大运这件事，弄得我一点也高兴不起来。

买好衣服，已经是下午，我还没有吃东西，肚子饿得“咕噜噜”叫着。想起我上一回在县城挨饿的情景，自然想到了老铁匠和欧阳。我从百货商店出来，拐个弯走到谭记铁匠铺，发现铁匠铺改换了门脸，成了“谭记铸造”。我转身走进旁边一家市场，买了一只烧鸡、一斤猪头肉、半斤油炸里脊，还买了一瓶景芝白干白酒，拎着一包东西走进谭记铸造。

铺子里粉刷一新，原先垒着炉台的地方换成一张大桌子，上面摆着几把铸造精美的刀剑，还有长矛、板斧、方戟等冷兵器，活像一个兵器库。老铁匠依旧健硕，下巴上蓄起长胡须。欧阳正在画一件兵器的图纸，他长成了一个浓眉大眼的青年，看上去更让人喜爱。两个人看见我走进来，很是惊奇，他们的店铺大概很少有女人进来。

我解释半天，他们俩认出了我。其实也没有认出我，只是想起当年那件事来。欧阳让店里的伙计特意炖了一锅羊杂汤，我们一边喝酒一边聊天，三个人都很开心。这是我第一次喝酒，只喝了两小杯，便觉得头昏脑涨，话也多起来。老铁匠自斟自饮一盅酒，用他皴裂的大手抹了一把嘴角的酒滴，对着我说：“姑娘，我给抗日将军铸造指挥刀的事儿，给你讲过没有？”

我一直记得这个故事：“讲过，我还问过您，这位将军是谁，您还说把将军的名字给忘了。”

老铁匠哈哈大笑道：“这种天神一样的大人物，我怎么敢忘了尊姓大名，那个时候是大叔胆儿小，不敢讲。”

老铁匠脸上神色一凛，还是把声音压低，却把说出口的每个字咬得很重：“这位抗日民族大英雄，姓王名铭章，字之钟，四川新都人，他秉性耿直，忠肝义胆……”

我们三个人聊了一下午，天黑之前，我辞别谭记师徒，去赶回召平镇的公交车。

回到索具厂，天已经黑了，厂门口站着两个黑影，迎着我走过来，一个是我爹，一个是彭启茂。突然间，我有一种不祥的预感，加上下午的酒劲儿，顿时眩晕起来。

彭启茂没有说话，我爹用一种我极少听到的口吻说道：“彭大运判了死刑。”

我见到彭大运的时候，是在监狱的探视间，中间隔着铁栅栏和有机塑料玻璃，塑料玻璃上钻了几圈黄豆大小的孔眼，供两边人说话用。彭大运剃了光头，脸色比以前白了许多，也瘦了许多。还没有说话，我的眼泪便流了下来，其实我也不知道该说什么。彭大运也没有说话，他大概也不知道该说什么。

哭了一会儿，我才说道：“我不知道会是这个样子，怎么会是死刑啊？”

说完这句话，我的眼泪又止不住了。

彭大运冷冷地说："我就是喜欢你，想和你一起过日子，因为这个犯了死罪，我他妈的想不通。"

我说："我也想不通。派出所、检察院、法院，我都去找了，我说你没有强奸我，我说我们俩谈恋爱闹矛盾，你我都在气头上，所以，你把事做过了头，我把话说过了头。可是，他们采集了当天晚上的证人证言，说是你赶上了严打的风头，已经定性了。"

彭大运一直冷冷的，很少说话，都是我在不停地没话找话说。一个警察推门进来，说是探视时间到了，让我离开。

我站起身来的时候，彭大运问道："你真的讨厌我吗？"

我说："我不讨厌你，只是你无缘无故把潘保东打伤了，我生你的气。"

彭大运又问道："我不打伤潘保东，你会嫁给我，跟我一起过日子吗？"

这句话把我问住了，我一时间不知道该怎么回答，因为我清楚地知道，即使彭大运不打伤潘保东，我也不会嫁给他，至少我还没有想过这个问题。

当我抬起头，看到彭大运迫切的眼神时，我心中一软，点了点头："会的，我会嫁给你。"

彭大运脸上露出笑容，紧接着，两行眼泪流出来。这一刻，我的心抽搐起来，泪水瞬间模糊了双眼。警察催促我，让我赶紧离开。

就在我要转身离去时，彭大运叫住我，说要跟我说个秘密，并示意我靠近一点。

我把耳朵贴近塑料玻璃，听到彭大运小声说："狍子肉里的泻叶是我放进去的,我爹的中药铺子里有这味药。”

我吃了一惊,想起我爹在召平镇做报告的时候,彭大运在我后面说的那句话,“你爹真能吹牛×”。

多少年来,我一直以为彭大运说的是我爹在监狱里面被严刑拷打的事儿,没想到,他指的是给柳铁英吃的狍子肉里面放泻叶的事儿。

我问彭大运:“你为什么那么做?”

彭大运笑着说:“吃不到狍子肉,我生气呗。”

十一 彭大河

这一年，桃花坞发生了三件大事。

过完年不久，彭大运被执行死刑。枪毙彭大运那天，彭大河不让他爹娘去刑场，是他一个人去给弟弟收尸的。我没敢去刑场，那天索具厂停电不上班，我只敢躲在北坡的大青石上默默流泪。庄云鹤的坟旁，两棵桃树上的花骨朵已经饱满起来，再过半个月就会开花。一个生命今天就会消失，消失的生命会去哪里？如果灵魂不会随着身体消失，它又会依存何处，会不会跟着春天的桃花一起绽放呢？彭大运的灵魂、庄云鹤的灵魂、我娘的灵魂、庄氏和彭氏祖先的灵魂，会不会就是桃花坞每年春天飘零的花瓣？桃花坞的桃树被我爹砍伐殆尽，剩下为数不多的几棵桃树，兴许是在为这块土地上曾经活过的人招魂祭祀，宣示着这里曾经有一个春光绚烂的桃花坞。

春天，桃花开败的时候，四爷爷死了。据说临死之前，四爷爷一直在念叨一句话："天道不死！"

第三件大事，是退伍复员回村的彭大河成了桃花坞的书记。彭大河当村书记，是召平镇的书记来宣布的，说是经过镇党委走访，彭大河同志不仅有很高的政治觉悟，而且有良好的群众基础，加上他是在战场上立过二等功的伤残军人，所以他做桃花坞的支部书记，是再合适不过的人选。彭大河是1978年参军入伍的，那一年，桃花坞适龄当兵的人只有彭大河一个，因为十八年前那场大饥荒，全村就生下了彭大河一个孩子。往年需要走后门、托关系才能当兵的场面不见了，各镇各村需要积极做工作才能征到兵员。我爹天天上门做彭家的思想工作，彭大河听到小道消息说要跟越南打仗，说是他们这批兵员会被直接送到战场上。我爹说他当时还没有想好怎么劝说彭大河，彭大河他爹彭启茂在一旁插嘴，说道："不是每一个人都有幸能为国效力的。"

宣布彭大河为桃花坞村书记的当天晚上，庄水生拎着白酒和猪头肉来找我爹喝酒。庄水生三杯酒下肚，开始抱怨，说姓庄的风光了三十年，如今的桃花坞又变成地主崽子的天下。

庄水生又说，彭大河复员回来后，每天口袋里面至少装两盒带过滤嘴的凤凰烟，见人就递烟，半年时间收买了桃花坞的人心，所以，镇党委走访群众时，全村人都说彭大河好话。

我爹不怎么说话，我在里屋只能听见他嘬酒盅的"吱吱"声。

庄水生说了一晚上牢骚话，最后叹口气，总结道："咱们吃了没钱的亏。"

彭大河在对越自卫反击战中被炸掉了左手，立了二等功。立功后，彭大河转成志愿兵，本来可以不复员，一直在部队上待着。他听说弟弟彭大运被判了死刑，加上他对云南水土不服，就要求复员回家。这些事儿,我都是听彭大河亲口讲的。

彭大河回到村里第二天,就到家里来找我,像是汇报工作一样,跟我说了以上事情。彭大河跟我说话的时候很正常,可是,在一旁做作业的玉叶突然打了一个喷嚏,居然把他吓了一哆嗦。哆嗦完后,彭大河话锋一转,让我跟他说说,他弟弟被扭送派出所那天晚上的事儿。

于是,我把那天晚上的事情原原本本地对彭大河讲了一遍。

他听完之后,沉默了一会儿,说道:"这是没有把话说清楚,这件事儿不能全怪大运,当然,也不能怪你,是你们俩没有把话说清楚。"

我也不知道彭大河说的"没有把话说清楚"是不是怪罪我的意思。

最后,彭大河问我:"大运被枪毙之前,你能不能去监狱看他一眼?"

我点点头,含着泪说:"我能。"

我送彭大河出门的时候,不小心踢翻一只水桶,彭大河又是一哆嗦。我感觉,彭大河大概是在战场上受了什么刺激,听不得突如其来的声响。

这三件大事过后,就快到夏天了。

桃花坞发生了很多变化,有的年轻人做起小买卖,还有人去召平镇开了美发店和服装店。烫发水和服装都是从广州进的货,据说发型和服装款式是今年港台最流行的。庄水生拉起一干人马,成立建筑队,四村八乡给人盖房子,看来他一心想赚钱。我爹失了心气,作为桃花坞曾经叱咤风云的政治家,他此刻的状态更像是解甲归田的山野村夫，每天泡在责任田里，认真打理庄稼。

彭大河做了村书记后，除了“社员通知”外，他从未在大喇叭上读报，更没有骂过人。分田到户之后，每一家各忙各的庄稼地，“社员通知”也越来越少了。即便是不读报，也没有“社员通知”，村里大喇叭仍没闲着，一天到晚只播放三首歌，《十五的月亮》《月亮走我也走》和《血染的风采》。彭大河每天穿着四只口袋的绿军装，去村书记办公室上班。下班后，彭大河不是直接回家，他会绕着村子转一圈，像是一个巡逻的士兵一样。他的左胳膊缩在袖管里，见到村里抽烟的人，就会用右手掏出带过滤嘴的凤凰烟递烟。有时候，一只手抽出整包的一支香烟有些困难，接受递烟的人，往往会讪笑着接过烟盒来，从烟盒中抽出两支香烟来，自己塞嘴里一支，另一支递给彭大河，再把烟盒塞进他的右口袋。桃花坞的男人们瞅准彭大河的习惯，每天下午五点钟都会聚在彭大河必经的路旁，等着蹭他的饭后烟。于是，桃花坞的傍晚会弥漫着很好闻的烟草味，直到很多年之后，我也能从万千浊气中辨别出凤凰烟的味道来。

我爹和庄水生站在我家大门口看着彭大河的背影，咂吧着彭大河的凤凰香烟，庄水生问我爹：“新官上任三把火，他天天给大伙儿敬烟，难道他一把火都不烧？”

我爹说：“不烧火怎么立威，你就等着瞧吧。”

在这些变化中，只有一个变化跟我有关联，就是桃花坞的人开始躲着我走路。不管是姓彭的，还是姓庄的，就连水生媳妇见了我，也会扭头走开。从彭大运被枪毙那天，我就隐隐觉得会有这样的一天，果不其然，这一天真的来了。如果仅仅是大人也就罢了，就连桃花坞不谙世事的孩子，见了我也会老远躲起来，躲就躲吧，孩子们还嬉笑着嚷嚷："扫帚星，扫帚星，克死她娘成了精。"

每次我哭着进门，都会趴在炕上伤心老半天，我内心深处一直愧疚着我娘的死。我娘已经死去十年，不知道为什么这个时候会被拎出来说事，难道大家真的要把彭大运的死算到我身上？

有天傍晚下班回家，那群熊孩子又冒出来，齐声冲着我喊："扫帚星，扫帚星，克死她娘成了精。"

突然，我爹拎着棍子从院子里冲出来，吓得那群熊孩子四散逃开。在我的印象里，我爹几乎没有为我和妹妹做过什么，自从有了玉叶以来，所有的事情都靠我一个人应对。今天，我爹突然替我出头，让我很是感动，心里顿时觉得有了些许暖意。

晚饭的时候，玉叶只吃了小半碗玉米面粥，就放下筷子进了里屋。我猜测，我在村子里的遭遇，恐怕玉叶也不能幸免。等到晚上睡觉的时候，任凭我怎么问她，玉叶只是一个劲地哭，自始至终没有说一句话。玉叶的情绪传导给了我，我也不自觉地流下眼泪，于是，我们姐妹二人抱头而泣。

哭了一会儿，我叮嘱玉叶："不管别人怎么看我们，我们一定要自强，要做出一个人样儿，你要考上大学。等你考上大学，我们姐俩一起离开桃花坞，永世不再回到这里。"

玉叶哽咽着，在我怀里点了点头。

第二天，我下班回到家里，正在做晚饭，久不登门的徐寡妇打着哈哈走进来："喜鹊叫，媒人到，喜事啊，喜事，真是天大的喜事。"

我很是纳闷，不解地问徐寡妇，我能有什么喜事。

徐寡妇一脸神秘兮兮的样子，让我觉得浑身不自在。

徐寡妇装腔作势贴到我耳旁，声音却恨不得让村头的狗都能听到："大河书记托我上门求亲，想跟你喜结良缘，你说这是不是大喜事。"

桃花坞跟我差不多大小的姑娘，已经有好几个订婚了。我从来没想过，我会在桃花坞订婚、结婚、生儿育女。从小的遭遇，让我生出一个念头：逃离这个村子。

我当即摇头："不行，不行，我还小，我这么小怎么能结婚。"

徐寡妇说："大河是村书记，不会违反规定，求亲是先订婚，等到够结婚年龄才能操办喜事。"

我爹坐在一旁只管"吧嗒吧嗒"抽着旱烟斗，从他脸上麻木的神情来看，徐寡妇早就跟他沟通过这件事，而且还得到他的允许。

我停下手中的活儿，对徐寡妇说："不管我够不够结婚年龄，我都不会嫁给彭大河的。"

徐寡妇像是被马蜂蜇了一样，惊叫一声道："你这闺女是不是傻啊，人家大河浑身上下都是金子一样的闪光点，战斗英雄、二等军功章、复员军人、村书记，你说说哪一点配不上你。人家不就是少了一只手，他是村书记，又不用下地干农活，其他事儿一点不妨碍。"

我说："结婚不是交换条件，两个人需要有爱情。"

徐寡妇习惯性地一撇嘴："哟，你一黄花丫头真好意思说出口，爱情不就是骚情嘛，男人女人只要在一个炕上滚，哪有滚不出来的骚情。"

我很是笃定："不管怎么样，我是不会嫁给彭大河的。"

徐寡妇脸上有些不悦："金枝，你这是什么态度，彭大河是保家卫国的战斗英雄，你不嫁给他就是不爱国。"

我爹一旁插嘴道："你不要乱扣帽子好不好？"

徐寡妇也觉得自己把话说过了，她缓和一下脸色："金枝，要认清形势，因为彭大运那档子事儿，如今在桃花坞，没有人愿意跟你亲近。你没看到全村都在巴结大河书记，你害得大运被枪毙，凭良心而论，你也该嫁给大运的哥哥。"

听到这里，我觉得一股火顶上脑门，我把锅铲用力摔到锅里，一铲子土豆焖豆角被锅铲挑飞起来，正好糊在徐寡妇肥腻的腮帮子上，烫得她尖叫一声，急忙用手把土豆焖豆角扒拉下来。

我义正词严地对徐寡妇说："彭大运不尊重我，才会被警察抓，我也没想到他会被判死刑，对于彭大运，我已经尽力了。至于彭大河，因为他弟弟的事儿，就想让我嫁给他，这是痴心妄想。话既然说到这个份儿上，你去告诉彭大河，我就是上吊跳井，也不会嫁给他。"

十二 彭雪梅

夏天来临之前,传来一个消息:潘保东成为昶山县第一个考入清华大学的学生。

我是在索具厂听工人们议论,才知道潘保东考上了清华大学数学系。得知这个消息,我心中无比欣慰,觉得心头上压着的一堆巨石卸掉了一小块儿,不自觉地长舒一口气。我知道,只要我努力去弥补,用心去救赎,迟早有一天,我会把压在心头上的石块一一掀开,真真正正轻轻松松地活着,这样的日子哪怕只有一天也好。

我带着欢快的心情,一路蹬着自行车回到桃花坞。刚一进村口,突然"啪"的一声,我的额头被一个湿乎乎的东西砸中,连吓带着急,我从自行车上摔下来,把左腿膝盖磕破。紧接着,一群孩子齐声高叫着:"扫帚星,扫帚星,克死她娘成了精,勾引大运送了命。"

我抹了一把脸,发现砸中我额头的是一只烂西红柿,汤汁糊满我的半边脸，把一件奶白色的衬衣也染花了。看来，村里对我的欺负和凌辱升级了，从以前的动嘴改成现在的动手，骂我的顺口溜也多了一句“勾引大运送了命”。在我的身边，陆陆续续还有烂西红柿一类的东西扔过来，并伴着孩子们恶作剧后的笑闹声。突然，孩子们尖叫一声，四下逃窜而去。我想，肯定是我爹又来给我出头，心里不由得再次泛起一股温馨。我挣扎着准备从地上爬起来，一只有力的大手抓住我的胳膊，把我从地上拉起来。就在我感动于我爹带来的温暖时，却发现眼前拉我起来的人竟然是潘保东。潘保东脸上的伤疤已经完全消失了，只有额头处靠近发际线的地方，还有一条隐隐泛红的痕迹。

我问潘保东，你怎么来了。

潘保东扶起我的自行车，对我说，他考上了清华大学数学系。

我说我听说了，并向他表示祝贺。

潘保东苦笑了一下：“我今天来，有两个意思，一是向你表示感谢，感谢你督促我复读一年，报考更好的大学，才让我有勇气报考清华；二是代表我的母亲，向你道歉。”

我接过自行车，对潘保东说：“我不需要感谢，也不需要道歉，我只求你们不要厌恶我，不要憎恨我。”

潘保东说：“我妈当时说的是气头上的话，你不要往心里去，现在，我们家人对你都是满心歉意。”

我说：“要说抱歉的是我，如果不是因为我，你今年就读大二了。”

潘保东说：“好饭不嫌晚，没有你，我也读不了清华。”

潘保东叹口气，继续说道：“因为我，你放弃读大学，现在，该轮到我对你愧疚了。所以,我还是希望你能回去复读,接着参加高考,争取考到北京,我们继续做同学。”

我对潘保东说:“你千万不要对我愧疚,我不去读大学的主要原因,是要照顾我的妹妹。”

潘保东不相信我说的话:“我没有听说哪个人是因为要照顾妹妹放弃读大学的,考上大学多不容易,千军万马过独木桥啊。”

我说我们家跟别人家情况不一样。

潘保东说:“那群孩子对你太无礼了,每天都是这样吗?”

我说:“今天是第一次冲着我扔东西,我怀疑有人背后指使。”

潘保东说:“我早来了,一直在村口等你,刚才看见有一个穿绿军装的男人跟那群孩子在一起,好像还给孩子们分糖吃了。”

我问潘保东,那个男人是不是只有一只手。

潘保东回想了一下:“好像是只有一只右手。”

索具厂只生产两种绳子,尼龙绳和麻绳。两种绳子按照直径,又分为十几种粗细不一的绳子。最近,索具厂进了一台机械设备,机器制绳代替人工制绳,效率提高不少。过去,六个工人轮番转动绞盘,一天也就生产一百多米绳子。现在有了制绳机,两个工人一头续料,一尾打捆,一天能生产七八百米绳子。如此一来,索具厂要辞掉一多半工人,厂里一时间人心惶惶。

索具厂先前的会计彭雪梅生完孩子回来了,厂长一时间犯了难,因为我的学历比彭雪梅高,她只是初中毕业。而且,我做的账面也比彭雪梅做得干净,几乎从来不出差错。厂长让彭雪梅先在会计室待着,说过段时间看看有没有合适的工作,再行安排。

彭雪梅每天按时按点来会计室上班,却没有具体工作,她自己也觉得尴尬。我和彭雪梅早就认识,她的娘家是桃花坞,她爹叫彭启德,娘家哥哥叫彭军。我和玉叶都吃过彭启德家的鸡蛋,我爹还从彭启德手里买过鸡蛋,以答谢水生媳妇给玉叶喂奶。

彭雪梅长得挺好看，圆脸大眼，是我们农村人喜欢的旺夫相。她的性格爽快,说起话来快言快语,爱说爱笑爱凑热闹。会计室里就我们两个人,彭雪梅拿我当成娘家人一样聊天。她说她嫁到段家庄六年,一直没有怀孕生孩子,这些年试的偏方能编一本书,吃的中药能装几麻袋,看过的神婆也有十几个,有一回差点被一个神汉占了便宜。

彭雪梅还说,自己整整看了婆婆六年脸色,听了婆婆六年指桑骂槐。

我说你不是刚刚生了儿子,这回能堵住婆婆的嘴了。

我俩聊天聊到这里，彭雪梅眼泪唰唰流了下来，再也不言声。任凭我如何安慰,彭雪梅只是一个劲地哭。

快到下班时候,我找到厂长,主动提出来要去车间当工人,让彭雪梅来做会计。厂长是个厚道人,听我主动让位子,心里虽有些不舍,但还是答应了,说车间里肯定会给我留出位子。

三个月过去后,发生一件奇怪的事,彭雪梅又怀孕了。彭雪梅怀孕不是医院检查的结果,是显怀了,怀胎至少五个月。如果按照这个时间算起,她第二次怀孕的时间,应该是在她刚刚生下孩子后不到一个月。这个事儿违背常理,索具厂里的工人七嘴八舌议论彭雪梅,议论焦点有两个,一是彭雪梅六年不怀孕,一怀孕就一窝接一窝像是下兔子;二是计划生育抓得这么严,她怎么敢明目张胆怀孕,每天挺着大肚子上下班。

第二天,索具厂来了一堆人,据说是段家庄的书记带着召平镇计生委的人,他们来找彭雪梅谈话。谈话持续到下午,索具厂又来了一拨人,是桃花坞的,彭大河带着水生媳妇还有两个民兵。水生媳妇在桃花坞负责计划生育工作,也是姓庄的唯一进入村委会的人。彭雪梅出嫁后,户口归到段家庄,她生二胎跟桃花坞没有关系,我不清楚彭大河和水生媳妇来掺和什么。快到下班时候,又来了一拨人,是彭启德两口子和儿子儿媳妇,也是彭雪梅父母、哥哥和嫂子,更是彭大河的伯父伯母和堂哥堂嫂。

这一夜发生了什么事情,我不知道,第二天上班的时候,厂长来找我,让我回会计室上班。

我问厂长,彭雪梅呢。

厂长叹口气,说彭雪梅一时半会儿不能上班了。

我再次见到彭雪梅是在桃花坞,她提着两个大蛇皮袋子,面色苍白,像是没洗脸没梳头。

看到我,彭雪梅脸上勉强挤出一丝笑意,说她离婚了。

我问她为什么。

彭雪梅说一切都是命,说完就哭诉起来。

原来,彭雪梅上次怀孕是假的,是为了掩护她怀孕的娘家嫂子。彭雪梅娘家嫂子叫庄晓娥,是桃花坞出名的美女,跟彭军和彭大河三个人是同学。长大后,彭军娶了庄晓娥。能把村花娶回家,彭家人当然高兴,一时间成了善待儿媳妇的模范五好家庭。第二年,庄晓娥生下一女孩,庄启德两口子把老脸撂下来,不再像先前那样处处示好。

彭军安慰爹娘，说第一胎生女儿，五年之后还能生第二胎。

谁知道庄晓娥不争气，好不容易熬过五年，她第六年又生下一个女孩。这一回，连彭军也失去耐心，对庄晓娥横竖都不给好脸。在桃花坞，家里没有儿子是一件很不体面的事，这也是我和玉叶悲惨童年的发端。

彭雪梅嫁到段家庄之后，肚子六年没有开张，彭启德便打起女儿的主意。他把一家人凑到一起，宣布了他酝酿已久的计划，让儿子和儿媳妇躲到山西运城的三姨家，继续怀孕生孙子。另一边，让女儿肚子里塞上枕头假怀孕，到时候把孙子的户口落到女儿名下。为了延续娘家的香火，彭雪梅义不容辞，回去跟婆家商量。婆家以为彭雪梅不能生育，用这个办法添进来一个男孩，面子上也好看。于是，婆家就答应配合演这出戏，条件是彭雪梅的嫂子生下来如果是男孩，必须姓段，而且要在段家抚养长大。彭启德觉得只要是彭家的骨血，姓什么无关紧要，就算在段家抚养也不碍事，便与亲家达成一致。皇天不负庄家人，庄晓娥在山西运城生下一个男孩，彭雪梅也赶紧佯装生产，并对外宣称生了儿子。在想添男丁的共同目标下，段庄两家人配合默契，本来天衣无缝，可谁知道造化弄人，就在庄晓娥生下的男孩刚刚满月时，彭雪梅发现自己怀孕了。面对即将戳穿的谎言，段家人铁了心要生下段家的骨血，忍受了六年屈辱的彭雪梅也别无选择，为了自己后半生的幸福，她也要保住自己肚子里的孩子。

真相水落石出之后，段家庄首先不干了，因为彭雪梅名头下已经有了儿子，她是无论如何不能再生第二胎了。本来这事儿跟桃花坞没有关系，因为彭军和庄晓娥没有违背计划生育政策，他们俩名下只有一双女儿。这个“三角官司”打到召平镇计生委，镇计生委协调两个村的书记和负责计划生育委员，最后三方达成一致:按照既成事实的流程办理,彭雪梅必须流产。

彭雪梅无奈,只好避开段家庄,躲到娘家生孩子。召平镇计生委再次出面,并下达最后通牒,彭雪梅在哪个村生下孩子,就把违规计生名额算到哪个村的头上。如此一来,躲在炕头看热闹的桃花坞坐不住了,村书记彭大河带着水生媳妇和几个民兵,把怀孕已经七个月的彭雪梅绑到门板上,抬进召平镇卫生院。

彭启德两口子哭喊着追出大门口，彭启德跺着脚骂道:“彭大河,那是你的堂妹,她肚子里的孩子跟你打断骨头连着筋,到了阴曹地府,孩子见了你也得叫一声舅舅,你个畜生不如的东西……”

又过了半年,我在召平镇上看到彭雪梅,她手里攥着一件婴儿穿的连裤袄,逢人就问有没有看见她的儿子,还说儿子穿着单衣跑出来了,她来给儿子送连裤袄。

彭雪梅的悲惨遭遇,更加坚定了我要离开桃花坞、离开召平镇、离开昶山县的决心。在这片土地上,女性承受着与生俱来的原罪,由不得你去选择,横竖都要接受。我要逃避的不仅仅是世俗,还有这片对世俗纵容的土地。在这片土地上,即便你浇灌琼浆玉液,开出来的依旧是愚昧之花。

十三　石灰窑上的女人

玉叶不负厚望，以全镇第一的成绩考入召平镇中学。玉叶的脸上，有一种与她年龄极不相符的冷漠和成熟，成绩单下来的时候，她居然面无喜色。这也许跟我日常对她的洗脑有关系，要她把终极目标定位在考上大城市的大学，离开被我们姐俩痛恨的故乡。

作为对玉叶考试成绩的褒奖，我带着她去了召平镇最火的一家羊汤铺子，要了两大海碗羊杂汤，又给她加了两块钱的纯羊肉。玉叶给自己的羊杂汤里倒了很多辣椒面和胡椒面，我坐在她对面都被呛得打喷嚏，这孩子的口味比我还重。喝完羊杂汤，玉叶的嘴巴上糊了一个黑圈一个红圈，分别是胡椒面和辣椒面，笑得我前仰后合，惹得铺子里面的食客纷纷侧目。敏感的玉叶立刻意识到是自己出了洋相，她能瞬间从我的眼神里捕捉到问题出在她的嘴巴上，赶紧用袖口擦拭，同时杏眼圆睁，还举起另一只手，对我做出欲捶状。

我也憋住笑,佯装愠怒,斥责道:“考试得第一,胆子就大了,竟然敢打你姐了。”

玉叶似乎意识到自己举止不妥,恼羞不得地把脸带身子扭到一边。我起身结完账,回过头来揽着玉叶,嬉笑着走出羊汤铺子。我的亲热举动,迅速传递给玉叶,她也伸手揽着我的腰,我俩就这样悠闲信步在召平镇的街上。

走了一会儿,玉叶突然停下脚步,郑重其事对我说:“姐,我想跟你商量个事儿。”

我问玉叶什么事儿。

玉叶说:“你在镇上上班,我也来镇上读书,咱俩干脆在镇上找个房子住,不回桃花坞了,好不好?”

天哪!这真是一个绝好的主意,我怎么没有想到呢。我爹对于我和玉叶形同于无,那个所谓的家,只是三间冰冷的屋子,在那里吃饭睡觉而已。还有,我和玉叶在桃花坞进进出出,没有丝毫安全感,只有无数白眼,还有走过后的指指点点,以及一帮顽童的嘲笑。

我一把抱起玉叶,兴奋地对她说:“就这么定了,我们搬到镇上住。”

我找到厂长,跟他说了我的想法,说我和妹妹想在镇上找一间房子住。

厂长大概是对我的情况有所了解,说会计室后面那排空房子,你随便挑一间,打扫出来住下吧。

接下来的一个星期,我和玉叶开始打扫房子,布置我们的新家。我先是买了一大桶白色涂料,把房子粉刷一新。又弄来几张刘晓庆、陈冲、方舒和山口百惠的旧挂历,把房间装饰一番。接着，去旧货市场买了一张钢管焊接的双人床，一张旧餐桌和两把椅子，一个煤气罐和灶台，还给玉叶买了一盏台灯。这些东西里面，唯有台灯是新的，灯罩是绘着梅兰竹菊的彩色塑料薄膜，玉叶很是喜欢。前后花费了大概两百多块钱，我们就拥有了一个新家。剩下的，就是如何跟我爹说一声。我的理由很是充分：住在镇上不用来回跑，可以节约时间让玉叶做功课。

其实，我爹那里不需要理由，他恐怕巴不得玉叶早点离开，让他找回自己在桃花坞的尊严，一份属于男人的尊严。

这一天，吃晚饭的时候，我说我和玉叶打算搬去镇上住。

我爹愣怔片刻，随即叹口气，只说了两个字："也好。"

随后，我爹就去院子里抽烟，不再跟我说话。黑夜里，他一动不动坐在那里，就像是院子里摆设的一个物件，除了一明一灭的烟斗，就是节奏均匀的抽烟声，一直"吧嗒吧嗒"到天亮。

我和玉叶搬去了召平镇。当天晚上，我们俩兴奋得几乎一夜未睡。第一次躺在富有弹性的床垫上，感觉幸福到要眩晕过去。玉叶起身，躺下，上床，下床，不停地来来回回折腾，高兴得像个孩子，其实，她就是一个孩子。

九月份，玉叶开学了，我给她买了两身新衣服，还有一套天蓝色运动服。玉叶遗传了我娘的漂亮基因，穿上新衣服之后，越发光彩照人。

玉叶照着镜子，对我说："姐，新衣服真提气。"

我说，只要你努力学习，考上大城市的大学，姐保你这辈子再也不穿带补丁的旧衣服。

玉叶说："为了新衣服，我也要考上大城市的大学。"

我说:“不是为了新衣服,是为了我们姐俩的未来。”

快乐的新生活只持续了一周,玉叶的脸上又布满愁云惨雾。

我问她发生了什么事儿。

玉叶说，桃花坞有十多个孩子考入召平镇中学，他们也把“玉叶是野种”的浑话带到中学,有几个本来与她交好的同学,现在也不理她了。玉叶的不幸遭遇,我在索具厂也同样遇到。桃花坞有几个人在索具厂上班,他们在背后嘀咕我的事儿,我早有耳闻。

我安慰玉叶,说这个社会到处都有搬弄是非之人,我们唯一的办法就是考上大城市的大学,远离是非之地和是非之人。

玉叶闻听后,把手里的书本用力摔在桌子上,哭着叫喊道:“天天念叨这句话,你烦不烦啊,难道我考不上大学,我们就是死路一条吗?”

说完,玉叶哭着跑出屋去。我愣在当场,没有出去追赶玉叶,我在想,玉叶说的也许有道理,我不应该给她那么多压力,她已经背负了与她年龄不符的重担。

最近,附近几个镇上陆续开了几家制绳厂,大家竞相压价,导致索具厂库存积压,一个月销售停滞。索具厂只好放假,撒出去全厂的职工在外面跑销售,并给予销售提成奖励。我是厂里的会计,随时都要出货记账,所以我暂时没有销售压力。

中午,我在会计室里整理账目,抬头望见彭大河与厂长从办公室里走出来,两个人说说笑笑往外走,大概是出去喝酒。召平镇上的男人喜欢中午喝酒,而且经常是从中午喝到晚上。我想,这里的男人大概都是早晨一睁开眼就盘算着中午找谁喝酒,这是一座醉生梦死的小镇，也是一座没有希望的小镇。

索具厂的销售仍不见起色，倒闭的传闻已经在工人之间传播，还有人说是索具厂有个扫帚星，任凭大家如何使劲也是白搭。私下里的抱怨，逐渐转成明面上的人身攻击，我很清楚这种情绪的层层递进，凡是不好的事情，大家都会齐心协力找一个替罪羊出来。我从小已经习惯，习惯背负不属于我的责难，为此，我早已学会了坦然接受。

下午下班时间，厂长醉醺醺地回到厂里，先是把一帮正在闲聊的工人骂了一通，然后走进会计室，对我说："金枝，你得搬出去住，你住的那间房子要存放绳子。"

厂长的决定，我一点不吃惊，我越来越清晰地觉察到，彭大河一直在背地里捣鬼，想把我逼上绝路，让我最终向他低头。

我把账本收拾好，站起来问厂长："需要我辞职吗？"

厂长喷出一口酒气，说道："你这人命太硬，我降不住你，为了索具厂这么多工人要吃饭，我只能委屈你了。"

我在镇上租了一间房子，这也是我和玉叶共同做的决定：绝不回桃花坞。

镇上的房租一个月三十五块钱，赶在元旦当天，我和玉叶搬了进去。搬家那天，厂长找了几个工人帮我，他大概是酒醒之后有些不好意思，在我离开索具厂之前，一直有意无意地回避着我。接下来，我开始找工作，没有工作就无法支付房租，还有我和玉叶的生活开销。我用了一个礼拜的时间，跑遍整个召平镇，凡是看见街边或是电线杆上贴着花花绿绿的纸，就以为是招工启事，一张都不放过。最终，我在距离召平镇十几里地外的宋家庄，找到一份男人的工作，烧石灰。在一座石头砌成的窑炉里，把石灰石烧透。把烧酥了的石灰石装进小推车，推到石灰池里，加水浸泡后，再把石灰粉和石灰渣进行分离。烧石灰虽说劳累，工资倒是比索具厂高，一个月两百块钱，中午还管一顿饭。

这份工作干了一个礼拜，我的两只手开始火辣辣地疼，老工人们道破缘由，说我应该戴一副手套，因为女人皮肤嫩，石灰烧破了表皮。石灰窑上只有我一个女性，其余全是男人，他们的手粗糙异常，连石灰都烧不透，就忽略提醒我戴手套了。我在劳保品商铺买了两副手套，六毛钱一副，烧掉表皮的手指握住小推车车把时，即便是隔着那层粗布手套，我也能感觉到钻心的疼痛。那天晚上，我无法骑自行车回召平镇，只能搭一辆拉石灰的拖拉机，再步行五里路回到租住房。给玉叶烧豆腐炖白菜的时候，我不得不两只手握铲子，铲柄上还得垫上一块毛巾。即便这样，还是疼得我眼泪在眼圈里打转。

玉叶见到我在烧豆腐炖白菜，忍不住抱怨起来："顿顿都吃白菜炖豆腐，我闻到这股味儿就泛胃酸，我现在学习用脑子，能不能吃顿肉啊？"

听到玉叶的抱怨，我再也忍受不住，气冲冲地把铲子扔到锅里，冲玉叶吼起来："我每天干的都是男人干的活儿，你以为我就不想吃肉吗？现在给我一个猪头，我能吃掉半个。"

玉叶不甘示弱："用脑过度就是要补充蛋白质，我的要求过分吗？"

我端起锅台旁反扣着的一只铝盆，里面装着一块半斤重的五花肉，拎起肉扔在玉叶做功课的桌子上："我不仅知道你学习用脑，你现在身体发育也应该补充蛋白质，我今天去肉铺买肉了，可我的手被石灰烧得连菜刀都握不住，你还冲我发脾气……”

我一边说一边哭，直到泪水哽咽喉咙，哭到说不出话来。

玉叶站起身，走到我的跟前，拉起我那双被石灰烧得红艳艳的手，眼泪也扑簌簌流下来。她扑进我的怀里，哭喊着连声说：“对不起，姐，对不起……我错了。”

十四　我爹又进监狱了

玉叶考上昶山县最好的高中，昶山第一中学，召平镇只有两个人考入这所全县最好的高中，另一个是一个身材矮小的男同学。玉叶这次没有考第一，而是第二名，因为考试那天她来了初潮，吓得她心慌意乱，没有把专注力用在考试上。晚上回到租住房，我看她有些魂不守舍，还以为她考砸了。经我再三追问，玉叶告诉了我实情，我才跟她解释月经是怎么回事。

玉叶读初中三年，发生了很多变故，我爹进了监狱，彭大河变成了白痴。

我烧了两年石灰，一双手已经变成男人的手，也像男人们一样不用再戴劳保手套，石灰也烧不疼了。石灰烧到第三个年头，窑炉塌了，砸死一个工人，那个工人的孩子刚刚满月。那天跟往常一样，我推着一车烧好的石灰，刚刚走出窑炉门，背后就传来一声闷响，我幸运地躲过一劫。我和工友们搬了半天石头，把那个刚刚做爸爸的工人挖出来,尸体已经僵硬了。随后,公安局和劳动局的人来勘查现场,带走石灰厂老板,拖欠我们两个月的工资也随之泡汤。

工友们喝了散伙酒,我提议给死去的工友捐点钱,并带头捐了一百块钱。其中两个人不太情愿,但还是捐了。工头的老婆眼含着热泪,领着大伙儿敬我酒,我把半缸子白酒一饮而尽,大伙儿说我比爷们儿还豪爽。总共捐出来五百多块钱,大家委托工头老婆把钱交给死去工友的家属,然后就散了。

半个月后,我在召平镇的聚龙酒店找到新工作。工资虽然不高,可也不必像烧石灰那么累,而且中午和晚上管两顿饭。找一份端盘子的工作,我也是存了私心,这两年在石灰窑上日晒灰烧,我的脸面看上去又黑又糙。在酒店里端盘子洗盘子扫地抹桌子不用晒太阳,可趁机保养一下皮肤,我毕竟是个只有二十六岁的姑娘。

自打我到这里工作之后,彭大河几乎天天光顾聚龙酒店,从中午喝到晚上,晚上再换一拨人,接着喝到深夜,而且每次都会点名要我给他的包间服务。如今,彭大河成了桃花坞说一不二的人物,自打他拿自家堂妹彭雪梅烧了第一把火之后,就开始上演全武行,动不动纠集村里的小混混使刀弄棒,搞得桃花坞乌烟瘴气。自从农村搞包田到户责任制之后,各家种自己的责任田,村书记的作用逐渐弱化。大概是彭大河不甘心被弱化,他在村广播室播出的第一个"社员通知",就是责令每家每户必须去桃花坞村委会购买化肥和种子。有几户姓庄的村民私自买了化肥和种子,彭大河带着小混混们把化肥和种子抢来全部倒进臭水沟。那几户庄姓人家去镇上告状,镇上的大小干部天天跟着彭大河吃吃喝喝，都替彭大河说话。村民们无奈，只好乖乖回村，去村委会统一购买化肥和种子。我上个月回桃花坞看我爹，我爹不住地叹气，说风水轮流转，如今被姓彭的把持的桃花坞已经面目全非了。

桃花坞受气的不仅是姓庄的，姓彭的对本家彭大河也看不惯。彭启德曾在村委会门口骂过彭大河，说他浑身戾气，辱没了祖宗德行。彭大河对别人耍横，对这位伯父还是心存三分畏惧，当初壮着胆子拿彭雪梅烧了上任第一把火，主要是在村民面前立威。这一点，我爹预料的一点没错，他毕竟是桃花坞最有政治经验的人。

聚龙酒店表面上生意红红火火，但是吃饭喝酒签字赊账是惯例，几乎没有一家常客是给现钱的，赊账的账本厚厚的一摞。逢年过节，聚龙酒店的老板就得买上像样的礼物，挨家挨户去送礼兼着要账。常年赊账的最终受害者，除了店老板，就是厨师和服务员，拖欠工资长达半年。掌勺的大厨好几回要撂挑子，全赖店老板苦苦哀求，就差下跪了。

彭大河欠下聚龙酒店三四万块钱，依旧每天照吃照喝，照旧点我去服务。服务就服务，这是我的本职工作，但彭大河话里话外挤对我，说我是他的老相识，一帮食客闻听便挤眉弄眼，脸上堆满淫笑。有一天晚上，彭大河在三楼一个包间喝酒，一桌子酒鬼喝得还剩下三个人，另外两个人已经神志不清，彭大河一把抱住我的后腰，一张臭烘烘的嘴伸过来亲我的脖子。我的气血一下子冲上脑门，顺手抓住一个盘子摔到他的脸上。

彭大河抹了一把脸上的汤汤水水，走到包间门口把门反锁起来，笑着对我说："从了我，你就是书记的老婆，就不用在这里低三下四伺候人了。”

我说:“你休想,我就是在这里端上一辈子盘子,也不会嫁给你。”

彭大河的脸变成冷灰色:“那我今晚就把你办了。”

说完,彭大河朝我踉踉跄跄扑过来。我往后退了几步,踩着椅子上了窗台,打开窗户后,连犹豫都没犹豫,便从三楼跳下去。

我在镇卫生院躺了八天,左腿骨折处打上了石膏。住院的第二天,我爹来看我,受了这番委屈之后,看到我爹,心里还是有了隐隐暖意。

我爹问我怎么回事。

我把事情原原本本说了一遍。

我爹又去问医生我会不会变成瘸腿。

医生说我年轻,恢复得好应该不会留下残疾,上年纪之后就不好说了。

我爹木然地点点头,就离开了。

玉叶放学后,每天跑到医院帮我喂饭喂水,端屎端尿,还时不时哭上一鼻子。我住院到第五天的晚上,突然听到走廊里乱哄哄的吵嚷声。

不一会儿,聚龙酒店老板一步闯进来,脸上神色慌张,他对我说:“你爹把彭大河打死了。”

彭大河没有死,他只是昏迷,镇卫生院缺少必要的抢救设备,又转送昶山县人民医院。原来,我爹来看我那天,从卫生院出去后去了派出所报案。派出所一听是彭大河,说是没有出大事,也没有造成直接伤害，无法立案。

我爹说我女儿腿都摔断了，现在躺在卫生院，还不算是伤害吗。

派出所说，你女儿是自己跳楼摔断的腿，彭大河跟你女儿是老相识，没准是闹着玩呢。

我爹在聚龙酒店门口蹲守了三个晚上，前两天因为人多，无法下手。第三天晚上，彭大河摇摇晃晃出了聚龙酒店门口，身边只有两个人，我爹拎着一根茶杯粗的枣木棍子冲上去，对着彭大河的后脑勺狠敲了一棍子。彭大河一声没吭，软绵绵地倒在酒店门口。

我爹转身去了派出所，把枣木棍子往值班室桌子上一扔，对警察说："现在造成直接伤害了。"

彭大河昏迷了十一天，醒来后一句话没说，开始唱歌，从早到晚只唱三首歌：《十五的月亮》《月亮走我也走》《血染的风采》。

彭大河被我爹打傻了，派出所的警察来找我了解情况，两个警察的问询方式很奇怪：听说你跟彭大河是老相识，听说你跟彭大河关系非同一般，听说你跟彭大河的弟弟谈过恋爱……

我问警察："你们的工作就是听人说吗？"

彭大河被我爹打傻了，聚龙酒店老板找到我租住的房子，把我骂了一顿："你真是个扫帚星，四万七千三百六十一块钱啊，都是彭大河签字赊欠的，让你爹一棍子全打飞了。"

我在聚龙酒店白白干了半年，一分钱工资没有拿到，除了每晚惹一肚子闲气，还搭上一条腿。更惨的是我爹，涉嫌故意伤害罪，被判入狱七年。

十五 欧阳清如

昶山县一中给学生提供宿舍，我让玉叶住到学校里面去，我一个人可以在外面租住条件差一点的房子，能节省一点开支。我在距离学校两站地的地方，租到一间房子，严格来说不能算是房子，它更像一间土坯加破木板搭起来的窝棚。接下来，我雇了一辆机动三轮车，把召平镇的家当搬到县城的窝棚里，算是又有了一个新家。我的腿正在康复，虽说走路还有点跛，伤筋动骨一百天，迟早会好起来的。我经历那么多难为日子，每一次都能挺过去，只要挺过去，就会变得比原来更好。心被伤了那么多回，都能慢慢好起来，何况是一条腿。

我的腿勉强能走路的时候，我去监狱看了我爹。原本想带着玉叶一起去，可她说要在家读课外书，我也就不好意思再强求。我买了两条带过滤嘴的凤凰香烟带给我爹，监狱里面不让抽烟斗。见到我爹的时候，他瘦了很多，被剃了光头，新长出来的头发茬，丝丝点点都是白发。

我安慰他，说我的腿康复了，没有留下残疾。

我还鼓励我爹,好好服刑改造,争取早日回家。

我爹跟以往一样沉默,几乎没有说话,直到探视时间快到的时候,他才说:“你回一趟桃花坞,把祖屋卖掉吧,贴补你和玉叶的生活费。”

我说:“不可以卖掉祖屋,等你出狱,还要回去落脚。”

我爹叹口气:“自打你娘死后,那个家就破落了,你们姐俩再离开,那个屋子里就剩下恓惶了。”

入冬时节,我找到一份新工作,刷油漆。县城刚开了一家塑钢门窗厂,塑钢门窗的塑料框架里面要插进一片U字形铁片,铁片要先刷一层油漆,防止铁片生锈。县城里的工资比召平镇的工资高一些,一个月二百四十块钱,而且不拖欠工人工资。我的腿已经基本康复,走路跟从前一样自如,也没有变形。刷油漆的工作一天到晚站着,还要来回走动,一天工作下来,伤腿会隐隐作痛。

塑钢门窗厂距离我的住处不算远,骑自行车需要二十分钟时间,中间路过一个菜市场,我周六下班会进菜市场买菜买肉,给玉叶礼拜天改善生活。

今天又是周六,我锁好自行车,把自己塞进熙熙攘攘的菜市场人群。我买了一大包蔬菜,还买了一块排骨,肋排太贵,我买了腔骨,腔骨上的肉也不少,还能把多余的肉切下来,给玉叶做炸里脊肉,这是她最爱吃的。我两手拎着大大小小的塑料袋走出菜市场的时候,却发现我的自行车不见了。我清楚记得停放位置,还特意把自行车用链锁锁在电线杆上,地上只看到被剪断的链锁,我的自行车被人偷走了。

我站在菜市场门口的寒风中，心底涌起一股一股的愤恨，这是我上个月刚刚买的一辆新自行车，旧自行车在我住院的时候被偷了。突然，我听见身后有人叫我的名字，我扭头一看，竟然是欧阳。欧阳手里拎着几个塑料袋，他也是来买菜的。看到欧阳，我很是开心，这个小伙子脸上有一种让人舒服的阳刚气，让我瞬间就把丢自行车的烦恼抛开。

我向欧阳说了自行车的事，欧阳说县城里的贼比县城里的电线杆还多，让我以后多加防范。

欧阳也没有想到会在这里遇上我，得知我和妹妹搬到县城住了，他兴奋得像个孩子似的说："那以后我们可以经常见面了。"

我说："是啊，还可以经常喝酒。"

欧阳用他的自行车载我到了住处，看到我住的窝棚，他禁不住皱一下眉头，问我晚上是不是很冷。

我说我买了一床电褥子，只要钻进被窝，就不冷了。

我们俩正说着话，玉叶就进门了，我介绍欧阳和玉叶认识。

欧阳说："你俩干脆去我们店里，咱们一起涮火锅吧，我师父也惦记你，经常会提起你来。"

我们家几乎没有亲戚可走动，除了小时候在水生媳妇家吃过奶，玉叶还从未出门做过客，不等我表态，她就开心地答应了欧阳。玉叶斜坐在自行车横梁上，我坐在自行车后座上，欧阳骑着自行车载着我们姐妹俩，蹬得飞快。

在一个拐弯处，欧阳大声喊道："前座后座注意，请抓紧扶好，拐弯了！"

最后的"了"字拖着很长的尾音，欧阳谐谑着提醒我和玉叶。我自然而然地抱住欧阳的后腰，还把自己的脸轻轻伏在他的后背上，一股属于男人的味道和温暖也拥抱了我……这一刻，我竟然想哭。真希望这个拐弯很长很长，就算是在原地打转，哪怕就此在原地转上一辈子，又有什么关系呢。

“吱”的一声响，欧阳的脚蹬在地上，撑住自行车的重心，欢快地叫道：“火车到站，谭记铸造，请乘客下车。”

我从飞驰的梦中落到现实的地面，赶紧帮着欧阳从两个车把上摘下塑料袋。

欧阳打开店铺的门，冲着里面喊道：“师父，您看谁来了！”

这是我第二次喝酒，两次喝酒都在同一处地方。在聚龙酒店工作的时候，彭大河逼我好几回，让我喝酒，我都没有答应，有一次还把酒泼到他身上。酒就是这么奇怪的东西，跟有的人喝得着，跟有的人喝不着。

得知我爹判刑入狱，老铁匠端起杯子一饮而尽，对我和玉叶说道：“你爹是条汉子，换作是我，也会这么干！可惜我的一双儿女六〇年全都饿死了，老婆不肯跟我再生孩子，还跟着一个跳大神的男人私奔，至今再无音信。”

第一次听见老铁匠讲自己的身世，虽是短短几句话，却字字钻心透骨，让我不忍心再往下探询。

老铁匠用粗糙的大手抹了一把眼角渗出的泪痕，接着说道：“我这把岁数做得着你们的爹，你俩娃儿要是不嫌弃，就把这里当作自己的家，想爹想娘的时候，就过来走动一下。”

我学着老铁匠的样子，也端起酒杯一饮而尽，对老铁匠说：“只要您老不嫌我们姐妹俩，以后每个星期天我们都来看您，还有欧阳。”

老铁匠看了欧阳一眼，说道："欧阳啊，师父舍不得你……"

欧阳赶紧端起一杯酒，把老铁匠的话打断："师父，我设计了一款青铜剑，护手柄用了饕餮纹，咱爷俩用一个月或者半年时间，把这口青铜剑铸出来，如何？"

老铁匠愣怔一下，看着欧阳，眼神里露出一丝奇怪的神色。

入冬的第一场雪下了一天一夜，我差点推不开房门。等用力推开房门，我欣喜地看到欧阳，他正在雪地里跺着脚，似乎已经在门口等了很久。他旁边的自行车后座上绑着一只生铁火炉，火炉上面还捆着一只蛇皮袋子。

看到我开门，欧阳说："给你送来一只火炉子，你去上你的班，我给你把炉子装上，走的时候，我给你锁上门。"

窝棚里的温度跟外面一样冰凉，每天早晨起床都得鼓足勇气，前天晚上电褥子的变压器烧坏了，窝棚里失去唯一的热源。我正发愁今天晚上怎么过，欧阳就送来火炉。我有个毛病，感动的时候讲不出话来，我冲着欧阳点点头，推着自行车上班去了。

我怀着满满的感激，刷了一天油漆，一点都没有觉得累，特别想早点回到窝棚里，享受温暖的火炉。下班路上，我去了一趟菜市场，买了几个地瓜，想起火炉烤地瓜的香味儿，我就忍不住咽口水。

看见窝棚里面亮着灯，我以为欧阳没有走，心脏禁不住怦怦跳起来。我推开门，才发现窝棚里的人是玉叶，心中不免有些许失落。玉叶不知道从哪里弄来一瓶糨糊，正在用报纸糊窝棚的墙缝。

看见我进来，玉叶笑着说："把墙缝都糊上，风就进不来了。"

玉叶长大了,已经知道心疼姐姐,我心里很是欣慰。当天晚上,我没让玉叶回学校,学校的宿舍也冷,还不让用电褥子。我打开欧阳带来的蛇皮袋子,里面装着满满一袋子煤块,最上面是细小的木柴,用来引火的。欧阳真是一个细心人,做事情这般周到,一点都不像在这方水土上长大的男人。我总觉得欧阳很神秘,他像是受过很好的家教,对人热情不失分寸,又很懂礼貌,而且还会讲很好听的普通话,跟收音机里的播音员一模一样的腔调。总之,跟他在一起的时候,感觉很温暖,也很舒服。这样的人,怎么会选择做铁匠,我真的想不通。

这天晚上,玉叶没有戴手套做功课,整个窝棚里暖意融融。

玉叶放下书本,突然问我一句:"姐,你喜欢欧阳哥吗?"

我能感觉到自己脸上发热:"嗯,挺喜欢。"

玉叶俏皮地笑起来,她用嘴角叼着自来水笔,斜睨着我:"仅仅是喜欢吗?你难道没有爱上欧阳哥?"

我往一侧扭一下身子,避免让玉叶看见我的脸:"你一个小屁孩,懂什么爱不爱,赶紧做你的功课。"

玉叶很不服气:"我都十八岁了,我们班上谈恋爱的好几对,谁是小屁孩了!"

我赶紧反守为攻:"你是不是也谈恋爱了?"

玉叶笑笑说:"别跟我来这一套,我不会把自己的时间浪费在小县城,不是早就答应你,我要去大城市读大学。"

差不多隔四五天,欧阳就会送来一蛇皮袋子煤块,还有很细碎的木柴。每到这个时候,我就说不出想说的客气话,但心里却是满满的感激。突然想起,我至今还不知道欧阳叫什么名字。

于是,我就问欧阳叫什么名字。

欧阳笑着说:“我叫欧阳清如。”

我说这个名字怎么听都像是女生,倒是很好听。

欧阳说:“问渠哪得清如许,为有源头活水来,顶多算是中性名字。”

我问道:“那我以后叫你欧阳,还是叫你清如?”

欧阳说:“别人都习惯叫我欧阳,你随便吧,怎么顺口怎么叫。”

我笑着说:“既然别人都叫你欧阳,那我就叫你清如。”

十六　我的初吻

我的初吻给了欧阳清如，那一天是我的身份证上的生日。

我真正的生日是8月8日，当初农村报户口没有那么严格，我爹一直拖到年底才给我去上户口，便把我的出生日期写成了12月31日。我几乎忘记了自己的生日，我印象里，我娘在我生日的时候给我煮过面条，说吃了长寿面就能长命百岁。如果日子是这般苦痛，长命百岁岂不是百年煎熬。我隐约觉得，要是没有我娘临终时的那句叮嘱，我大概撑不到现在。自打我娘去世之后，我就再没有过过生日，哪怕是一句生日问候都没收到。

12月31日那天是礼拜二，我刷完最后一排U形铁的油漆，换下工作服，刚刚走出车间，就看到欧阳清如推着一辆崭新的女式自行车站在厂门口。

我问他，你怎么来了。

欧阳清如没有回答我，他笑着对我说："金枝，生日快乐！"

我当时就蒙了："今天是我的生日？你是怎么知道我的生

日？”

欧阳清如说：“那天给你装火炉的时候，我看到桌子上有一份住院手续单，上面有你的出生日期。”

我眼睛有些湿润，语无伦次地表达我的谢意，跟往常一样，每当我感动的时候，就不会讲话了。我在心里暗暗做了一个决定，以后我就过我身份证上的生日。

欧阳清如把身后的女式自行车推到我跟前，说是送我的生日礼物。

我急忙摇头：“不行不行，这个礼物太大太贵了，我受不起。”

欧阳清如佯装生气，说道：“好吧，我也不能骑一辆女式自行车，那我们就把自行车扔在这里，反正满大街都是偷自行车的贼。”

说完，欧阳清如支好自行车，转身走开。

我急忙叫住他：“好吧，我收下，清如，谢谢你！”

那天晚上，只有我们两个人吃饭，没有玉叶，也没有老铁匠。欧阳清如带我去了一家装修很好的饭馆，我们俩吃的涮羊肉，喝了六瓶啤酒。出门的时候，我已觉微醺，还有一种幸福的眩晕。欧阳清如骑上新自行车，我坐在后座上，细细地品味着属于我的幸福，觉得我是天底下最幸福的女人。

欧阳清如把自行车蹬得飞快，嘴里大声喊道：“车辆拐弯，请抓紧扶好！”

我张开双手，紧紧地抱住欧阳清如的后腰，再次把脸贴上他的后背，让那股男人的味道和温暖拥抱我。欧阳清如开始大声唱歌：“春天的花开秋天的风以及冬天的落阳，忧郁的青春年少的我曾经无知地这么想……”

我和着欧阳清如的歌声，跟着他一起唱道：“风车在四季轮回的歌里它天天地流转，风花雪月的诗句里我在年年地成长，流水它带走光阴的故事改变了一个人，就在那多愁善感而初次等待的青春……”

我们俩把这首歌翻来覆去合唱了无数遍，才到我住的窝棚。欧阳清如生火点起火炉子后，说他要回去。我起身，送欧阳清如走到窝棚门口的时候，他突然转身抱住我，还未等我做出反应，他的唇已经堵住了我的嘴。我没有做任何拒绝，也不想做任何拒绝，我们的唇和舌交织在一起。这个时候，我的脑海里蓦然出现了我家那头喝泔水的大白猪，还有……我一把推开欧阳清如。

欧阳清如有些意外，但还是很绅士地笑着，趴在我耳朵边上轻轻地说：“早点休息，做个美梦，生日快乐！”

说完，欧阳清如便出了门，继续唱着《光阴的故事》，消失在黑夜里。

我总是给我身边的人带来坏运气，我娘、我爹、玉叶、潘保东、彭大运、彭大河……我兴许就像桃花坞的人编派的那样，是一个命硬的扫帚星。如果，我真的是扫帚星，那我是不是应该远离欧阳清如？清如是我第一个真正喜欢的男人，很清晰地喜欢，很强烈地想跟他在一起，我不否认，我爱上了欧阳清如。

接下来的每个星期天，我都要纠结上老半天：去不去见欧阳清如？

不去见欧阳清如，或者疏远清如，在我看来，是理智战胜情感的高尚行为。既然我爱他，就不能让他受到伤害，远离我爱的男人，是我唯一能够为欧阳清如做的事情。

玉叶倒是很喜欢去谭记铸造，这让她有走亲戚做客的感觉，而且还有好吃的火锅等着她。所以，每当我迟疑不决的时候，总架不住玉叶在一旁怂恿："你举杯承诺过，每个礼拜要去看望老铁匠，做人不能言而无信。"

于是，我带着玉叶又去了谭记铸造，玉叶跟老铁匠说她在学校的趣事，老铁匠跟玉叶讲他如何给王铭章将军铸刀送刀，一老一小其乐融融。

围坐吃火锅的时候，我对欧阳清如说："也讲讲你的经历吧。"

欧阳清如笑了笑，他瞅着老铁匠的脸说："我没有什么好讲的，如果不是师父收留我，我现在恐怕早就饿死街头了。"

欧阳清如似乎在拒绝谈自己的经历，老铁匠一脸欲言又止的样子，让我觉得欧阳清如的身世越发神秘。有时候，神秘也是一种魅力，一种让人欲罢不能要去探究的魅力。

最近，我察觉到身体状况有些糟糕，总是咳嗽。我想去医院检查一下身体，可是耽误一天时间就少拿一天工资，我觉得不划算。再说了，就算是检查出自己得了大病，我也不能倒下。我倒下，谁来供养玉叶读大学。等到玉叶大学毕业，我也算对得起我娘，我心底那块最大的石头也就掀开了。我好想轻轻松松地活着，跟欧阳清如结婚，再生一个孩子……在对未来的美好畅想中，我睡着了。

再次醒来的时候，我觉得头痛欲裂。睁开眼睛时，我吓了一跳，我竟然躺在医院里。欧阳清如端着一个搪瓷缸子走进来，说是他刚刚回去给我煮的小米粥。我挣扎要坐起来，却发现自己一点劲儿没有，而且浑身酸痛。

我问欧阳清如，我怎么了。

欧阳清如说，你煤烟中毒，昏迷了一夜。

我又问欧阳清如，我煤烟中毒，你怎么知道的。

欧阳清如放下搪瓷缸子，坐在床边对我说："冬天都是刮北风，我给你窝棚装火炉子的时候，把烟筒口留在南墙上，这样是顺风，不会倒反烟。我天不亮起夜的时候，发现刮起南风，就担心你的窝棚倒反烟。我赶过去看你，结果，叫不开你的门，我猜你可能中毒了，就把屋门撞开，背着你来医院了。"

晚上，玉叶和老铁匠来医院看我，老铁匠拎来一只瓦罐，他在瓦罐里面炖了一只乌鸡。今天是周六，玉叶按惯例去了我住的窝棚，看到欧阳清如给她留的纸条，直接找到医院来。

玉叶一进门就哭了，说自己不应该把窝棚的缝隙用报纸糊住，漏风漏气说不定就不会中毒了。

我浑身拿不出四两力气，实在无力安慰玉叶。欧阳清如劝老铁匠和玉叶回去休息，他留下来陪床。玉叶死活都不肯走，坚持要留下来陪我。在他们推来让去的时候，我再一次睡着了。

等我再次醒来，已经是第三天的早晨。欧阳清如坐在一条方凳上，上半身趴在我的床边，一缕口水从他的嘴角流出来，在床上洇湿拳头大小一片床单，睡容煞是可爱。玉叶坐着另一条方凳，把欧阳清如一只胳膊当枕头，睡得也正香甜。这个世界上，我最亲近的两个人，睡在我的床边，我心里觉得无比踏实。踏实过后，肚子觉得饿了，肠胃"吱吱咕咕"叫了几声。我屏住呼吸，生怕惊扰两人的好梦,觉得让我最亲近的人多睡一分钟,他们就会多一分精气神。

欧阳清如好像觉察到我醒了，蓦然抬起头来，望着我小声说:“一直听着你均匀的呼吸,突然听不到了,以为你又晕死过去了。”

我冲着欧阳清如笑了笑，轻声说道:“辛苦你了，再睡会儿吧。”

欧阳清如说:“我睡足了,我得赶紧给你热鸡汤去,你已经两天没吃东西了。”

欧阳清如说完,轻轻抬起玉叶的脑袋,放在床沿的被子上,让她好继续安睡。欧阳清如站起来的时候,一本书从他双腿滑落到地上,我看到一个牛皮纸包的封面,封面上写着六个漂亮的毛笔字:德伯家的苔丝。

我翻开书,扉页上写了四行小楷:人生很短,人生也很长。幸福的人生很短,痛苦的人生很长。

我问欧阳清如,这本书讲的是什么故事。

欧阳清如说,是一个像你一样善良并坚强的女性,向自己命运抗争的故事。

我又问他,好看吗。

欧阳清如把书递给我,说很好看,我已经读第三遍了。

说完,欧阳清如一手拎着瓦罐,一手抱着棉衣,走出病房。

我轻轻摇了一下玉叶,趴在她耳朵边小声说道:“玉叶,赶紧起床啦,帮我洗把脸,姐姐已经两天没有洗漱了。”

玉叶坐起身来，伸个懒腰，气哼哼地嗔道:“就知道催我起床,对着欧阳哥哥就温柔到让人起鸡皮疙瘩。”

然后,玉叶学着我的口吻说道:“辛苦你了,再睡会儿吧。”

我一把拍在玉叶胳膊上:“好啊!原来你一直都在装睡。”

我在医院住了三天,第四天说什么也要出院。住院不光要花钱,还要欧阳清如一天到晚受累陪护,眼看着他阳光的脸庞黯淡下来,让我良心难安。第三天的时候,欧阳清如坚持让医生给我检查咳嗽,确诊是慢性肺炎,医生猜测跟我刷油漆的工作有关。

欧阳清如让我必须换一份工作,以防肺部再次被油漆刺激。直到我答应后,他才同意我出院。有爱的光阴总是匆匆而逝,因为我会用下一分钟回忆有欧阳清如在我身边的上一分钟,于是,爱情把我的时间偷走了一半。我好想把我住院的时光抻成一生那么长,好让我那粗粝的人生被爱情细腻地打磨。

十七　马主任

这一年，我过得非常愉快，虽然工作很累，但我的内心时刻充盈着喜悦。我和欧阳清如确定了恋爱关系，我们的感情与日俱增，每天都想待在一起，哪怕是不说话，各做各的事，只要能感受彼此的气息就足够了。

经我再三询问，欧阳清如透露了自己的身世。

原来，欧阳清如的父母都是北京的大干部，“文革”期间下放在昶山县劳动改造。他还有一个哥哥一个姐姐，全都下乡当了知青，一个在广西，一个在黑龙江。欧阳清如年龄最小，一直跟在父母身边。有一年，上级来了一纸调令，说是要把欧阳清如的父母调往青海，继续接受改造。当时，正赶上欧阳清如得了肺炎，父母想到青海那样的边远苦寒之地缺医少药，就把孩子托付给无儿无女的老铁匠帮忙照看。于是，这些年来，欧阳清如一直跟随老铁匠生活，二人患难与共，情同父子。

欧阳清如道出实情，也印证了我内心的疑惑，要不昶山怎么会有一个讲普通话、读《德伯家的苔丝》这种书的青年呢。

我问欧阳清如，这几年开始落实老干部政策，你的父母落实没有。

欧阳清如说，这种事情审查过程很漫长，我的父母前年才返回北京工作。

听到这里，我心中顿时凉了半截，似乎已经看见了我和欧阳清如的未来。

我问他，你什么时候回北京。

欧阳清如抬头望了一眼天空，我在他的眼睛里看到一缕清晰的愁云。

欧阳清如说："我父母从前年就开始催我回北京，可是我不想回去，我想留在昶山，留在你和师父身边。"

我的工作换了，还在原来的塑钢门窗厂，只是不再刷油漆，而是去了另一个车间，用电锯裁剪塑料框梁。油漆车间都是女工，裁剪车间都是男工，好在我已经习惯干男工的工作，倒也不觉得十分累，而且工资还涨了三十块钱。在裁剪车间干了不到半年，我又去了厂会计室做出纳。厂里原来只有一个会计，是副厂长的小姨子。厂长说是为了规范财务制度，要设立出纳员，他见我做事很踏实，得知我以前做过会计，就把我调到厂部做了出纳。

现在，一切都称心如意，唯有欧阳清如的身世背景，让我隐隐觉得不安。

有一天，临近下班时候，我在办公室里整理报表，门卫小陶推开门闪进来，说是厂门口有人找我。我很是纳闷，因为小陶认识欧阳清如，而欧阳清如也会直接到办公室来找我，不用通过小陶。

走出厂门口，我看到四下无人，路边停着一辆小轿车。就在我愣怔时，轿车车门打开，走下来一位穿着时髦的中年妇女，戴着黑框眼镜。中年妇女径直朝我走过来，脸上带着温和的微笑，她走到我跟前两步远的地方站住，微笑着问我："你是金枝吗？"

我说我是金枝。我问她，您是谁。

中年妇女和蔼地说："我是清如的妈妈。"

我太震惊了，站在我面前的竟然是欧阳清如的妈妈，也就是我未来的婆婆。

我说："是婶子啊，您是什么时候来的？您是从北京来的吗？"

我慌乱得有些语无伦次，急忙往轿车里张望一眼，想看到欧阳清如。我从欧阳妈妈的眼神里读出了失望，我的心情更加紧张起来。

欧阳妈妈脸上的微笑变成浅笑："叫婶子，我不习惯，你还是叫我阿姨吧。你会讲普通话吗？"

我赶紧转换成普通话，对欧阳妈妈说："我会讲普通话，婶子，不，阿姨。"

欧阳妈妈说："你不用紧张，我们到车里说话，顺便找个地方吃饭，一起聊聊天。"

欧阳妈妈又往前走了两步，抓住我的手，说道："哟，瞧瞧这双手，粗糙得哪像个女孩儿，看来清如说的没错，你是一个坚强、执着、能吃苦的孩子。"

欧阳妈妈一边说着，一边牵着我的手走向轿车。这是我生平第一次坐进轿车里，可我已经顾不上感受坐轿车的滋味，心里只剩下忐忑。轿车里还有两个男人，一个是司机，副驾驶上坐着一个三十岁左右的男人，也戴着黑框眼镜。他们一直没有开口讲话，欧阳妈妈也没有介绍他们是谁。轿车七拐八拐，开进了昶山县政府招待所。一路上，欧阳妈妈没说话，我也不敢随便开口。轿车停在招待所餐厅门口，副驾驶上的眼镜男赶紧下车，给欧阳妈妈打开车门。

欧阳妈妈对眼镜男说："小余，你跟小张去吃饭吧，不用管我了。"

小余满脸堆笑，对欧阳妈妈说："好的，马主任，我和小张就在隔壁大厅里吃饭，有事您让服务员叫我。"

餐厅里走出一个穿西装的胖子，操着一口浓重的昶山口音，对欧阳妈妈说："马主任辛苦啦，辛苦啦，菜都准备好，给您安排在北京厅，里面请。"

这是我第一次走进县招待所，里面装修得很豪华，比起聚龙酒店来，不知道高多少个档次，招待所的走廊里都铺着紫红色地毯。此前，我只从门口走过几回。据说这个招待所专门接待上级领导，条件跟星级饭店一样好。西装胖子把我们领进北京厅，吩咐服务员赶紧上菜，便媚笑着退出房间。饭菜大概早就备好，不一会儿工夫，两个服务员便摆满一桌子。

欧阳妈妈笑着对我说："饿了吧？我们边吃边聊。"

说完，欧阳妈妈便拿起筷子，开始夹菜，她先夹起一只海参放进我的碗里。我在聚龙酒店给客人上过海参，但是从未吃过，不知道是什么滋味儿。

我问道："清如呢？他不来吃饭吗？"

欧阳妈妈没有看我，她正在给自己盛汤："清如不来了，他回北京了。"

我吃了一惊："啊？他……怎么也没有说一声就回北京了？"

欧阳妈妈说："他爸爸找了一些老朋友，给清如在国家博物馆青铜器研究室找了一个工作，连户口带关系一起调进北京。清如知道之后很开心，这不就先回去办理入职关系去了。另外，他爸爸最近身体不太好，他也应该回北京看望一下。"

我一时不知道该说什么："清如他……说要留在昶山，他改主意了？"

欧阳妈妈抬起头，劝我吃菜，我勉强咬了一小口葱爆海参，觉得滑腻腻的有点腥，不怎么好吃。

欧阳妈妈说："年轻人嘛，不定性。先前，他是说要留在昶山，还说自己有了女朋友。其实，他是对先前的工作不满意，在昌平一家卫星通信研究所，清如觉得昌平是北京的郊区，跟在昶山县没什么区别，他爸爸这才动用关系，把清如的工作安排到了北京的市中心。"

欧阳妈妈又为我夹菜，弄得我手足无措。

欧阳妈妈接着说："人往高处走、水往低处流，如果男人跟女人在一起，事业、前途、日子越过越没落，那这个女人就是扫帚星。作为女人，最大的善良就是帮衬男人的事业，成就男人的前途，金枝，你说是不是？"

我听这些话有些刺耳，却也觉得不无道理，就点了点头。

说到这里，欧阳妈妈从口袋里面掏出一张照片，递给我："我们不仅给清如张罗工作，连他的女朋友都物色好了，瞧，是他爸爸一个老战友的女儿。爸爸是机械部副部级领导，女儿清华大学毕业，现在国家旅游局工作，已经是副处级待遇了，相当于你们昶山县县长的级别。可清如说有女朋友了，我们也不好勉强，你们年轻人的事，我们做老人的不掺和，对于清如做出的选择，我们原则上都是支持的。”

此刻，我已经食不甘味，面对一桌子从未品尝过的美味佳肴，我竟一点食欲没有。

我听欧阳妈妈继续说道：“我这次来山东有公干，借机过来看看你。清如在信中夸你是一个善良、坚强的女孩，我知道我儿子的眼光，清如从小饱读诗书，肯定不会看错人。你呢，不要觉得自己是农村小户人家，将来进了北京城，进了我们一个高干家庭会受气，我和清如的爸爸也都是有身份的人，不会看不起农民的。你的工作和北京户口嘛，我们也会想办法帮你解决。”

大概是看到欧阳妈妈在不停说话，服务员给她端来一杯茶。

欧阳妈妈接过茶杯，吹掉漂在上面的茶叶，轻轻呷了一口，接着又说：“对于你和清如的婚事，我和清如的爸爸只有一个要求。”

我茫然地抬起头，问道：“阿姨，您和叔叔有什么要求？”

欧阳妈妈收起笑容，一脸严肃地说：“听说你父亲还在监狱里服刑，而且是伤人致残，我们开了一个家庭会议，我和清如的爸爸、哥哥、姐姐达成一致意见，那就是把你们的婚期往后推一推，推到你父亲刑满释放后，再举行婚礼。要不然，这事儿传出去，说欧阳部长的亲家在监狱坐牢，这个脸面，我们欧阳家是丢不起的。”

接下来，欧阳妈妈说的话，我几乎一句都入不了耳朵，脑子里一片混沌。我只记得欧阳妈妈微笑着送我上车，还把剩菜剩饭让服务员给我打包带走。

司机刚要开车，欧阳妈妈又打开车门，叮嘱我说：“金枝，以后我们就是一家人了，欢迎你到北京去玩，去家里做客。”

十八 小陶和小乔

回到窝棚里,我趴在床上号啕大哭起来,我不知道自己为什么要哭。我哭了整整一夜,才算是哭明白,是我的自尊心受到了侮辱和伤害。

我顶着一双烂桃似的眼去上班，刚到厂门口，小陶就迎上来,神秘兮兮地问我:“你坐上的是伏尔加轿车啊,你昨晚去哪儿了?”

小陶是厂长的外甥,最近提拔成厂保卫科科长,他长了一副不讨人喜欢也不讨人嫌的样子。小陶明知道我和欧阳清如在谈恋爱,可还是逮住机会对我献殷勤。时间长了,欧阳清如也能看出小陶的意思,因为小陶总拿言语揶揄他。欧阳清如不肯示弱,只要小陶拿话挑他,他也会兵来将挡,水来土掩。小陶不读书,欧阳清如天天都在读书，所以在言语上，小陶不是欧阳清如的对手,几个回合下来,小陶恨不得跟欧阳清如抡拳头。

我没有理会小陶的谄媚,低着头,推着自行车走进厂里。从我到会计室做出纳第一天起，会计小乔对我就没有过好脸色，她看我今天一副失魂落魄的样子，倒是走过来嘘寒问暖。我是个软肠子，小乔的几句好话，就把她平日里对我的敌视抛到九霄云外，对她讲了昨晚的经过。

小乔感慨地说："不愧是北京的大领导，说话真是有水平，你未来的婆婆表面上是来看望你，其实，她是来警告你，让你知难而退，不要耽误人家儿子的前程。"

我说："不仅仅是这些，欧阳妈妈在言谈举止间，让我时时刻刻感受到等级的悬殊，她在精神层面上，已经把我死死地踩在脚下。"

小乔说："这件事儿也不能怪欧阳他妈，我听说他们高干阶层，只可能在高干之间联姻，哪家高干子女多，哪家就能织成一大片关系网。欧阳要是娶了你，他们家不仅要失去一个强有力的亲家，还要承受你爹蹲大牢的坏名声。这个事儿要是搁在我身上，我也不干。"

小乔这番见解不俗，不由得让我佩服。

小乔说："不要用这种崇拜的眼光看我，我在北京当了四年通信兵，整天在通讯室接驳电话线，看到的、听到的都这是这些事儿，不新鲜。"

小乔像是一个智慧的长者，踱着步子走到我跟前，拍着我的肩膀说道："金枝，咱一个农村娃，总想吃上一口好的，可咱们得量着肚子吃炊饼，贪大吃了不消化呀。"

小乔的话再明白不过，她是在提醒我，做人要有自知之明。

中午的时候，小陶端着饭盒走进会计室，说是在食堂给我买了回锅肉。

小乔拿着饭盒往外走的时候，对小陶说："小鬼，很能抓机会嘛。"

小陶嬉皮笑脸问道："什么机会？我对金枝的感情，那是感天动地。"

小乔说得不错，欧阳清如好几天没有来厂里接我，小陶大概觉得有机可乘，尤其是他看我今天哭肿眼睛，所以才会信口开河。

一周之后，欧阳清如从北京回来，他第一时间就跑到厂里找我。会计小乔知道我们俩之间会出现尴尬一幕，便借故躲了出去。欧阳清如先是向我道歉，解释他不辞而别的原因，说是收到北京的电报，电报上说父亲病重，所以才着急赶回北京。

我问欧阳清如，你爸爸的病情怎么样。

欧阳清如说等他赶回北京，父亲的病已经好了大半，前一天就出院了。

我用鼻子"哼"了一声，发出一阵让我自己都吃惊的冷笑。

欧阳清如用奇怪的眼神看着我，问道："我妈跟你说了什么？她有没有让我们俩分手？"

我说："你妈没有让我们俩分手，相反，她欢迎我去北京，还答应给我解决户口和工作。"

欧阳清如长舒一口气，笑着说："还好，看来我妈跟我说的是实话，她已经答应我，要给你找工作，还要把你的户口迁到北京。"

我问欧阳清如，你的工作安排好了吗。

欧阳清如说："安排好了，在国家博物馆上班。等我落稳脚跟，准备把师父也介绍过去，看看能否在青铜器研究室做个顾问。玉叶的学习成绩好，将来考北京的大学肯定没有问题，你也准备一下，我们一家人以后就要在北京生活了。”

我淡淡地推开欧阳清如的手，说道：“我不想跟你做一家人，我们本来就是两个世界的人，不可能在一起生活。”

欧阳清如很是震惊，问我为什么说这样的话。

我对他说：“我们面对现实吧，像我这样一个没有固定工作的农村女人，进入北京一个高干家庭做儿媳妇，我要承受的困难是你无法想象的。爱情是诱人的，可现实是残酷的，丑小鸭变不成白天鹅，我们俩就此分手，各安天命吧。”

欧阳清如的情绪很是激动：“我不允许你这样说，我们从一场人性的浩劫中走出来，我知道我需要什么样的感情和什么样的人，你的真诚、你的善良、你的执着，还有你的坚强，是这个世界上最可贵的品质。或许，别人视你如敝屣，但你在我的心里，就像女神一样高贵。我早就写信告诉我的父母了，今生今世，我非你不娶。”

我望着欧阳清如，英俊的脸被激动的情绪连累到变形，也没能挡住他眼睛里面迸发出来的真诚。这一刻，我的心软了，连日来累积起来的决心在瞬间崩塌，我忍不住趴在桌子上，悲恸得哭出声来。

欧阳清如抚摸着我的头发，用温和的口吻说道：“跟我走吧，离开你憎恶的家乡，做回你自己，做回金枝。”

今生第一次要在自己的感情面前做决断，要与自己深爱的男人分手，我的心被撕扯得生疼。又有什么办法，正如小乔所言，大城市是个花花世界，男人在里面待久了，难免生出别的心思。

到那个时候，这个本来就是门不当户不对的婚姻还能维持吗？我可不要我的孩子在单亲家庭中长大，眼前的玉叶不就是活生生的例子吗？

想到这里，我擦干眼泪，抬起头对欧阳清如说："我决心已定，咱们分手吧。"

欧阳清如用几近咆哮的声音喊道："为什么要分手？你总得给我一个理由吧！"

就在这时，会计室的门被推开，小陶一步闯进来，冲着欧阳清如嚷嚷道："分手就是分手，分手就是不爱你了，你还在这里凶什么凶，难道你想动手打人。"

我指着小陶，对欧阳清如说："我变心了，我要跟小陶结婚。"

欧阳清如的脸，瞬间变得跟墙壁一样惨白，两行眼泪夺眶而出，他从牙缝里挤出一句话："怎么可能，你爱的人是我，是我！"

说完，欧阳清如转身冲出会计室，小陶停放在门口的自行车，被欧阳清如一脚踢倒。

小陶在屋里叫骂道："你瞎驴乱尥什么蹄子。"

这天晚上，我彻底失眠，睁着眼从天黑到天亮。想起欧阳清如对我的好，我便坐起身来哭一会儿。在这个世界上，从没有一个人像他那样关心我、爱我，包括我娘。很小的时候，我娘对我很是冷淡，我娘大概觉得因为怀上我，她才不得不委身我爹，所以，她宁愿一个人发呆，也不愿跟我亲近。我爹更不消说，我娘在的时候，他还会低眉顺眼讨好我娘。自打我娘死后，他整天哭丧一张茄子脸，几乎没再笑过。这个凉薄的世界冰冻了我的心。直到遇见欧阳清如，即便那个时候我还很小，但也能感受到他和老铁匠给我的温暖。一开始,欧阳清如在我心里是一个哥哥。后来,欧阳清如在我心里播下爱的种子,他成了我的爱人。现在,欧阳清如变成我生命的一部分,无论是灵魂还是肉体,要把他从我的世界分割开来,这样的痛楚无异于地狱酷刑,痛彻心扉。

两天之后,欧阳清如又来了,他胡子拉碴,一脸憔悴,估计他跟我一样,这两天没有睡踏实。小乔看到欧阳清如这副尊荣,又借故溜了出去。

欧阳清如开门见山,说他给父母写信了:"我要留在昶山,留在你身边。失去你,我回北京有什么意义。"

我说:"你不要拿自己前途当儿戏, 难道你想在昶山做一辈子铁匠吗?"

欧阳清如说:"这两天我已经想清楚了, 不能与自己爱的人在一起,就算不做铁匠,当了将军,当了市长,一辈子也是一具行尸走肉。我今天就让余秘书回北京,不让他给我迁户口了。"

我心中一凛,这不就是人们想要的爱情吗?我为什么要视而不见呢?司马相如与卓文君、梁山伯与祝英台、罗密欧与朱丽叶,他们都可以豁出去爱一回,我为什么要前怕狼后怕虎。我哭着扑进欧阳清如的怀里,用力地捶打着他的胸膛:"不要离开我,一辈子也不要离开我……"

欧阳清如在我耳边柔声说道:"不是我要离开你, 是你要离开我。"

那些托不上台面的暗示,我无法用语言讲出来,有些东西真的是只能意会。此刻,我只有一样感受,用哭泣来宣泄我的委屈。欧阳清如轻轻地抚摸着我的后背,他的手是有热度的,让我有如沐阳光的温暖和安逸。突然,"咣当"一声,会计室的门被撞开,小陶带着一帮工人冲进来。

小陶手里拎着一根木棍,他用木棍指着欧阳清如,对工人们说道:“这个外地人,死乞白赖要跟我女朋友搞对象,他这是不把咱们昶山爷们儿当男人。兄弟们,你们说怎么着?”

工人们嚷嚷道:“揍他!打断他的狗腿!给这个小白脸破相!”

接下来的局势,是我不曾预料的,就像是瞬间跌入一个噩梦,一群人扑上来暴打欧阳清如,我发疯似的喊着:“住手!快停下,他是我男人!”

欧阳清如在医院躺了一个礼拜,我第一次看到护士打开他脸上的纱布换药时,差点晕死过去,欧阳清如的左脸颊有一条长长的伤口,从额头一直到颧骨,像一条僵死的虫子趴在脸上。余秘书带着几名医生走进病房,他用怪异的眼神看着我,满脸嫌弃的神色。

一名医生对余秘书很客气,说县里医院的水平有限,还说他们已经尽了最大努力。

另一名医生对余秘书也很客气,他建议转院治疗,去济南或者北京。

余秘书犹豫一下,对两名医生说:“下午马主任就到了,等她指示吧。”

欧阳妈妈来到昶山的时候,县里的公安局局长陪着她,局长一个劲地承诺,说是把参与打人的人全都抓起来了,必须严惩不贷。欧阳妈妈一脸冷峻,当她看到儿子脸上的伤疤时,禁不住叫出声来。

欧阳清如已经能开口说话了，他安慰母亲说："男人嘛，俊丑不重要，再说，我已经有媳妇了，您老就不要担心了。"

欧阳妈妈没有说话，她抬头看我一眼，冰冷的眼神让我禁不住颤抖了一下。

随后，欧阳妈妈走出病房，边走边对余秘书吩咐道："把医生给我叫来。"

病房里只剩下我和欧阳清如，我握着他的手，哭着道歉："对不起，对不起，清如，都是我不好，是我给你招惹了这场灾祸。"

欧阳清如笑一下，但他只能用右半边脸笑："不怪你，这是个误会，等你跟小陶解释清楚，就没事了。"

这时，余秘书走进来，告诉欧阳清如，说从省城调来一辆进口救护车，明天一早转院去北京。

欧阳清如不同意，说他只是皮外伤，留在昶山也一样可以痊愈。

余秘书说马主任已经决定了，她还联系了北京最好的整容医生，帮你处理脸上的伤口。

正说着话，病房走进来两个警察，他们问我是不是庄金枝，然后让我跟他们走，说是要我配合调查塑钢厂的暴力案件。

我看了一眼欧阳清如，他冲着我笑了笑："去吧，趁机跟警察解释一下其中的误会，让他们不要为难小陶。"

我点点头，跟着警察出门。

警察把我带上车，另一名警察掏出一副手铐，把我双手铐住，我心里顿时慌了，我叫喊着："为什么给我戴手铐？"

警察说："因为你涉嫌参与暴力殴打欧阳清如。"

我说："这是诬陷，我跟欧阳清如是恋爱关系，怎么会涉嫌殴打他？”

警察说:“你是小陶的未婚妻，怎么又跟欧阳清如是恋爱关系？”

我简直怒不可遏，冲着警察喊道:“谁说我是小陶的未婚妻？”

警察说:“小陶说的,小乔也能证明,你亲口说的,你要嫁给小陶做老婆。”

我说:“那是我一时的气话。”

警察说:“你是一个成年人，难道你不能为自己说的话负责任吗？”

我在派出所关了一天一夜，警察给我看了涉案人员的口供笔录,他们都指认我是小陶的未婚妻。

傍晚时分,欧阳妈妈来了,依旧是一副冰冷的面孔,还有更为冰冷的眼神。她看着我,足足盯了我一分钟时间,没有讲话。

我先开了口,我说:“阿姨,对不起,是我连累了清如。”

欧阳妈妈先是叹一口气,随后说道:“自从上次见面后,我一直把你当成我们欧阳家的儿媳妇，回到北京后，我舍出这张老脸,四处帮你找工作,还准备把你的户口转到北京,可我没想到你是这样的人。”

我哭着说:“阿姨,我是冤枉的,他们都在撒谎。”

欧阳妈妈说:“真是有其母必有其女，你妈妈在当年那么严酷的环境里，都能生下野种，看来，风流放荡是你们的家族基因。”

听到这里,我止住哭声:“阿姨,你可以责怪我,骂我,但是,请你不要侮辱我的母亲。”

欧阳妈妈突然提高了声音，用一种很尖很锐利的声调说道：“你母亲是怎么死的？她如果不跟人家偷情，她如果不怀上别人的野种，你妹妹从哪里来的？我哪一句话是不实之词？哪一句是在侮辱你的母亲？”

的确，欧阳妈妈说的都是实情，一时间让我无力反驳。

欧阳妈妈接着说：“对于你，我是一忍再忍，我甚至退让到，等你那个劳改犯父亲出狱再结婚，可我无法容忍等到你出狱，再让你跟我儿子结婚。”

我震惊了：“我？我也会被判刑？”

一时间，我凌乱了，我怎么会被判刑呢？我如果真的进了监狱，玉叶怎么办？

欧阳妈妈干咳一声，让自己的语气缓和下来：“看在你和清如恋爱一场的份儿上，我可以向公安部门求情，说我们不追究你的刑事责任，但是，你必须向我儿子说清楚，你会跟他彻底分手。”

我被两名警察带着，再次走进昶山县人民医院。我求警察给我打开手铐，警察不同意，说我是暴力犯罪嫌疑人，必须戴手铐。就这样，我戴着手铐走进欧阳清如的病房。

欧阳看到我戴着手铐，也很吃惊，他问我，也像是在问警察：“怎么会是这样？”

我走到欧阳清如的床前，尚未开口说那套编好的谎话，眼泪先滚滚流下来。

余秘书在一旁催促道：“你如果没有话要说，我们现在就要转院，已经耽误一天时间了。”

眼泪模糊了我的双眼，我看不清欧阳清如的神情，我用近乎颤抖的声音说道："清如，是我不好，我是一个坏女人，我不该在和你恋爱的同时，还跟小陶不三不四，这才招惹他对你施暴……"

到此处，我已经说不下去，只剩下哭泣。余秘书继续催我，言语中很不耐烦。

我对着欧阳清如接着说道："我今天，一是来向你道歉，二是来告诉你，我们彻底分手吧。我是一个坏女人，我是一个扫帚星，谁沾上我都会倒霉的。"

我听到欧阳清如喃喃地说道："怎么会这样，怎么会这样？"

随后，欧阳清如就被护士推出病房，我也被两个警察带上警车。透过警车玻璃，我看到载着欧阳清如的救护车驶出医院大门。我明白，今朝一别，我们便再无相见之日，所谓的生离死别，恐怕就是此时此刻的滋味吧。

十九 玉叶考上北师大

玉叶考上了大学，考上了北京的大学，是北京师范大学中文系。

老铁匠直夸玉叶有出息，能考上北京的大学，他说自己这辈子还没有进过北京城呢。

玉叶安慰老铁匠，说等我以后留在北京工作，我就接您老人家去北京玩。

老铁匠满面红光，乐呵呵地说道："那敢情好哇，还能去看看你欧阳哥哥。"

欧阳清如离开昶山一年多了，关于他的音信都是听老铁匠说的，欧阳清如每个月都会给老铁匠写信。信里面，他会询问老铁匠的健康，也会关心玉叶的学习，但他从来没有问过我的近况。欧阳清如大概已经把我放下了，可他却依旧在我心里，填得满满的。老铁匠认字不多，每次都是玉叶帮着读信，然后由老铁匠口述，玉叶执笔给欧阳清如回信。

有一次读信，玉叶读道：“金枝怎么样？她现在还在塑钢厂工作吗？”

听到欧阳清如问我的近况，我瞬间觉得心跳加快，嗓子眼发紧，眼泪在眼眶里打转。我就知道，他不会这么快把我忘记，这一刻，我觉得既幸福又心酸。趁着老铁匠和玉叶吃饭的工夫，我偷偷地抽出欧阳清如写的信，我想看看他写我的名字是什么样的字迹，我还没有见过他写的字呢。我读遍两页信纸，没有找到玉叶刚才读的那两句话，原来是这个鬼丫头骗我开心的。我的幸福只维持了一顿饭的工夫，又跌入低谷。后来，只要玉叶给老铁匠读信，我就会借故走开，去后院厨房烧菜做饭，或者收拾卫生。走开不是不想听到欧阳清如的消息，而是为了不让自己尴尬和难过。

吃完饭，回家的路上，玉叶坐在后座上问我：“你真的爱上别的男人了，是吗？”

我反问玉叶：“你觉得这个世界上，还有比欧阳清如更好的男人吗？”

玉叶越来越漂亮了，修长的身材比我还高，粉嫩的脸蛋比我还漂亮，挺直的鼻梁跟陈嘉树一模一样，杏核般的大眼睛简直就是我娘的翻版。玉叶留起一头长发，不做功课的时候，就任由长发飘散开来，散发出少女才有的青春气息。我从未留过长发，一是早晨赶着上班没有时间打理，二是洗头的时候会浪费洗发水。最近两年，我没有买过新衣服，都是捡玉叶替换下来的旧衣服。玉叶读大学，需要一笔不小的开支，我尽量从自己身上节省。

距离开学还有一个礼拜的时间，我和玉叶商量后，决定动身去北京，以便我提前租房子和找工作。一开始，玉叶不同意我去北京，她建议我留在昶山工作，还能顺便照料老铁匠，让我每个月把生活费寄给她即可。我放心不下，玉叶从出生到现在，一直没有离开过我的视线，在我眼里，她还是个孩子，我坚持要跟她一起去北京。我的坚持本来没什么，因为这是我从小的意愿，陪着玉叶去大城市读大学，永远地离开桃花坞。玉叶偏偏考上北京的大学，我现在的坚持，到底是因为我的初心，还是有别的情愫掺杂其中，我不是特别清晰，毕竟欧阳清如也在北京。

经我再三劝说，玉叶同意跟我一起去监狱看望我爹。上一次来探视，我把玉叶考上大学的事儿告诉了我爹，他很是开心。说来也奇怪，我爹进监狱之前，一直哭丧着一张茄子脸，进监狱之后，他倒是学会了笑。这样的变化，让我恍惚觉得他前半辈子一直被关在监狱里，最近这几年才刑满释放。看到玉叶前来探视，我爹吃惊不小，他说了几句让玉叶注意身体之类的话，说得干干巴巴。两人住在同一个屋檐下，十几年不说话，此刻的叮嘱寒暄，听上去的确怪怪的。

我爹问道："大学要读几年？"

我对我爹说："玉叶考上本科，大学要读四年。"

我爹沉吟片刻："玉叶大学毕业，我也该出狱了。"

对于我爹，我的感情也很复杂，我爱他爱不起来，恨他也恨不起来。欧阳妈妈以我爹蹲监狱为耻辱，可我爹是因为我才进监狱的。其实，就算我爹不蹲监狱，我也不可能进入欧阳家，我们是两个世界的人，我和欧阳清如的爱情注定是个悲剧。

玉叶自始至终只说了一句话，这句话是临走的时候冲着我爹说的："我第一次看见你会笑。"

离开昶山的最后一顿饭，是在谭记铸造吃的，这回没有吃火锅，老铁匠从餐馆里叫了一桌子当地菜。老铁匠给玉叶包了一个红包，玉叶推托不过，只好收下红包。老铁匠转身又拿出一个牛皮纸包，说是前天铺子里来了一个人，自称是桃花坞村的，说是叫庄水生，受你爹书信之托，把你家桃花坞的祖屋卖了，这是卖祖屋的九百块钱，供玉叶读大学用。

玉叶从老铁匠手里接过牛皮纸包，脸上的神情很是复杂，她的心里此刻大概是五味杂陈。

老铁匠从柜子里取出一个长条形木头匣子，抽开匣子盖，从里面捧出一柄金光闪闪的古剑。

老铁匠凝望古剑，动情地说："这是欧阳亲手铸造的青铜剑，也是他所有作品里面最好的一柄剑，他临走时候嘱咐我，让我过些日子再给你，留作一个念想。"

我接过青铜剑，睹物思人，忍不住掉下泪来。三年前，欧阳清如和老铁匠日夜守在炉台旁，如醉如痴地铸剑，连吃饭喝水睡觉都嫌耽误工夫。那段时间，眼看着两个人一天比一天消瘦，炉台边上扔着一堆废弃的青铜剑残品。后来，欧阳清如重新调整铜、锡、铅的比例，再辅以老铁匠祖传的铸剑技艺，才铸造出三柄青铜剑。

老铁匠说："去北京，隔着近了，有空就去看看欧阳吧。做不成夫妻，就当兄妹处着，他心里一直有你呢。"

我说："人心那么小，不可能总装着一个不相干的人。"

老铁匠叹口气，说道："三年前，欧阳就该回北京了，他的父母已经为他找好工作。结果，你和玉叶来县城读书，欧阳就找借口留了下来，他的父母一催再催，欧阳却铁了心，要留在昶山。再后来，欧阳的母亲答应欧阳，只要他回北京工作，就同意你们俩结婚，还答应给你办理北京户口，让你去北京工作。欧阳答应了父母的要求，结果，你却提出分手。我搞不懂你们年轻人的想法，欧阳是个好孩子，他的父母也是通情达理的人，你们俩怎么就走不到一起呢……"

在开往北京的火车上，玉叶问我："你还爱欧阳哥哥吗？"

我说："一切都结束了，不爱了。"

玉叶说："好吧，你不爱欧阳哥哥了，我来爱，你以后可不许吃醋哦。"

我突然间愣住了，片刻后才对玉叶说道："欧阳清如曾经给过我一本书，名字叫《德伯家的苔丝》，他说他读了三遍。我读了五遍，从中悟出一个道理。"

玉叶问道："什么道理？"

我说："爱情是阶级的产物，不同阶级发生的爱情，要么是悲剧，要么是性欲，要么是鬼混，总之肯定不是众望所归的爱情。"

玉叶瞪大眼睛，问道："还有呢？"

我说："爱情要守得住，爱情不是偷情，有今天没明天。我和欧阳清如之间，如果是真爱情，空间和时间都不会成为阻碍。"

我说完这些话，换成玉叶愣怔半天。

而后，她换了一个话题，问我："我爹是谁？"

我没有着急回应，我想对玉叶说我们的爹是庄正德，玉叶肯定鄙视我侮辱她的智商。玉叶已经考上大学，无论是感情层面，还是法律层面，她都是一个成年人，我没有理由不跟她讲实话，可这实话该怎么讲呢？我站起身来，走到两节车厢连接处的锅炉打开水，借机理一下头绪，我得想一想怎么陈述这段往事，才能不伤害到玉叶，也不伤害到玉叶她爹，更不能伤害到我娘。我想到一个切入点，就是把我娘和我爹定位成两个阶级的人，阴差阳错促成一段没有爱情的婚姻……我摇了摇头，不行，我这是在美化奸情，玉叶倒是不受伤害，我娘也不受伤害，玉叶她爹更不受伤害，可我爹受到了伤害。我决定另找一个切入点，我爹已经戴了绿帽子，作为女儿，我不能背后再给他伤口上撒盐。

我端着两杯水摇摇晃晃往车厢里走，突然，对面急匆匆走过来一个中年男人，碰掉我一只水杯，热水浇到我和他的脚背上，疼得他“妈呀妈呀”乱叫。

我身后有一小伙子，瞬间掏出一卷手纸，低下身来给我擦拭脚背。我来不及向小伙子称谢，只能先向中年男人道歉。中年男人龇牙咧嘴站起身来，嘴巴里嘟嘟囔囔说着活该自己倒霉之类的话，朝着我摆摆手，往前走了过去。这时候，我才发现给我递手纸的小伙子很是面熟，却又想不起在哪里见过。小伙子大概也觉得我面熟，他的眼神中闪过一丝慌乱，迅速把眼神移到车窗外，对我的称谢充耳不闻。

听见这边有动静，玉叶赶过来，她冲着把脸扭到一边的小伙子叫道：“文革。”

听到玉叶叫文革，我才想起来，眼前这个小伙子竟是庄水生的儿子文革。小的时候，玉叶和文革常常一人把住水生媳妇一个奶头，两个人嘬奶嘬得“吱吱”有声，这才是真正光着屁股一起长大的。

文革也认出了玉叶和我，他用散乱的眼神瞅我一眼，叫道：

“姐，玉叶，你们俩这是去哪儿？”

玉叶骄傲地笑着，对文革说：“你不知道我考上北师大了？”

文革问道：“北师大是个什么玩意儿？”

我笑着弯腰，去捡掉在走道上的水杯，突然发现我的腰包被划开一条口子，我心里顿时凉了半截。我伸手一摸，腰包里牛皮纸包没有了，那里面装着我和玉叶全部家当，我爹卖掉祖屋的钱、我几年来的积蓄、老铁匠的红包，总共一千两百块钱。我不知道北京租房的价码，也不知道什么时候才能找到工作，这笔钱要是丢了，玉叶怎么读大学？

想到这里，我眼前发黑，两腿犯软，瘫坐在地上叫道：“我的钱，我的钱被偷了！”

二十　初到北京

玉叶问我，所有的钱都被偷了吗。

我说是，还剩下一点零钱。

在开启生活新纪元的车厢里，我们姐俩抱头大哭起来。一旁有乘客提醒我，赶紧找乘警报警。我和玉叶在拥挤的车厢里走了两个来回，才在餐车的角落里找到乘警。

乘警问我，在哪里被偷的。

我说在 11 号车厢。

乘警说，不是问你车厢，我问的是火车到哪个车站被偷的。

我说快到沧州站的时候，我去打水，端着水往座位上走，被人撞了一下，发现钱被偷了。

乘警问撞我那个人长什么样。

我说是一个留着小胡子的中年人。

乘警又问，有没有发现中年小胡子有同伙。

我说没有发现，就算是有同伙，我也看不出来。

乘警端起一只装雀巢咖啡的棕色玻璃杯，“咕咚咕咚”喝着茶，他把最后一口茶水在嘴里“咕叽咕叽”漱了几口，“咕咚”一声也咽下肚子，依旧是一副不紧不慢的神情，问我为什么随身带这么多现金。

我没有回答乘警的提问，急切地说道：“警察同志，你不着急去抓贼，在这儿问东问西的，贼早跑了。”

乘警抬起头望着我说：“你说的没错，火车上的贼，都是在火车到站前下手，一得手，正好赶上火车到站。偷你钱的贼，早就在沧州站下车了。”

闻听乘警说的话，我和玉叶再次绝望得哭出声来。

我哭着问乘警：“我妹妹还要去北京读大学，我怎么办啊？”

乘警说：“我也没办法，乘警只能提醒你以后出门多留心，多提防。”

火车到了天津，玉叶没有再说话，她眼睛盯着车窗外，心里大概是在怨我没有保管好我们的钱。

我不想因为钱丢了，破坏玉叶初入大学的好心情，我用胳膊肘碰了碰玉叶，对她小声说：“不用担心，姐一到北京马上找工作，不会影响你入学。”

玉叶没有看我，双眼继续盯着车窗外：“先想一想，我们今晚在哪里过夜吧。”

我说：“你先去学校，大学里有你的宿舍，我一个人好说，哪里都能凑合一晚上。”

玉叶转过头来，冲着我生气地嚷道：“距离新生开学还有一个礼拜时间，我去哪儿找我的宿舍？你一个人去哪里凑合，去桥洞子底下？去路边睡马路牙子？”

玉叶声音太大，周围旅客冲着我们俩投来怪异的目光，我只好把话题岔开："咦，文革呢？他去了哪里？"

玉叶这才想起文革，她站起身来，看着文革刚才坐的座位："不知道，我们报警回来，就没有看见他。"

火车进北京站，已经是夜里十点多，我们姐俩拎着大包小包还有铺盖卷儿站在出站口，满心彷徨。昨天那种即将奔赴北京的兴奋心情似乎遗留在昶山，我对即将开启的生活新纪元信心全无。这一刻，我有一个清晰的认知，寄身大城市，钱对于我们穷人来说，是尊严也是安全。我对自己暗暗叮嘱，一定要赚钱，赚很多钱，再也不要让自己和玉叶陷入窘境。

我让玉叶看着行李，找到一个戴"执勤"红袖箍的人，问他去北师大怎么走。

红袖箍撇着一口好听的京腔，说去北师大的公交车晚上九点钟就停了，要去只能明天一早走。

我无奈地回去找玉叶，发现有几个人围着她，介绍住宿的旅馆。自从钱被偷之后，我便提高戒心，觉得这些人贼眉鼠眼都不地道，急忙拉着玉叶，拎着大小行李离开这些人。我和玉叶身上的零钱加起来只剩下八十七块钱，我不想再去住旅馆浪费钱，因为玉叶在大学里要吃食堂。

玉叶不无怨气地问我，不去住旅馆，难道要睡大街上。

我指着灯火通明的候车室，对玉叶说："咱们去候车室将就一晚上，我明天送你去学校，把你安顿下，我一个人就好说了。"

虽说已是初秋季节，候车室里还是热得像个蒸笼，汗味儿、烟味儿、脚臭味儿熏得玉叶差点呕吐。我还好，闻惯了油漆味儿，其他味道对我的嗅觉没有任何威胁。好不容易等到一趟火车检票进站,我和玉叶才抢到一张长椅。玉叶枕着一只旅行包,躺在长椅上,不一会儿就睡着了。我也躺在长椅上,却不敢睡觉,生怕行李再被人偷走。看到一个抱孩子的中年妇女走过来,我再也躺不住了,赶紧坐起来给她让座。中年妇女连一声道谢都没有,她坐下来凑近我,从怀里的孩子身上掏出一个包着报纸的东西,问我要不要黄色录像带。

我鄙夷地看她一眼,往一旁挪了挪身体。

中年妇女说,不是卖给你看的,你带回老家去,一盘带子就能把你的车票赚回来。

我把脸扭到一边去,告诉中年妇女,我不会做这种事情。

中年妇女一脸无所谓的样子, 站起身来, 接着去搭讪其他人,继续推销她的黄色录像带。

我看了一眼候车大厅里的时钟,才凌晨两点半,距离天亮还早,可我的眼皮已经沉重得几欲合上。我站起身来,甩甩头,又使劲地搓几把脸,让自己清醒过来,我得看护好我和玉叶的行李。就在这时,一个警察和两个戴“执勤”红袖箍的人走过来,开始检查候车人的车票,凡是没有车票的人,一律被清理出候车室。我只好唤醒玉叶,拎着我们的行李走出候车室,我不想被人驱赶,那样的场景于两个姑娘的脸面不好看。好在火车站的广场足够大, 广场的空气也比候车室清新, 我寻了一根路灯栏杆放好行李,又捡来一些报纸铺在地上,让玉叶躺下接着睡觉,养足精神好去学校报到。出了候车室,我越发不敢睡觉,因为周围总是有三三两两聚在一起的人,这些人手里没有行李,一看就不像是正经旅客。待玉叶睡着了,我开始翻手里的报纸。在报纸的夹缝里,我看到几条招聘信息，顿时来了精神。很多工作都是我能干的，餐厅服务员、写字楼保洁员、报社勤杂工等等，大多数工作都是底薪加提成，真是天无绝人之路，北京居然有这么多工作机会。我在想，就算这些工作再苦再累，终究苦不过在窑上烧石灰。我下意识抬起我的双手，这双被石灰烧过的手必须在北京城搏一份生活，而且要坚持到玉叶大学毕业。我把适合我干的工作信息全都收集起来，等把玉叶安顿好了，我就去应聘找工作。

天放亮时分，玉叶醒了，我让她看着行李，我去火车站临街店铺里买早餐，顺便买了一份北京市旅游交通地图。早餐只买了一份，一个茶叶蛋、两根油条，我对玉叶谎称我在店铺里喝过小米粥。等玉叶吃完茶鸡蛋和油条，我翻看着交通图，搞清楚去北师大的乘车路线。

在公交车上，我安慰玉叶，说我今天就去找工作，保证不会耽误她的生活费和正常开销。

玉叶狠狠白了我一眼，示意我在车上不要讲这件事。

在西直门转车时，玉叶对我说："姐，咱俩以后在北京说普通话吧，免得别人用那种眼神看我们。"

我问道："哪种眼神？"

玉叶说："歧视外地人的眼神。"

我说："我们从小都是唱着《我爱北京天安门》长大的，北京是中国的首都，也是每个中国人的首都，他们凭什么歧视我们外地人？"

玉叶有些不耐烦："总之，我们以后讲普通话好了，你以后工作也要讲普通话的。"

我同意玉叶这个说法，因为有很多招聘信息要求应聘者会讲普通话，我点点头，接受了玉叶的建议。

玉叶接着说："还有，以后不要总说找工作、赚钱、生活费之类的话。"

我有些诧异："赚钱、工作、生活，人生不就是这些东西嘛，有什么不好意思说的？"

要乘坐的公交车来了，玉叶冲着我"嘘"了一声，示意我不要说话。

大城市改变人真快，这孩子一踏上北京的土地，怎么就像是变了个人似的。

早晨八点刚过，我和玉叶就找到北师大，看见大学校门，玉叶的脸上洋溢着兴奋的绯红色。

我问校门口的门卫，新生去哪里报到。

门卫说，一个礼拜之后新生才报到，现在没有人接待。

我问门卫，新生宿舍在哪里，能不能让玉叶提前住进去。

门卫说，新生宿舍分配归教务处负责，他不清楚。

我正跟门卫说着话，一位戴眼镜的中年女人走过来，大概是看着我和玉叶拎着行李和铺盖卷儿，便问我们："你们是来报到的新生？"

我指着玉叶，对中年女性说："我妹妹是来报到的新生，我是她姐姐，来送她报到的。"

中年女人很和蔼，她笑着问我："听你的口音是山东人吧？"

我说我们是山东人，祖山县的。

中年女人说她姓姚，祖籍是济南，现在北师大历史系任教。

姚老师问我们，怎么这么早来报到。

我把缘由跟姚老师简述一遍，没有说钱被偷的事，玉叶示意不让我说，她大概是觉得面子上不好看。

接下来，姚老师带着我们去了教务处，把我们的情况跟教务处一位老师讲了一遍，询问能不能先让玉叶住到学生宿舍里。

教务处的老师给主任打电话请示，主任好像同意了，那位老师又查到玉叶的宿舍房号，然后带着我们一起去新生宿舍。姚老师一直陪着我们，让我对她生出更多好感，北京大学里的老师素质就是高，玉叶能够进入这样一所大学，我心里觉得很踏实。

宿舍是八人间，只有玉叶一个人住，我有些不放心，因为她从未一个人单独住过。

我帮玉叶铺好床褥，归置好行李，才问她："你一个人住这里，晚上会不会害怕？"

玉叶说："没事。我已经是个大学生，别再拿我当小孩好不好。"

玉叶脸上有些不耐烦，大概是太过困顿劳乏的缘故。我让她关好门，舒舒坦坦睡一觉，我说过几天就来看望她。

玉叶说："你工作忙就不用来看我。"

我说："我还没有工作呢。"

我拎着我的行李和铺盖卷儿走出北师大的校门。临出来的时候，我把身上所有的钱都留给玉叶，只拿走六七块钱零钱。玉叶让我多带一点，我说我有办法，让她放心。玉叶身上有八十块钱，节省一点花钱，至少能够支撑一阵子。只要找到工作，半个月后我就请求老板先支半个月工资，绝不能让玉叶因为钱的事儿受煎熬。

出了北师大校门,我在路边找到一个僻静处,拿出昨天晚上收集的招聘信息,比照着北京地图,想先去距离北师大近的地方碰碰运气。按图索骥,我循着门牌号找过去,居然在距离北师大校门口五六百米处,找到一家叫"樱花烂漫"的咖啡馆。这家咖啡馆招聘一名洗碗工,提供住宿,月工资两百块钱,没有奖金和提成。我想,一个洗碗工没有提成也算公道,便提着行李和铺盖卷儿走进咖啡店。店里正在播放张国荣的《沉默是金》,大概是音响设备很高级,跟我在别处听到的声音不一样,很好听。咖啡店里空空荡荡,只有两对学生模样的情侣占据着两张桌子。

吧台里有一名穿黑色T恤的姑娘,敞亮的额头,高挺笔直的鼻梁上有一双乌黑的丹凤眼,我心里暗暗为这个女孩的长相赞叹喝彩。

漂亮的姑娘温和地看我一眼,犹疑地问道:"您有事吗?"

我冲着姑娘笑着说:"我来应聘洗碗工。"

姑娘简单地问了我几句,大概是觉得我拎着行李站在店里不好看,她微笑着示意我跟着她走。姑娘带着我穿过不大的厅堂,再通过一条狭长的通道,进入咖啡店的后院。后院是一溜小平房,大概有四五间的样子,里面好像都住着人。

姑娘推开一间房门,对着屋里喊道:"小关,有人来应聘。"

小关是一个二十多岁的小伙子,长着一张圆润的娃娃脸,留着一头时时刻刻都需要整理的长发。幸亏有眼镜帮着眼睛挡住长发,不然长发会一刻不停地干扰他的眼睛。小关穿着一件很时尚的绿色丝绸衬衣,一只手夹着一支香烟,正在屋里鼓捣一台电脑。平时只在电视里见过电脑,这是我第一次看见真的电脑,北京果然让人长见识,一个开咖啡店的人都会鼓捣电脑。小关抬头看我一眼,眼神很是温和,没有一丝让人不安的气场。

小关问我是哪里人,以前在北京做过什么工作。

我说是山东人,昨天刚刚到北京。

当他听说我是陪妹妹来读书的，而且我妹妹考入北师大中文系,小关便不再鼓捣电脑,跟我谈起工资待遇,还有我的日常工作。

穿黑色T恤的姑娘叫小薇，是小关的女朋友。小薇是北京人,就在咖啡店后面里的胡同长大。小薇性格开朗,也很爱说话,不一会儿就把她和小关的情况跟我交了底儿。她说咖啡店是小关主张开的,他却不愿意打理咖啡店的生意,他只喜欢写诗,而且是在咖啡店里写诗。她还说小关也是北师大毕业,学哲学的,分在一所中学当老师,小关不想当老师,想去电视台当记者,最近正在办理调动,所以整天待在家里。

小薇不仅要做咖啡,还要收银;不仅要收拾打扫,还要洗咖啡杯子。客人多的时候,小薇一个人忙不过来,这才要招聘一个洗杯子打扫卫生的。小薇让我把行李和铺盖卷儿放进过道的杂物间里,然后告诉我该做些什么,每当有客人结账出门,便让我把客人用过的杯子撤掉,再把桌子收拾干净。

洗漱间边上是洗碗池，小薇说洗刷杯盘的时候不能发出声音,也不要把水溅到走廊里。

小薇还说，跟客人说话时要用普通话，发现客人有遗失物品,要在第一时间交给她。

小薇打量着我,说我穿的衣服太土气,让我换一件像样的衣服。

我去杂物间,从包里找出一件平时舍不得穿的绿丝绸衬衣,领口和袖口带荷叶绲边，胸口还有玉兰花刺绣，这是我在这个季节里最好的衣裳。换好绿丝绸衬衣，我走出来给小薇看。

小薇看着我，摇了摇头说："我明天给你拿两件T恤吧。"

二十一　顾城死了

晚上十点整，咖啡店送走最后一个客人，小薇吩咐我关店门，她便出了后门，算是打烊下班。把咖啡店里两张高靠背沙发椅拼起来，就是我的床。天气尚未立秋，北京的夜晚有些燥热，我躺在沙发拼成的床上翻来覆去睡不着，心里一直惦记着玉叶。距离新生开学还有一个礼拜时间，整层楼里只有玉叶一个人，她会不会害怕呢？

我爬起身来，穿好衣服锁上店门，直奔北师大。虽说是首都，深夜的街头还是冷冷清清，好在路灯还算明亮，让我一个外地人不至于战战兢兢地走夜路。进了北师大的校门，顿时觉得热闹起来，隔几十步就能遇见三三两两的学生，他们中气十足地说笑着。从他们的说笑里，就知道有的刚从图书馆出来，有的则是去食堂吃夜宵。垂柳挡不住年轻的气息，黑夜里也能看见青春的亮丽。

我不由自主地叹了一口气，叹气的声音很大，把自己吓了一跳。我想我是在感叹自己错过了大学，这是一个人一生中最美好的时光。

在一楼门口，遇见看管女生宿舍的阿姨，她拦住一个戴眼镜的男生，男生手里捧着一只铝制饭盒，他要去五楼给一位女生送水饺。阿姨没有让眼镜男上楼，安排了一位即将上楼的女生去叫那个幸福的女生下楼自取。阿姨大概把我当成了女生，审视地瞅了我一眼，我赶紧闪身进了楼道。上了四楼，楼道里静悄悄不见一个人影，我找到玉叶的宿舍，轻轻地敲了两下房门。屋里传来玉叶紧张的询问，当她听出是我的声音后，立刻打开房门，一下子扑进我的怀里，低声抽泣起来。我轻轻地抱着玉叶，抚摸着她的后背，就像小时候哄她睡觉一样。屋里没有开灯，黑漆漆的什么都看不见。等玉叶情绪稳定下来，我顺手把灯打开，发现玉叶的被子叠得整整齐齐，看来她一直没有躺下睡觉。

我拉着玉叶的手，走到床边坐下，问她怎么还不睡觉。

刚刚止住抽泣的玉叶又哭了，她一边哭一边说道："北京这么大，姐姐一走，我担心再也见不到你了……"

玉叶毕竟还是一个孩子，像依赖母亲一样的依赖我这个姐姐，这份依赖让我觉得既沉重又甜蜜。

我安慰着玉叶，告诉她，我在距离她很近的一家咖啡店找到了工作，会时不时地来照看她。

玉叶依偎在我的怀里，就在我以为她要睡着的时候，她突然问道："姐，你知道我的亲生父亲在哪里吗？"

我迟疑了片刻，对玉叶说："有些事情不一定是你想象的那样，不要听信那些传言。"

玉叶沉默了一会儿，又问道："那个与咱娘相好的男人叫什么名字？”

我说：“他叫陈嘉树，是北京的知青。那个时候，姐姐还太小，其他的事情就不清楚了。”

咖啡店是我从事过的工作中最轻省的，洗杯子、抹桌子、打扫卫生对我来说，简直就像休假一样轻松。咖啡店里的客人不多，九张桌子从来没有坐满过，就算是周日也门可罗雀。没有客人进店的时候，我也替小薇和小关发愁，不忍心看他们的眼神，只好一遍又一遍拖地抹桌子。

小关实在看不下去了，他对我说：“别拖地了，地面总是湿的，客人来了容易摔跤。”

我赶紧换了一只干墩布，又把湿地面墩干。小薇有些过意不去，给我倒了一杯咖啡，这是我第一次喝纯正的咖啡，苦苦的酸酸的难以下咽，远不如雀巢速溶咖啡好喝。小薇大概是看到我皱眉头，给我的杯子加了两块方糖，又倒进一些牛奶，让我再尝尝味道如何。果然，加了方糖和牛奶的咖啡，比刚才的纯咖啡顺口多了。

小薇笑着对我说：“多喝几杯纯咖啡，你就能品出苦涩中的回甘和余韵，还有不同咖啡豆的不同味道，另外，烘焙程度、水的温度、萃取方式不同，也能产生不同味道的咖啡。”

小薇讲解着，用一把铝壶又给我做了一杯咖啡，她说：“这是摩卡壶，这种咖啡壶自 1933 年发明以来，已经生产了上亿把，遍布世界各地。这种萃取方式可以做出来摩卡咖啡、黑咖啡、意式咖啡，你小口品尝试一下，看看跟刚才的咖啡有什么不同。”

我接过咖啡，心里想着，就算是没有客人也不能这么糟蹋咖啡呀，再说了，我压根儿就不喜欢喝咖啡。我不忍心拂了小薇的好意，忐忑着呷了一小口，对小薇说："这两杯咖啡的钱，从我的工资里扣吧。"

小薇听完我说的话，笑得直不起腰来，她说："你不要那么认真，一杯咖啡的成本没有多少钱，让你学会喝咖啡做咖啡，也是为了更好地服务客人。"

这一天，店里只来了一位客人，点了一杯意式咖啡，小薇用眼神示意我来为客人做咖啡。第一杯咖啡被我做砸了，咖啡壶里的水位超过气阀，加热后把咖啡喷满了工作台。第二杯咖啡也做砸了，咖啡壶里的水放少了，出来的咖啡只有小半杯。

我小声问小薇，可不可以往咖啡里面加一点水。

小薇摇摇头，说加水后的咖啡会改变味道。

第三杯咖啡，我努力把握着添加进壶里的水量，总算勉强地做出一杯意式咖啡。客人的模样像是一个大学生，脸颊和身材一样消瘦，夹着一摞厚厚的书，一杯咖啡陪着他坐在那里看了一天书，一直到晚上九点。

小薇说，这个客人应该是附近大学里的学生，经常来店里看书，只点一杯咖啡，不会再消费其他。

大学生夹着他的一摞书伸着懒腰出了店门，就在我要关门之际，突然有四个年轻人拥进来。进来的四个人三男一女，看他们脸上的神色都是一脸凄苦相。

小薇冲着一位瘦高的男人问道："老杨，什么事儿？"

老杨摘下眼镜，擦了一下眼角，用低沉的语气说道："顾城走了。"

小薇惊呼一声，撇下老杨他们，直奔后院去找小关。

小关小跑着出来，一脸惊恐慌张，嘴里不住声问道，怎么回事，怎么回事。

接下来，他们宾主六人坐下来，开始谈论那个叫顾城的人，众人一会儿感慨唏嘘，一会儿沉默垂泪。我待在一旁无事可做，只好给他们一人做了一杯咖啡，小关曾经吩咐过，只要是他和小薇的朋友进店，咖啡一概免费供应。老杨像是喝白开水一般，把一杯咖啡一饮而尽，接着把杯子递给我，说还要一杯。

小薇不无关切地对老杨说，咖啡喝多了会失眠。

老杨眼角含着泪，说道："今晚注定要失眠的。"

宾主六人谈论着那个叫顾城的人，一直到后半夜，老杨才站起身来告辞，说是要回家为顾城写一首诗。众人出门后，小关和小薇沉默着不说话，两个人眼睛里都噙着泪水。

小关点上一支烟，默默地站在窗前，看着路灯光影里飘落的梧桐树叶，嘴里念叨着："理想主义者的时代结束了，那是在沙漠里盛开的花儿……"

小薇站在屋里，突然问我："你知道顾城吗？"

我说听着有点耳熟。

小薇说，顾城是当代中国最著名的诗人之一。

我还是摇了摇头，因为我压根儿就不知道什么诗人。

我的无知让小薇很无奈，她站起身来，眼睛望着石膏板吊顶，朗诵道："黑夜给了我黑色的眼睛，我却用它寻找光明……这句诗你总该听说过吧？"

我一边用墩布抹地，一边说："这句诗我听过，是顾城写的吗？"

小薇说："是顾城写的诗，他后来移民了，去了新西兰的激流岛隐居，谁知道他会做出这样的傻事来。”

小薇说着说着又哭了。

北师大的新生终于报到了，我就不用每天晚上跑去陪玉叶。接下来，我只盼着时间过得快一点，赶紧拿到当月的工资，好让我和玉叶都宽松一点。

玉叶跟我商量过，说是学校有规定，如果接受毕业后定向分配去当老师，每个月学校补助四十一元生活费。如果将来毕业后不想定向分配做老师，就得自己负担生活费。

我对玉叶说，这是一辈子的大事儿，你得自己拿主意。

玉叶说她不想当老师，选择生活费自理。

我算了一笔账，玉叶一个月生活费四十块钱，日用品加零花钱五十块，我每个月给她一百块钱足够，正好是我半个月的工资。

我在樱花烂漫咖啡店工作到第十五天的时候，问小薇预支半个月工资的事儿，小薇很体谅我的处境，二话没说给了我一百块钱。当天晚上，我去北师大找玉叶，她们宿舍里人多，玉叶没有让我进门。我们俩一起下楼，在楼下小花园说了会儿话。其间，玉叶去小卖部买了两个花脸冰棍，这是我吃过的最好的冰棍，又软又糯又香甜。

我问玉叶，花脸冰棍多少钱一个。

玉叶说这个冰棍不叫花脸，叫娃娃头，五毛钱一个。

我听了有些咋舌，我们昶山的冰棍才五分钱。

玉叶撇了撇嘴，说五分钱的冰棍都是糖精加水，娃娃头冰棍是牛奶和蔗糖做的。

我说那也得少吃，现在天气凉，女孩子吃得太凉会痛经。

玉叶说，管它呢，反正我的例假也不准。

吃完冰棍，我从口袋里面掏出钱包来，数出来五十块钱递给玉叶，说这是半个月的生活费。

玉叶接过钱，略带忐忑地问我："姐，再给我八十块钱，好吗？"

我问她要那么多钱干吗。

玉叶有点不好意思，低下头，讪讪地咕哝道："咱们穿的直筒裤太土气了，我想买条牛仔裤。"

我从小就听不得玉叶要什么，只要她想要，我就会尽最大努力满足她。就算我一直以来觉得牛仔裤看上去挺不正经的，但我没有迟疑，把钱包里剩下的五十块钱掏出来，塞进玉叶手里："我只有这么多钱。"

玉叶说："我还有钱，加起来够买一条苹果牛仔裤了。"

我问道："你到底是要买苹果，还是买牛仔裤？"

玉叶说："是苹果牌的牛仔裤。"

二十二　文革来了

天气渐渐凉了。

每天早晨，咖啡店门口的国槐树会落一地树叶，听见清洁工扫地的声音，我就该起床打扫卫生了。小薇让我晚一点起床，说咖啡店开门再早，也不会有客人来。

从小到大，我几乎没有睡过懒觉，已经养成早起的习惯，即便是躺在床上也睡不着。七点半钟，我就会打开店门，站在门口看着街上的人和自行车。我一直都隐隐地期待，期待在人流中看见骑着自行车上班的欧阳清如。我承认，我一直没有忘掉欧阳清如，自从来到北京之后，只要有闲暇，我都会想起他，想他是不是有女朋友了，没准已经结婚，有了自己的孩子，一家三口正在公园里散步。

此刻，我和他同处一座城市，欧阳清如知道吗？

国庆节放假两天，小薇让我带着玉叶去故宫转转，她怕我钱不够，还把剩下半个月的工资提前预付给我。

我和玉叶约好四点起床，顺便去天安门广场看升国旗。在我还没有来北京之前，就憧憬着去天安门广场看升国旗。等我身临其境后，我才发现天安门广场比我想象中的还要大。广场上早已聚集了很多人，大家操着不同的口音吵嚷着，在国旗护卫队捧着国旗走出来的那一刻，广场上立刻安静下来。护卫国旗的年轻士兵都很帅，他们走得非常整齐，让人看着就来精神。在国旗升起来的那一刻，一股自豪感莫名其妙地涌上来，瞬间模糊了双眼。

看完升国旗，距离故宫开门时间尚早，我和玉叶溜溜达达去了广场南边，在一家小店里吃早餐。玉叶喜欢新鲜玩意儿，她要了两碗豆汁，还有两个炸焦圈和两张油饼。我喝一口豆汁，立刻又吐到碗里，这玩意儿有一股酸臭味儿，实在难以下咽。玉叶觉得还能接受，说是咽下去之后有一股回香。我不想品尝玉叶说的回香味儿，又花两毛钱买了一碗小米粥。

吃完早餐，我和玉叶绕着广场西侧往故宫走，顺便看看人民大会堂，因为刚才已经路过广场东侧的革命历史博物馆。广场上拍照的商贩不停地拦住我们，问要不要拍照。玉叶相中一个细高挑的小伙子，以天安门为背景，我们姐俩拍了一张留念照。接下来，我们走过长安街地下通道进了天安门，排队买票进故宫。我在人少的地方取出钱包，抽出两张十元的钞票，小薇早就告诉我，故宫的门票十块钱一张。轮到我买票的时候，售票员说门票今天涨价，而且整整翻了一倍，二十块钱一张门票。

看到我有些犹豫，玉叶在一旁催促道：“好不容易来一趟，二十就二十吧。”

故宫真大，我和玉叶逛了一整天，走到腿肚子抽筋。临近黄昏时分，我们姐俩坐在御花园的浮碧亭里捶腿，工作人员开始往外清理游客。

我对玉叶说："这二十块钱的门票没有白花，咱俩第一拨进来，最后一拨出去。"

回去的路上，我已经饿得前心贴后背，玉叶比我年轻，饭量比我还大，我问她要不要吃点东西。

玉叶说，回学校食堂吃，食堂里的饭菜比外面干净，也比外面便宜。

玉叶还说，让我跟她一起去学校食堂，吃完了再回咖啡店。

我心里暖暖的，玉叶还是心疼和体谅姐姐的。

坐在公交车上，玉叶问我还有没有钱，她说现在流行高弹力健美裤，她想买一条。

小薇预付了我剩下半个月的工资一百块，我们两个人的故宫门票花去四十，吃早餐、照相、买饮料又花了十块，剩下的五十块钱，是留给玉叶买生活日用品的。

我对玉叶说："姐姐到现在都是预支工资，你得省着点花钱，等我手头宽裕一点儿，你再买健美裤好不好？"

玉叶神情有些沮丧，倒让我有些不忍，我接着对玉叶说："健美裤多难看，把屁股和腿绷得紧紧的，跟没穿裤子似的，让人家看腚啊。"

玉叶瞪着眼睛冲我嚷嚷道："好了好了，别说了。"

我们俩都不再说话，沉默着下车，沉默着走到北师大门口。天色完全黑了，校门口有十几个学生围着一个坐在地上的人说话。

我和玉叶本来已经走进校门，我突然听到一声熟悉的乡音：

“……今年刚刚考上你们北师大，人长得很俊……”

我拉住玉叶，重又走出校门，借着路灯的光，我看到坐在地上的人蓬头垢面，一只眼睛肿得只剩下一条缝，脖子黑乎乎的，像是糊着什么东西。

坐在地上的人还在说话：“你们行行好，帮我打听一下，她叫庄玉叶，是俺们昶山县人……”

玉叶尖叫出声来：“啊！你……是文革？”

文革用一只眼睛认出我和玉叶，挣扎着站起身来，说道：“玉叶，金枝姐，俺找了你们好几天，俺不知道北师大这个玩意儿好几个门，俺今天刚换到西门就碰上你们了。”

文革的一只眼和半边脸都是肿的，笑起来很是诡异。等他站起来，我才发现，文革脖子上黑乎乎的东西是血痂。

玉叶急切地问道：“你这是怎么了？”

文革抬起头来，用一只眼睛警惕地逡巡着四周，说道：“俺饿了，咱们找个饭馆，一边吃饭一边说话吧。”

我抬头看着玉叶，希望她主动邀请文革一起去学校食堂吃饭。

玉叶没有看我，她指着不远处一家山东烧饼铺子，说那里的烤火烧好吃。

我们三个人要了十个烤火烧，玉叶还点了一盆疙瘩汤。烤火烧比我们昶山的小了一圈，我又要了十个才够我们三个填饱肚子。

我看到文革只用左手吃东西，右胳膊一直垂着，我问他，手怎么了。

文革打了一个很响的饱嗝，满不在乎地说：“大概是断了。”

我吃了一惊，问他怎么断的，为什么不去医院。

文革没有回我的话，他用一只左手松开皮带，把手伸到裤裆里。

玉叶又气又急，涨红了脸叱责道："你干吗？没有素质！"

文革带着他从小惯有的嬉笑，说道："急个啥，小时候，你天天看我的小鸡鸡。"

玉叶腾地站起身来，把手里的半块烤火烧扔进疙瘩汤盆里，疙瘩汤溅了我和文革一身。我一把抓住转身要走的玉叶，示意她先坐下。文革仍旧一副嬉皮笑脸的样子，他从裤裆里掏出来一个报纸卷儿，递到我和玉叶跟前。玉叶倒是坐下了，却把脸扭到一边，一副气哼哼的样子。

我瞅了文革一眼，他那张变形的脸上仅剩下的眼睛里充满善意，我没有接他的报纸卷儿，只是对他说："把剩下烤火烧吃完，我送你去医院。"

文革大概是领会了我和玉叶的厌恶，他缩回手来，一只手把报纸卷儿外面的两层撕掉，里面还是报纸。

文革把半边脸上的嬉笑收回去，把报纸卷儿推到我的跟前，小声说道："这是你们被偷的钱，一分不少，一千两百块。"

原来，文革加入了一个铁路扒窃团伙，他跟火车上偷我钱的窃贼们是一伙的。这一点，其实我在火车上就有一些预感，只是不敢再往深处琢磨。

文革说，当他在火车上认出我和玉叶的时候，他的同伙已经割开我的腰包得手了，他想阻止已经来不及。

文革知道，这笔钱是我和玉叶的全部家当，而且是要供玉叶到北京读大学的。随后,文革在下一站偷偷溜下火车,当天就跟他的同伙会合。文革说,他跟扒窃团伙的老大说了,这笔钱是熟人的,是要到北京读大学的钱。作为刚入伙的小弟,人微言轻,老大压根儿就没有当回事,随手给了文革一百块钱,算是这一单"买卖"的酬劳。文革不肯罢休,天天跟老大唠叨,说自己跟事主从小喝一个奶头的奶水长大,情同兄妹,希望老大网开一面,把这笔钱还给事主。老大实在被文革唠叨烦了,便给他一个大嘴巴,让手下把文革臭揍一顿,轰出团伙。文革不甘心,趁着老大一伙上车"干活"的空当,潜进老大的落脚点,在床垫子里找到一堆钱,他数出来一千两百块,用报纸卷成卷儿,藏在裤裆里。文革顺顺当当溜出门来,不凑巧在胡同口遇上干完活回来的老大,老大看文革的眼神就明白他干了什么,双方便动起手来。文革说,扒窃团伙回落脚点,都是分散开回来的,他在胡同口只遇到团伙里的五个人。五个人围住文革下了死手,打断他一条胳膊。老大弯下腰来,正要搜他身的时候,胡同口来了几个联防队员。文革知道这是自己唯一逃命的机会,他冲着联防队员大声喊"抢劫",贼老大带着手下赶紧四散逃窜,文革也赶紧爬起身来,一路逃到北京。进了京城,文革打听着来到北师大,每天蹲守在校门口候着玉叶。

文革讲述时,口吻很是平淡,但我能想象到他刚刚经历过的生死劫难,就为了这一千多块钱。听完文革的讲述,我早就原谅了他,心里只有痛惜。

玉叶把报纸卷儿拿过去,伸手要打开来看,文革急忙拦住她,小声提醒道:"财不外露,回去再看吧,一千两百块一分不少。"

文革在北医三院住了一个礼拜，胳膊接好后打上固定石膏，只需时间静养就能恢复，但是他被打伤的眼睛视力下降到只能看见光影。我每天往医院跑两趟，给文革送饭，他的饭量很大，不管我带去多少饭菜，都能吃个精光。

文革问我，他住院花了多少钱。

我说，你不要管钱的事儿，先把伤养好。

趁着我不在的时候，文革去住院部咨询，知道住院费已经花了九百多。

文革对我说，他身上只有两百块钱，剩下的八百块钱算是借我的，他以后肯定会还我。

我对文革说，钱不重要，做一个好人才重要。

二十三　一个男人

北京下第一场雪的那天，小薇的脸色跟北京的天空一样阴沉，她从后门走进来，告诉我说："咖啡店开不下去了，租金又涨了。"

说真心话，我舍不得离开这家咖啡店，这是我从山东农村来到北京的第一份工作。与其说是我的第一份工作，倒不如说是我的第一个落脚点，小薇和小关就像故事里的天使一样，在我落入绝境的时候收留了我，从来没有因为我是一个来自农村的打工妹，对我施以辞色。对于小薇和小关，还有这家叫樱花烂漫的咖啡店，我的心里怀着满满的感激。

我曾经问过小薇，咖啡店为什么叫樱花烂漫。

小薇说："我小的时候，胡同口有一株樱花，每年春天一树樱花能把枝头压得弯弯的。有一年，一位邻居砍掉那株樱花，盖了一间厨房……"

元旦的前一天，樱花烂漫咖啡店关门了，那一天是我的生日，我身份证上的生日。往年的这个日子，对我来说都是平淡无奇的，自从欧阳清如为我过了那个生日之后，12 月 31 日在我的心里变得神圣起来，我想我是把这个日子看成了我们俩的纪念日。

我的生日，我没有告诉小薇和小关，自从我娘死了之后，就再也没有人为我祝贺生日，除了欧阳清如。

此前，小薇让我抓紧时间另找一份工作。

我说不着急，洗洗涮涮端盘子的工作容易找，等这里彻底不做了再说。

小薇对我说："你悟性挺高的，聪明善良又上进，应该去做更好的工作。"

我说："我没有读过大学，哪里能找到更好的工作。有一份收入，供着我妹妹读完大学，我就了了心事，到了那个时候，我再回农村老家去生活。"

小薇说："人的学历不等于能力，你已经到了北京，真的还能再回到农村吗？"

小薇说的没错，在北京这样的大城市住久了，处处能够感受到它的便利和诱惑，还有穷乡僻壤不曾有的人情味儿。就算是玉叶将来大学毕业，我真的还能够回到桃花坞吗？桃花坞的人情冷暖，在我幼小的心里烙下的悲苦痕迹，变成了我一辈子的噩梦。自打我懂事那天起，我就希望自己不属于那里，我一直期待着玉叶有出息，能够考上大学，将来陪着玉叶一起离开桃花坞。

小薇看我不言语，接着说："你应该去学学电脑，未来任何工作都离不开电脑，你学会电脑至少可以去找一份坐办公室的工作。”

我说:“电脑太难了,我怎么学得会。”

小薇说:“你都没有学过,怎么知道它难?听我一句劝,将来工作之余,去报一个电脑培训班,很容易掌握的。”

我点点头,答应小薇去报电脑培训班。

小薇又说道:“你年龄也不小了,该考虑一下自己的事情,别一门心思都在你妹妹身上。你妹妹将来嫁人,你怎么办?”

在距离咖啡店不远处的一家家常菜馆,我找到新工作,做菜馆的服务员。菜馆只提供一天三餐,不提供住宿,我不得不租房子。租房子的时候,多亏文革帮忙,在北三环外面的一个居民区里租到一间地下室,一个月才五十五块钱。文革的胳膊恢复得挺快,已经可以搬运小物件了,他在北三环外一家货运集散公司找到工作。货运集散公司有很多货车司机,其中一位司机师傅在这个居民区里租了一间地下室,所以文革才会介绍我到这里租房子。地下室被胶合板隔成一个个格子间,每一间仅仅比一张床大一点。到了晚上,隔壁两口子说悄悄话,我都听得一清二楚。搬进地下室当天夜里,就在我昏昏欲睡之际,突然,耳边传来一阵阵女人痛苦的叫喊声,还夹杂着男人用力的喘息声,以及床板和墙板的撞击声。在桃花坞,男人打老婆是家常便饭,难道北京城里也有男人打老婆?我刚刚搬进来,本不想管闲事,可那个女人的叫喊声实在太惨烈了,听得我身上直起鸡皮疙瘩。我穿好衣服,决定去敲隔壁的房门,解救隔壁那个可怜的女人。就在推开房门的同时,我被眼前的情景吓了一跳,门外窄窄的走廊里聚集了四五个小伙子,大家屏住呼吸正在倾听屋里女人的惨叫声。借着走廊里昏暗的灯光,我看到小伙子们的脸上挂着猥琐的坏笑,刹那间,我似乎明白发生了什么事情,赶紧转身回到屋里,关上房门后,用被子紧紧裹住自己的头。

自此之后,我生怕再听见那天晚上的惨叫声。越是怕什么就越会来什么,第二天晚上,另一个格子间里又传来叫喊声,这一家的女人大概比较矜持,反倒是男人的声响盖过了女人。格子间在晚上总是吵吵嚷嚷的,只要传来有人做爱的声音,整个地下室会在瞬间安静下来,大家似乎生怕惊动了人家的好事。刚刚开始的一个礼拜很难熬,到了后来,我对这种耳熟能详的叫喊声习以为常,也就见怪不怪了。加上餐馆的工作很忙,每天坐晚班车回到地下室的格子间里,我都快累散架了,上床倒头就能睡,任凭隔壁女人山呼海啸。

文革刚进公司,拿的是实习工资,舍不得租地下室,只能睡在公司的仓库里,算是天天晚上值班看仓库,还能多拿一份夜班补贴。文革隔十天半个月就会来找我和玉叶一起去吃烤火烧,都是他请客,他说不讲究的人才会让女人请客。发第一个月工资,文革就还了我一百块钱。

我没有要,我说你刚刚来北京,到处都要用钱,等你落稳脚跟再还钱吧。

文革没有客气,把钱收起来,继续啃着烤火烧,说道:"我肯定会把钱还给你们。"

玉叶喜欢上买衣服,光是牛仔裤就买了三条,还有两条健美裤。文革舍命拿回来的一千两百块钱,住院花去九百,剩下的三百块几乎都被玉叶买了新衣服。我反复劝说玉叶,应该把精力用在学业上，不要一味地追求资产阶级腐朽堕落的生活方式。

玉叶听后差点笑抽筋儿，说是“文革”遗毒在我身体里面扎了根儿。

玉叶还说：“女人青春太短，在身材最好的时候，就得用最合适的衣装包裹，展现给这个世界。”

我脱口而出道：“女人青春太短，你可有想过我的青春？”

说出这句话后，我也觉得吃惊，这好像是我第一次对玉叶说这么重的话。

转眼间，春节临近。

玉叶早就放了寒假，她压根儿就没有回山东老家的想法。其实，我们姐妹俩已经没有家了，祖屋已经卖掉，父亲还在监狱里服刑，桃花坞只是我们成长的一段记忆，我们再也回不去了。

玉叶在学生会帮助下，找到一份家教的工作，一天要跑两个家庭，给一个男孩和一个女孩辅导数学功课，她把自己安排得比较充实。同学们都回家过年，我跟玉叶商量，我搬到她们宿舍里去住，既能省下一个月的房租，去家常菜馆上班又近。

玉叶支支吾吾说是同宿舍还有一位女生没有回家，我搬过去住不方便。

我很是奇怪，难道还有像我们姐俩一样的人吗？

玉叶忙着岔开话题，兴奋地说起雇主家的事儿，男孩的爸爸是铁道部一位局长，家里用的所有家电都是一水的SONY（索尼）产品。还说女孩的爸爸下海经商，住着一百五十平米的大房子，家里还雇着保姆，最近刚刚买了一辆新桑塔纳轿车。

晚上，文革来了，他要回家过年，特意过来找我和玉叶一起吃饭。自我换工作后，我们三个人聚餐就从烤火烧铺子转移到家常菜馆，因为饭点的时候我也忙，请不了假。文革来的时候，天色已黑，他去了两趟北师大找玉叶，看管宿舍的阿姨说，玉叶早晨出去一直没有回来。晚上十点多，餐馆打烊，我和文革再次去北师大找玉叶。宿舍门仍旧锁着，阿姨说只有玉叶一个人住宿舍，根本没有其他同学。

我开始担心起来：玉叶去了哪里，她会不会出事？

坐在楼下的小花园里，我的手脚和脸冻得冰凉，可身上还在出汗，我着急的时候就是这样，身上会不停地出汗。

文革一直在安慰我，说玉叶已经是大人了，不会出什么事。

在我眼里，玉叶就像是我的孩子，是一个需要我来保护的孩子。文革时不时地站起身来，跺着脚走几步，让身上有一点热乎气。

远处的灌木丛里，传来一阵阵凄厉的猫叫，文革咧着嘴笑道："咱们桃花坞春天才闹猫，北京城里不一样，三九天的猫就开始发骚。"

晚上快到十二点的时候，玉叶回来了，身边还有一个男人。我和文革远远地站着，没有过去惊扰他们俩，直到那个男人转身离开。男人离开前，玉叶一把拉住他，主动跟他拥抱。那个男人离开后，我和文革才追过去，我喊住玉叶，把她吓了一大跳。

我问玉叶，那个男人是谁。

玉叶有些慌乱，说是她的一个普通朋友。

我问是什么朋友，普通朋友为什么还要拥抱。

玉叶一下子涨红了脸："我是成年人，你们干吗要监视我？"

文革说："我明天要回山东过年，过来找你和金枝姐一起吃饭的,不是监视你。”

玉叶对文革说:“你没有事先告诉我,我怎么知道你今天来。”

文革嬉笑着说:“都怪我不好。”

我对玉叶说:“你刚刚进大学,要把精力放在学习上,不应该这么早谈恋爱。”

玉叶突然把声音提高:“谁说我谈恋爱,你管的太多了,你又不是我妈。”

我耐着性子:“我跟做妈有什么两样?”

玉叶说:“我没有妈,我妈早早就被你害死了!”

说完,玉叶头也不回地进了宿舍楼。

这是我第一次真真切切感觉到,玉叶已经长大了,虽然我心里很难过。长大的鸟儿会飞离巢穴,长大的人儿离开家和亲人。玉叶已经长大了,我不是一直在期待这一刻吗?当初,因为对我娘的那个承诺,支撑着我走过无数磨难,就是为了玉叶能够长大成人。她现在已经长大了,我为什么要难过呢?

二十四 过年

北京城里的鞭炮声响成一片，除夕夜的味道越来越浓，这股味道不分山东农村还是首都北京，都是浓浓的呛鼻子的硫黄味儿。我打小就不理解，为什么要放鞭炮，声音难听，味道难闻，据说每个除夕夜，全国都要炸坏掉很多眼球。文革是半夜生的，庄水生生了儿子高兴，大半夜点上一挂鞭炮吵醒了整个桃花坞的人。那个时候我才九岁，在睡梦里吓得哇哇大哭，我娘在被窝里气得直骂庄水生，接着又骂刚刚出生的小文革。小时候，我还害怕敲锣打鼓，因为毛主席的新指示总在后半夜才能传达到村里，我爹和庄水生他们就要敲锣打鼓，绕着全村传达老人家的最新指示。在我的印象里，不断地制造出声响，想尽办法制造出声响，就是我们的生活。直到我遇见欧阳清如，他安静得就像一股细细的清流，无声地流淌着。欧阳清如说话的时候声音不大，他从来不会像桃花坞人那样大喊大叫，凡事都能讲出道理来，就连他举着锤子铸剑打铁的时候，都能敲出音乐的节拍来。在我还是懵懂少女的时候,欧阳清如就是文明世界里的一股清风,让我嗅到安静的气息。这股气息一直影响着我，让我觉得文明的基调是安静,而不是声响。

地下室的格子间里十格九空,大家都回家过年了,只剩下我一个人躺在吱吱作响的铁床上,纠结着要不要去找玉叶。此刻,室外的鞭炮声似乎没有那么让我厌恶了，大概是我一个人太孤独了,难道中国人是因为太孤独,才要不停地造出一些声响吗?

纠结归纠结,对于玉叶,我始终狠不下心来,她还是个孩子,我不能跟小孩子一般计较。玉叶对我发火的时候,我觉得她已经长大了。在我牵挂玉叶的时候,我又会觉得她还是个孩子。玉叶的抱怨不无道理,我的确是害死我娘的罪魁祸首,只是玉叶在我猝不及防的时候,生生地揭了我心底的伤疤。我答应过我娘,要把玉叶抚养长大,既然她还是个孩子,还无法自立,我对我娘的承诺就没有兑现。想到此处,我从铁床上坐起来,穿好棉衣,准备去找玉叶,一起过年守岁。

公交车穿过满地狼藉的城市，像都市丛林里的一头孤独的巨兽,在烟花和鞭炮的围剿中蹒跚前行。街上几乎没有闲人,都是燃放鞭炮的男人,在烟花火焰的明灭中,我看到男人们脸上绽放出浅薄的喜悦。公交车上只有我一个人,司机神情木讷,像是恐怖小说里的午夜班车。公交车停靠北师大站,我逃也似的冲出车厢,融进满是硝烟的除夕夜。在学会思考的很多年来,我一直想不明白,把最重要的节日过得这么肮脏和凌乱,是出于爱,还是恨?

走进北师大校门,我又折返出来,找到一家开门的小商铺,买了一些干果、肉脯和巧克力糖,最后还要了一瓶桂花陈酒。提着一大包精美吃食，我心里开始想象玉叶开心的样子，这将是我们姐俩过得最丰盛的春节。

在楼下，我看到玉叶的宿舍亮着灯，想必她此刻也在期待着姐姐的到来。看管宿舍的阿姨大概是回家过年去了，我直接上了四楼，走廊里静悄悄的。玉叶宿舍门紧闭着，我敲了好一阵子，里面没有一点动静。我猜玉叶还在生我的气，我用极缓和的语气说道："玉叶开门，我知道你在里面，不要生姐姐的气，我们是这个世界上最亲的亲人，难道你忍心让姐姐一个人过年吗？"

一阵沉默之后，宿舍门开，一张男人的脸出现在我面前，这个男人竟是我日思夜想的欧阳清如。世界瞬间凝固，没有了鞭炮声，没有了硫黄味儿，也没有了我的感知。

时间不知道过去多久，从遥远的天际传来一个熟悉的声音："金枝，你进来坐下，我们仨一起守岁过年吧。"

我像是被人使了蛊，身体完全不受意识支配，跟着欧阳清如走到桌子旁，坐在玉叶的床边上。桌子上摆着很多食物，有烤鸡，有香肠，有炸成金黄色的带鱼段，还有啤酒。欧阳清如倒上一杯啤酒递到我跟前，我正觉得口干舌燥，嗓子眼发紧，便端起那杯啤酒一饮而尽。最后一口呛到我的气管，我急促地咳嗽起来，啤酒和眼泪混在一起，玉叶急忙塞给我一把手纸。我在想，我这一刻幸亏是坐着，如果是站着的话，肯定会瘫软在地上。我擦干脸上的啤酒和泪水，努力地让自己的脸上堆满笑意，《德伯家的苔丝》那本书里说过，一个善良的人是不会破坏好气氛的。我又喝干一杯啤酒，空腹喝酒的好处就是能让人尽快眩晕，我的感觉好了很多，刚才激荡的情绪像一匹四处乱窜的野马，两杯啤酒喝下肚子，我把野马圈回马圈。

我抓起玉叶的手，笑着说道："你从来没有一个人过年，姐姐担心你孤单，过来陪你过个年。"

玉叶大概喝了不少酒，脸色绯红，她朝着我挪动一下身体，靠我更近了。

欧阳清如端起酒杯，脸上还是平静的笑容。他说："来！我们干一杯，祝福我们的来年一切顺利。"

玉叶撕下一条烤鸡腿递给我："姐，你先垫补一点东西，不要光喝酒。"

我接过鸡腿，用我自以为从容的姿态啃着。鸡只有两条腿，此前，我从未吃过鸡腿，原来鸡腿这么难吃。

我勉强咽下木渣子一样的鸡腿肉，擦了擦手，装作漫不经心问道："你们怎么凑到一起了？"

玉叶和欧阳清如对望一眼，似乎在决定由谁来解释。

沉默片刻后，欧阳清如说："离开昶山后，我心里一直牵挂着师父，每次给师父写信，都是玉叶给我回信，所以我和玉叶一直有通信。我知道你一直在辛苦工作，我知道玉叶考上北师大，我也知道你们一起来到北京。"

玉叶和欧阳清如有信件来往的事儿，我一直知道，因为老铁匠识字不多，不能回信，才由玉叶代劳。如此说来，玉叶跟欧阳清如保持着联络也正常不过。可我心里还是酸酸的，酸从何来，我自己也说不清楚。眼前的两个人，都是我最亲近的人，一个与我骨肉相连，一个与我灵魂交织。

零点到了，我端起酒杯，与玉叶和欧阳清如碰杯。我说："祝新年快乐，祝我们又年长一岁。"

除夕夜，我们三个人喝光了所有酒，包括我带来的桂花陈酒。我们频频举杯,大概都在担心冷了场会尴尬。欧阳清如一如从前,笑得那么真诚,笑得那么好看,笑得让人温暖。他脸上的那条伤疤已经不怎么明显,看来北京的整容医生水平的确很高,我还一直担心他那张棱角分明的脸破了相。

我问欧阳清如有没有成家,我也不知道为什么会问出这句话。

他说:“谈过两个女朋友,后来都无疾而终,我妈现在也不催我了,她对我结婚这件事已经放弃努力了,因为此前的两个女朋友都是她帮我张罗的。”

我问道:“为什么不张罗了,伯母不是一直都想让你成家立业吗?”

欧阳清如说:“她给我张罗的都是高干家庭的女孩,一旦成了,两家就是秦晋之好;一旦不成,两家人就不免尴尬。我已经让我妈尴尬了两回,所以她不敢再冒险。”

拘谨感打破之后,气氛好了很多,我们聊起从前,聊起昶山县城,聊起老铁匠,聊起二十年前我第一次背着玉叶走进谭记铁匠铺,一直把我们三个人聊得眼泪汪汪。时间真是一个奇怪的东西,它延绵着爱,也抻长了恨,仿佛一生中经历的一切都发生在昨天,因为我们能够回忆起所有细节,每一个细节的碎片又会在另一个人的记忆中严丝合缝地镶嵌。不管过去十年还是二十年,不管曾经经历的是爱还是恨,人们祭祀时间的东西却都是一样的,那就是眼泪。如此看来,时间便有了悲剧属性。

二十五 创业

北京的春天，就像少女被风掀起来的裙摆，春光乍现就被摁住了。故宫红墙外的玉兰花还没有完全凋谢，南方的春风就急不可耐地撩骚过来，把一城杨柳撩得芽绿絮白，洋洋洒洒地恣意飘散。

家常菜馆两个月没有发工资，老板连一句解释都没有，厨师和服务员都憋着一口气，想拿到钱后走人。越是这样，老板就越是拖欠着工资，生怕所有人一齐撂挑子。家常菜馆的老板姓杨，人长得又胖又丑，腰围比裤长还长，而且是个秃子，大家背后管他叫杨胖子。杨胖子这个名字，本来还有几分可爱，因为他拖欠了两个月工资，大家就把他的生理缺陷一起加进绰号里面，改叫杨胖秃子。杨胖秃子是河北怀安人，父亲早亡，也没有兄弟姐妹。据老厨师说，杨胖秃子原先有老娘，有老婆，也有儿子。儿子在学校读书的时候，雨水泡乏了土坯墙，被闷死了。儿子死后，杨胖秃子的老婆就疯掉了，至今杳无音信。杨胖秃子的老娘遭此变故，心疼孙子，又牵挂儿媳妇，也郁郁而终。

老厨师还说，这些事儿都是杨胖秃子喝醉酒后讲的，没人知道是真是假。

杨胖秃子喜欢赌球，赢了钱会给员工餐多加一个炒菜，输了钱则会拿员工撒气，逮谁骂谁。我在家常菜馆工作这半年，杨胖秃子加菜的时候少，骂人的时候多。骂人归骂人，杨胖秃子从来没有骂过我。从来没有骂过我，倒不是因为我勤快能干，而是他想占我便宜。春节过后不久，店里的客人不多，大多数员工还没有回来，只有我一个服务员和一个厨师。一天晚上，没有客人，杨胖秃子让厨师拍一盘黄瓜，炸一碟花生米，开了一瓶二锅头自斟自饮开来。

刚过饭点儿，杨胖秃子便对厨师说关门打烊，却让我剥出来一筐蒜瓣再走。

等厨师出门后，杨胖秃子让我坐到他喝酒的那张桌子旁，陪他聊天说话。我犹豫一下，端着蒜瓣筐子，坐到杨胖秃子对面，直面他那张油亮肥胖的大脸。杨胖秃子色眯眯地看着我，把他的椅子挪到我跟前，把一只指甲盖里全是黑泥的手放在我的大腿上。

幸亏早有防范，我从蒜瓣筐子里抽出一把剔骨刀，抵住自己的脖子，对杨胖秃子说："我是黄花闺女，我要把身子留给自己的男人，你敢糟蹋我，我就死给你看。"

杨胖秃子愣住了，把他的脏手抽回去，端起一杯二锅头喝干了，冲着我摆摆手，说道："你丫头是个狠角色，别剥蒜了，回去歇着吧。"

"五一"放假两天，文革约我和玉叶去西山踏青。

玉叶说她有事，两天假期都安排满了。

我问玉叶什么事儿。

她说要跟同学去北戴河看海。

玉叶不去，文革去西山踏青的兴趣锐减。他跟我商量："金枝姐，俺们那个货运公司合伙人打架，把公司打黄了，你在饭馆里干得也不舒心，要不咱俩合计合计做个小买卖，免得总给别人打工受气。"

文革的想法让我很吃惊，做买卖没有本钱不说，万一再搞什么运动，就算是给人家留下了把柄。我把自己的担心对文革说了，文革说摆个小摊儿，做个小买卖用不了大本钱。

文革还说："报纸电视天天都在说，就是你爹从前在大喇叭上骂的那个邓小平，他在深圳号召全国人民经商做买卖，鼓励大家胆子大一点，步子稳一点，咱们还怕个啥。"

高中毕业以来，我四处打零工将近十年，受气且不说，还经常拿不到工资。这几年，身边做买卖的人的确越来越多，杨胖秃子都能开餐馆，我为什么就不能自己摆个摊儿呢。家常菜馆一直拖欠工资，加上杨胖秃子对我不怀好意，我早就不想干了。我也曾动过自己做小买卖的念头，可我要本钱没有本钱，要帮手没有帮手，当然也担心再搞运动，被我爹他们觉悟高的人割了资本主义尾巴。今天，文革提起来做小买卖，倒是勾起了我想自己创业的念头。

我对文革说："北师大西门最近冒出一个夜市，烧烤摊儿、馄饨摊儿、小炒摊儿、煎饼馃子摊儿，专供北师大的学生吃夜宵，生意很是红火。"

文革激动得差点跳起来，他说："咱们也去摆个摊儿，摆什么摊儿都成,我给姐姐打下手。”

有了自己当老板的野心后,我和文革顾不上去西山踏青,当即谋划开来。摆什么摊儿,是个关键问题,我俩合计多半天。经过反复商量,我和文革决定做老家昶山的牛肉烧饼,因为那片夜市里没有做牛肉烧饼的。文革在老家学过做牛肉烧饼,他说调好牛肉馅儿,和好冷水面,制作起来容易,最后只要掌握好火候,面香加上牛肉香,肯定会招来一大批学生的。

接下来,就是采买烤牛肉烧饼的工具,还有凑齐买工具的钱。我所有积蓄只有两百多块钱,文革回家过年的时候,把仅有的一点钱都留给了他娘。文革蹲在马路牙子上抽了一支烟,说他来想办法,站起身来就要走。

我一把抓住文革,问道:“你可不许再去干伤天害理的事儿。”

文革咧嘴笑道:“我记着姐说的话,钱不重要,做一个好人才重要。”

下午时分,文革回来了,他从口袋里掏出两百块钱递给我,说这些钱差不多够了。

我问文革,钱是从哪里来的。

文革让我不要管钱从哪里来,他反复保证,说这钱不是偷的,是干净的。

当天下午,我和文革去了专门供应餐饮炊具的大红门市场,相中一款带不锈钢台面的平底煎锅,价格是三百五十块钱。文革软磨硬泡,把价格砍到两百九十块钱,还让店主送了一个不锈钢和面盆。文革去市场门口雇了一辆黄面的,十块钱能跑十公里。

在车上，文革问我，平时收了摊儿，平底煎锅放在哪里。

是啊，这是一个大问题，总不能一天花二十块钱，来回打面的拉着跑吧，成本高不说，也不方便啊。

突然，我有了一个主意，我拍着文革的肩膀说："这事儿你就不用操心了。今天晚上，你把烤牛肉烧饼的食材列一个单子出来，我们明天备货，后天开张。"

第二天，我和文革分头张罗，他去备料买食材，我去了家常菜馆。杨胖秃子大概是赌球赢了钱，一脸肥腻的好心情，居然冲着我主动打招呼。

我对杨胖秃子说我要自己摆摊儿，让他把拖欠的两个月工资给我。

杨胖秃子一愣怔，转瞬换成一脸肥腻的沉重，说最近店里周转资金紧张，让我宽限他两个月。

他的反应在我预料之中，他对此前辞职的员工都是这套说辞。我没有气恼，也没有像此前辞职的员工一样哭闹，我对杨胖秃子说："可以宽限两个月，我有一个条件，把我摆摊儿的平底煎锅放在你的店里寄存。"

下午，文革发好了面，开始教我调牛肉馅儿。牛肉选的是牛脊梁肉，没有一点肥肉，也没有一丝牛筋，是文革跑到牛街上自己挑的。

文革说，牛脊梁肉不能用刀剁，要用木槌捶成肉泥，而且要一边捶打一边往牛肉里加清水。牛脊梁肉被木槌捶成细细的肉泥后，再往里面加盐、味精、料酒、葱花、五香粉、孜然粉、胡椒粉，最后沿顺时针搅拌成糊状。

我问文革，如果逆时针搅拌就变味了吗。

文革说师父就这么教的，他没有想过要逆时针搅拌的事儿。

文革一边做，一边讲给我听。他失去一只眼睛的视力，干起精细活来有些吃力，有时候抓调料瓶会抓两次才能瞅准位置，看着让人心疼。

我问文革，回家过年的时候，你娘有没有难过。

文革说："我没有跟我娘说这事儿，眼珠子好好的，她看不出来有毛病。"

昶山牛肉烧饼另一个关键环节是揉面，面粉挑的专门用来包饺子的富强粉，面筋多也白。面发好之后要醒半个钟头，揉面的时候要往面团里掺一层干面粉，然后两手用力揉推，直到把干面粉均匀地揉进面团里，算作是一层面。前后总共要揉三层面，才算完成昶山牛肉烧饼和面工序。文革力气大，他负责揉面，我负责搅拌牛肉馅儿。牛肉馅儿会渗水，隔一会儿就得沿着顺时针搅拌一次，把水和到肉里。

接下来，文革把揉好的面团分成小块，大小约莫着烧饼个头而定。然后把小面团揉搓成长条，再用擀面杖擀成长条片状，文革在面片上刷一层油后，将糊状牛肉馅均匀地摊在面片上，再将面片卷起来。卷起来的面片呈圆柱状，立在案板上，文革用手掌压扁后，再用擀面杖擀成面饼状。这个时候，面饼上可以清晰地看见一层层的面片之间夹着的牛肉馅儿。

牛肉烧饼最后的工序，就是把面饼放进热油的平底煎锅，把烧饼两面煎到金黄色，直到看得我开始咽口水。

瞅着煎锅里金黄色的牛肉烧饼，文革咧着嘴笑着说："都是上好的食材,做出来的烧饼比昶山的还好看。”

文革一气做了八个牛肉烧饼,不由分说,我们俩一人吃了四个,味道真是鲜美极了。直到这一刻,我们俩才同时想起来,牛肉烧饼卖多少钱一个。夜市上没有牛肉烧饼做比照,我想到北师大食堂里的韭菜盒子,卖四毛钱一个,便提议牛肉烧饼卖八毛钱。文革说咱们这是上好的牛脊梁肉,至少得卖一块二吧。最后,我俩取一个折中价格,一个牛肉烧饼卖一块钱。

定好价钱之后, 我和文革急不可耐地提前一天推着煎锅去了夜市。支好摊子,文革熟练地操作起来。不一会儿,牛肉烧饼的香味儿招来了好几个女孩,看样子都是大学生。女孩们一人买了两个牛肉烧饼,装进塑料袋里。

文革看着有些着急,他一个劲儿催促女孩们:“尝尝,先吃一个尝尝,牛肉凉了就不香了。”

一个女孩禁不住文革催促,咬了一口,嚼了嚼,忍不住喊出声来:“太好吃了,妈呀!”

于是,四个女孩围着我们的煎锅,没用一刻工夫,就把各自的牛肉烧饼全吃光了。女孩们又买了八个牛肉烧饼,这才叽叽喳喳说笑着离去。

我脑海里灵光一闪, 对文革说:“咱们的牛肉烧饼干脆立个规矩,不能带走,都得当场买了当场吃。”

文革皱了皱眉头,说道:“人家花钱买了,咱们还管得着人家在哪里吃呀。”

我说:“你不是说了吗,牛肉凉了就不香了,咱们这也是对顾客负责啊。”

第一天,我们卖出五十三个烧饼,馅儿没了。第二天,我们卖出一百二十一个烧饼,面没了。第三天,我们卖出一百九十七个烧饼,馅儿和面都没了,我和文革也累到瘫软。累归累,心里还是乐开花,一晚上的营业额快抵上我一个月工资。我们的昶山牛肉烧饼货真价实,卖得出奇的好,惹得夜市周围的摊子对我们很有意见。我定下"当场吃"的规矩,真的收到奇效,每天晚上,围着我们煎锅吃牛肉烧饼的人有好儿层。为了不招惹是非,我和文革商量,把我们的摊子挪到夜市边上。

文革起初不同意,拿着木槌敲着不锈钢案板嚷嚷道:"老子做的是良心活儿,生意好是理所当然的。"

我说咱们做生意,和气生财,又不是来这里争地盘。

文革最终同意我的建议,我们把煎锅摊儿挪到夜市边上,生意照样红火。一个小伙子买了十个牛肉烧饼,当场吃了一个,其余的要带走,文革死活不让他走。

小伙子说,他要带回家给他爸妈尝个新鲜。

文革说不行,我们有规矩,必须当场吃。

小伙子说,我一个人吃不下十个烧饼。

我小声劝着文革,说小伙子一片孝心,就对他网开一面吧。

文革答应了,还不忘叮嘱小伙子,回家后把烧饼放到热油锅里煎一下再吃。

牛肉烧饼摊儿开业一周,我和文革沉浸在创业的喜悦中,虽说每天累得腰酸腿疼,心情却极度愉悦。每天凌晨时分,数着一天的营业收入,我们俩兴奋到无法入睡。文革别出心裁,去一家做广告招牌的门店打了七个不干胶字"庄家姐妹牛肉烧饼",贴在煎锅前面的不锈钢挡板上。

我对文革说,是咱们俩创业,应该是庄家姐弟牛肉烧饼。

文革说,姐弟拗口,姐妹好听。

兴奋归兴奋,脑袋一挨上枕头,闭上眼就能睡着。前一阵子,我一直失眠,整夜整夜睡不着觉,心里总想着玉叶和欧阳清如的事情,心里充塞着疑问:他们俩是不是在恋爱?欧阳清如比玉叶大十几岁,他们之间有共同语言吗?欧阳妈妈费尽周折把我拒之门外,难道可以接受玉叶?我一直想跟玉叶谈一谈,可我又担心玉叶误会,觉得我是在嫉妒她和欧阳清如。

二十六　牛肉烧饼搬家

过了“五一”，北京就像是进入夏天，热得穿不住长袖上衣。上午，我早起一会儿，跑到动物园服装批发市场，给文革买了两件短袖T恤和一条牛仔裤。本来还想给玉叶买几件T恤，可她总嫌弃我买的东西土气，所以只能想想作罢。我现在已经能够接受牛仔裤了，觉得穿着舒适，也挺带劲儿。

我有两个礼拜没有看到玉叶了，虽然她上课的教室和我的“庄氏姐妹牛肉烧饼”摊子只有一墙之隔。自打见到欧阳清如之后，我就不再隔三岔五去看玉叶了，我在心里一再暗示自己：我没有嫉妒。可事实上，我的心头还会时不时地涌上一股酸涩，酸到忍不住想流泪。玉叶怎么可以这样，她明明知道我对欧阳清如的感情，我和他的分手出于无奈。玉叶年轻又漂亮，是时代的骄子，天下有那么多男人在等待着她，她为什么偏偏要去爱上姐姐的恋人，哪怕只是曾经的恋人。我把这股酸涩压下去的方式，就是跟自己的内心摆事实，讲道理：我和欧阳清如早就分手，他跟谁恋爱都是正常的;我、欧阳清如和玉叶三个人情同兄妹,我退出,玉叶和欧阳清如相好了,也算是不幸中的万幸……

我想,我现在的状态就是所谓的纠结,而且是反反复复的纠结。

回到地下室格子间,我敲开文革的房门,让他换上我给他新买的衣服,顺便把他的脏衣服拿去洗。牛肉烧饼摊儿开业后,我们的经济状况好起来,我给文革也租了一个格子间。

文革说,再过两个月,咱们在北师大附近租个地上房,带洗手间能洗澡的那种房子。

我说那种房子太贵,住进去心里不踏实。

文革说:"租个一居室,也不算太贵。姐姐住卧室,我睡客厅就行了。"

我给文革一个白眼:"刚赚一点小钱,就想着享受,赶紧去买牛脊梁肉,记住不许掺牛腩。"

文革愉快地答应着,换上我给他买的新牛仔裤和新T恤,欢快地出了地下室。前天,文革买肉回来,说牛脊梁肉四块五一斤,牛腩三块八,所以他买了一半牛脊梁肉,一半牛腩肉。牛腩肉里面有肥肉和牛筋,用木槌捶不成肉泥,只能筋头巴脑凑合着用。有几个嘴刁的女生吃出牛筋,抱怨牛肉烧饼质量下降,一脸不痛快。

那天晚上,我批评文革投机取巧,文革一脸不忿地说:"卖包子卖馅饼的摊儿,去菜市场专挑一块二一斤的猪脖子肉,回去把调料用足,根本吃不出什么肉。"

我说:"别人怎么干是别人的事儿, 咱们不能做没良心的买卖。”

回到格子间，我趴在铁架子床上，把牛肉烧饼的工序和食材列出一张清单，把用料标准做了标注，面粉必须用富强粉，牛肉必须用牛脊梁肉。

地下室只有一个公共厕所，男厕走左侧门，女厕走右侧门，中间夹着五个水龙头和一个水泥台，算是洗漱间。男女厕所各两个门坑，早间六七点钟，格子间里的人们达成默契，不分男女厕所，只管排队先后，排到了队，男人可以进女厕所，女人也可以进男厕所。遇到哪个便秘的主儿，一长溜憋胀的男男女女们跺着脚在心里咒骂。跺脚也不敢使劲儿跺，生怕把屎尿跺出来。那些实在连脚都不敢跺的，忍不住张嘴骂道：“占着茅坑不拉屎，吃屎哪！”

蹲上坑位的人一般不还嘴，不还嘴不是涵养好，是因为有四个坑位，每个坑位的人都觉得是在骂另外三位“吃屎”。有些人很耐憋，趁着众人排队等位的时间，端着脸盆在水泥台上洗漱。不耐憋的人，排队排到洗漱间前，正是自己最崩溃的时刻，经常听着水龙头“哗哗”的水流声而晚节不保。

这天早上，我端着盛文革脏衣服的脸盆去洗漱间的时候，抢占厕所的大战已经结束，走廊上弥漫着排泄物的难闻味道，盖过文革脏衣服的酸臭味儿。我习惯性地掏着脏衣服口袋，从文革的裤子后兜里翻出一张纸条，发现竟然是一张二百块钱的卖血收据。卖血的时间，正是我们牛肉烧饼摊子开业的前两天。

玉叶第一次光顾我们“庄氏姐妹牛肉烧饼”摊子的时候，是晚上十点钟,她是一个人来的。玉叶冷冷地走过来,站在一群吃牛肉烧饼的年轻人外围,我在收钱的间隙从人缝里看见她。见她脸色异样,我以为发生了什么事情,赶紧放下手里的钱箱子,朝她走过去。玉叶扫了我一眼,把冷冷的眼神移到一侧,不知道她是在看烧饼煎锅,还是看站在煎锅后面忙碌的文革。

我问她,要不要尝尝家乡的味道。

玉叶像是没有听见我说话,她压低声音,反问道:“卖个破烧饼为什么要搞这么大动静?为什么要起这么个名字?弄得半个北师大都知道,我庄玉叶有个姐姐在门口烤牛肉烧饼。”

玉叶问得我一时火起,一股抑制不住的冲动直冲上脑门:“你有一个卖烤牛肉烧饼的姐姐很丢人吗?我不卖烧饼,我怎么生活,你的生活费从哪里来?”

玉叶的脸也涨得通红:“你悄没声地打工,我们也能生活。就算是卖烤牛肉烧饼,也没有必要起个庄氏姐妹的名字。”

我指着远处的家常菜馆,对玉叶说:“我在那家菜馆端盘子洗碗,倒是悄没声,可他两个月没有给我发工资。我再悄没声下去,你下个月也只能喝西北风了。”

我说话的声音越来越大,惹得周围的人一齐看我们,玉叶连脖子都涨红了,她扭过身去跑出夜市。

文革扔下手里的铲子,跑过来问我,玉叶怎么了。

我看着玉叶的背影,愤愤地对文革说:“她进北师大后,就以为自己不姓庄了。”

文革嬉笑着说:“玉叶本来就不姓庄。”

我拧巴了整整两天,做了一个决定:把牛肉烧饼摊子搬去人民大学的夜市。

我让文革把煎锅不锈钢板上的“庄氏姐妹”四个字撕掉，只留下“牛肉烧饼”。文革有些不舍，说咱们的招牌刚刚打出去，就挪窝去人大，可惜了那拨老客户。我说没关系，只要保住咱们的牛肉烧饼质量，到哪里都能火。

文革说，非要去掉“庄氏姐妹”，就换个别的名字，名正才能言顺。

我想也没想，便道：“昶山，昶山牛肉烧饼。”

人民大学紧傍着几个居民社区，周边人流量比北师大多，夜市的服务对象不局限于大学生，社会人员有时比大学生还多。我们的牛肉烧饼在人民大学很快赢得青睐，成为夜市上最红火的摊子。老规矩照样戳着，牛肉烧饼只能在现场吃，遇到非要带走的，我们也不为难人家，只是不忘叮嘱一句：回去用热油煎一下再吃。

玉叶每个月的生活费和零花钱，我让文革准时准点送过去，牛肉烧饼生意做得红火，我还给玉叶每个月多加了三十块钱的零用。自打上回在夜市上吵嘴后，我心里比先前更酸涩了，玉叶现在不仅和欧阳清如不清不楚，还开始嫌弃我这个打零工的姐姐，嫌我摆摊卖烧饼丢她的脸。不见归不见，文革每次给玉叶送钱回来，我都要反反复复问他玉叶的事儿，玉叶瘦了没有？玉叶心情好不好？玉叶有没有买新衣服？

文革大概已经猜测出了什么，总是安慰我：“姐，咱们只要把牛肉烧饼卖好了，用不了三年五载，咱俩就能体面地回桃花坞，一人盖三间大瓦房，还带东西厢房的。”

故乡真是一个奇怪的东西，被我憎恶了快三十年的故乡，在我离开后，我居然用了它的名号做我的小生意。父亲、玉叶、故乡，让我觉得人的爱和恨在很多时候是模糊的、纠结的。恨有时候会装扮成爱的样子出现，爱有时候也可能披上恨的外衣亮相，我们只是看到自己想看到的情绪，而不去揭谜底罢了。

二十七　一场变故

人民大学附近的房租很贵，我和文革跑了好几家房产中介，才找到一栋一居室，距离我们出摊的夜市不远，而且还是一楼。住一楼有诸多好处，可以把烤牛肉烧饼的煎锅推到屋里，打烊再晚也不用担心吵到楼下。搬到人大夜市后，我们不可能再把煎锅寄存到杨胖秃子的店里，拖欠我的两个月工资也就此打了水漂。

新租的一居室有独立厨房和卫生间，还有能洗澡的电热水器，客厅里有一张能打开当床的双人沙发。文革把沙发打开后，就再也没有收起来过，他每天收工后先洗澡，然后躺在沙发床上看电视，有时候能看到天蒙蒙亮。到底是年轻小伙子，第二天照样精精神神地去菜市场买牛脊梁肉，照样麻麻溜溜地做牛肉烧饼。与玉叶疏远之后，文革竟然成了我朝夕相处的人，从创业至今，我俩几乎形影不离。

这一天，我发现文革只调了半盆牛肉馅儿，平时我们调一整盆儿，卖完就收工。

我问文革，今天的牛肉馅儿怎么这么少。

文革有点支吾，说是牛脊梁肉就剩这些了，他也不敢掺假放牛腩肉。

半盆肉馅儿，晚上不到十一点就卖完了，今天的营业流水只有平时的一半。我心里有点不高兴，我用半是训问的口吻对文革说："以后不能看电视到那么晚，你中午才去菜市场，谁给你留牛脊梁肉。"

文革笑了笑，算是应允。我们俩收拾好摊子，文革推着煎锅往回走，一边走一边吹着口哨，似乎很开心。我跟在文革后面，心里想早点收工也好，难得有一个让自己轻松一点的夜晚。回到住处，我打开防盗门，伸手开灯发现灯不亮。文革说不着急，可能是保险丝断了。我和文革摸着黑，把煎锅推进客厅，刚刚把防盗门关上，忽然听见卧室的房门打开，接着传来生日快乐歌，有人捧着一个点满蜡烛的蛋糕走出来。这一刻，我才想起来，今天是我的生日。借着蜡烛的光亮，我看到捧着蛋糕的人是玉叶，跟在她身后的人是欧阳清如，文革站在一旁开心地笑着。显然，他们早有预谋，怪不得文革今天只调了半盆牛肉馅儿。这一刻，我抑制不住自己的泪水，第一次有这么多人给我过生日。

我和玉叶的罅隙，在我的生日之后算是得以弥合。弥合归弥合，我没有像先前那样隔三岔五跑北师大，而是一周去看玉叶一次。背着欧阳清如和文革，玉叶向我道歉，说她不应该有那样的想法，伤害了我也伤害了自己。玉叶还坦承，是欧阳清如得知实情后，很严肃地批评了她，让她向我道歉。

我问玉叶，是不是欧阳清如记着我的生日。

玉叶很不好意思地点点头，说是欧阳清如不光记得你的生日，还记得你有一颗智齿，一上火就会牙疼。

生日那天晚上，我们四个人喝了很多酒，文革喝醉了，握着啤酒瓶子当话筒，把他会唱的歌都唱了一遍。我偷偷地瞅了瞅欧阳清如，三十岁真是男人的黄金时光，他的脸上呈现出一种少年和青年时期都不曾有过的成熟魅力，让人更愿意亲近和信赖。我怎么能对玉叶心存嫉妒呢，这般世间少有的男人，又有哪个女人不会动心？

在北京，两次与欧阳清如接触，居然都是在喝酒，好在那个时候不流行叫“女汉子”。第二次喝酒的时候，玉叶已经不像第一次那样拘束，她时不时地会把脑袋靠在欧阳清如肩膀上，而欧阳清如要么下意识躲开，要么借故起身做事情。我从两个人的肢体语言上能看出来，玉叶是在主动追欧阳清如。欧阳清如举止总是那么优雅得体，对玉叶的殷勤不迎合也不排斥，他就像一座漂亮的希腊雕像，孤独地矗立，不俗不媚也不骄傲。

玉叶很显摆地告诉我和文革，说欧阳清如已经拿到人民大学成人高考的本科文凭，现在已经从单位辞职，正在北京大学历史系读研究生。

文革初中没有毕业就辍学了，他不知道研究生是什么，便说道：“女人才应该研究生，男人研究生不好听，也不正经。”

生日聚会一直持续到凌晨两点，玉叶看了一眼手表，说今天要考试，得回去睡一会儿。

文革已经醉卧在沙发里不省人事，我把玉叶和欧阳清如送到小区门口，陪他们俩站在路边打上一辆夏利出租车。我听见玉叶对司机说道：“师傅，去白云路民政部家属大院。”

最近生意不太景气，原先一晚上能卖一整盆牛肉馅儿的烧饼，最近几天只能卖半盆。文革想把剩下的半盆牛肉馅儿留到第二天用，我坚持倒掉，正好喂养小区里的流浪猫。接下来，我们每天调半盆牛肉馅儿，勉强能够卖掉。生意下滑的原因是夜市突然冒出来四五个卖牛肉烧饼的摊子，从烧饼的制作工序到外观形状，就连使用的平底煎锅基本上都是一样的。

文革逐个摊子转了一圈，回来跟我说，都是他妈的从我们这里偷学的手艺。

我问文革，如何断定他们是从我们这里偷学的手艺。

文革说，那四个摊主都不是昶山口音，卷面饼那道工序，我们昶山人都是横着放面板上，只有我是竖着放的，这样出来的面饼好看，面层是面层，肉层是肉层。

接下来的一段时间里，我们的牛肉烧饼连半盆馅儿都卖不掉，因为夜市里另外几个烧饼摊儿降价，一个牛肉烧饼卖八毛钱。我和文革算过细账，如果货真价实用牛脊梁肉，一块钱一个烧饼，纯利润大概不到三毛钱。其他摊位敢卖八毛钱，用文革的话说，肯定是用了猪脖子肉，加上酱油和牛肉粉，一般顾客吃不出来。文革知道我不肯掺假，便提议换个夜市，反正北京不缺大学夜市。有一天晚上，我们俩没有出摊，文革用自行车载着我转了几个夜市，结果发现所有夜市都有牛肉烧饼摊儿，而且不是一家两家，五道口一个夜市上竟然有六家牛肉烧饼摊儿。

文革蹬着自行车，骂道："牛肉烧饼算是被他们干死了。"

文革又去了一趟做广告招牌的店里，打印了"京城第一家"五个不干胶字，贴在"昶山牛肉烧饼"的上面。夜市里的顾客却不管你是不是第一家,他们只看价钱,觉得口味差不了太多。“必须在现场吃烧饼”这一条,我们也不像先前那么强调,只是善意地提醒,趁热吃口味更好。

一个周六的晚上,玉叶和欧阳清如来到夜市,站在煎锅边上各自吃了四个牛肉烧饼。欧阳清如一边吃一边赞叹,说是比他当年在昶山吃的牛肉烧饼还香。这样一对玉树临风的男女围着煎锅吃烧饼,很快招来不少年轻人,当天晚上的半盆牛肉馅儿很快卖完。

文革一个劲地懊悔,他对玉叶和欧阳清如说:“早知道你们俩来站台,今天晚上应该调上一大盆馅儿。”

玉叶说,她明天一早要跟欧阳清如去密云白河峡谷攀岩去,还说是欧阳清如的朋友开了一家攀岩俱乐部,免费邀请他们俩去攀岩的。

我问玉叶什么是攀岩。

玉叶说,就是找一块野外的自然石壁,然后沿着缝隙攀爬上去。

我说攀爬石壁太危险,你们俩能行吗。

玉叶说身上拴着保护绳,还说欧阳清如的朋友是专业攀岩高手。

欧阳清如问我和文革,要不要一起去。

文革似乎有些动心,因为他觉得自己从小会爬树,爬墙爬石头应该也没有问题。

我冲着文革摇摇头,打消了他的念头:“明天是礼拜天,顾客最多的一天,咱们摆摊儿能歇礼拜一,不能放着礼拜天的钱不赚。”

礼拜天晚上，我和文革调了多半盆牛肉馅，一直卖到后半夜一点多。我们俩刚刚收拾完摊子准备往回走，发现玉叶蓬头垢面站在煎锅前面，眼睛里还含着泪水。我的脑子里“嗡”的一声，直觉告诉我，欧阳清如出事了。

欧阳清如真的出事了。他和玉叶今天去密云攀岩，给他做保护的教练掏烟点烟的空儿，欧阳清如从岩壁上失手跌落下来，等到点烟的教练意识到危险的时候，欧阳清如已经落地了。听玉叶讲述的时候，我的心一紧一紧地跟着抽搐，仿佛从岩壁上摔下来的人是我。欧阳清如摔断一条胳膊、一条腿、五条肋骨，右手腕骨粉碎性骨折，脾脏破裂。

玉叶哭着说，这些伤都能够恢复，最可怕的是第三节腰椎骨折脱位，有可能造成下肢瘫痪……

我让文革推着煎锅回去，我准备赶去医院看望欧阳清如。

玉叶一把拉住我说：“欧阳已经进手术室，你现在去了也见不到他。”

我推开玉叶的手，说道：“出了这么大的事，回去也睡不着觉，我在手术室外面等消息吧。”

玉叶说：“也好吧，今天还有主课，我先回学校了。”

急诊室的夜晚跟夜市一样热闹，有犯急病的，有出工伤的，有出交通事故的，有喝酒喝到不省人事的，还有被警察牵着手铐带进来的。一阵杂乱的脚步声从背后传来，三名护士推着一台仪器跑过来，嘴里不停地嚷嚷着：“闪开，闪开，让一让。”

我询问了护士，找到急诊手术室，看到余秘书坐在手术室门口,正在看一份报纸。

余秘书看到我,先是一愣,随后站起身来跟我说话:“是庄金枝吧? 你也在北京? 你怎么知道清如出事了? ”

我不喜欢撒谎,便对余秘书说:“我到北京快一年了,陪我妹妹来读大学的。我妹妹跟欧阳清如一直有联系,我是听妹妹说他出事了。”

余秘书恍然大悟，问道:“今天跟清如在密云攀岩的女大学生是你妹妹? ”

我点点头,我知道,如此大的一场变故,是不能靠谎言隐瞒的。

余秘书往鼻梁上方推了推眼镜,干咳了一声,说道:“清如伤得不轻，能够保住命也算是他的造化。不知道手术的结果怎么样,我们马主任给他找了北京最好的神经科医生做的手术。”

余秘书抬起手腕看了看手表，接着说道:“这手术做了三个小时,马主任让我在这里等消息,她还让我追查事故的责任人。”

二十八　再见马主任

我们的牛肉烧饼摊子，一直坚持到这一年冬天。天一冷，来夜市的人少了，我们生意更难做了。这一天，天气出奇的冷，一晚上才卖掉三十多个烧饼，我看着盆里剩下的牛肉馅对文革说："明天起，咱们不出摊了，这生意做到头了。"

文革也同意我的想法："姐，那咱们下一步摆什么摊儿？"

我说："不一定非得摆摊儿……"

我的话没有说完，远处一个人急匆匆走过来，走到跟前时，我才认出是杨胖秃子。

杨胖秃子也认出了我，他手里拎着一只拉杆箱，一脸惶恐地对我说："金枝，你帮我收着箱子，我过两天来取。"

我对杨胖秃子说："我们明天不出摊了。"

杨胖秃子慌里慌张已经走出十几米远，头也不回地说："那就过些天再说。"

说完，杨胖秃子消失在黑夜里，不见了人影。

拉杆箱挺沉的，文革接过去，塞进平底煎锅下面的储物柜里，说估计也不是什么值钱的玩意儿。

想到明天就不出摊，心里泛起一阵轻松。这一年来真是劳累又煎熬，每天要出摊卖牛肉烧饼，还要跑两趟医院给欧阳清如送饭，一天只能睡四五个小时。欧阳清如最终没能站起来，下肢神经完全失去感知，大小便不能自主。其实医院里可以订餐，不必我一天跑两趟去送饭。我去医院，主要是给欧阳清如清洗便溺，我信不过护工，怕他们洗不干净。欧阳清如那么喜欢洁净的人，如果让他浸泡在屎尿里，想一想，我都会替他难过。

玉叶每个礼拜来看欧阳清如一次，她不会做清理这种粗活，每次来医院，只知道抓着欧阳清如的手流泪。暑假的时候，玉叶的同学约她一起去长白山旅游，她问我该不该去，因为她觉得自己应该留在医院里护理欧阳清如。

我心里清楚，玉叶这几个月来承受了很大的心理压力，让她趁着暑假出去放松一下也好。

我对玉叶说："你每次来守着欧阳清如哭，会影响他的情绪，你还是去旅游吧。"

得知自己再也无法行走之后，欧阳清如的脸变成青灰色，脸颊上那条隐约的疤痕充盈着暗红的血色，两种不协调的颜色同时出现在那张曾经无比祥和的脸庞上。比脸色更难看的，是欧阳清如的眼神，他的眼神变得孤独、迷离、彷徨、愤怒，令人难以捉摸。我几乎不敢与他对视，那死一般绝望的眼神，我小时候在庄疯子的眼睛里似乎看到过。

那一刻，欧阳清如失去往日的优雅，他用低沉的嗓音质问主治医生："这就是你说的手术很成功吗？"

主治医生说："你的一二节腰椎是粉碎性骨折，却没有对脊髓造成完全性损伤，这也为日后康复埋下了希望。目前的大小便失禁是正常的，因为骨折压迫到马尾神经。"

我问主治医生，欧阳清如完全恢复的可能性有多大。

主治医生迟疑一下，说道："抱最大的希望，做最坏的打算，积极地进行康复训练，剩下的就只能靠运气了。"

欧阳清如的心情跌落到谷低，那个安静又温暖的男人消失了，我从未见过他那么忧伤和沉默，沉默到令我不敢大声呼吸，生怕我的呼吸声会加深他的忧伤。

在医院走廊里第一次遇见欧阳妈妈的时候，是一个艳阳初升的上午。她没有克制住自己的冲动，劈头盖脸把我和玉叶骂了一通，她说不光我是扫帚星，玉叶也是扫帚星，她骂我们全家都是不祥之人，把欧阳清如从山东一路祸害到北京。欧阳妈妈连珠炮似的一口气能说那么多话，几乎没有一句是重复的，让我很是佩服。欧阳妈妈背对着射进走廊里的阳光，她叫骂的时候，口水和口气形成半拉彩虹，很像电视剧《西游记》里面出场的如来佛祖，脑袋上罩着一圈佛光。因为从小挨骂的缘故，我练就了一身护体神功，用眼睛死死盯住一个点，再把那个点想象成别的物件，于是，别人骂我什么话，我便充耳不闻。那一刻，我的眼睛盯住欧阳妈妈包上的一个图案，很像一个被拍扁的英文字母"H"，就像文革制作牛肉烧饼倒数第三道工序，要把团起来的面肉卷儿拍成饼子。H 里面镶嵌着密密麻麻的玻璃片儿，也可能是珠宝钻石，这个包如果坏了，拆下这个疙里疙瘩的 H 挠痒痒一定会非常过瘾。当然，也不一定是被拍扁的英文字母 H，它也有可能是一个"工字钢"的横断面，老铁匠带着欧阳清如打制镣铐的原材料,就是这种工字钢……

我的护体神功被另一个声音破掉了,玉叶不甘示弱,跟欧阳妈妈顶撞了几句:“作为一个政府的高级干部,您怎么可以说出这样没有水平的话。我跟您的儿子是自由恋爱,不是像您说的傍高干子女,是我追的欧阳清如不假,但我们是男欢女爱两情相悦,不信您可以去问问您的儿子。天有不测风云,人有旦夕祸福,这一刻,躺在病床上的不是我,那是我的运气比欧阳好。”

玉叶一口气也能讲很多话,我却无法对她启用我的护体神功,她的每一句话虽然都是冲着欧阳妈妈说的,却字字都刺在我的心上。玉叶冲着欧阳妈妈吼完,转身跑出医院走廊,剩下我一个人让欧阳妈妈撒气。欧阳妈妈大概从未受过这样的气,她越发口无遮拦,近乎泼妇骂街,她头上的半拉光环立刻放大了许多。这一回,我的眼睛盯住了欧阳妈妈的牙齿,她是地包天,我只能看见她的上排牙齿,我觉得那是一溜麻将牌,虽然我不会打麻将。突然,麻将牌被推倒了,一条胳膊挥去了光环,也推倒了麻将牌。余秘书大概也听不下去了,他拿捏着力道,很有分寸地把欧阳妈妈拉出医院的走廊。

我自始至终没有还嘴,我觉得这是玉叶闯下的祸,理所当然由我这个做姐姐的来背。可玉叶并不觉得自己闯了祸,她说的也有道理,大概是欧阳清如的运气差了些。欧阳妈妈每天上午去办公室之前,顺道来医院看儿子一眼,再找主治医生了解情况。我避开上午那个时间段,尽量不跟欧阳妈妈面对面。欧阳妈妈还让余秘书传话给我,说她给儿子雇了护工,不需要我来护理。我一气之下,整整一个礼拜没有去医院,可我心里还是放不下欧阳清如,我心里清楚,没有一个护工能够像我一样,把欧阳清如当亲人一般对待。

一个礼拜之后，余秘书敲开人大的出租房，问我还想不想继续护理欧阳清如，还说欧阳妈妈愿意支付给我护理费用。

对于欧阳妈妈的突然转变，我有点摸不着头脑，我对余秘书说："我愿意护理欧阳清如，但我不是为了钱，我能养活自己。"

第二天，我走进欧阳清如的病房，闻到一股难闻的味道，我知道这股味道来自哪里。时值北京最热的季节，久卧在床的人需要天天擦洗身体，何况欧阳清如大小便失禁。欧阳清如看见我，脸上硬挤出一丝笑容，我心里明白，他正在接受残酷的现实，也在接受变故后的自己。

欧阳清如说："是我坚持让你来照料我的生活，我没有事先征求你的意见，就自作主张了。"

欧阳清如说这句话的时候，声音越来越低，大概是觉得自己措辞不妥，脸上还微微泛红。

我笑了笑，没有说话，端起床底下的脸盆去开水房打热水了。

病房窗外那棵银杏树变成金黄色的时候，欧阳清如的硬伤都已痊愈，但是下肢仍旧没有任何反应。两个脚掌都快被主治医生拿针扎遍了，他仍然没有丝毫感觉。欧阳清如两条腿上的肌肉全都萎缩了，我每天帮他擦洗完身体，还要给他按摩一个小时的腿，有时也会挠他脚掌痒痒，期待着能够突然间有了知觉，那肯定会是我这辈子最开心的时刻。

主治医生安慰欧阳清如，说医学史上从来不缺乏奇迹，让他不要灰心，坚持做接下来的康复训练。欧阳妈妈给欧阳清如找到一位国内一流的康复专家,欧阳家里有很多关系,只需要余秘书打个电话,就能解决所有需求。这么好的条件,对于农民出身的我来说,是无法想象的,很多事情就算是穷尽所有都不可能做到。

欧阳妈妈不再骂我扫帚星,跟我说话的语气也和善了很多。但是,她不经意间从眼神和鼻腔里散落的高傲和不屑,无时无刻不让我感受到我的卑微。

好在欧阳清如总是帮着我说话,他会严肃地驳斥自己的母亲:"妈,金枝是我的朋友,她不是您花钱雇用的护工。半年来,她没有拿过我们家一分钱工资,自己还倒贴钱给我变着花样买吃的买喝的,您为什么就不能对她宽厚一点?人家不图名,不图利,更不图人,您的儿子现在是一个人见人嫌的瘫子呀。"

半个月后,北京城里降下入冬来的第一场雪。下完雪的第二天,医院进来很多被烧伤的孩子,据说是新疆克拉玛依油田发生了一场特大火灾,烧死三百多个孩子。一些重度烧伤的孩子,被飞机连夜运送到北京医治,一时间,医院的病房床位紧张起来。欧阳清如得知这一情况后,主动提出出院回家住,每天前来医院进行康复训练。

送欧阳清如回家的路上,我听他跟余秘书聊起克拉玛依油田那场大火,欧阳清如愤愤地骂道:"据说有一位老师堵住安全出口,让火灾现场的领导们先撤,这才烧死那么多孩子,这个老师会遭天谴的!"

这是我第一次听见欧阳清如诅咒人。

轿车驶进一个大院,大院门口有一块不大的字牌,上面写着

“民政部白云路宿舍区”。轿车七拐八拐在一栋楼前停下，余秘书帮我把欧阳清如搀扶上轮椅，送进家门。

余秘书把一串钥匙递给我，笑着对我说：“以后，这里就是你当家了，有什么事就给我打电话，重要联系人的通讯录都在电话机旁的小本上。”

原来，这栋房子是欧阳妈妈所在的民政部分的，平时只有欧阳清如一个人住在这里。这个时候，我突然想起我过生日那天晚上，玉叶和欧阳清如半夜打上出租车，玉叶让司机去的地方就是“白云路民政部家属大院”。

二十九 杨胖秃子

牛肉烧饼摊子彻底不做了,我把银行里的钱取出来,总共三千七百多块钱,是我们辛苦一年多的盈利。这些钱,都是前半年赚来的,后半年不仅不赚钱,甚至还往里面搭钱。我把账目拿给文革看,文革说他信得过我这个做姐姐的,不用看账。我给了文革两千块钱,自己留下一千七百块。文革差点跟我翻脸,他说他是帮我当伙计,为什么分给他那么多钱。

我对文革说:“你付出的比我多,那里面还有你卖血的钱。”

文革瞪大眼睛,问我怎么知道他卖血的事儿。

我翻开记账本,拿出一直夹在里面的卖血收费单据,递给文革:“给你洗裤子,掏口袋的时候发现的,留着做个念想吧。”

文革把收费单据揣进口袋,他数出一千块钱来,说是他去年住院的花费,连同利息一起还给我。我没有要,那些钱是文革拼着性命拿回来的,帮他治疗也是理所当然。

文革说:“那我先存着,等咱们下回再摆摊儿,做本钱。”

虽说不出摊了，我还是让文革每天晚上去夜市。去夜市不是做生意，也不是考察生意，而是去等杨胖秃子取他的拉杆箱。文革在夜市上等了一个礼拜，没有见到杨胖秃子露面。第七天晚上，文革拉着拉杆箱来欧阳清如家找我，把一份报纸翻给我看，在法制版一个不起眼的位置，刊登了一条消息：餐馆老板坐庄赌球被当街砍杀。

案情陈述很简单，开餐馆的杨姓老板坐庄赌球，输球后卷走全部赌资跑路，被赌徒们在五道口截住，当街乱刀砍死。警方在杀人现场和被害者家中没有发现赌资，猜测已经被赌徒劫走。目前，警方正在缉拿参与杀人的赌徒。报纸上所描述的受害者与杨胖秃子很吻合，看得我心里一阵一阵发紧。杨胖秃子虽然没干过什么好事儿，但罪不至死啊。

第二天，我和文革前往家常菜馆，去还拉杆箱，发现菜馆大门被贴上封条。餐馆门口东侧有一家报亭，卖报的赵瘸子经常去家常菜馆吃饭，跟杨胖秃子和我们服务员都熟悉。我走到报亭跟前，向赵瘸子打听杨胖秃子的事儿，印证了我的猜测，五道口大街上被乱刀砍死的人，真的是杨胖秃子。

拉杆箱有密码锁，也不知道里面装的是什么东西。我想着杨胖秃子没有亲人可以接受遗物，只能把箱子交给警察，看看对破案是不是有帮助。和文革刚要去派出所，我突然想起来，约了中介公司的人下午三点退房子。为了照顾欧阳清如，我要搬到"白云路民政部家属大院"和他同住。

这件事是欧阳妈妈亲自找我谈的。这次谈话，欧阳妈妈收敛起她的高傲和不屑，一脸沉重地问我："金枝，我有一个一厢情愿的请求，我想请你搬去跟清如同住，以便照顾他的生活。我想这也是清如的意愿,只是他难以启齿。"

离开医院,欧阳清如一天二十四小时需要身边有人照顾,或许,他这一辈子都要在轮椅上度过,这一点我们心里都清楚。我们彼此心里更清楚的是,我这一次点头答应了欧阳妈妈的请求,大概就是一辈子的承诺。不管是出于人情,还是出于内心,我竟然觉得我是照顾欧阳清如最合适的人选。我几乎没有犹豫,便答应了欧阳妈妈的请求,那一刻,我看到她的眼睛里闪过一丝温柔的慈祥。

得知我要搬过去与他同住,欧阳清如很开心,他邀请文革一起搬过去住。欧阳清如住的房子很大,有三间卧室,还有一个大客厅。欧阳清如每天要去医院做康复训练,我一个人挪动他很费劲,文革能够搬来同住,也算是帮了我和欧阳清如的大忙。文革对欧阳清如的印象很好,觉得他跟别的北京人不一样,从来不嫌弃外地人。

出租房门口站着两个男人,都是一脸不悦的神情,大概是因为我耽误了他们的时间。两个男人进屋后, 反反复复检查着房间,恨不能用上放大镜,一会儿说冰箱门磕了好几个坑,一会儿说衣橱漆面划坏了,不但要扣除我们一百五十块钱押金,还要补交五十块钱纱窗纱门破损费。文革把防盗门打开,让两个中介公司的男人出去,他说这房子不退了,他要找几个哥们儿来住上一年,而且一分钱房租都不交。中介公司的两个男人知道文革不是软柿子,便问他怎么处理。

文革说不用处理,我带几个哥们儿来长住,一直住到你们报警,等着警察来处理好了。

即便如此，中介公司也只退给我们五十块钱，说已经算是给我们面子了。文革还想跟他们吵下去，我担心出来时间久了，欧阳清如没有人照看，便把文革拖出屋外。

我和文革的全部家当不够装满一辆黄面的，大都是一些随身用品和衣服，还有杨胖秃子的拉杆箱。平底煎锅被文革一百块钱卖掉，连同做牛肉烧饼的工具一起，买煎锅的是河北平泉人。

文革问平泉人，你会做牛肉烧饼吗。

平泉人说，没吃过猪肉还没见过猪跑吗，那玩意儿看一眼就会做。

望着平泉人推走煎锅的背影，文革愤愤地诅咒道："你们只配吃猪脖子，再也吃不上老子的牛脊梁肉了！"

看见我和文革搬来全部家当，欧阳清如脸上露出难得的笑意，他坐在轮椅上安排房间，两间南向朝阳的卧室，我和欧阳清如各占一间，剩下一间北向卧室是文革的。好在北京的冬天暖气烧得足，屋里只需穿一件薄毛衣。文革压根儿不在意卧室是南向还是北向，在北京能住进这么好的房子，他说自己以前连想都不敢想。当天晚上，我建议我们三个人开个会，我让房主欧阳清如先讲话。

欧阳清如说在家里开什么会，文革也说家里开会怪怪的。

我说："既然你们不说，我就先说几句。住在一个屋檐下，我们三个就是一家人，一家人住在一起，难免铲子碰锅沿，所以大家要相互体谅，遇事心往宽处想，不要钻牛角尖儿，任何事情都摆到台面上讲。这就是我想说的话。"

欧阳清如和文革对望了一眼，微微点一下头，大概是觉得我说的话有道理。欧阳清如清了清嗓子,说道:“首先,我要感谢你们两位住在这里照顾我,床前百日无孝子,何况我们三个人非亲非故,所以说,你们两位能来,我的内心充满感激。你们以后就把这里当作自己的家,住到什么时候都可以。另外,你们什么时候住够了,想走,我也不会挽留。”

欧阳清如说完,和我一齐瞅着文革,文革有些窘,他含糊不清地说道:“你们两个人都是好人,我愿意……愿意跟你们俩待在一块儿。”

我说:“以上,就算是三位家人的表态。下面进入会议正题,为欧阳清如先生制订一个康复计划。”

接下来,我们三个人先规划出一个康复计划作息表:

六点起床;

六点半早餐;

七点外出呼吸新鲜空气;

九点针灸师上门针灸;

十一点半午餐;

十二点半午睡;

十四点半到医院康复训练;

十八点晚餐;

十九点半按摩师上门按摩;

二十一点清洗身体泡脚;

二十二点睡觉。

自打受伤以来,这是欧阳清如最开心的一天。

我从行李里面找出老铁匠送我的那柄青铜剑，递给欧阳清如。接过沉重的青铜剑,欧阳清如白净的面庞泛起红晕,两只俊美的眼睛也有了往昔的光彩，似乎看见了自己未来能够站立的情景。

三十　邓丽君走了

自打欧阳清如出院回家之后，玉叶再也没来看过他，我想不是玉叶薄情寡义，她肯定是在逃避，逃避曾经在这栋房子里发生过的一切。欧阳清如也从来没有问过玉叶，但他经常会说一句话：再也无法站立起来的人，心态会改变，围绕在他身边的人和事也会跟着改变，我现在要做的就是接受这样的改变。

这句话的含义不言而喻，既是在安慰身边人，也是在宽慰自己。欧阳清如时常坐在轮椅上发呆，他发呆的时候是不是在想玉叶，我不知道，我也不好意思问他。欧阳清如的下肢仍旧没有知觉，我们制订的康复计划一如既往地进行着，余秘书安排的轿车每天准时来接送我们去医院，欧阳妈妈还从德国搞来一台电动轮椅车，既轻便又灵活。电动轮椅还带着一块可以拆卸的台面，欧阳清如开始在轮椅上写他的研究生论文。论文是关于周代青铜冶炼技术对礼器的影响，文革隔三岔五就要跑首都图书馆，给欧阳清如借阅资料。欧阳清如没有受伤之前，原本计划要去河南安阳,实地考察殷墟出土甲骨对青铜冶炼技术的零星记载,还要顺道去一趟山东昶山,看望恩师谭铁匠,顺便请教一些青铜铸剑的火候问题。意外受伤打乱了所有计划,包括玉叶的远离,还有我的进入。

趁着欧阳清如午睡的时候,我去了一趟北师大,我已经有四个月没有见到玉叶了。每个月初,我让文革把生活费和零用钱送交玉叶。有一天,文革回来对我说,他看见玉叶跟一个男生在一起,像是谈恋爱的样子。我觉得可能是玉叶的男同学,文革有点小题大做。

文革说,不像是普通的同学关系,他说他看见玉叶跟那个男生手拉着手。

玉叶看到我的时候,脸上的神情有些不自然,她似乎预感到我有事情找她,把我带到宿舍楼下面的小花园,问我有什么事。

我说欧阳清如出院四个多月了,你应该去看看他。

玉叶用手捋着一枝新发芽的冬青:“他问我了吗?”

我摇了摇头:“他一个字都没有提起过你,我想,他是不想成为你的累赘,才不提你的。”

玉叶摇摇头:“他心里压根儿就没有我。”

我有些生气,玉叶这样说话分明就是倒打一耙:“在欧阳清如最需要你的时候,你抛弃他,你跟欧阳清如是什么关系,自己心里还不清楚吗?”

玉叶也有些愤愤不平:“就是因为我清楚我和他的关系,我才不想去看他的。”

我已经压不住自己的火气:“你读书读成了什么东西,墨水喝多了，连自己的良心都淹没了吗？”

玉叶竟然哭了起来：“你以为欧阳爱我吗？他从未主动过，是我一厢情愿跟他接近，他被动接受只是想以这种方式来亲近你。他根本是在利用我，你知道吗？”

玉叶没有去民政部家属大院看欧阳清如，而是去了康复医院。玉叶走进康复训练室的时候，正好看见我和康复医生把欧阳清如扶进双杠里，欧阳清如用两只手臂撑在双杠上，我和康复医生帮他摆动双腿往前走。看见玉叶走进来，欧阳清如一时间没有撑住自己的身体，滑落下来的上肢靠着两个腋窝挂在双杠上，样子很是狼狈。玉叶眼泪汪汪地跑过来，帮忙一起把欧阳清如搀扶起来。康复医生说，让欧阳清如先休息一会儿，等着做下一个科目。

下一个科目是活体电击理疗，轻微的电流穿过患者的下肢，刺激身体神经恢复感知。这个科目不需要别人辅助，只要让欧阳清如躺上理疗床，在两个脚踝处戴上电流圈即可。

玉叶一旁小声问我：“欧阳哥哥还能站起来吗？”

我学着医生的口吻：“抱最大的希望，做最坏的打算，积极地进行康复训练，剩下的就只能靠运气了。”

玉叶双手合十，说道：“欧阳哥哥是个好人，好人一定会有好运气，他一定会站起来的。”

做完最后一个科目，玉叶和司机帮我把欧阳清如弄进轿车里。文革今天去了首都图书馆，帮着欧阳清如借资料去了。

欧阳清如摇下车窗玻璃，脸上挂着温和的微笑，对玉叶说：“大学里课程紧，你以后不用来看我了。”

玉叶一时间不知道该点头,还是该摇头,傻傻地愣在轿车边上。

欧阳清如不疾不徐地摇上车窗玻璃,等我上车后,他对司机说道:“华叔,麻烦您送我们俩去北京饭店,我想吃牛排了。”

这是我第一次吃西餐,心情有些紧张,碰得刀叉杯盘乱响。欧阳清如很绅士地微笑着,教我如何使用刀叉,如何用餐巾,告诉我哪个是水杯,哪个是红酒杯。我们俩喝下一瓶红酒,又要了一瓶香槟酒,一直喝到微醺。

欧阳清如问我,红酒好喝吗。

我说又酸又涩,还不如桂花陈酒好喝。

欧阳清如说,我们刚才喝的那瓶红酒叫勃艮第夜丘葡萄酒。勃艮第是法国的一个地区,全地区有四千多个葡萄酒庄,生产出了全欧洲最好的葡萄酒。这个地区出产的黑皮诺葡萄酒也很有名,黑皮诺在酒窖橡木桶里成熟的时间要比其他葡萄酒长,成熟的黑皮诺会迸发出绝妙的口感和惊人的魅力……

我看了一下时间,晚上按摩的时间到了,我催促欧阳清如赶紧回家。他却酒兴正浓,说什么按摩、针灸、康复训练都是扯淡,对他根本不管用,还说自己这辈子注定要在轮椅上度过。欧阳清如越说声音越大,惹得周围的人纷纷侧目。

我提醒他说:“你刚才不是说西餐厅不要大声说话,喝汤都不能有声音,你怎么嚷嚷开了?”

经我提醒后,欧阳清如才收住声音,却趴在餐桌上“呜呜”地哭出声来。

一顿西餐,一场酒醉,一把眼泪,大概是欧阳清如跟自己的过去做了一次告别。告别的内容应该有很多,有他的健康,有他的尊严，还有他的爱情。

我一直在想一个问题：此刻我在欧阳清如眼里是什么角色？真像他对欧阳妈妈说的那样，我们是朋友吗？朋友有很多，而且朋友不需要承担照顾他生活的义务吧？如果不是朋友，那我们之间又是什么关系呢？

有时候，我觉得自己想多了，我们不仅仅是朋友，而且还是发小，是同甘共苦一起长大的兄妹。欧阳清如现在落难了，照顾他帮助他是理所当然，我为什么非要给自己定位一个角色呢？

星期天不用去医院做康复训练，是我们的休息日。下午，华叔开车送来两个年轻小伙子，说是按照欧阳清如的要求，在中关村攒了一台电脑，今天让人过来安装。两个小伙子搬进来好几个包装箱，拆开箱子后，很麻利地组装着电脑。矮胖的小伙子一边装电脑一边向欧阳清如介绍，说这是目前中关村最高最快的配置，CPU（中央处理器）是最新的 inter586，内存 4MB，软驱光驱都带，一个光驱就八百多，显示器是 CRT（阴极射线管）的，比电视还清晰。

欧阳清如问矮胖小伙子，攒这套机子多少钱。

矮胖小伙子说，余秘书是我三舅家的亲表哥，掐头去尾一万两千七，我几乎没赚钱。

听说是这个价格，我和文革都禁不住惊呼起来，在我们桃花坞只有一个万元户，是搞养鸡场的彭启德。昶山县开万元户表彰大会的时候，彭启德死活不肯参加，说自己办养鸡场欠了亲戚朋友一屁股债，压根儿就不是万元户。桃花坞的人都知道，彭启德戴了多半辈子地主帽子，挨批斗挨怕了。

欧阳清如对我和文革说，电脑在未来会普及到社会各个角落，你们俩也要学习电脑，不然将来会找不到工作的。

文革说，这么贵的玩意儿，我可不敢碰，碰坏了赔不起。

在咖啡店工作的时候，小薇也曾经嘱咐过我，让我有机会学一下电脑。

我对欧阳清如说："你教我吧，我想学电脑。"

距离民政部家属大院不远有一家小菜市场，菜市场虽小，东西倒还丰富，日常生活都能满足。每隔三两天，我便去菜市场买一次蔬菜，欧阳清如喜欢吃鱼，还喜欢吃牛肉，我特意买了一本菜谱，凡是欧阳清如喜欢吃的菜，我基本上都能照着菜谱做得有模有样。

欧阳清如让我猜，说他有一样最想吃的东西。

我想了半天，说是羊杂汤。

欧阳清如摇头，说不是。

我接着再猜，说是雪里金疙瘩汤。

欧阳清如说："猜对了。回到北京后，我再也没有吃过那么好的疙瘩汤。"

接下来的一个礼拜，我做了四次雪里金疙瘩汤，把欧阳清如和文革撑得胃顶到嗓子眼。

菜市场门口，有一家小音像店，卖 CD、VCD，还有录音带。店老板叫小段，比我大不了几岁，但是长得瘦小，熟悉的人都叫他小段。小段性格活泛，爱笑爱说话，凡是看到面熟的人，都会冲人家点头笑着打招呼。小段为了招徕顾客，每天在店里面放最新的流行歌曲，老狼的《同桌的你》、林依轮的《爱情鸟》、戴军的《阿莲》、孙悦的《祝你平安》,我都是从这家音像店里买的 CD。欧阳清如喜欢郑钧的《回到拉萨》和田震的《执着》,但他不让我在小段店里买 CD,他说小段店里卖的都是盗版碟。我不在意盗版碟还是正版碟,只要便宜能听就好了。

今天该买鱼了,还没走进菜市场,就能听见小段的音像店里放的邓丽君的《恰似你的温柔》。小段今天很反常,阴沉着脸不跟人打招呼,自顾自地翻看一堆报纸。

欧阳清如让我给他买一张叫《肖申克的救赎》的 VCD,我走进小段的音像店,问他有没有。

小段说有,随手扔给我一张碟片,我看到上面写着《刺激1995》。

我说不是这张,我要买《肖申克的救赎》。

小段依旧愁眉不展,说:"这张碟就是《肖申克的救赎》,没文化的香港人翻译成《刺激 1995》。"

我问小段多少钱。

小段说老规矩,七块钱放不出影像来能换,五块钱不能换。

我买的都是能换的高价碟,因为有一半碟片总是放不出影像来,得不停地回来换。

找完零钱,我打趣地问小段:"干吗哭丧着脸,收到假币了?"

小段看了我一眼,问道:"喜欢邓丽君吗?"

我说当然喜欢,邓丽君是我的流行歌曲启蒙。

小段说:"邓丽君死了。"

三十一　冰火两重天

在安阳火车站下车后，早就有人举着“欧阳清如”的牌子在接站，一辆红色的桑塔纳轿车把我和欧阳清如接到安阳市招待所。我从来没有住过这么好的宾馆，房间里的地毯踩上去就像踩进了棉花垛，软软的床垫上摆着六个枕头，好生浪费。

我问欧阳清如，这样的房间要花多少钱。

欧阳清如无奈地说：“地方政府免费接待，是余秘书安排的，我事先说自己负担食宿，看这个架势不可能收我们的钱了。”

接下来几天，地方民政局派专人专车全程陪同，一位办公室主任一天三餐安排得不重样。

落脚安阳的第二天，办公室主任一大早就候在宾馆大堂里，神秘兮兮地说晚上有重要领导宴请我们，吃的全是新鲜玩意儿，就算是见多识广的北京人也没有几个吃过。

欧阳清如闻听，当即拒绝，说此行是个人为撰写论文进行调研，属于私人行为，惊扰地方领导不妥。

从殷墟博物馆出来后,欧阳清如依旧坚持回下榻的宾馆。

办公室主任见他并非故作矜持,脸上瞬间冒出一层细密的汗珠:“欧阳老师,领导们现在已经在去酒店的路上,您要在这个时候放了我的鸽子,我这个办公室主任就没法再干下去了,我的政治前途也就毁在今天,您就当是给我一个面子……”

欧阳清如打断办公室主任的话:“我只不过是一个学生,怎么会跟你的政治前途扯上关系?”

办公室主任哭丧着一张脸,把心窝子话掏了出来:“您只是个研究生不假,可您的父母德高望重啊。欧阳老师能够代表两位老领导莅临安阳,那是我们河南民政系统的荣耀,您不出席今晚的宴请,知情的说您是两袖清风不沾两位老领导的光,不知情的还以为我这个办公室主任招待不周,我算是跳进黄河也洗不清了。”

欧阳清如大概是被气乐了,嘲讽道:“我还真不知道我的父母德高望重,我只知道他们位高权重。”

办公室主任拿一副近乎哀求的眼神看着我,我俯下身,在欧阳清如耳边小声说道:“既然人家领导都安排好了,不就是去吃顿饭吗?”

晚宴上的大领导是省民政厅一位副厅长,对欧阳清如一口一个兄弟,对欧阳清如的父亲一口一个老首长,叫得欧阳清如都不好意思拉着脸吃饭。晚宴上的新鲜玩意儿果然不少,巨大的餐桌中间摆放着一个大野猪头,野猪嘴上两只獠牙朝上撅着,说明宴席以野味儿为主。

办公室主任介绍说,这头野猪今天上午还在太行山里横冲直撞,晚上就上了我们的餐桌。

吃完了地上跑的，接下来是天上飞的，办公室主任的解说词大概已经说过无数遍，前后衔接得非常流畅。他说安阳的洹河是候鸟迁徙的栖息地，还介绍了天鹅、大雁、灰鹤等珍稀飞禽的不同味道。

欧阳清如推说自己过敏，只敢吃普通的牛羊肉，随后要了一盆胡辣汤，喝完之后便告辞回宾馆休息，搞得一干地方领导很是尴尬。

我们在殷墟博物馆待了三天，征得博物馆方同意后，我拍了整整八个胶卷的资料照片。拍照也是欧阳清如教我的，他有一个尼康牌的单反相机，据说是专业摄影级别的相机，我摆弄了一路也仅仅掌握一些简单的功能。

对于现在的欧阳清如来说，出行是一件非常麻烦的事情，最让他尴尬的是大小便无法自主。时值盛夏，七月的安阳如同置身火笼，桑塔纳轿车里冷气开得十足，我们在去考察后母戊大方鼎出土地的路上，欧阳清如半道上排泄了。他肯定是第一个闻到异味的，突然伸出手，用力抓紧我的胳膊。等我反应过来的时候，轿车内已经弥漫着一股呛鼻的臭味儿。我看了一眼欧阳清如，他脸色苍白，还夹杂着羞愧和无奈，在我看他的瞬间，把脸扭转到一侧，木然地盯着车窗外。我让司机靠路边停车，并让司机和坐在副驾驶的办公室主任下车，我嘴里一个劲地道歉。

司机师傅一脸和蔼，说车里有空气净化器，喷一喷啥味道都没了。

办公室主任也是一脸可掬的笑容，仿佛什么味道都没有闻到，还问我要不要帮忙。

我赶紧谢绝办公室主任和司机师傅，待他们俩下车后，为了纾解欧阳清如的压力，我调侃道："你们北京人总说河南人种种不是，看看人家多实在呀。"

欧阳清如说："用地域来划分人群是愚蠢的做法。"

我打开背包，从里面掏出一大卷手纸，开始给欧阳清如清理。我的背包里面，手纸和塑料袋放在最顺手的地方，还有一只塑料袋里装着一条湿毛巾，清理完了用来擦干净欧阳清如的身体。

我刚刚用湿毛巾擦完欧阳清如的下体，忽然一滴水滴在我的手背上，我抬起头来，看见欧阳清如正在落泪。他哽咽着对我说："这些……本不应该由你来承受，你什么都不欠我的。"

我用干净的手纸给欧阳清如擦干眼泪，笑着对他说："你欠我的，我生怕你逃债，所以我这辈子得追着你，得把你欠我的讨回来。"

我替欧阳清如换好干净的裤子，又把四个车门打开散味道，最后把脏手纸装进塑料袋，下车找丢垃圾的地方。丢完垃圾回来，我看到司机蹲在车边抽烟，办公室主任在一旁用大哥大打电话。我们从北京出发的时候，余秘书也给了欧阳清如一部大哥大电话，说是在外旅行便于联系。欧阳清如几乎没有用过那部大哥大，他让我塞进背包里，而且一直处在关机状态。

办公室主任的电话打了很长时间，等他再次上车后，我感觉气氛似乎不对头了。

办公室主任咳嗽一声，对欧阳清如说："欧阳老师，现在各级都在抓反腐倡廉，咱们也不能太出格，今天把你们送到武官村，我得回局里开会，你们自己打车回宾馆吧。"

欧阳清如说:“没有问题,本来就不该麻烦你们。”

一直唯唯诺诺的司机摇下车窗玻璃，嘴里骂骂咧咧道:“忒他妈的臭了,这车以后还怎么开哇。”

接下来的事情更加诡异，我和欧阳清如打车回到安阳招待所已经很晚,服务员通知我们说,明天要接待一个重要会议,所有客房都安排满了,让我们另外找地方住。欧阳清如二话没说,让我收拾行李,他还坚持支付了住宿的房费,两间房总共是一千六百多块钱。

安阳的调研基本已经完成,欧阳清如跟我商量,干脆连夜离开安阳,奔赴下一站昶山。我和欧阳清如打上一辆出租车,出租司机听说我们去火车站,再加上我们俩都是外地口音,便拒绝打表,一口价报五十块钱,而且没有还价余地。

在前往济南的火车上，欧阳清如用大哥大给北京打了几个电话,均没有人接。欧阳清如一脸凝重,说肯定是家里出事了。

欧阳清如刚刚说完,他手里的大哥大响了,电话是欧阳清如的哥哥打进来的。果然不出所料,欧阳清如的父亲和母亲被中纪委“双规”谈话。

我问欧阳清如,还要不要去昶山。

欧阳清如说:“知道家里出了什么事,我就不担心了。既然是中纪委找他们谈话,我回北京也不管用,咱们按照原计划走,我真的想我师父了。”

两年没有见老铁匠，他依然精神矍铄，只是耳朵比以前背了,跟他说话得用劲儿喊。当看到欧阳清如坐在轮椅上那一刻,老铁匠浑浊的眼睛里闪烁着泪花。他用一双粗糙的大手抚摸着欧阳清如的两条腿,嘴角抖动着,不停地重复一句话:“怎么会……这样?”

数年不见,爷儿俩有说不完的话,话题从儿时扯到现在,又从现在说到欧阳清如的研究生论文。我说我要去市场买菜,便出了门,好给他们俩腾出空间来。走在昶山的街上,感觉一切比从前繁华了很多,街道两边店铺林立,卖什么的都有。我的眼睛里满是昶山县的市井风情,脑子里却一直在想欧阳清如家里的事情。我想,事情虽然发生在欧阳家里,被拎出来炙烤的,肯定是我。

三十二　潘保东变成潘志坚

玉叶交了一个新男朋友，比她大十几岁，据说是一个投资公司的合伙人。不知道为什么，我对玉叶交友这件事情总是放心不下，我让她找个合适机会，让我跟她的新男友见一面。

玉叶说她男朋友很忙，没有时间应酬。

我对玉叶说，跟女朋友的姐姐见面不是应酬。

玉叶没有接我的话茬，她问我有没有多余的钱。

我问她，要钱做什么用。

玉叶说，她想跟男朋友学着做一点投资，减轻一下我的经济负担。

我说我原先有一点积蓄，自从欧阳清如的父母被“双规”后，欧阳清如的治疗费都是从我这里开销，已经把仅有的积蓄花没了。

玉叶很是吃惊，问道：“听说前一阵子高层反腐，抓了一批高干，欧阳的父母也在其中吗？”

玉叶接着问道:“那我下个月的生活费呢? ”

我安慰玉叶说:“不会短你的生活费,我最近正在想办法。”

如我所料,我和欧阳清如都陷入困境。

最近,我们三个人的生活费都是文革出的。我已经辞退上门服务的针灸师和按摩师,好在我此前跟着针灸师学会了认穴位下针。我从同仁堂买了一副银针,每天给欧阳清如针灸。按摩好说,既然认得穴位,剩下的就是拿捏好力道,只要有把子力气,就能起到舒筋活络的作用。现在,唯一能够保障的就是每天下午去医院进行康复训练。原先请的康复专家也雇不起了,只能请普通的康复医生。即便如此,我们的费用也仅够维持到月底。

有一天,我在楼道里看到一条招聘家庭护理的信息,特意注明要找一位鲁西南地区的女性护理,雇主是民政部家属大院三号楼的,每个月护理费五百块钱。我没有跟欧阳清如商量,便去敲开了三号楼雇主家的门。

一位跟我年龄相仿的女士接待了我,她说她姓何,她父亲退休以来身体一直很好,一个月前突然中风,她和丈夫工作很忙,家里急需一位护工照看父亲。何女士又问了我的情况,还问我长得这么漂亮,怎么会来干护工。

我把自己的状况如实相告,何女士很是惊讶,说她多少知道欧阳叔叔家的情况,而且自己哥哥姐姐与欧阳清如的哥哥姐姐都是同学,因为欧阳从小在外地长大,所以她不认识欧阳清如,但是两个人的年龄应该相仿。有了这层关系,何女士不再用审视的眼光打量我,她拉着我坐进客厅的沙发里,言语里多了几分客气。我也安慰何女士,说都是一个大院的,只要时间安排得当,照顾好两位生活不能自理的人,应该不成问题。

我生怕何女士不雇用我,接着解释说,欧阳清如的生活已经养成规律,只需我按时按点帮他做清理和针灸就可以了,其余时间都可以用来照顾何女士的父亲。

何女士笑了笑,说她父亲有保姆,有司机,还有保健医生,不需要我做太多事情。

如此说来,何女士的父亲肯定也是高干,既然家里有这么多服务人员,她为什么还要雇用我?

何女士兴许是看出我的疑惑,她优雅地拍了拍我的手背,说她父亲就想有一位讲鲁西南土话的女护理陪着说说话:“我父亲在淮海战役的时候负了重伤,战地医院从当地征召大量女民兵,稍加培训就开始做医疗护理。我父亲整整昏迷了九天,多亏当地一位女护理日夜不停地照料,才捡回来一条命,所以,你在护理我父亲的时候尽量讲你们家乡的土话,每天傍晚时分过来,陪他讲讲家乡话就可以了。”

文革应聘去了一家叫天外天的餐馆做白案,他虽然没有面点师证,可当他亮出昶山牛肉烧饼的绝活后,老板当即拍板留下了他。文革向我和欧阳清如讲述这番过程的时候,脸上不乏炫耀之色,那神采压根儿不是在说牛肉烧饼,而是在讲自己如何用降龙十八掌击退天下群雄。欧阳清如家里有很多书,金庸和梁羽生的武侠小说是我唯一有兴趣的。我在书柜里还发现了那本《德伯家的苔丝》,书皮还是当年我用明星挂历包的,已经破旧不堪了。

欧阳清如在医院的康复训练改成隔天一次。改成隔天一次,不是治疗需要,而是我们快没钱了。快没钱了,不光是没有进行康复训练的钱,连治疗的钱都没有。昨天下午做完康复训练,我和欧阳清如在医院门口打车,碰巧遇见主治医生,他对欧阳清如失去了往日的热情,瞅了我们俩一眼便把头扭到一边。我突然想起上一回见到主治医生时,他谄媚地拉着欧阳清如的手,问他认不认识某某部部长家的二儿子,还说年龄跟欧阳清如相仿。

欧阳清如抽回手来,说不认识。

主治医生脸上露出失望之色,转而喜笑颜开,对欧阳清如说:"这位二公子喜欢运动,昨天踢球脚踝骨折,我给他做了三个小时的手术,很成功。"

欧阳清如拍了拍自己的大腿,说道:"我从来没有听到过不成功的手术。"

主治医生尴尬地笑了笑,在背后冲着我们喊道:"欧阳,别忘了来拆钢钉,做完手术快一年了。"

我走到主治医生跟前,问他欧阳清如是不是该取钢钉了。

主治医生斜睨我一眼,说道:"不取也成,烧的时候好多几块舍利子。"

幸亏欧阳清如隔得远没有听见,我懒得跟主治医生多说废话,便问他取钢钉手术需要多少钱。

主治医生有些不耐烦,说道:"十几个钉子一次手术取不完,准备一两万吧。"

没有钱取钢钉的事儿,我没敢告诉欧阳清如,只跟文革唠叨了几句,便匆忙赶去何女士家,陪着她父亲说家乡话。

何女士不让我管她父亲叫大爷,说北京叫大爷是骂人的话,让我称呼何老。

何老是湖北人，湖北话本来就难懂，加上他中风后口齿不清，我几乎听不懂他说什么。我们两个人，经常是一个讲山东土话，一个讲湖北土话，各说各的。大多时候，我都是没话找话说，问何老喝不喝水，吃不吃水果。何老大概明白我听不懂湖北话，示意我给他拿来纸和笔，用他没有中风的右手写道：给我讲讲怎么烙饼。

小时候，我见过我娘烙饼，也见过徐寡妇烙饼，要说烙饼烙得最好的，还得算水生媳妇。于是，我把三个女人不同的烙饼手法讲给何老听。何老听完一直摇头，他在纸上写道：这不是我吃过的烙饼。

我从小到大，在老家二十多年只见过一种烙饼，难道以前的烙饼跟现在的烙饼不一样吗？我脑子里灵光一现，突然想起昶山牛肉烧饼，便把文革做牛肉烧饼的工序讲给何老听。何老眼睛里闪烁着光泽，不停地点头，嘴里发出认可的“呜呜”声。我安慰何老，说明天就能让他吃上正宗的昶山牛肉“烙饼”。何老兴奋得像个孩子，吊着半拉嘴笑到口水流了自己一肩膀，还冲着我直伸大拇指。就在这时，浓妆艳抹的何女士走进门，她后面跟着一位戴眼镜的高个男子，看上去竟有些面熟。何女士看到自己父亲精气神好，向我报以感激的笑容，接着向我介绍身后的眼镜男子，说是她的丈夫潘先生，又向潘先生介绍我。

潘先生脸上的微笑瞬间凝固了，怔怔地望着我，问道：“你、你是庄金枝？”

我也认出了眼前的潘先生，他就是我的高中同学，也算是我的初恋潘保东。当我叫出潘保东的名字时，他脸上露出一丝丝尴尬,说他改名字了,现在叫潘志坚。潘志坚穿一身笔挺的西装,衬衣袖口上不是普通的纽扣,而是金黄色的金属袖扣。欧阳清如也有一件这样的衬衣,欧阳清如说这样的衬衣和袖扣价格不菲,也是正经西装的标配。潘志坚的眼睛里已经没有了少年时的清纯和羞涩,取而代之的似乎是热情,还有几分矜持和一些谦卑,总之,那是我读不懂的眼神。在我的眼光触碰到这样的眼神时,我便明白, 他已经不是原来的潘保东了。既然把自己的名字都改了,我想他跟从前的潘保东告别了。

何女士得知我是她丈夫的高中同学,很是惊讶,嘴里一个劲地惊呼"缘分,缘分啊",夸张的面部表情撕裂了何女士脸上的粉层,有一块细小的粉皮落在她猩红的嘴唇上,像是玫瑰花瓣托住一块坠落的头皮屑一样刺眼,以至于我不敢再看她的烈焰红唇。

何女士拉着我坐进沙发里, 兴奋地说道:"志坚说我是他的初恋,他这么高这么帅,学习成绩又好,还当班长,你们高中的女同学对他都不动心吗? 小庄,你快给我讲讲他的糗事。"

我抬头看了一眼潘保东,也就是现在的潘志坚,他脸上的神情有些尴尬,也略有一点紧张。他很快把脸扭向轮椅上的何老,恭恭敬敬地问道:"爸爸,您今天感觉怎么样? 我给您老人家带回来的灵芝孢子粉,您按时服用了没有?"

何老用鼻子重重地"哼"了一声,算是对潘志坚做了答复。潘志坚似乎习以为常,他熟练地端起杯子,给老岳父续满茶杯里的水。端回到茶几上的时候,他先把手垫在钢化玻璃几面上,避免茶杯撞击到几面发出声响,并轻声地说道:"爸爸,您喝茶。"

我回过头来,笑了笑,对何女士说:"追求他的女同学肯定不在少数,可潘志坚是个一心攻读圣贤书的好学生,没有工夫搭理追求他的女同学。”

何女士优雅地笑着:“追他的女同学既然不在少数，我不相信没有他心动的,小庄,你跟我说说追他的女同学都是什么样的人,是不是这其中也有你呀？”

瞬间，我觉得脸颊发热，像是被人现场捉奸了一般局促起来,虽然我从未遭遇过那样的窘境。客厅里的气氛稍显僵硬,就在我不知道如何作答之时,潘志坚笑着解围道:“慧茹,你不要难为金枝,金枝是好学生,高中三年心思都在学业上,怎么会浪费时间谈恋爱。”

何慧茹故作惊讶状:“这么爱学习,居然没有考上大学吗？”

还没有等我回答,潘志坚说道:“金枝考上了大学,但是她为了照顾年幼的妹妹,自己放弃了读大学的机会。”

何慧茹皱起眉头:“你为妹妹牺牲自己的人生，将来会不会后悔？”

三十三　玉叶有了新男友

欧阳清如的手术时间预约在下周一，他所有直系亲属都在接受审查，我只好代表他的亲属签字。我犹豫片刻，在关系一栏里填上了“妻子”。欧阳清如想接过签字表看，我没有给他，直接交给了主刀医生。

欧阳清如问我做手术的钱从哪里来的。我说是余秘书给的。

欧阳清如脸色有些难看，说余秘书比他妈被抓还早。

我改口说：“是我卖牛肉烧饼的积蓄，因为不想让你觉得欠我的钱，所以才说是余秘书给我的。”

欧阳清如将信将疑：“你和文革卖牛肉烧饼能赚这么多钱？”

我说：“当然了，我们俩天生就是做生意的料。”

等欧阳清如睡觉后，文革问我手术费从哪里搞到的。

我说还没有搞到。

文革说：“没有手术费，咱们下礼拜拿屁股给医院踢？”

我说：“我来想办法。我去做护理的那一家是高干，高干家的姑爷是我的高中同学，现在辞去公职，在一家房地产公司当副总。”

第二天是星期天，何慧茹和丈夫潘志坚会在何老家待上一天。我下午提前出门，去了一趟文革打工的天外天家常菜馆，买了六个文革亲手煎制的昶山牛肉烧饼，急匆匆地赶回民政部大院。何老最近用了一种德国进口的溶血栓药物，身体康复了不少，说话也比以前清晰很多。

何老一眼认出我手里的烧饼，大声地说道：“是这个，就是这个……烙饼。”

何老对昶山牛肉烧饼的热情感染了潘志坚两口子，他们一人拿着一个烧饼，吃得满嘴流油，满口喷香。

何老举着牛肉烧饼，对潘志坚说：“我问你多少回了，你说……你说……你老家的烙饼没有馅儿……这不是馅儿吗？”

我笑着对何老说：“这不能怪他，您老问的是烙饼，我们老家管这个叫烧饼。”

何老的心情很好，甚至开始关心我的工作，问我日后有什么打算。

我说我来北京是为了陪妹妹读大学，等她大学毕业后，我就准备回老家。

何老说回老家太可惜，中国的农村现状堪忧，生活远远比不上大城市。

何老还把女儿和女婿叫过来，让他们在公司里给我安排一个职位。何慧茹和潘志坚都爽快地答应了。

我心里清楚，如果我在此刻提出借一大笔钱，肯定会很煞风景，可是我没有办法，欧阳清如明天就要做手术，我只能豁出我的脸皮。就在我鼓足勇气张嘴的时候,门铃声突然响起来,我把要借钱的话生生咽回肚子。

保姆走进客厅回话，说是门口有个叫文革的人，有急事找我。

我的第一反应是欧阳清如出事了。我急忙奔到门口,问文革什么事儿。

文革一脸镇定,眼角眉梢张扬着喜气,让我稍稍安心。文革示意我跟他回去,可我心里还牵挂着借钱的事,推说还有点事要处理,让他先走。

文革大概知道我的心事,他说他把大事儿解决了。

我只好随着文革先回家,欧阳清如正在书房里看书,文革朝着我招招手,示意我进他的房间。进门后,文革轻轻关上房门,从床底下拖出一只旅行箱,正是杨胖秃子留下的那只箱子。文革两眼闪烁着兴奋的光亮,他蹲下身子慢慢掀开旅行箱,像一个大变活人的魔术师要掀开箱子时的神情。旅行箱被打开了,出现在我面前的不是“活人”,而是一箱子散堆着的钱,全都是百元大钞。我和文革把旅行箱的钱全部倒出来清点，数钱数到我俩手抽筋儿才数清,总共是六十九万八千七百块。

文革抑制不住地兴奋，他说自从在报纸上知道杨胖秃子的死因后,他就怀疑箱子里装的是赌球的赌资,所以他一直想打开箱子看个究竟。

我和文革坐在手术室门外的连椅上,等着欧阳清如做手术。手术费总共交了一万两千块钱，用的都是杨胖秃子旅行箱里的钱。虽经文革反复劝说,说这些钱是不义之财,也是无主之财,拿来救人算是为杨胖秃子赎罪,可我心里还是觉得不踏实。

文革说,如果不用这笔钱来给欧阳清如做手术,你打算怎么办。

我说应该交给警察。

文革说,交给警察,警察就要一笔一笔去找赌球的人落实,这等于给警察添麻烦。

文革还说,不义之财,人见分一半,活该欧阳清如福大命大造化大。

我说,如果按照"人见分一半"的规矩,剩下的一半怎么办。

文革说不用担心,剩下的一半归他来处理。

趁着等待欧阳清如做手术的空当,文革跑出去买了两部汉字显示的寻呼机。

我问他买寻呼机做什么。

文革说,咱俩在外面工作的时候,欧阳哥哥有事可以随时找到我们。

我说仅仅是为了欧阳清如找我们,买个数字寻呼机就可以了。

文革说,数字机还得回电话,汉显机直接说事儿,多方便啊。

文革把一根漂亮的金属链子挂在寻呼机上,接着说:"摩托罗拉汉显机别在腰上多气派,姑娘见了也会多瞅我两眼。"

欧阳清如接连做了两次手术,先后从体内取出来的钢板钢钉有一斤多重。做手术之前,欧阳清如就向主刀医生提出要求,说要把这些钢件儿收藏起来,因为这些东西曾经是他身体的一部分。

一个月后,欧阳清如又能坐轮椅了,但是下肢依旧没有任何感觉。

欧阳清如大概已经完全接受了自己，他经常安慰我和文革，说这就是他的命："年龄越大，宿命感越强，觉得所有经历都是冥冥中注定的。"

我在玉叶的宿舍没有见到玉叶，她床上的被褥都在，可同宿舍的人说她搬出去一个多月了，偶尔回来住一两晚上。听到这个消息，我觉得血往头上涌，玉叶不住宿舍会住在哪里，我从同学们的脸上也能猜到。同学们给了我玉叶的寻呼机号，我在宿舍楼下面的公用电话亭呼了玉叶。不多会儿，玉叶回电话了，说她马上回宿舍，让我在楼下等她一会儿。果然，十多分钟后，穿得花枝招展的玉叶出现了，气色倒也红润，一副风风火火的样子。

我问她，最近一个月住在哪里。

玉叶对我的询问很不满意，她说这是她的私生活，别人无权干涉。

我说："我不是别人，我是你的姐姐，也是你在法律上的监护人，我给你提供学费和生活费，我有权利过问你的私生活。"

大概是玉叶觉得自己把话说过了，便软了话锋，承认自己现在跟男朋友同居。

我很是气愤，我说一个女人没有结婚，怎么可以跟男人同居。

玉叶闻听，哈哈大笑起来："姐，现在都是什么年代了，你怎么还像个老古董一样不开窍？咦，你用上汉显机了，我用的才是数字机。我现在有重要业务做，好姐姐咱俩换一下呼机好不好？"

我问玉叶，你一个大学生不好好读书学习，做什么业务。

玉叶说,她现在跟着男朋友做金融,业务主要是在大学里开展,回报非常丰厚。

我问玉叶,你这么小的年纪知道什么是金融,万一被人骗了怎么办。

玉叶说她的上线是自己的男朋友,哪有做生意被自己男朋友骗的。

我说不过玉叶,便把这个月和下个月的生活费及零用钱一起给了她,还额外给她两百块钱,让她给自己添置点衣服。

玉叶有些意外:"姐,你最近挣了不少钱吧?有没有多余的钱给我做金融,比存银行的利息高出好几倍。我认识一个大款,在我这里存了二十万,每个月的利息够他吃香的喝辣的。"

我只跟玉叶换了寻呼机,没有把杨胖秃子的钱交给她去做金融,因为那些钱压根儿不属于我。

三十四 冯南燕

我进金城房地产公司工作快一年了,我的运气真不错,一进入正规大公司上班,国家就开始实行双休日。对于我这个长年在底层打工的女人来说,双休日简直是奢侈,除了让我有充沛的精力工作之外,也有更多业余时间来照顾欧阳清如。

我已经做到公司行政后勤副主管。公司的工作流程,我基本烂熟于胸,至于传真机、复印机等办公设备,我也能熟练掌握。最难学的要数电脑,好在我有欧阳清如这个好老师,他手把手教会我如何使用办公软件,我现在甚至能够独自安装 Windows95 操作系统。

金城房地产公司的总经理是潘志坚,也是我的初恋,只不过这初恋已经像初恋那年的烟云,消散得无声无息亦无踪。何慧茹也在这家房地产公司上班,但是不挂任何职务,员工们对她更为恭敬,都称呼她何总。何慧茹有一间独立办公室,面积比总经理潘志坚的办公室还大,也更豪华,据说她用的那张缅甸花梨木桌面就值三十万。何慧茹大概是皮肤不好的缘故,喜欢化浓妆,粉涂得很厚,口红也选择扎眼的猩红色。我从来不化妆,也不会化妆,看到她每次出差都要带上两个大化妆包,我都会替她觉得麻烦。何慧茹在公司里的做派和在家里完全不同，简直是判若两人,她的脸上几乎看不到笑容。在我到公司上班的半个月里,公司开除了两名员工,都是因为工作中一点小小的失误,其中一个还是潘志坚的远房亲戚。我的上级行政主管背地里唠叨过,说开除员工都是何总一句话。

潘志坚一上班就端坐在自己办公室里喝茶,很少出来走动,如果他走出办公室,只可能做两件事情,要么去洗手间,要么去何慧茹的办公室。需要签字的文件,都由秘书送进潘志坚的办公室。潘志坚对待员工的态度倒是很和气,眼神一如既往地让人读不懂,也摸不透。

文革辞去了天外天的白案工作,正在筹划着再次创业,这次他选择开炸鸡店。他花了五万块钱,从一个香港人那里买了炸鸡配方,一旦配方试验成功,就准备开加盟店。为此,他抱着计算器算了一晚上账,第二天早晨红肿着眼睛宣布,要用一年时间买一套三环里面的三居室,还要买一辆桑塔纳 2000 轿车。

欧阳清如问他,创业的本钱从哪里来的。

文革支支吾吾地说是问朋友借的钱。

欧阳清如不同意文革这么快自己创业,劝他再打几年工,等时机成熟了再说。文革觉得机不可失,他已经开始四处寻找营业场地了。

欧阳清如的研究生毕业论文顺利通过，他下一步计划着开一座窑炉，亲自铸造青铜剑。欧阳清如最近还有一个奇怪的行为，不断地变卖家里的物品，先是卖了家里的钢琴和德国座钟，后来又把家里一些瓶瓶罐罐卖了。来收物件的人都是三三两两的，说的全是古董行里的术语，我基本上听不明白。三三两两地上门收物件，不是为了人多壮胆，欧阳清如说他们是怕“打眼”。“打眼”也是欧阳清如告诉我的，说是古董行里有人买了假货，叫作打眼。

一个星期天，来了一位小眼睛的中年人，他是独自一个人登门的，欧阳清如称呼他马先生。马先生很健谈，从一进门开始，嘴巴就没闲着。他踅摸了一圈，最后敲定了一对明代的圈椅，还相中了一只梅瓶。欧阳清如用手摩挲着那只梅瓶，眼神中露出不忍之色，片刻后，他开价两千块。马先生也是一个怪人，反回头朝欧阳清如还价，居然是还高价，给了三千块钱。看到欧阳清如讶异的神情，马先生双手捧起梅瓶，说道：“这只梅瓶是乾隆年间官窑出品，市场价格至少值五千块钱。”

接下来，马先生劝欧阳清如不要急于出手手里的东西，说自己正在写一个电视剧剧本，等拿到稿酬后会给欧阳清如一个公道价格，收走他想卖的物件。

马先生带着圈椅和梅瓶走后，欧阳清如说：“马先生眼睛虽小，格局挺大，看东西也比较准，日后必定成为古董行里的大家。”

这个双休日加班，金城房地产公司召开股东代表大会，公司全员都不休息。从我们后勤行政部门复印的材料中，我才知道金城房地产真正的大佬叫陈正坤，他是金城房地产公司的董事长。

开会那天，股东们陆陆续续走进会议室，按照桌牌落座。所有股东聚齐后，唯独董事长陈正坤没有露面。足足等了半个小时，何慧茹和潘志坚才陪同一个瘦高个中年男人走进会议室。看到三个人进来，全体股东起立，与三人握手寒暄，嘴里称呼中年男人董事长。瘦高个中年男人正是董事长陈正坤，他苍白的面庞上架着一副粗框玳瑁眼镜，镜片后面的眼神半是忧郁，半是愤怒。众人重新落座后，我负责给大家发放会议材料，走到陈正坤面前时，他抬头看我一眼，我突然间觉得在什么地方见过这个人，可一时间又想不起来。自来到北京后，我干的大都是服务工作，咖啡店，餐馆，摆摊卖烧饼，见过的人大概已经成千上万了，没准在大街上有过一面之缘的人也会觉得眼熟。

股东大会由总经理潘志坚主持，议事议程都是事先安排好的，按部就班地进行，一切都很顺利。会议进行到第二天下午，出现戏剧性一幕，因为两个最大股东持股变更，董事会临时决定以投票方式选举新董事长。两个最大股东便是陈正坤和潘志坚。

当潘志坚宣布选举新董事长的时候，陈正坤拍案而起，怒叱道："既然要做生意，就要遵循商业规矩，股份公司是生意场，不是官场！"

潘志坚神情自如，他下意识推了推鼻梁上的眼镜，回应道："金城的第一大股东是我，我现在要求董事会重新选举新董事长，我的行为既不违背商业规矩，又符合《公司法》的要求，而且金城公司章程里的第五项第二条明确规定，公司的第一股东有权召开董事会，并推举董事长的人选。陈董事长觉得哪里不妥呢？"

陈正坤站起身来，由于情绪激动，他的身体轻微地前后摇晃了一下:“公司上市前经过三轮融资,原始股份被稀释是正常的,这些经验和知识也都是在《公司法》颁布之后,公司领导层逐渐认识并接受的。原始股东曾经有过一份共同签字的文件,同意我代持股份,如果按照这个规定执行,我陈正坤依然是金城的第一股东。”

陈正坤的一番话说得有理有据,引得董事会众人纷纷点头。

潘志坚毫不示弱,他用手敲击两下桌面,说道:“作为原始股份代持人,你无权代表股份持有人签字,这一条在《公司法》里也有明确规定。”

陈正坤冷笑一声:“我倒是很希望原始股份持有人亲自出来签字,可以吗?”

会场之上瞬间安静下来,大家似乎都在屏住呼吸,期待着潘志坚作答。潘志坚的眼神有些恍惚,他瞟了一眼何慧茹,何慧茹也正在看着他。此刻,我正好站在潘志坚身后,何慧茹投向潘志坚的眼光如同刀子一般,看得我禁不住打了一个冷战。

何慧茹不疾不徐地站起身来,语气也是不紧不慢地说道:“既然大家对原始股份持有存在争议,这次股东大会暂时告一段落吧,散会。”

我没有想到房地产股份公司里会出现这样的场面,一个会议可以开到剑拔弩张。好在这些都是高层股东之争,神仙打架,距离我这个底层员工太远,我只要干好我的本职工作,这场风暴理应不会吹到我头上。

待股东们散去后,我开始收拾桌子上的会议资料,就在这时,我的寻呼机响了,我一看号码是欧阳清如的,便急忙给他回电话。欧阳清如心情似乎不错,他让我下班后早点回家,顺道买一点新鲜鱼虾和蔬菜，说是晚上有两位朋友来家里做客，还说要介绍他的好朋友给我认识。按照欧阳清如的叮嘱，我还去了便宜坊叫了一只外卖烤鸭，连同鸭架一起带回家。不要鸭架的确很吃亏，我觉得厨师大都图省事，留在鸭架上的鸭肉远比削下来的多。

回到住处，我看见一男一女两位客人已经到了，欧阳清如正在客厅里同他们说话。

欧阳清如指着留长发的精瘦男人向我介绍说："这是我的好朋友冯南燕，中国著名的户外攀岩专家，也是北京燕南飞户外俱乐部的创始人。另外，他还是女人们人见人爱的潇洒风流帅哥。"

冯南燕性格外向，他用一双攀爬过岩壁的大手紧紧地握了握我的手，黝黑的脸庞衬托着两排雪白的牙齿，致使他的笑容显得夸张又热情。我讨厌留长发的男生，但是冯南燕的长发乌黑油亮，质地好过很多精心护理的女人的长发，让我还能勉强接受。

我问冯南燕："清如是跟着你去攀岩摔伤的吧？"

冯南燕脸上呈现出一丝黝黑的尴尬："是啊是啊，我一直对欧阳心存内疚。"

欧阳清如急忙岔开话题："都是过去的事情了，不要再提了。"

冯南燕身后站着一个年轻的女孩，长得不算好看，也不招人讨厌，整张脸上唯一能够拎出来赞美的，是一双漆黑的大眼睛，澄明又有光泽。

欧阳清如与这位女孩不熟，冯南燕介绍说："这位是小格，是我母亲老家二舅母的亲侄女，想要来北京打工。"

我让他们坐下说话，我去厨房准备饭菜。小格倒也朴实，跟着我直接走进厨房,一起忙活起来。

小格是广东韶关人, 普通话说得像是出门忘了带舌头:“我听不懂两个大男人说的什么,还不如跟你进厨房干活呢。”

看到小格性格爽朗, 我也跟她开起了玩笑:“你讲不好普通话,也听不懂普通话,怎么在北京打工?”

小格很认真地说道:“没有啦,我听得懂普通话,只是听不明白他们俩谈话的内容。”

我耐心地对小格说:“既然出来做事,就要学会倾听,不仅要学会倾听,还要理解人家讲话的意图,这样才能把事情做好。”

小格一边洗黄花鱼,一边说道:“反正我也不到外面打工,只护理欧阳老板一个人。他人挺好的,跟我讲话的时候也不难懂。”

我有些吃惊:“你是来护理欧阳清如的?”

小格忽闪着那双漆黑的大眼睛说道:“是啊, 以后厨房里的活儿我全包了。我煲的广东靓汤很好喝,还有腊味煲仔饭,欧阳老板肯定会喜欢的。”

三十五 人财两空

文革及时赶上了饭点儿，欧阳清如把冯南燕和小格又介绍了一遍，我当时还冒出一个念头：将来可以把小格介绍给文革当媳妇。

文革说他在公主坟找到一处地方，开炸鸡店很是理想，但是租金太高了，他准备跟房东软磨硬泡把价格砍下来。

看来这个家伙一心想用杨胖秃子的钱来创业，既然是无主之财，我还真想不出一个让自己心安的处理办法。算了，就像文革说的那样，老天不灭大傻瓜。既然都说命运是公平的，我权当这笔钱是对我不幸人生的一种补偿吧。明天就去给自己做个头发，我听何慧茹说有个同性恋开了一家发廊，手艺很是不错，生意火得不得了。不管怎么说，我现在是京城一家房地产公司的中层白领，我也得学着讲究一点儿。最近这两年，我才算把我那双比男人还粗糙的手保养过来，不管是手心还是手背，再也看不出石灰烧过的痕迹，用玉叶的话说，我的手终于温润如玉了。美的东西就会让人心生愉悦，我现在看着、摸着自己的手，也觉得赏心悦目。

吃饭的时候，冯南燕不停地帮我夹菜，还教会我卷烤鸭饼，吃得我满嘴流油时，他立刻递上餐巾纸。因为我的手里捏着烤鸭卷饼，冯南燕竟然顺手帮我擦去嘴角的鸭油，搞得我有点不好意思。我知道自己是骨子里比较传统的女人，对这种初次见面就大献殷勤的男人，压根儿就没有什么好感，尤其是他还导致欧阳清如下肢瘫痪。不过，话又说回来，如果欧阳清如没有横遭劫难，他现在应该是跟玉叶在一起，我也不可能出现在他的身边。即便如此，我还是希望欧阳清如能够站起来，哪怕是让我再次远离他，我也愿意在远处默默地看着他，只要他安康，我的心里就满是阳光，虽然有一点点酸涩。

就在大家吃到开心处，突然响起一阵敲门声，文革起身去开门，带进来的人竟然是玉叶。玉叶双眼有些红肿，肯定是刚刚哭过。

欧阳清如有些尴尬，但他还是很礼貌地请玉叶入座一起吃晚饭。

玉叶说吃过了，她过来找我有事商量。

我赶忙起身，带着玉叶进了我的房间，问她出了什么事儿。

玉叶还没有张嘴，便扑进我的怀里哭了起来。我知道出了大事，不然玉叶不会哭得这么委屈。我轻轻地拍着玉叶的后背，想让她的情绪稳定下来，可她就是不肯收声，眼泪鼻涕沁湿了我半拉肩膀。

直到冯南燕和小格告辞后，玉叶才告诉我，她怀孕了。

听到这个消息，我既震惊又难过，忍不住开口骂了玉叶："你做事情从来都不考虑后果，现在，你连脸面都不顾及。读了那么多书，你没有读明白做女人该有的尊严，你太让我失望了。”

玉叶突然抬起头来，怒视着我说：“你凭什么教训我，你有资格吗？我第一次来月经的时候，你为什么不告诉我女人开始月经就有怀孕的可能。我有了男朋友之后，你为什么不告诉我做爱的时候要戴安全套。”

玉叶的质问让我愣怔了片刻：“我跟你一样，从来没有人告诉我这些，可我知道女人活着要有女人的尊严。”

玉叶愤怒地吼道：“你秉持的不是女人的尊严，那是传统女人的虚伪和懦弱。我爱一个男人，我敢告诉他，你爱欧阳清如，可你从来没有对他说过我爱你，你什么时候才敢真诚地面对你自己？”

这时，响起了敲门声，接着传来欧阳清如的声音：“你们提我什么事儿？需要我帮忙吗？”

我没有开门，站在屋里回复欧阳清如：“不需要，你去休息吧，这是我们的家事。”

欧阳清如的询问，浇灭了我和玉叶蹿上心头的火。是啊，我们俩毕竟是一家人，因为我少不更事的一次告状，让玉叶从未得到母爱的呵护，因此，我更有责任像母亲一样挺身而出，保护玉叶的周全。

我走过去，紧挨着玉叶在床边坐下来，轻声问道：“你男朋友怎么说？”

玉叶抽泣着说：“我找不到他，他已经失踪半个月了。”

玉叶接着说：“这还不是最糟糕的，孩子我可以打掉，他忽悠我在学校里做高息金融投资，我帮他吸纳了五十多万的投资，全被他卷跑了。”

如此看来,玉叶怀孕的确不是最糟糕的事情。

我深吸一口气,强作镇静,问玉叶接下来准备怎么办。

玉叶擦干眼泪,说道:“先把肚子里的孩子打掉,然后……我想去上海。”

我问玉叶,为什么要去上海。

玉叶说:“我在北京待不下去了,同学们整天围堵宿舍,问我要钱。”

我站起身来,对玉叶说道:“不行! 你不能离开北京。”

玉叶惊恐地望着我,问道:“为什么?”

我说:“你还有两个月就大学毕业了, 我不能让你半途而废。”

玉叶说:“目前这种状况,如果同学们把事情闹大了,学校肯定会把我开除,而且……还可能要负刑事责任。”

我站起身来,在卧室里来回走了几趟,下定决心要帮着玉叶渡过难关。我曾经答应过我娘,要把玉叶抚养长大。让玉叶大学毕业,是我对母亲的承诺的兑现,就算是拼尽全力,我也要搏一把。

我转身出门,玉叶问我去哪里。

我说:“我马上回来。你先稍微冷静一下,所有问题都有解决的办法和可能。”

我走到隔壁,轻轻地敲了敲文革的房门,文革大概也在担心玉叶,他问我出了什么事儿。

我把玉叶被男朋友骗去做金融投资的事情复述一遍, 没有说她怀孕这一节。

文革闻听火冒三丈:“她男朋友在哪儿,把他找出来,我非宰了这孙子。”

我说那是警察的事儿，我们当务之急是要帮助玉叶渡过这一劫。

文革问我,怎么帮她。

我说,唯一的办法就是帮她把欠同学们的钱还上。

文革面露难色,说他准备用那笔钱来开炸鸡连锁店。

我对文革说:“先给我救急吧。就当是我借你的,等我以后有了钱,肯定还你。”

文革撇了撇嘴:“这钱本来就不是我的,还什么还。”

我对文革说:“这钱也不是我的,迟早有一天,我们要把这钱还回去,不然它会像一块石头一样压在我的心头。”

文革问道:“把钱还给谁?”

我说:“还给需要它的人,只有这样,它才能还回我的清白。”

文革摇摇头，从床底下掏出一个存折给我:“所有钱都在里面。”

一个小时前,我还在想着去京城的高级发廊做头发,享受这笔无主之财。此刻,因为想帮着玉叶渡过劫难,我居然对文革说出这番截然不同的论调,连我自己都吃惊不小,到底哪一种才是我真实的想法?我知道,我在玉叶身上从来没有原则,可我不知道我没原则已经到了虚伪的程度。此刻,我甚至想把我的虚伪也归到我对玉叶的责任上。这个世界上,为了一种责任,是不是就可以对其他事情不负责任呢?

我向公司请了两天假,待在北师大,帮着玉叶把欠同学们的钱如数还上，包括当初承诺的高息。

接下来，我陪玉叶去了医院，一场突如其来的春雨把我们俩浇个精透。在妇产科医生们鄙夷的目光里，玉叶走进手术室，做了人工流产。此情此景，让我想起我娘生玉叶那天，也是下着大雨。二十二年前的那场大雨带走了我娘，带来了玉叶。今天这场大雨，又带走了一个无辜的小生命。我还在想，我娘当时的状况如果发生在今天，她肯定不会死，如今医疗水平提高了，很少听说医院生孩子会死人。可在二十二年前，女人生孩子就是过鬼门关，大人和孩子都命悬一线。

我不知道自己胡思乱想了多久，妇产科的手术室门被打开，玉叶躺在病床上被一个矮胖的女护士推出来。我急忙起身迎上去，矮胖女护士撇着嘴，对我吩咐道："回家后在马桶上多坐会儿，把下面的血排干净，不要洗盆浴，卧床休息两三天。"

我看到玉叶苍白的脸上挂着细密的汗珠儿，她紧闭着双眼，一个嘴角在微微抽搐。

我问矮胖护士："给她吃什么？"

矮胖护士有些不耐烦："鸡鸭鱼肉高蛋白都能吃，别吃生的冷的硬的。"

我用手擦掉玉叶额头上的汗水，才发现那些汗水冰凉如雨水。玉叶轻轻地"哼"了两声，她的两条大腿紧紧地并拢在一起，轻轻地搓动着，我似乎感觉到自己的下身也在隐隐作痛。

我没有让玉叶回学校，在医院门口叫了一辆出租车，直接把她带回民政部家属大院欧阳清如的家。我的钥匙刚刚插入锁眼，房门便打开了，前来开门的是小格。

看到我诧异的眼神，欧阳清如抢先解释说："小格以后来家里做事了。”

欧阳清如看着我搀扶着脸色苍白的玉叶，吃惊不小：“玉叶怎么了？”

我说：“玉叶身体有点不舒服，要在这里休养两天。”

我搀扶着玉叶走进我的卧室，小格跟了进来，悄声问我：“玉叶姐姐是不是刚刚做了人流？”

我白了小格一眼，小格狡黠地笑着：“我去年刚刚流过一次，没事儿，我去给玉叶姐姐煲个莲藕山药乌鸡汤喝。”

玉叶一觉睡到傍晚，醒来后喝了两大碗小格给她煲的莲藕山药乌鸡汤，精气神恢复不少。玉叶躺在床上，一直没有出卧室的门，大概是不想跟欧阳清如照面。

玉叶小声埋怨小格：“你只给我喝鸡汤，怎么不给我盛一点鸡肉吃？”

小格瞪着漆黑的大眼睛说：“这汤煲了五个小时，鸡肉、莲藕、山药的营养都进汤里了。”

玉叶用疑惑的眼神看着小格，小格笑道：“煲完汤的肉，我们广东人叫汤渣，从来不吃的，只有你们北方人才会要汤渣吃。”

玉叶不相信小格的话，出言揶揄道：“给我喝汤，肉都被你吃了吧？”

小格见玉叶还是将信将疑，便转身去厨房，给她盛来满满一碗鸡肉和莲藕。

玉叶夹起一块鸡肉放进嘴里，嚼了起来，一边嚼一边说：“怎么经你一说，我觉得这鸡肉真像是木头渣子。”

听着两个女孩说话，我觉得挺有意思，一个精明，一个质朴，一问一答，两个人的性情全在话语里表露出来。突然，我的寻呼机响起来，我一看是潘志坚的大哥大号码，急忙去客厅给他回电话。

潘志坚问我晚上有没有时间，让我到何老家里去一趟："我有重要事情跟你商量。"

三十六 秘密会议

何老家的会议一直开到深夜，参加会议的有何老、潘志坚和何慧茹，还有一位金城公司的副总兼财务总监。原来，何老在位时，大力扶持陈正坤开办房地产公司，并由陈正坤为何老代持30%的股份。公司经过三轮融资后，其他原始股东的股份都被稀释，按行业惯例也包括何老的股份。何老退下领导岗位后，便安排女儿女婿先后进入公司，准备接手股份。但是，女儿女婿与陈正坤的经营思路发生严重分歧，这才有了先前的股东大会，旨在由潘志坚取代陈正坤的董事长位置。

我很奇怪，这么高规格的私密会议怎么会让我一个外人参加，所以，我自始至终以一个旁听者的身份低头不语。

何老中风后治疗效果不错，虽说还有些口齿不清，但基本上能把话说明白。他说道："坚持拿回30%的原始股权，只是逼迫陈正坤让出董事长职务的一个条件，这一点务必要让其他股东明白。陈正坤为代持股票签字是他犯下的致命性错误，所以，他要为自己的错误付出代价。”

潘志坚问道：“我们可以接受融资稀释后的股份，是这样吗？”

何老点点头：“只有遵循商业游戏规则，才能取得其他股东的信任，做事情还是要讲规矩、守信用。千万不能让人觉得我们在以权压人，挤走陈正坤才是我们的首要目标。”

一直不怎么说话的何慧茹，从包里抽出一个卷宗袋，说道：“这是陈正坤的全部历史资料。陈正坤的父亲陈炳文是资本家，曾经垄断过整个上海的纺织原料生意，国共内战期间的政治主张倾向于国民党，他之所以没有跟着蒋介石去台湾，是因为他母亲不忍离开故土。陈正坤高中毕业后，在山东昶山的农村当过知青，因为生活作风问题被迫离开农村，从此再也没有回去过，以至于他的档案关系到现在都还滞留在昶山县……”

何慧茹提到“昶山”，让我不由得浑身一震，陈正坤、昶山、知青、生活作风……一系列关键词听过后，我的脑袋仿佛被什么东西击打到了一样，天哪！怪不得我觉得陈正坤眼熟，原来他就是桃花坞当年的知青陈嘉树，也就是我娘的情人、玉叶的亲生父亲，我的大脑瞬间一片空白。直到潘志坚大声对我说话，我才回到现实中来，原来是何老问我话，我却走神回到了二十年前的昶山桃花坞。

何老歪着中风过后的嘴，含着舌头说：“我这辈子，真是跟昶山有缘啊。”

开完会，临出门的时候，何慧茹对我说，从明天开始，你就是金城公司的后勤行政主管。

我问何慧茹，原来的行政主管呢。

何慧茹说他是陈正坤的人,已经被公司开除了。

接下来,金城公司内部的陈潘之争进入白热化。陈正坤开始每天到公司办公,来得比我早,走得比我还晚。公司里管理层像走马灯一样,双方都在拼命开除对方的嫡系。我知道,我在金城公司的日子也不会长久,因为我是潘志坚这边提拔起来的中层管理者。先前,我以一个高中毕业生的身份拥有一份北京城里的白领工作,我很享受也很珍惜。每天,我都是带着愉悦的心情走进金城公司,对待公司后勤部的事情就像处理家事一样尽心。现在,公司里的气氛很是压抑,大家做事情提心吊胆,生怕得罪哪一方领导,沦为派系斗争的牺牲品,这让我很别扭。

我很想把这些事情跟欧阳清如聊一聊,让他帮我分析一下公司的局面,我到底该何去何从。欧阳清如最近也很奇怪,好像在刻意回避我,如果不是我主动找他说话,他几乎可以一两天不理我。即便是我没话找话说,他也是敷衍了事。最让我不能忍受的是,欧阳清如把家里的所有事务都交给小格做,包括给他擦洗身体这样的私密事情。我觉得欧阳清如疏远了我,而且是越来越远,以至于我开始怀疑,我和文革住在这里是不是多余。一天吃晚饭的时候,冯南燕传呼我,约我一起去看电影。我不清楚冯南燕是什么意思,他既然是欧阳清如的好朋友,也应该知道我和欧阳清如的关系……我和欧阳清如是什么关系?未婚关系?男女朋友?情人?是啊,我和欧阳清如是什么关系?我自己都不明白,冯南燕又如何清楚。

我放下电话,对欧阳清如说冯南燕约我去看电影。

欧阳清如闻听后似乎很开心,他还叮嘱我穿得漂亮一点。

我心里有点恼火，故意挑了一件玉叶送我的低胸鸡心领T恤，穿戴好后，我问欧阳清如如何。

欧阳清如很认真地左右打量着我，而后向我挑起大拇指。

临出家门的时候，我看到欧阳清如正在书房里教小格用电脑，两个人有说有笑，我心里酸酸的，迈出门口那一刻，我的眼泪滴落在低胸鸡心领上。

等我赶到首都电影院的时候，冯南燕已经在门口等候了，他穿着一件正红色的阿迪达斯T恤，分外醒目。冯南燕一手抱着一桶爆米花，一手抓着两瓶可口可乐。抬起手腕来看时间的时候，一瓶可乐从手中滑落，他迅速抬脚，把即将落地的那瓶可乐踢起来一人多高，再用胸口和手臂接住，不仅反应机敏，样子也是超级潇洒。看见我走过来，冯南燕轻轻甩一下一绺耷拉下来的长发，把一瓶可乐递给我，顺手揽着我的后腰走进影院。上台阶的时候，我赶忙加快脚步，让我的后腰甩掉冯南燕的大手。

电影很精彩，是中国引进的好莱坞大片《勇闯夺命岛》，尼古拉斯·凯奇和肖恩·康纳利也是我最早认识的好莱坞电影明星。以至于很多年后，凡是由这两个人出演的电影，我几乎每部都会去看。看完电影，冯南燕跟我兴奋地讨论着电影。他坚持要再来看一遍，还问我要不要一起重看。

我说最近公司很忙，经常加班，不确定什么时候有时间。

冯南燕说没关系，他会将就我的时间。

从首都电影院出来后，冯南燕问我要不要吃点东西。

大概是看电影太过紧张的缘故，虽然已经吃过晚饭，我还是觉得有点饿。

看到我迟疑，冯南燕说："不着急，我知道你吃过晚饭，我们可以去王府井吃北京小吃去。"

我们俩一边走一边聊天，往东经过空旷的天安门，又经过我和欧阳清如一起吃过西餐的北京饭店，一路走到王府井。在一条小吃街上，冯南燕点了两碗豆汁、两个焦圈、一份炸灌肠、一份麻豆腐，我们俩坐在一张露天小餐桌上，吃得很是开心。

在送我回家的路上，冯南燕问我想不想跟他交朋友。

我敷衍他说，我们已经是朋友了。

冯南燕说不是普通朋友，是做男女朋友。

我说不行，我有男朋友了。

陈正坤没有开除我，是我自己主动辞职离开金城公司的。

我辞职的原因是因为我升职了，我由行政后勤部主管升职为采购部主管，据说这是全公司最肥的差事，先前的主管是陈正坤的亲戚，被潘志坚找借口开除了。何慧茹找我谈话的时候，我坦言自己不懂业务，胜任不了这份重要的工作。

何慧茹说不需要我懂业务，她会给我配一位精通业务的副主管，协助我的工作。

我问道："为什么不让那位精通业务的副主管做主管？"

何慧茹说："原材料纷纷涨价，供应商们不再以项目签合同，要求以年份重新签合同，我需要有一位信得过的人来签这一系列采购合同。"

我理解何慧茹的心情，陈潘两方相互掣肘，都在公司的重要岗位上安插自己的人，并且找机会开除掉对方的嫡系。在何老家开完会不久，那位公司的副总兼财务总监被陈正坤借一起徇私舞弊事件开除了。

走马上任后，我和采购部副主管夜以继日跟众多供应商见面，商谈合同。每一份合同签完后，供应商都是欢天喜地，一个劲地称谢。我禁不住疑惑起来：供应商们为什么如此开心？我询问副主管，我们的合同没有什么漏洞吧。副主管说，没有任何问题，这是公司法务部提供的标准合同，只是付款日期缩短了。

我问副主管，为什么要缩短付款日期。

副主管说："我是农村出来的，农民工赚的都是辛苦钱，常常忙活一年拿不到工资，我觉得心里很不好受。现在有关方面正在治理拖欠款，我们不能被人抓住小辫子。"

我又问副主管："缩短付款时间，符合公司的利益吗？"

副主管说："这些钱早晚都是要支付的，缩短付款时间唯一的好处，就是能够让农民工兄弟早一天拿到钱。"

我觉得副主管说的有道理，这样做生意也算是积德行善，所以，我对接下来的合同更加没有异议。不到一个月的时间，金城公司跟所有供应商签完新合同。潘志坚和何慧茹对我的工作效率大加赞赏，当月还给我加了薪水。

我总觉得这份高薪高职的工作太过容易，难不成做高级白领比底层打工还容易？闲暇时，我把自己做采购部主管以来的工作梳理一遍，梳理重点是新签订的一系列采购合同。我去公司法务部要来一份标准合同，再找出我签过的采购合同，一字不差比照下来，就像副主管所言，除付款日期缩短之外，其余的连标点符号都一字不差。即便如此，我还是有些隐隐的担忧，总觉得哪里出了纰漏。我的第六感一向准确，这让我感到深深的不安。

三十七　玉叶大学毕业

玉叶大学毕业了,我长舒一口气,算是对九泉之下的我娘有了交代。但也有一个不好的消息,从今年开始,大学毕业生不再包分配,需要自主找工作。这一点,让我备感失望,原指望玉叶大学毕业就能端上铁饭碗,可现在毕业后连工作都没有,这算什么大学毕业。

直到现在,我也没有把找到玉叶亲生父亲的事情告诉她,我不知道如何开口。玉叶已经是一个能够独立生存的成年人,她有权利知道自己的身世,我想我是在等待一个合适的机会。

玉叶倒也不怎么惶惑,她觉得自己找工作也好,可以遂自己的心愿。她还安慰我,说包分配就像包办婚姻,遇到什么样的坏男人都得接受。

玉叶开始四处投递简历找工作,每天忙着应聘考试,她最终去了一家大广告公司做市场,还问我有没有可能把金城公司发展成为她的客户。

我对玉叶说:“看机会吧,我介绍你跟金城公司的董事长见个面。”

文革的炸鸡店创业计划暂时搁浅下来,白白糟蹋了五万块钱。加上水生媳妇最近生病,文革已经回昶山老家半个月了。由此,我也想起我的父亲,下个月初他就刑满释放,我准备请假回去看我爹。

趁着文革回老家,我也想跟欧阳清如谈一谈,告诉他,我想从他家里搬出去住。之所以避开文革,是因为谈话有两个结果,一是欧阳清如不同意,坚持让我和文革继续住在家里,因为他承诺过,这里是我们三个人共同的家;二是欧阳清如同意我和文革搬出去。如果是后者,无论文革愿意与否,我们都会从这个家里搬出去。如果是前者,权当什么事情都没有发生,文革更无须知道中间的波折。

今天是周末,我想选择今天晚上跟欧阳清如摊牌。下班时间快到了,我收拾整理完办公桌,桌子上的电话铃骤然响起。电话是冯南燕打来的,约我晚上去蹦迪,我说我晚上跟欧阳清如有要紧事情商量。

冯南燕说那就不蹦迪了,问我明天可不可以跟他一起去攀岩。

我说我看到欧阳清如的今天,就会痛恨攀岩,说完便挂断电话。

自从听说我有男朋友之后,冯南燕沉寂了一段时间,最近又开始频繁约我看电影、吃饭。我承认,冯南燕是那种让女人很容易喜欢上的男人,他幽默、开朗、爽快,且热情如火,融化一个女人是分分钟的事儿。对于冯南燕，我已从最初的不讨厌到现在有点暗暗喜欢，但我想到此为止，只作为好朋友交往。

回到家中，严格意义上来说，是回到欧阳清如的家中，小格和欧阳清如在下围棋。小格很聪明，学东西特别快，欧阳清如也喜欢教她。几个月下来，小格不仅学会用电脑，还学会斗地主、麻将、围棋、象棋、国际象棋。看到我进门，小格跟我打个招呼，说今天晚上吃炸酱面，她和欧阳清如吃完了，让我自已煮面拌酱吃。

欧阳清如却没有抬头，自顾自地盯着棋盘，好像是在思考棋局。欧阳清如的冷淡让我的心就像针刺一样痛，每一次冷淡就会在我的心上扎上一根针，针扎得多了，我也就慢慢习惯了。我做梦也没有想到，他会变成今天的样子。有时候，我也会替欧阳清如着想：大概是他横遭变故后心理发生变化，他已经是一个残疾人，我为什么要跟他计较呢？每每想到这里，我就会忍气吞声，当什么事情都没有发生。每个难以入眠的深夜，我都是用这样的方式，来把自己心上的针一根根拔出来。

我进卧室把外套换下来，借着还热乎的面汤煮好面，拌进去两大勺小格调的酱，稀里呼噜吃起炸酱面。突然，我觉得味道不对，紧接着嗓子眼发紧，呼吸也跟着急促起来，而且不停地剧烈咳嗽。此时，小格似乎觉得我不太对劲，欧阳清如也抬起了头。

我问小格："面酱里面……是不是放了花生酱？"

小格瞪着本来就很大的眼睛，点点头："芝麻酱没了，我放了半瓶花生酱。"

欧阳清如说道："糟了！金枝花生过敏。"

欧阳清如边移动轮椅，边对小格说："快，端一杯清水，还有，我床头柜抽屉里有一瓶扑尔敏，快拿来。”

服用了扑尔敏，又喝了两大杯清水，在沙发上躺了半个小时后，我才缓过来。看到我没事，欧阳清如和小格继续去下围棋，我不由得火从心头生，大声斥责道：“小格，你怎么可以用花生酱做炸酱面，差点害得我没命，你知道吗？”

小格有些委屈：“对不起呀，我不知道你花生过敏。”

欧阳清如说：“小格每天为我们做饭洗衣打扫卫生，样样都做得到位，她不知道你花生过敏，这事儿不能怪她，如果要怪就怪我吧，是我疏忽了。”

我从沙发上坐起来，对小格说：“小格，请你回避一下，我有事情跟清如谈。”

小格站起身来，怯怯地看着我和欧阳清如，似乎是不知道该去还是该留。欧阳清如冲着她点点头，小格这才进了她的卧室兼阳台。

等小格把阳台的门关上，我才对欧阳清如说：“我想搬出去住。”

欧阳清如的嘴角轻轻地抽动一下，没有说话。

我接着说道：“文革也会搬出去，我会通知他的。”

欧阳清如干咳了一声：“也好，我们都应该有各自的生活。”

这一刻，我忽然觉得嗓子眼发紧，任凭我咬着嘴唇强忍，眼泪还是滚出眼眶。我说：“从搬进来那天起，我就没有想过要搬出去，我把这里当成自己的家，把你当成自己的亲人，可是我错了……”

欧阳清如镇定自若：“时代在变，人也会变，我们谁都无法确定未来。日子过到什么份儿上，我们左右不了。”

我压抑住激愤的心情："你一直倡导人文关怀，我们一起经历了那么多，难道你不留恋，不怀念吗？你的人文关怀呢？你的爱呢？"

欧阳清如说："爱的方式有很多种。"

我问道："你现在对待我的方式，也是爱吗？"

欧阳清如沉默了片刻，不疾不徐地说道："相对于有些人说的'只爱人类，不爱人'，我想说，虽然人类很愚蠢，但我仍然爱一个个活生生的人，相信人性中的纯真和美好，愿普天下的生灵各得其所。"

欧阳清如顿了顿，接着说道："阿伦特的话可以引用在这里，'我这一生中，从来没有爱过任何一个民族、任何一个集体，不爱德意志，不爱法兰西，不爱美利坚，不爱工人阶级，不爱这一切。我只爱我的朋友，我所知道、所信仰的唯一一种爱，就是爱人'。"

这一夜，我告诫自己不再流泪，我要把心上的针全部拔掉。每一根针都是一次伤害，每拔掉一根针都是一次伤害的回放，而且，拔出针的时候也会流出血。这一夜，我强忍住泪水，却流出血。我讲不出欧阳清如那么高深，又那么似是而非的大道理。我只知道，我和欧阳清如的缘分尽了，我应该理智地跟他挥手告别，开始我自己的生活。

辗转反侧到后半夜，我还是难以入眠，便给冯南燕打电话，说要跟他一起去攀岩。

冯南燕接到电话很开心，说明早八点半在小区门口接我，是一辆白色的考斯特面包车。

冯南燕跟欧阳清如完全是两种人，一个热情如火，一个宁静如水。我是一个被动的人，从来想不起主动为自己去争取什么，看上去似乎有些不求上进。这些年来，一切变故都非我所愿，我更像一片无根的浮萍，随波逐流，随遇而安。所以，我喜欢冯南燕身上那股炽热的主动劲儿，我应该与这样的人做朋友，也让自己有机会享受一下被温暖的感觉。

三十八　一个商业陷阱

接到陈正坤的电话时，我跟冯南燕正在听中国登山家王勇峰的讲座,我赶紧捂着大哥大跑出报告厅。上个月,金城公司为中层管理者每人配备一部大哥大电话,通话费由公司报销,要求每天二十四小时开机。

陈正坤在电话里的声音很严厉,他问我现在哪里。

我说在中国地质大学,听一个攀登珠穆朗玛峰的报告。

陈正坤的语气没有半点缓和,他让我二十分钟内赶到公司。

现在已经是晚上九点整,我顾不上回报告厅跟冯南燕解释,用大哥大拨通寻呼台,给他留了一条信息。我急匆匆奔出地质大学,在校门口打上一辆夏利出租车,直奔金城公司。在出租车上,我给潘志坚打了一个电话,说陈董事长让我即刻回公司,但是不知道原因。

潘志坚说他也接到陈正坤的电话，他现在和何慧茹正在赶往公司的路上,他还安慰我说:“放心吧,有什么事儿还有何总和我给你撑腰呢。”

等我走进公司会议室的时候，看到潘志坚、何慧茹、财务总监和几位副董事长已经先我而到，众人面色凝重，似乎是出了天大的事情。陈正坤坐在他惯坐的位置上，桌子上摊着一堆合同文本。

看见我进来，陈正坤指着桌子上的合同文本，厉声喝问：“新的供应商合同，都是你负责签订吗？”

我的脑袋“嗡”的一声，我说：“是，都是我签订的。”

陈正坤看着我的眼睛，接着问道：“是谁授意你缩短付款日期的？”

我不卑不亢地回道：“没有人授意，农民工赚钱不易，加上主管部门治理拖欠农民工工资，我不想公司被人抓住小辫子。”

陈正坤冷笑一声：“看来你还是一位活菩萨呀。为了这个，你就把合同的付款期限改成月结，是吗？”

我说：“我没有修改合同的一个字，采购部副主管把合同交给我的时候，付款期限就是月结。”

陈正坤声调越来越高：“采购部的副主管呢？现在就把他叫来。”

我说：“副主管上个月底辞职了。”

陈正坤抓起合同文本，狠狠地摔在桌子上：“这是设计好的商业陷阱，用给供应商月结付款方式来掐断公司的现金流，目的就是要搞垮金城公司。这件事情必须查个水落石出，必须有人出来承担责任。”

所有合同上都有我的签字，我肯定是第一责任人，可我很是纳闷，给供应商及时付款，怎么就会把金城公司搞垮呢？我弯腰从地上捡起一份合同，问道：“做生意不就是一手交钱一手交货，我们月结付款就能搞垮金城公司吗？”

听见我的问话，几位副董事长不约而同发出嗤之以鼻的“哼哼”声，陈正坤指着我问潘志坚：“这就是你突击提拔的采购部主管，她连中国最基本的商业规律都不懂，你把她提拔到这么重要的岗位，是什么目的？”

潘志坚看了我一眼，说道：“庄金枝为人诚实，做事情从来没有私心，她的业务能力的确有欠缺，但是可以学习和锻炼嘛。至于在用人失察方面，我应该负责任。”

我说：“我会承担我该负的责任，但是，我真的不明白，为什么我们月结付款会搞垮公司。”

陈正坤站起身来，走到我跟前，用小学老师教孩子的口吻说：“房地产项目从开工到完工是一个很长的周期，所需资金都由房地产公司筹措，直到项目交付使用才能拿到回款。有了回款，公司才能支付各个供应商的材料欠款，这是所有房地产公司的普遍做法。你私自把付款合同改成月结，等于把公司所有预算资金全部用来支付供应商，必然掐断公司的资金流。房地产公司如果资金链断了，就等于自毁前程，你明白了吗？”

听完陈正坤的解释，我的脑袋继续嗡嗡作响，原来我隐隐不安是有道理的，这个世界上哪里会有这么简单的事情，让我一个不懂业务的农村丫头坐享高位……

就在我头昏脑涨之际，我听到何慧茹说：“现在不是讨论谁负责任的问题，应该想办法调配资金来弥补这个窟窿。”

陈正坤说：“最近央行缩紧银根，金城公司的贷款额度已经用完了，到哪里去调配资金？”

潘志坚说："我有办法搞到资金，但是，资方需要由我做金城公司的董事长，才肯拆借资金给我们。"

一周之后，我带着玉叶和辞职信走进金城公司，我没有去见潘志坚和何慧茹。即便是坑了我的人，我也不愿意他们与我尴尬面对。我推开阻拦我的秘书，径直走进陈正坤的办公室。看见我和玉叶进门，陈正坤有些愕然，怔怔地看着我俩。

我把辞职信放到办公桌上，对陈正坤说："陈董事长，我是来辞职的。"

陈正坤问道："是你自愿辞职的吗？"

我说："没有人逼我，辞职是为我的失职负责，也为我的人品负责。"

听说我是来辞职，同行的玉叶大吃一惊，她在一旁碰了碰我的胳膊，大概是在示意我慎重行事。

陈正坤把目光转向玉叶，问我："这位女士是……"

我把玉叶往前推了半步，介绍道："这是我的妹妹庄玉叶，她在一家广告公司做市场。我很早就答应她介绍你们认识，我怕日后再没有机会走进这间办公室，所以今天把她一起带过来了。"

陈正坤说："你辞职的事情暂缓再议，我不怀疑你对公司的忠诚，我只是担心有人利用你的无知。"

我轻蔑地笑了笑："是我的无知赢得了你的宽容吗？"

陈正坤说："还有，因为你是昶山人。"

我看着陈正坤的眼睛，说道："我不仅仅是昶山人，我还是桃花坞人，我还是郭文茵的女儿。"

陈正坤颓然倒在老板椅里，睁大眼睛望着我，一字一顿道：

“桃花坞，郭文茵……你是文茵的女儿？”

我点了点头：“看来，你真的是陈嘉树。”

陈正坤又看了一眼玉叶，问道：“她……是你同父异母的妹妹吗？”

我说：“不，她是我同母异父的妹妹。”

“你……母亲当天去世了，我躲在卫生院的墙角看见了，你哪里……哪里来的同母异父的妹妹？”

痛苦的记忆闸门被打开，我的泪水止不住流出来。我对陈正坤说：“我娘生下玉叶后，把玉叶托付给我，她才走的。”

陈正坤低下头，似乎也在回忆当年的情景：“不对，不对，我明明看见你爹抱着一个死婴出来，后来……后来，我听到医生说文茵死于难产，我这才离开昶山，而且，而且这辈子都不想再回去……”

玉叶抱着我，也跟着哭起来，她问道：“姐姐，你们在说什么，我怎么听不明白。”

突然间，我想起一个细节，我对陈正坤说：“没错，我娘进去后，手术室里面还有一个当天下午生产的死婴，助产的瘦女人把死婴交给我爹，让我爹出去把孩子扔掉。”

陈正坤“啊”地叫出声来，他缓缓站起身，两眼紧紧盯着玉叶：“这些年来，这些年来，我一直以为文茵和孩子一起走了，没想到……你叫什么名字……玉叶，是吗？”

陈正坤和玉叶相互凝视着，良久之后，两个人四目垂泪，似乎是从彼此的五官上印证出了血脉同源。

陈正坤绕过宽大的老板桌，走向玉叶，想要拥抱她。玉叶突然一把推开陈正坤，并冲着他怒吼道：“不要碰我！”

陈正坤此刻已然浊泪横流:“是我不好,孩子,让你受苦了。”

玉叶已经瘫坐在沙发里,她双手捂着脸,失声痛哭起来,像是一个受了天大委屈的孩子。

这一夜,我彻底失眠。

我娘的死让我整整背负了二十年的枷锁,在今天与陈正坤当面锣对面鼓敲打完后,我感觉轻松了许多。没错!陈正坤才是导致我娘死去的最直接“元凶”,在潜意识里,我对我娘和玉叶有多内疚,就对陈正坤有多愤恨。而我娘的所作所为,也让我为之不齿,即便是她跟我爹没有爱情,也应该光明正大去离婚,再跟陈正坤结婚,而不是用偷情的方式贻害整个家庭。我能想象到我爹的痛苦,所以,我能够原谅我爹的消沉和怨恨,那是一个中国底层农民再正常不过的思维。

这一夜,我的脑海里回放了我坎坷波折的二十年,直到听见洗手间的门被人推开,我才发现天色已经亮了。

三十九 我爹出狱了

在淄博王村监狱接待室里，我整整等候一个下午，直到下班时，一位心不在焉的中年狱警才想起帮我查询我爹的资料。他翻了两摞登记簿，抬起头告诉我："庄正德出册了。"

我问道："出册是什么？"

中年狱警瞅了我一眼："出册就是出狱回家了。"

我接着问道："什么时候的事儿？"

中年狱警看一眼登记簿："一个多月了。"

我有些愤怒，翻看一眼登记簿就能知道的事情，偏偏拖上一个下午才通知我，害得我今天晚上无法赶回昶山。

中年狱警对我的抱怨浑不当回事，他斜睨着我说，有本事你去告我呀。

我从包里掏出大哥大手机，对狱警说："你告诉我你们领导电话，我要投诉你。"

大哥大在地方上还算是个稀罕物，狱警看到我手里的大哥大，即刻换上一副笑脸，说着服软的话，打着哈哈走出门去。

这时候，接待室里只剩下我一个人，另外还有一个穿着劳改服装的中年男人正在用墩布拖地。

我无奈地叹口气，拎起行李准备出门，突然，那个打扫卫生的中年劳改犯叫住我："你是金枝吧？"

我愣住了，怎么还会有一个劳改犯认识我？我仔细看着眼前这个剃着秃瓢的中年男人，觉得他很是眼熟，突然，我想起来了："你是桃花坞的彭军？"

劳改犯点点头："我是彭军。"

我问彭军："你怎么在这里？"

彭军摇摇头，苦笑一声："我这几年跟着一个包工头在济南和北京干建筑工。工头拖欠两年的工钱不发，到了年底，拿不到钱怎么有脸回家过年。我喝了点酒，跟几个工友一起把包工头打伤了，是我挑的头，就被判了半年，入了册。"

我问彭军："拖欠的工钱拿到了吗？"

彭军说："法院进行调解，拿到的工资扣了一半给包工头治伤。"

我自言自语道："干一年苦力活，拿不到工钱，真是丧尽天良。"

彭军问道："你是来接正德叔的吧？他上个月就出册了，现在应该回桃花坞了。"

桃花坞跟我离开的时候没有多大变化，一样的破旧，一样的冰冷，一样的看不见桃树。

进村子后，我一时茫然了，祖屋已经卖掉，我该去哪里找我爹？正在踌躇之际，忽然听到有人叫我的名字，我回头一看，居然是徐寡妇。

徐寡妇已是满头白发，身体越发肥胖了，她蹒跚着走上前来，抓住我的手说："闺女呀，婶子好几年没见你，你怎么越发俊俏了。听说你陪着玉叶去北京读大学，自己也做上大生意了，还经常救济穷人。"

我说："没有做大生意，做了个小买卖，最后干不下去了，现在给人家打工呢，婶子。"

徐寡妇脸上略显失望："婶子又不问你借钱，你怕个啥哩，瞧你这一身穿戴，哪里像个打工的。"

我对徐寡妇说："不信您可以去问问文革，看看我是不是在给人家打工。"

徐寡妇说："俺们就是听文革说的，他说你比考上大学的玉叶有出息，还说你将来会是桃花坞最有能耐的人。"

我笑着说："这孩子真能信口胡诌，婶子，您知道我爹住在哪里吗？"

徐寡妇指着后山说："你爹在后山北坡上搭了个草棚子，你去那儿找他吧。"

上了北坡，我看到一位老人弓着腰正在玉米地里锄草，从消瘦的背影上看，应该是我爹。我站在他背后，叫了一声"爹"。

老人费力地直起腰，缓了缓上肢才转过身来，那感觉就像是刚才锄地的时候，他的上下肢已经脱节，待要停下来，先得用腰把上下身体对接着合上。

我爹苍白的脸上渗出一丝笑意，怔怔地望着我，说道："回来了？”

我爹那声淡淡的“回来了”，就像是我从镇上的中学放学回到家，他习惯的一句问话，浑不像经过牢狱大灾之后的重逢。我爹变化很大，黑发变得灰白，鸡翅木一般的脸也变成苍白色，大概是七年囹圄不见太阳，把他捂白了。

我问我爹，这是谁家的玉米。

我爹说：“是咱们自家的责任田，这些年一直荒着长草，我回村当天就来种上玉米。咱们做农民的，站在地里种庄稼才接地气呀。”

说完，我们俩都沉默了，这是我和我爹之间的常态，无话可说。为了避免尴尬，我爹又弓下腰，挥动锄头锄草。

过了会儿，我爹问道：“玉叶大学毕业了吧，在哪儿上班？”

我对着我爹的后背，说道：“玉叶去了一家广告公司，她让我问您好，要不是工作忙，她也想回来看您。”

我爹“哦”了一声，没有中断劳作。

我掏出纸巾，擦了一把脸上的汗水，继续冲着我爹的背影说话：“爹，歇会儿吧，当心中暑。您住哪儿？”

我爹再次直起腰身，一只手拄着锄头，另一只手指着玉米地上方的大青石，说道：“俺在那儿搭了一间草棚。”

那块大青石就是埋葬庄疯子的地方，庄疯子活着的时候，每天傍晚都会坐在大青石上吹《鹧鸪飞》。夕阳日暮，伴着孤独的笛声，是我童年世界里仅有的艺术启蒙。许多年来，我总觉得自己将来的人生，也会像庄疯子一样孤独和凄凉。

看见我在擦汗，我爹收起锄头，说他草棚子里有凉茶和西瓜。

说完，我爹扛起锄头，自顾自地朝着大青石走去。

这是一间不能再简陋的草棚，四根碗口粗的木梁戳在坡地里，在距离地面半身高的地方架着两块旧门板，门板上面铺着一条凉席，凉席上放着半个切开口的西瓜，有几只苍蝇趴在上面。草棚的上方罩着一块塑料薄膜，薄膜上方盖着一层马尾草，方便下雨的时候顺雨水。在大青石的另一侧，就是庄疯子的坟堆，坟堆上的杂草显然被刚刚清理过，还披上了一层泛着黄色的新土。坟堆旁，我爹当年栽种的两棵桃树已经有碗口粗，枝繁叶茂。

我对我爹说："您不能住在这里，跟着我去北京吧。"

我爹挥手赶走西瓜上的苍蝇，说道："北京城哪里是俺这种老农民待的地方，俺的根儿在这里，哪里都不去。"

我说就算是不去北京，您也不能住这荒山野岭坟地里。

我爹切开半块西瓜，递给我一块，我还没有伸手接，他又缩回手去，用刀把西瓜上端削去薄薄一层，才又递给我。我们爷俩坐在凉席上吃着西瓜，四面透风的草棚里倒也凉快。我爹吃完西瓜，又端起一个印着"抓革命促生产"的白色搪瓷缸子，"咕咚咕咚"喝着凉白开。自打我娘死后，我爹就开始"咕咚咕咚"喝水，小时候，我总觉得我爹是要把我娘坟子里的雨水喝干。

我吃了两块西瓜，暑气消掉大半。我对我爹说："说什么也不能让您住在这里，这事儿传出去不好听。您为闺女上学卖掉祖屋，闺女大学毕业了，您却住进草棚子。"

我爹说："到俺这个岁数，住在哪里都一样。"

我爹的语气让我觉得伤感，我想开个玩笑让气氛轻松一点。我说："您毕竟做过大队书记，是桃花坞的政治人物，住在这里让人笑话。"

我爹苦笑一声:“狗屁政治人物,刮大风的时候,风才是势,俺们这些虾兵蟹将名义上是在跟着干革命,其实俺们就是风里的尘土,落不落地全看风是什么心情。如今风平浪静,大家都忙着赚钱,俺们这些当年干革命的,连一坨臭狗屎都不如了。”

我爹难得讲这么多话,我咂吧着话里的沧桑与无奈,心中也是万分感慨。

沉默了好一会儿,我对我爹说:“就算您不想离开桃花坞,也不必非住在这里。”

我爹说:“这些年,村里能种地的人都出去打工,庄稼地全荒了。我跟水生商量过,准备把这片荒山承包下来种桃树,桃花坞的桃树是我带头砍掉的,现在,我想把桃树重新栽上。再过个十年八载,桃花坞还是十里桃花。”

我爹的一番话惹人遐想,我似乎已经看见数年后桃花坞的春天,漫山遍野开满粉艳艳的桃花,春风吹来,雪片一般的花瓣纷纷飘落下来……

突然,文革从草棚下面冒出头来,笑着对我说:“金枝姐,听说你回来了,我娘让我来叫你回家吃饭,还说让你晚上住在俺家。”

我问文革,他娘的病好了没有。

文革说他娘没病,是装病让他回来相亲。

我说:“相亲是好事,相中了没有?我这一趟回来,干脆把你的喜酒一起喝了。”

文革说他不想在老家找媳妇,说是去相亲,其实是去应付一下他娘。

接着,文革把我拉到草棚边上,小声嘱咐我说:“那些钱还剩了几万块，我以为我娘病了，就全带回来了。我娘问我钱的来路，我说是你做了大生意，我跟着你赚的钱，你可得替我兜着，不要说漏了底。”

四十 彭伯庸

召平镇上有一条河，叫小清河。小清河常年流水不断，我小的时候常常看见男孩子们在河里抓鱼摸虾。这几年，小清河上游建了三家镇办企业，一家电镀厂，一家化工厂，还有一家油漆厂，三个工厂的废水污水全都流进小清河。昔日的小清河变成如今的臭水沟，别说鱼虾蛤蟆，连苍蝇蚊子都找不出一只。河两岸堆满垃圾，遇上刮风天，塑料袋飘满整个召平镇。至于臭味儿，那要看刮什么风，西北风臭了召平镇，东南风臭了桃花坞。

小清河上有一座气派的石头桥，小时候，我跟着我爹和我娘每次走过这座桥，我爹就会跟我娘炫耀："这座石桥是俺们村彭老财主他哥哥出钱造的。"

我娘每次也都用同一句话回应我爹："你们整天批斗造桥修路的善人，以后谁还做善事？"

如此一来一往，我爹觉得没有意思，就不再说这件事了。

如今的小清河石桥，臭归臭，脏归脏，却成了召平镇一处热闹地方。召平镇上那些不愿意外出打工的人，每天早晨都会聚集到桥上，等待着用工的雇主把他们带走。不愿意外出打工不是因为懒，而是这些人都在外面打工吃过亏，要么白干一年被包工头骗，要么家里的老婆偷汉子，所以很多人宁可少赚一点钱，就图在家门口过省心日子。

我要盖三间新房子，我爹最终没有拗过我，他的条件是在草棚子原址盖房子，说什么都不肯回村里住。庄水生做过盖房子的包工头，按照他的估算，盖三间青砖大瓦房需要八个大工、十二个小工。沙石、砖瓦、水泥、房梁、木料，按照庄水生开的清单，上个礼拜都备齐了。我大概估了一下，我的积蓄正好能够把这三间青砖瓦房盖好，还能把生活日用品添置上。

一大早，我蹬着自行车来到小清河桥上，准备雇工盖房子。我爹不放心我一个女人来雇工，随后也赶到小清河石桥，我们爷俩来得太早，工人们还没有到。

我拍着石桥上的栏杆，没话找话说："修石桥的人早就化成尘土了，他修的桥倒是还有人走。"

我爹抽着旱烟，说道："所以说，人还是得做事，不能整日里混吃等死。"

我问我爹："彭老财主哥哥家里有多少亩地，那个年头能修这么气派的一座桥。"

我爹说彭老财主的哥哥不是地主，他在昶山县城里开酒作坊，那个年头粮食少，酒作坊更少，方圆几百里都喝昶山县酿的昶山老窖："彭老财主的哥哥叫彭伯庸，闹义和团那年，他就进了县城酒作坊当学徒。学徒不到半年，酒作坊就被义和团砸了，酒作坊老板一家人被义和团填进酒缸活活淹死，只有一个七岁的儿子钻进酒糟里躲过一劫。等义和团散去后，酒作坊的伙计们各自收拾行李准备散伙，彭伯庸站出来留住众人，说是要辅佐少主人，重新振兴昶山老窖。自此之后，彭伯庸尽心尽力打理酒作坊的生意，自己主动承担酒作坊经理一职，把昶山老窖不仅卖到河南、河北、江苏、安徽，就连北京的鲁菜馆里卖的都是昶山老窖，生意好到供不上酒卖。虽说昶山老窖还有一位少主人，可这孩子不成器，年纪轻轻就染上大烟瘾，整日里不是窑子就是烟馆，根本不过问酒作坊的生意。”

我插嘴道："彭伯庸辅佐的少主人，就像是诸葛亮辅佐的阿斗，都属于烂泥扶不上墙的主儿。”

我爹接着我的话说："酒作坊的伙计们也是这么说，都劝彭伯庸废了少主人，自己另立门户。可彭伯庸从来不为所动，还斥责伙计们，说不管做生意还是做人，都要以诚信立本。不过，彭伯庸倒霉也是因为他太讲诚信。1942年赶上河南大灾荒，连累到周边几个省捐粮，政府还下令所有酒厂作坊都不准酿酒。彭伯庸跟人家签了合同供酒，他是个看重诚信的人，不肯停产毁约，便想了个折中办法，先给政府捐了两万斤粮食用于赈灾，然后继续偷着酿酒，以兑现契约。酒作坊有一个伙计，因为偷酒被彭伯庸惩罚过，一直怀恨在心，便去政府告密说彭伯庸偷着酿酒。政府本来还想嘉奖彭伯庸捐粮，可既然有人告密就得调查，一查就把彭伯庸查到大狱里了。”

我问我爹："彭伯庸什么时候修了这座石桥？”

我爹说："河南灾荒一过，政府就把彭伯庸放了。他出狱那年赶上大涝，小清河淹死一个男娃儿，彭伯庸请示少主人，拨钱修了这座石桥。1949年后，搞公私合营，政府把酒作坊的少主人抓起来枪毙了，把酒作坊改名叫昶山白酒厂，把彭伯庸作为被资本家常年压榨的工人请回来当了厂长。当年，那些力劝彭伯庸废了少主人另立山头的伙计们都佩服彭伯庸有远见，没有另立山头，保住了自己一条命。彭伯庸仍旧没有给那些伙计们好脸色，但是也没敢再斥责那些伙计们，因为工人当家做主了。1959 年又赶上闹饥荒，这一回，彭伯庸接受教训，命令酒厂停产，把仓库的粮食拿出来捐给周边的灾民，结果又被抓进监狱。”

我吃了一惊："这回抓彭伯庸是什么罪名？"

我爹说："那个年月到处都在促高产放卫星，彭伯庸把酒厂停了是破坏革命生产，私分公有财产更是杀头的罪。彭伯庸被抓进去不到一个月，就上吊自杀了。"

等我爹讲完彭伯庸的故事，桥头上的农民工们已经聚拢了不少。他们三三两两围在一起，要么说下流笑话，要么"诈金花"赌钱，脸上一点看不出工作无着落的惶惑。

我锁好自行车，从口袋里掏出雇工清单，冲着一堆掷骰子的农民工喊道："谁是瓦工？"

几个农民工扔下骰子，火烧屁股似的跳起身，争先恐后朝我奔过来，有的人边跑边从腰里掏出刮板，挥舞着像是要过来砍我。

我让大家不要拥挤，问他们谁是大工，谁是小工。

众农民工尚未开口，便有两个小混混打扮的人挤进人群。一个烫头的卷毛小混混嘴里斜叼着香烟，冲着我说："在召平镇雇工干活，得经我大哥同意，你清楚吗？"

我问道："你大哥同意了吗？"

卷毛小混混说:“交了用工费,我大哥就同意了。”

我故技重施，从包里掏出大哥大来，说道:“那我只好报警了。”

卷毛小混混劈手夺过我手里的大哥大，在手里摆弄着:“哟呵,还有大哥大呢,市场上买的塑料玩具吧。哟,还是个真玩意儿,好吧,这个就孝敬我们大哥了,你可以招工了。”

我简直怒不可遏,大声吼道:“晴天朗日敢抢劫,你们忘了前几年严打了吧?”

我爹扒开人群,走进来问我怎么回事。

我说没事,我自己能解决。

这时候一个戴着墨镜剃着小平头的家伙走过来，身后还有两个跟班。跟班小混混一路走过来,把两边并不碍事的农民工一推一个趔趄。被推搡的农民工非但不怒,还觍着脸嬉笑着,不知道的还以为是跟班小混混在为他们开光赐福。

卷毛小混混对着小平头鞠躬,嘴里叫着大哥,把我的大哥大双手奉上。

小平头接过大哥大,在手里掂了掂,而后走到我面前站住,沉默了大概有半分钟，把流氓戏演得十足，随后缓缓摘下墨镜道:“你不会是金枝吧?”

我把小平头上下打量好几遍,才认出来,他竟是塑钢厂保卫科科长小陶。

我攥紧拳头,愤恨地捶打在小陶肩膀上:“该死的小陶,你都多大岁数了,还打打杀杀的,你怎么不干你的保卫科长,还扮起黑社会来了。”

小陶嬉皮笑脸道:“塑钢厂被我舅舅搞黄了，我总得想办法吃饭啊。”

卷毛小混混见我和小陶是熟人,吓得赶紧低头缩脖子,钻进农民工群里消失了。

我从小陶手里夺过我的手机，斥责道:“你从小吊儿郎当不勤劳,只想着靠歪门邪道发家致富,这不是长久之计呀。”

小陶撇了撇嘴,用手指着周围的农民工说:“他们够勤劳吧,勤劳不仅不能致富,连尊严都无法保全,勤劳致富才是这个社会最大的谎言！”

我说:“我不想听你胡咧咧,我得赶紧招工回家盖房子。”

小陶从我手里把雇工清单接过去:“单子给我,找几个工人,我来帮你张罗,保证他们不敢偷奸耍滑,我还得让他们工钱收你半价。”

我说:“我不要,这是讹诈工人。就算他们害怕你的淫威,收了我半价工钱,这些工人就算盖房子的时候不做手脚,也会天天诅咒那栋房子,我才不要我爹住在一栋被诅咒过的房子里。”

小陶说:“诅咒管个屁用,你爹又不少块肉,诅咒我的人海了去了,你看我还不是活得好好的。党和政府从小就教育你,这个世界上不仅没有救世主,也没有鬼没有神,你还害怕个诅咒……”

我爹在一旁接话道:“我身上倒是不少块肉，可我的脊梁骨被戳折了。”

四十一　三间青砖大瓦房

我的运气不错，盖房子这些天没刮风也没下雨，工程进度比我想象的还要快。小陶帮我挑选来的农民工很卖力，大工从技术到经验都是拔尖的，小工们走起路来全是一路小跑，没有人消极怠工。

小陶戴着墨镜，头顶烈日，亲自到施工现场视察。他指着农民工们不无炫耀地问我："怎么样，他们有没有皮子痒偷懒的？"

我厌恶小陶的流氓做派，把他和给他撑遮阳伞的跟班小混混一起轰下山去。

小陶临走的时候，凑到我耳边嬉皮笑脸地问道："你跟北京的那个高干子弟拉倒了吧？要不咱俩结婚吧，我保在召平镇这一片儿，没有人敢斜着眼看你。"

我啐了小陶一口，说我已经有男朋友了，而且我男朋友这几天就要从北京来看我。

我很吃惊，我拒绝小陶随口编出来的瞎话，竟把冯南燕说成是自己的男朋友。

冯南燕几乎每天都会给我打一个电话，而且一讲就是半个多钟头，我心疼我的电话费。从金城公司辞职交接的时候，我连大哥大一起交了出去，负责交接的人说，大哥大都是用个人身份证办理的，公司决定把大哥大赠予我使用，但是电话费也由我自己承担。我不习惯煲电话粥，一是心疼话费，二是觉得有事说事，没事找话说很尴尬。冯南燕却恰好相反，有事没事都会给我打电话，有时候把我聊得睡着了，他还兀自一个人自说自话。昨天晚上通话的时候，他说他想来昶山看我。我说我没有时间接待，每天都在忙活盖房子。他说不用接待，他会自己找上门来的。我纠缠不过他，只好把我家的地址告诉他。在我们农村，一个女人带一个男人回家，肯定是男朋友。我既然允许冯南燕来桃花坞，就等于是答应了他做我的男朋友。如果冯南燕做了我的男朋友，那欧阳清如呢？每次想到欧阳清如的时候，我都会在心里暗暗骂自己没出息，甚至觉得自己贱兮兮的。没错，我跟欧阳清如曾经是恋人，可当他离开昶山的时候，我们俩等于彻底结束了这段恋情。而后，欧阳清如又和玉叶恋爱，直至他受伤瘫痪到现在，我们之间也从来没有确定任何关系。也就是说，我在欧阳清如那里什么都不是，一切都是我自作多情，都是我一厢情愿。

冯南燕来到桃花坞那天，正好赶上新房子竣工。工期整整提前两天，在桃花坞的北坡上，立起三间很气派的青砖大瓦房。我天天在现场张罗，没有时间去接冯南燕，他是自己一路打听着走进桃花坞的。

进村后，冯南燕直夸桃花坞山清水秀，说是个隐居的好去处:“我若是在这里有几亩地,栽上一片桃树,养上一群鸡鸭,简直就是神仙一样的日子啊!”

我不屑地回应道:“这么浅薄的感受, 你不要那么深情地说出来,我身上会起鸡皮疙瘩的。”

我把冯南燕介绍给我爹,说是北京的朋友。我爹上下打量着冯南燕,问道:“我闺女吃的苦比我还多,你能好好待她不?”

我在一旁有些着急:“爹,你说什么呢,我们俩只是普通朋友呢。”

冯南燕万万没有想到,我爹见面第一句话问得这么直白,他赶紧点头应道:“只要老爷子您肯撒手, 我就拿金枝当我妈一样伺候着。”

冯南燕的回应,与其说是对我爹的承诺,倒不如说是对我的承诺。我知道冯南燕是个主动性很强的家伙,但是没想到他脸皮厚到如此程度,直接以上门女婿的身份应承。我有时候会自我怀疑:冯南燕阅人无数,北京城里有那么多时尚貌美的女孩,他怎么会喜欢上我这样一个农村土妞?莫不是城里人吃腻了鸡鸭鱼肉,想换一口萝卜青菜尝尝鲜?

村里人络绎不绝地前来参观新房子,夸完了房子再夸我,没有人再说我是桃花坞的扫帚星。先前,我和文革在北京摆一个烧饼摊子,被文革他娘说成是跟麦当劳相互砸买卖的大生意,惹得村里人羡慕嫉妒恨。这回,文革又带着几万块钱回桃花坞,水生媳妇越发把我吹上了天,全村人都知道我是个有钱的主儿。

庄水生也来了,他接替彭大河当了桃花坞的村支书。庄水生走到我跟前, 打着官腔跟我握手:“听说你在北京的事业做得很大,辛苦辛苦啊! ”

我抽回手来，对庄水生说:“我在北京做的是一个只能糊口的小生意。”

庄水生一脸可掬的笑容:“皇城帝都那是什么地方，在那儿做个糊口的小生意,就能让整个桃花坞脱贫致富奔小康。希望庄金枝同志发达了不要忘记家乡的父老乡亲，适当的时候也能为家乡做点投资,弄个村办企业嘛。”

还没容我解释,文革便来叫我们下山吃饭。今天晚上是新房落成的庆功宴,文革把桃花坞有头有脸的人物都邀请了,这是桃花坞惯有的礼数。

四十二 父亲的情怀

桃花坞只有一处吃饭的地方，就是村头的五湖四海大酒店。

名字叫大酒店，店里却只有两个包间三张桌子，其中一个大包间里摆了两张桌子。五湖四海大酒店前身叫三六九大酒店，开店的人是桃花坞的庄三。

庄三的大儿子庄六学了一个二级厨师证，在店里亲自掌勺，大儿媳妇负责采购，庄三做了甩手掌柜。三六九大酒店原先没有名字，庄三抱上孙子后，觉得做生意要名正言顺，就给自家小餐馆起了名字，叫三六九大酒店。庄三并非排行老三，而是生下来的时候只有三斤，所以才叫庄三。庄三的儿子生下来六斤四两，庄三图省事，说四舍五入，儿子就叫了庄六。大酒店开业第二年，庄六的媳妇生下一个大胖小子八斤六两，庄三说把儿子多的那四两补给孙子，孙子就叫了庄九。

孩子隔代亲，自打有了庄九，庄三就不再管开餐馆的事了，一门心思侍弄孙子，爷孙二人形影不离。庄九三岁那年，庄三带着孙子去召平镇赶集，看到卖糖葫芦的，庄九嚷嚷着要吃糖葫芦，庄三买糖葫芦的工夫，转身就没再见到孙子庄九。庄三疯魔了一般，叫唤着“庄九庄九”跑遍整个召平大集，最后喊到嗓子咯血，讲不出话来。天黑了，大集散尽，庄三也没有回家，他听一位熟人说，看见庄九被两个骑摩托车的人载着往西去了。庄三跟着往西一路寻去，再也没有回过桃花坞。后来，村里在外边打工的人回来说，在西安城里见过庄三，还说庄三变成哑巴不能讲话了，他在胸前挂着一个牌子，上面写着孙子庄九的年龄和长相。

经此变故，庄六哪还有心思做生意，他把酒店交给小舅子经营，自己和媳妇也一路往西寻去，一边找儿子庄九，一边找爹庄三。

后来，村里有人说是酒店的名字不好，古人说“三六九，往外走”，所以，庄三家的男人都走到外边去了。听到这些风言风语，庄六的小舅子就把酒店名字改了，三六九大酒店变成了五湖四海大酒店，寓意是五湖四海的客人都聚集到酒店里来，也好把庄家走出去的男人聚回来。

庄三家的变故，我早就听文革说过，听得人心里透不过气来。我问文革，庄三家遭了这么多不幸，咱们在他家开的酒店吃吃喝喝，是不是不合适。

文革说，只有去他家的酒店吃吃喝喝，他们家才能赚钱，赚了钱才能出去找人。

庆功宴上，庄水生代表村委会欢迎我回村探亲，还说了一番祝福我和冯南燕的客气话。不等我回应，冯南燕抢先站起来，拍着胸脯让父老乡亲们放心，说他浪荡蹉跎三十多年，这回铁了心要娶一个心爱的女人成家过日子。

我小声调侃道："没有人是打小就浪荡、从小就蹉跎的，三十年是吹牛吧。"

冯南燕小声回道："遇见你之前的每一天都是浪荡，认识你之前的每一刻全是蹉跎。"

我不知道自己是不是做好了接受冯南燕的准备，但他的桃花坞之行至少满足了我作为女人的虚荣心，尤其是一个在这个村里受尽歧视的女人。我承认，从认识冯南燕那天起，我就在找各种理由排斥他，拒绝他，因为我一直以为自己有归宿，有使命。是欧阳清如断了我的归宿，他用刻骨的冷淡提醒我，他不是我的使命。

我为什么每一次憧憬我和冯南燕的未来，就会勾连起我和欧阳清如的过去呢？

接下来，大家便敞开吃菜喝酒，文革把酒店能做的菜全点一遍。冯南燕第一次吃"豆腐箱子"。豆腐箱子就是一整块豆腐做成一只"箱子"，箱子里面塞满肉馅儿，汤汁鲜美，肉味儿十足，他觉得从来没有人把豆腐做得这么好吃。吃了两只"箱子"，冯南燕开始跟在座的每一位桃花坞人碰杯敬酒，生怕还有人不知道他要娶我。敬酒敬到文革的时候，文革一脸不情愿，冯南燕问他什么情况。

文革噘着嘴说："我一直以为我有机会娶我姐回家当媳妇，没想到被你先下手了。"

冯南燕拍了文革脑门一巴掌，骂道："你个乳臭未干的小破孩瞎起什么哄，赶紧给我把酒倒满。"

酒至半酣，一个彭姓的村委会委员挑起一个话头，说我爹在北坡上盖的房子不合乎宅基地手续，还说承包地收费应该由村委会集体同意。我爹站起身来，接过话头："俺先敬在座的老少爷们儿一杯酒。"

我爹一饮而尽，擦了一把嘴角，说道："我干过桃花坞的书记，村里的规矩俺都懂，我不难为村委会，今天，守着俺家闺女，俺说说俺的想法。北坡上新盖的三间青砖大瓦房，俺不要宅基地手续，等俺死了，就把这三间房捐给村委会做护林防火用。"

说到这里，我爹望着我，似乎是在征求我的意见。我冲着他点点头，表示支持。我发现，桃花坞的政治人物说话都有一个共同的特点，那就是"我"和"俺"混着用。我爹这样说，庄水生这样说，那位彭姓村委委员也是这样说话的。

我爹接着说道："至于承包费用，你们村委会商量定个价。前三年的承包费，俺先欠着，从第四年桃树挂果卖钱了，我按年头给村委会交钱。"

那位彭姓村委委员问道："那前三年的承包费咋办？"

庄水生想制止彭姓委员："桃三杏四梨五年，果树不挂果，收什么承包费？"

我爹冲着庄水生摆了摆手，说道："说好了承包，承包费肯定要交的。这样吧，还是得等到俺死后，凡是俺有生之年栽下的桃树，一棵不落全归桃花坞。"

说完，我爹又喝干一杯酒，他像是在自言自语："我给桃花坞造下的孽，俺自己来赎。"

冯南燕不住嘴地夸赞："你爹的境界真高啊……你爹这是造了多大的孽？"

我在冯南燕耳边小声说道："大炼钢铁的时候，我爹带头把桃花坞的百年老桃树全都砍光了。”

冯南燕说：“嗯，这是造孽。”

我狠狠地掐了他大腿一把，说道：“那个时代，所有人都在造孽，又不是独独我爹一个人。”

我爹干完杯中酒，便起身告辞，我和冯南燕要送他回草棚，被他拒绝了，他说他想一个人溜达溜达。

剩下的一干人，觉得这酒喝得没滋没味儿，话里话外开始埋怨彭姓村委委员，场面略显尴尬。

我站起身来，悄悄去后厨结了账，便和冯南燕出了餐馆。冯南燕建议绕着桃花坞转一圈，他要领略一下山村夜晚的宁静。

我们俩信步走着，突然听见我爹说话的声音。我隐约看见一棵大槐树后面站着两个身影，正在说话。

我爹拍着另一个黑影的肩膀，说道：“大河，别怪叔下手狠，俺当时也在气头上。事儿都过去了，你还记恨叔不？”

原来，另一个黑影是彭大河。彭大河伤愈后，变成了傻子，村支书干不成了，整天只能满世界闲逛。脑子傻了，再加上少了一只手，彭大河至今还是光棍一条，每天过得饥一顿饱一顿，三餐无着落。前些年，桃花坞的人被彭大河糟蹋得够呛，看到他如今这般光景，心里都觉得解气又可怜。

彭大河“呵呵”地笑着，说道：“叔说得对哩，叔有烟吗？”

我爹从口袋里面掏出烟来，给彭大河分了一支，又给他点上。彭大河急三火四地吸了几口，过足了烟瘾，便开口唱起了《月亮走我也走》。

我爹摇摇头，叹口气：“大河，你以后跟着叔上山栽桃树吧。有叔一口饭吃，就不会让你饿着。”

四十三 我的第一次

这一年的冬天来得格外早，长安街上的月季花还开得有腔有调，一场突如其来的寒流，一夜之间败了蔷薇，也染了层林。

从昶山回到北京，我就从欧阳清如家搬了出来。搬家那天，我有些伤感，因为自欧阳清如受伤后，我就没有想过我和他还会分开。其实，那一刻，如果欧阳清如让我留下，我还是会很痛快地把打好包的衣物重新装回衣橱里。在欧阳清如那里，我就是这般没有原则。同时，我也明白了，原则都是不爱的托词。欧阳清如没有挽留，甚至都没有流露出一丝挽留的情绪。他一如既往地泰然自若，还叮嘱我不要把东西落下，就像是怕我再回到这个家似的。

当我把最后一个包裹拎出门时，欧阳清如坐着轮椅出门送我和文革，他的脸色仍然平静如水。

我坐进车里的时候，听见欧阳清如大声喊道："谢谢你们！"

我装作没有听见，关上了车门，反倒是文革眼圈红红的："欧阳哥怎么会这样，像是变成了另外一个人。"

我强忍着眼泪，对文革说："时代在变，每一个人都在变。"

冯南燕不让我租房子，说他们俱乐部有两间闲置的宿舍，我和文革可以一起搬过去住。北京城里的房租见风涨，加上我还没有找到合适的工作，先前的积蓄给我爹盖了房子，经济上十分拮据，我便答应了冯南燕。

燕南飞攀岩俱乐部租赁了一家招待所楼顶的简易房，房间里没有上下水，洗手间和厕所要去楼下，而且都是公用的。攀岩俱乐部总共有四间房子，一间办公室，一间库房，两间宿舍。我自己住一间宿舍，文革跟俱乐部教练小孟共用一间宿舍。这里的条件与欧阳清如家落差很大，好在我和文革住过环境更差的地下室，这点困难不足以影响我的心情，我的失落主要是因为我离开了欧阳清如。

冯南燕嘴里哼唱着满文军的《懂你》，高调地张罗着接风，并从办公室的橱柜里找出一瓶两斤装的金门高粱酒。当天晚上，我们四个人喝完一大瓶五十八度的白酒，文革和教练小孟坐在沙发里就睡着了。冯南燕把我搀扶着送回宿舍，直夸我酒量过人，还端来一木盆热水让我泡脚。我确实比一般女人能喝酒，可是金门高粱的力道实在太猛，我感觉舌头比平时大了不少，说话总是词不达意。我坐在床上，把脚泡进热水不一会儿，就觉得头晕目眩。冯南燕没有走，他挨着我坐在床上，还用手轻轻地抚弄着我的头发。我正在泡脚，没法像以往那样借故躲闪避开。我的无法躲闪，纵容了冯南燕，他嘴里轻声哼唱着"多想靠近你，告诉你，我其实一直都懂你……"把头凑过来，亲吻了我的脖子，搞得我很痒。冯南燕唱歌的确很好听，深沉且有磁性的嗓音让人放松，也让人晕眩。歌声在继续,他用两片嘴唇顺着我的脖子爬上我的脸,在他即将吻到我的唇的时候,我把头扭到了一边。

冯南燕的歌声戛然而止,他双手把我的头掰过来,略带严肃地说道:"咱们都是三十多岁的人了,再扭捏下去,你该绝经了。"

我刚要回应,冯南燕就用两片嘴唇堵上我的嘴,瞬间就把舌头探进我的口中。上一次吻我的男人是欧阳清如,大概要追溯到十年前,是啊,已经十年没有男人吻过我了,我也早已把接吻和猪嘴喝泔水的事儿忘了。这一刻,我没有羞涩,也没有拒绝,两股热泪顺着我的眼角流出来,我只觉得委屈。

冯南燕的舌头像他攀岩一样灵活, 很快把我的思绪搅成了碎片,并在我的舌尖上挑起欲望的感知。我紧紧地拥抱着他,拥抱着他已然咆哮的身体。我的脑海涌起一团浓密的云雾,它们就像是我灵魂的抹布, 要擦掉我固守的羞耻感, 也擦掉了欧阳清如。这样的感觉真是美妙,让我很舒畅,也很轻松,让我从身体到灵魂只剩下对本能的渴望。我从舌头到身体,从身体到灵魂,一起跟着冯南燕跳动起来,而且再也无法停止……

第二天早晨,我在一阵均匀的鼾声中醒来。我轻微活动一下肢体,感觉浑身酸疼。我睁开眼睛,看到床上是正在酣睡的冯南燕,床下是翻倒在地的木盆,洗脚水洒了满满一地。第一次,我感觉凌乱也会产生美感,我轻轻翻转身体,抱着冯南燕再次睡着了。

我一直没有找到合适的工作, 冯南燕便让我跟他一起打理俱乐部,同时还雇用文革来俱乐部做杂物工。一个月过后,文革就辞职出去另找工作了, 原因是他发现俱乐部根本不需要那么多人,冯南燕雇用他完全是冲着我的面子。我也觉得冯南燕的俱乐部不需要一个杂物工,甚至不需要我,因为俱乐部的活动都在周六日,平时的工作只是接听电话接受咨询和报名,而俱乐部已经有两个很专业的教练在干这个工作。周末的攀岩活动属于高端技术领域的事情,我和文革也无从插手,只是在攀岩营地里帮着大家捡个柴,烧个水。等到大家攀岩攀累了,冯南燕也把我和文革硬生生绑上安全带,轰赶着我俩尝试攀岩。我和文革都在农村长大,对攀岩倒也不怵,加上冯南燕悉心教导,我们俩要比俱乐部一般会员掌握要领快得多。冯南燕知道很多野外生存的知识,一根绳子在他手里能玩出很多花样,能够从悬崖上滑降,也能够在峡谷上搭绳桥。冯南燕说,只要给他一把刀子和一根绳子,他就能够在山里面生存下去。冯南燕对自己的身体和能力无比自信,他已经申请了明年"登珠峰迎香港回归"的活动,这个活动聚集了中国业余登山界的顶尖高手,将于十一月中旬在香港进行集训选拔。我借欧阳清如的前车之鉴,劝说冯南燕放弃攀登珠峰的计划。冯南燕说他这辈子的梦想就是站上世界之巅,什么都不能阻挡他攀上珠峰的脚步。

我问冯南燕,为什么非要去登雪山。

冯南燕一脸郑重地说:"因为山在那里。"

我说:"这算什么似是而非的回答?"

冯南燕笑着说:"这是英国的登山探险家马洛里对你这个问题的回答。为什么从马洛里嘴里说出来,就成了登山家的'六字箴言',而从我嘴里说出来这六个字,就变成了似是而非呢?"

我和文革开始分头找工作。在攀岩俱乐部混了几天,也算有些耳濡目染的经历,文革应聘去了一家高空保洁公司,就是悬在摩天大楼上清洗玻璃幕墙那种活，薪水比他先前打过的工都要高。我的工作迟迟没有解决,有过金城公司那段白领履历,现在让我再回去做服务员端盘子,不是我放不下身段和架子,而是觉得对不起自己的经历。可我的学历和户口又受限,我感觉自己被架在半空中,高不成低不就。

其间,玉叶打电话给我,约我一起吃饭。就在要挂断电话的时候,玉叶问了我一句:“他怎么样？”

我知道玉叶嘴里的“他”指的是谁,我说:“他挺好,他对你的工作不放心,问过我好几遍。”

玉叶沉默了一会儿,又问道:“他现在住哪儿？”

我说:“我在北坡上给他盖了三间青砖大瓦房。”

玉叶说:“卖房子的钱供我来北京读书，盖房子的钱应该由我来出。”

我说:“不用了,那三间房子,他将来也准备捐给村里护林防火。”

玉叶问道:“我们自己出钱盖的房子,为什么要捐给村里？”

我说:“不光是房子,他还要用一辈子来给桃花坞栽种桃树,而且一棵不落地全部留给桃花坞。”

玉叶又沉默了片刻:“看来,咱爹变了。”

我说:“是变了,他要用余生来救赎自己。”

玉叶约我去吃重庆火锅。到了火锅店之后,我才发现陈正坤也在。

陈正坤先是对我表示感谢,说我之于玉叶虽是姐妹之情,实则有养育之恩。

我说我和玉叶是一母同胞,说感谢的话见外了。

于是,陈正坤开门见山邀请我回金城公司工作,保留原来的职位和薪水,还暗示会给我更大的发挥空间。

我苦笑着谢绝了陈正坤的美意,我说我不想成为陈潘之争的炮灰,在那样的环境里工作很憋屈。

过后,玉叶问我为什么放弃这么好的机会:“我想进金城公司,我爸爸还不答应呢。”

听到玉叶亲切地称呼陈正坤“爸爸”,我心里有点别扭。让我欣慰的是,玉叶跟陈正坤相处得很融洽,这也算是对玉叶多年来缺乏父爱的补偿。

我对玉叶说:“潘志坚提拔我的目的,是让我做替罪羊签合同,用缩短付款期限掐断公司的资金链,然后由他出面拆借资金挽救公司,以达到当上董事长的目的。你爸爸拉我回去,是想借助我和潘志坚的同学关系做文章,这一点我还能看透识破。再说了,一个对房地产业务一窍不通的人,坐上那么高的职位,你觉得是一件好事吗?才不配位,必有灾殃。”

玉叶对我的分析能力很惊讶,说我这几年没有在职场上白混,还说不排除她爸爸对我心存感激,想要找机会报答我。玉叶一再问我:“你觉得我爸爸人怎么样?”

我说:“他不是魔鬼,当然也不是天使,他只是一个真实的、自私的、唯利是图的生意人。”

玉叶对我的回答有些不满,继续追问道:“作为父亲呢?”

我说:“不知道,他又不是我爹。”

四十四 求婚

冯南燕开始大强度训练，每天跑步十公里，还要练核心力量，为他的攀登珠穆朗玛峰选拔赛进行体能储备。我从内心深处极其反对身边的亲人参与极限运动，欧阳清如就是活生生的例子，虽然他不再是我的亲人。冯南燕很固执，凡是他认定的事情，九头牛都拉不回来。直到我生了真气，冯南燕才对我道出实情。原来，冯南燕的父亲是中国第一代登山队员，但从未登过顶。冯父从未登顶，不是因为水平和体能不行，而是因为阶级出身不好，冯南燕的爷爷是南洋归国的资本家。攀登珠峰在当时被赋予众多政治色彩，一个资本家的后代怎么可以登顶呢？登山是一项集体运动，需要大量的后勤保障工作，冯父只能在登山队负责修路、建高山宿营地、运输登山装备等工作。据冯南燕说，他父亲距离顶峰最近的一次不到八百米的距离，却只能眼巴巴地望着顶峰，眼巴巴地看着队友登顶。眼巴巴完之后，冯父也只能背负着氧气瓶、绳索、绳梯，下撤回冲锋营地。

我幼稚地追问，距离顶峰不到八百米，你爸爸为什么不自己爬上顶峰去。

冯南燕笑了笑："在海拔八千八百米的高度，每迈出一步，都需要付出超人的毅力，最后一百米的距离，曾经有人用了一小时三十分钟的时间。"

冯南燕还说，那是他父亲距离珠峰峰顶最近的一次。在第二年攀登南迦巴瓦峰的时候，冯父与另外两名队友修好冲锋营地，当天晚上一起留在营地过夜，结果一场突如其来的雪崩掩埋了冲锋营地。那一年，冯南燕只有五岁。

冯南燕接着说道："其实，那天晚上如果没有雪崩，我父亲想独自一个人偷偷登顶，他已经做好了充分准备。"

我惊讶地问道："你怎么知道的？"

冯南燕从背包里取出他的笔记本，对我说："这是我从我爸爸身上继承的唯一优点，每天坚持写日记。"

冯南燕家住广渠门的磁器口，一所民国初期的老宅院里挤了六户人家。冯南燕的妈妈三年前死于心衰，他现在和奶奶住在老宅院两间半破房子里。自从母亲走后，都是由他来照顾奶奶的生活。据说磁器口的老房子要拆，拆迁费足以让拆迁户们换回两套带电梯带供热的楼房，冯南燕的奶奶一时间成了两个叔叔和一个姑姑竞相尽孝的对象。

昨天晚上，我和冯南燕一起回去给奶奶做饭的时候，发现人去房空。桌子上有一张姑姑留下的字条，漂亮的毛笔字一如姑姑的长相：吾侄南燕，年轻人当以事业为重，忠孝自古不能两全，自即日起，由姑姑负责照料奶奶，吾侄尽管撒手，放心去忙事业。

冯南燕冷笑一声,说道:“由他们去吧,我正担心我去登山谁来照顾奶奶呢。”

我冲口而出道:“我可以来照顾奶奶啊。”

说完之后,我有些不好意思,一是我跟冯南燕没有明确关系,二是我希望冯南燕能够继承奶奶的遗产,那样他至少可以在北京有一套属于自己的楼房。为冯南燕争一套房子,难道不是在为自己争房子吗?我想,我是因为自己变得世俗而不好意思。可是,这有什么错吗?凭我的工资,这一辈子在北京也买不起房子。我现在和冯南燕已经有了这层关系,我理应为这套房子据理力争,我不应该觉得难为情。

中午时分,冯南燕才到俱乐部,一脸兴奋。

我问他,有什么好事。

冯南燕说,想不想出去浪漫一把,去怀柔看红叶。

我问冯南燕,北京人不是都去西山看红叶吗,我们为什么要巴巴地跑去怀柔。

冯南燕得意地从口袋里面掏出一把车钥匙:“工薪阶层的老百姓才坐公交车去西山看红叶,有车一族都是开车去密云怀柔看红叶。”

我很惊讶,冯南燕一夜之间变成了有车族。

冯南燕解释说,他朋友单位公车改革,把多余的车辆拍卖了,他花了一万块钱买了一辆敞篷的北京吉普:“就是电视剧《东边日出西边雨》里面王志文开的那种吉普车,特飒!”

我不忍扫冯南燕的兴,便答应陪他去怀柔看红叶。

到楼下才发现,吉普车现在还敞着篷,怪不得冯南燕一再叮嘱我穿最厚的羽绒服。上车后，冯南燕从后排座上掏出来两个摩托车头盔，递给我一个，自己戴上一个。

我问冯南燕，吉普车的篷子去哪儿了。

冯南燕说，篷子在朋友单位的仓库里，一时半会儿找不到。他们答应我了，什么时候找到车篷子，会第一时间给我打电话，让我过去取。

大冷天，我们俩开着敞篷车，戴着摩托车头盔，在开往怀柔的路上，回头率始终保持在百分百。一辆豪华奔驰从后面追上我们，一个嘴欠的男人落下车窗玻璃，冲着我们俩大声问道："你俩傻货脑子进水了吗？"

冯南燕冲着奔驰竖起中指，任他把吉普车的油门踩到底，也没能追上奔驰车。

等冯南燕把车子开到山里的时候，我觉得我整个身体都被冻僵了。我摘下重重的摩托车头盔，对他说："命要紧，还是不要做有车一族了。"

冯南燕说："浪漫是有代价的，咱们中国人体质弱怕冷。你看人家美国人，大冷天照样开敞篷跑车，喝冰镇啤酒。"

我不屑地说："你真是一副汉奸嘴脸，在你心里，美国人做什么都是正确的。"

冯南燕说："你不要那么小家子气。一个美国人赞美中国，是国际友好人士；一个中国人赞美美国，就变成了崇洋媚外的汉奸，这是什么道理。"

冯南燕带着我爬上一个山坡，身上才稍微有了些暖意，周边的景色也随之艳丽起来，一夜寒风就像是一枝如椽彩笔，把世界上最丰富的颜色涂在山峦和丛林。

冯南燕找到一块大石头,我们俩坐下来,他从背包里掏出保温杯来,倒上一杯热乎乎的速溶咖啡给我。

冯南燕看一眼手表,指着西边的太阳说:“再过半个小时,你就能看到最美的夕阳。”

我问冯南燕:“你怎么会知道?”

冯南燕说:“五年前的深秋,我们在山下的白河攀岩。那天秋高气爽,我就爬上山来看夕阳,当时就坐在这块石头上。那天的夕阳美到让人落泪。”

我们俩闲聊一会儿,果不其然,西边山峦上的太阳渐变成橙红色。柔和的夕光盖住秋色,把世界浸染成温馨的颜色,大自然真是神奇莫测。

突然,冯南燕单膝跪倒在我面前,不知道何时手里多出一枚戒指。他举着戒指望着我的眼睛,真诚地说道:“金枝,我想娶你做我的妻子。”

这一刻,我一句话也说不出口,我在幸福的慌张中差点脱口而出“谢谢”二字,好在我刚要张嘴,一股热流涌出眼眶,模糊了世界,也迷蒙了夕阳。

我已经醉倒在夕阳里,只听到冯南燕喃喃地说:“五年前的那一天,我对自己说,将来如果有了我喜欢的姑娘,我一定把她带来这里看深秋的夕阳,并向她求婚。五年来,我带了七八个姑娘来看夕阳,向其中两个求过婚,最后却都是无言的结局……”

四十五　壮行酒

我应聘入职一家房地产公司,做了售楼小姐。负责销售的主管甩给我一本一万多字的“销售讲解”,让我一周之内一字不差背出来,这大概就是所谓的销售培训吧。于是,我疯魔一般地死记硬背销售讲解,从怎样察言观色,到如何抓住客户的消费心理,一直到如何把房子卖出去,这中间居然有这么多说道。

一周之后,我便仓促上阵。在同行姐妹们戒备的眼神中,我微笑着上前搭讪的第一个客户,居然是我们公司负责销售的副总,他是带着朋友来参观样板房的。当我用背诵得滚瓜烂熟的讲解词介绍楼盘时,副总用怪异的眼神望了我一眼,打断我的讲解,亲自为朋友讲解起来。

那位副总临走的时候,特意走到我跟前,对我说:“你是新来的吧。讲解的时候不要背讲解词,要把讲解词变成自己的话,尽量口语化。做事情要敬业,要用心,不带脑子的销售是在出卖自己。”

那位副总虽然当着众位同事没有给我留面子，但他的话对我很有启发，那就是做事情要敬业，要用心，要用脑子。在随后的日子里，我没有着急接待客户，而是在沙盘周围、样板间里四处转悠，听听那帮比我年龄还小的“老手”们怎么跟客户沟通，怎么讲解，怎么忽悠。

作为售楼小姐，我们一个月的保底工资只有四百五十块，剩下的收入全靠销售提成，每一天的工作除了与客户周旋之外，姐妹们之间还要相互提防，以免被同行抢了自己的客户。我参与销售的第一个楼盘在北三环，一平米卖三千九百九十九块钱，听着就让我咋舌，可我还得用“这么点钱能买这么好的房子”的口吻怂恿客户：十年后，您会埋怨我今天没有劝您把整个单元买下来。

当我卖出第一套房子的时候，我的心情简直不能用言语来描述，那感觉就像是冯南燕第一次吻我。接下来，我的销售工作变得得心应手，业绩逐渐提升上来。其实，卖楼也没有那么难，只不过是给有需求的人进行顾问，了解客户所需信息，然后多投入一些耐心和诚意，打破客户的心理防线，一切就会水到渠成。

我虽然有一年多房地产公司从业经历，但时至今日，才开始了解这个行业。政策、银行、开发商更像是三个演员，政策扮演体恤民情的大哥，银行扮演扶危救困的二哥，开发商扮演鲁莽小弟，时时上演着血浓于水的假亲情，因为三兄弟彼此依恋又互有矛盾。但不管是依恋还是矛盾，跟买房人几乎没有太大关系，在稳妥的投资渠道匮乏的当下，唯有让房地产一路飙升下去，才是保障经济增长的长效药。

今天的运气不错，拿到两位客户的订金，其中一位居然是个演员。

下班时间一到，我便急着换上便装，赶去东来顺火锅店，为冯南燕送行。冯南燕明天一早乘飞机去香港，参加“登珠峰迎香港回归”的选拔集训。先前，我以朋友的身份劝告，现在，我以未婚妻的身份劝说，都对冯南燕全然无效，他铁了心要攀上世界之巅。自从他开始筹备香港之行的选拔集训，我便开始搜集攀登珠峰的资料，看到每年因为攀登世界第三极罹难的人数，我便心惊胆战。

我现在已经搬到广渠门与冯南燕同居，虽然“同居”是一个不太好的字眼。对于我这样一个传统女性来讲，未婚同居还是有一些心理压力的，可我又想跟冯南燕在一起，就只能自己承受了。这是我真正的恋爱，毫无羁绊的投入，从心理到身体，我都在享受这场恋爱带给我的喜悦和快感。我喜欢这个男人，每一天的每一刻都想和他缠绵在一起，冯南燕带给我前所未有的爱的感受。与我得到的相比较，承受同居的心理不安和焦躁，算不得什么。

冯南燕邀请了欧阳清如和小格，还有文革和俱乐部的两位攀岩教练，等我赶到东来顺的时候，众人已经聚齐。我许久没有见过欧阳清如了，也很久没有想起过他了。欧阳清如的精神还不错，眼睛里仍旧闪着清澈的光亮，就像他年轻时候一样温和。他看见我的第一句话是：“祝福你，金枝。”

原来，冯南燕把他向我求婚的事已经公之于众，还说等他登上珠峰，就回来和我结婚。

我问欧阳清如，有没有坚持康复训练。

欧阳清如说他一直在坚持，而且小格学会了针灸和按摩，只是不见效果。

我安慰欧阳清如，坚持康复才会有希望：“所有医生都说你的状况不是最糟糕的，而且是最有希望站起来的那一类型。”

小格在一旁说：“上个礼拜，欧阳哥哥的左脚有痛感了。”

我惊喜地问欧阳清如，是真的吗。

还不等欧阳清如作答，小格弯腰抬起欧阳清如的左腿，脱掉他的鞋子，褪去袜子，露出脚背上一块硬币大小的结痂。

小格说：“上个礼拜天，阿邦他们铸剑的时候，一块烧红的铜屑落在欧阳哥哥的脚背上，大家都没有发现，是他自己感觉到疼的。”

欧阳清如笑了笑，说道：“我不十分确定，到底是觉得疼了，还是闻到烤肉的香味了。”

众人闻听，跟着大笑起来。

小格见到我很是开心，她身后还站着一个腼腆的小伙子。小格红着脸介绍说是他的未婚夫阿邦，已经拜欧阳清如为师学铸剑。

小格有未婚夫这件事情，让我十分意外，因为我一直觉得小格是我的替代者，她会一直陪伴着欧阳清如。为此，我心里多多少少对小格有些嫉妒，以为是她的介入，欧阳清如才开始对我冷落的。现在看来，是我想多了。可是，欧阳清如对我态度的转变总该有原因吧，究竟是什么导致我和欧阳清如分开的呢？

我不自觉地看了欧阳清如一眼，他或许是看出我眼神里的疑惑，大概以为我疑惑他收徒铸剑的事情，向我解释说：“我在昌平租了一个僻静的农家院，我们现在全都搬到昌平住了。民政部大院的房子出租出去，每个月的房租能支付农家院的租金，还够我们几个人的生活费。”

如此说来，欧阳清如完全去过另一种生活了，而我却全然不知，看来我真的完全出离欧阳清如的生活范围，也就是说他的一切的一切，再也与我没有任何关系了。虽然，我从搬离民政部大院那天起，就知道是这样的结局，可今天印证这个结局的时候，我的内心还是有些酸涩。

我强撑着笑脸，装作若无其事地问欧阳清如："进趟城多费劲啊，为什么要搬去昌平住？"

欧阳清如说："住农家院是想建一座窑炉，有了窑炉就能铸刀铸剑。我的一位好朋友参与了大型电视连续剧《水浒传》的拍摄，他在其中做道具导演，我帮他们剧组设计的兵器道具得到认可，所以，必须找一处地方给他们打造。对了，再告诉你一个好消息，我准备把师父请来北京一起帮我铸造刀剑。这趟来了，我就不让老人家再回山东了，师父岁数大了，需要有人为他养老送终。"

上次回昶山，我带着冯南燕去看望老铁匠，老人家已经只能动嘴不能动手了，每天带着两个徒弟铸造一些工艺铁器。看到我带着冯南燕现身时，老铁匠的眼神里流露出几分失落，他不停地询问是谁在照顾欧阳清如的生活。我一直安慰老人家，说冯南燕的表妹比我能干，她一直在陪伴照顾欧阳清如。

唯一让老铁匠欣慰的，是玉叶找到亲生父亲。

老铁匠感慨道："头上三尺有神明，一切福祸因缘都是天道注定。"

冒着热气的紫铜火锅端上桌，我们一群如狼似虎的年轻人把羊肉、毛肚、黄喉一股脑填进火锅，然后一起举着筷子等锅开。

欧阳清如笑道："咱们这是煮羊肉，不是涮羊肉。"

一直到大家填饱肚子，紫铜火锅几乎没有真正开过锅。年轻真好，年轻的胃似乎连石头都可以消化，何况是半生不熟的羊肉。众人肚子里有了底儿，开始喝酒，除了小格喝可口可乐之外，其他人都是一水儿的牛栏山二锅头。

酒过三巡，阿邦用他的广味普通话说："既然是冯老师的壮行酒，我们分别为他祝福好不好？"

众人附和，纷纷祝愿冯南燕能够顺利通过选拔，早日登上珠穆朗玛峰。

轮到欧阳清如的时候，他举起酒杯对冯南燕说："无论是你登上珠峰，还是登不上珠峰，山都在那里，凡事不要强求，顺势而为，不违天命，我唯一的祝愿就是你安全，好好活着！"

我最后一个为冯南燕祝福，我站起身来，给自己斟满一杯酒，对冯南燕说："永远不要让爱你的人为你提心吊胆，我的祝愿是你不要通过选拔！"

四十六　香港弥敦道大火

老铁匠来北京了。

欧阳清如前一天给我打电话，相约第二天傍晚六点整在北京火车站广场见面，他和阿邦从昌平打车进城，一起接老铁匠六点半的火车。第二天临近下班时，我把一个有意向交订金的购房客户让给与我交好的姐妹，便急匆匆赶往北京火车站。天气很冷，我在火车站广场上跺着脚，等待着欧阳清如和阿邦。每次到北京火车站，我都会想起六年前我和玉叶初到北京时的惶惑和艰辛。今非昔比，想到现在已经能够在这座了不起的城市里独立生存，我心里充满欣慰和感恩。

已经是六点二十分，天色完全黑下来，还是没有见到欧阳清如和阿邦。正在我着急的时候，我的大哥大响起来，是阿邦打来的电话，他的声音里充满惶恐，说是他和欧阳清如在进城的路上遭遇了车祸，现在两个人都在清河医院里。

我急忙问阿邦，欧阳清如的状况如何。

阿邦说欧阳清如一直昏迷着，现在躺在重症监护室："医院催我缴费，我身上没有带钱，怎么办啊？"

我一边讲着电话，一边赶往站台，老远就看见老铁匠守着一大堆行李，正在四处张望找人。老人家看见我，如同见到亲人一般开心，用他那双粗糙的大手紧抓住我不肯松开。我把欧阳清如出车祸的事儿，轻描淡写地说给老人家听，说明天一大早，欧阳清如就能回家。

老人听完，眼神黯淡了许多，自己抱怨道："人老了，就是老祸害，我要是不来北京，欧阳就不会遭这一劫。"

在一位站台乘警帮助下，我们才把一大堆行李搬运出站。我央求乘警帮我们再打一辆出租车，因为我知道在火车站周边趴活的都是黑车或者黑司机，我曾经被他们宰过。

乘警帮我们叫来一辆面的，又帮我们把行李装上车，还叮嘱司机说我们是他亲戚，让司机务必把我们安全送达。

面的车刚刚拐上二环，司机就问我，你们是假亲戚吧。

我很是吃惊，脱口问面的司机，你怎么知道。

司机笑了笑："你们要是真亲戚，你就不会说'谢谢警察'。"

面的车跑了将近一个小时，中间还被我指错路，跑了一段冤枉路，才找到欧阳清如住的村子。司机没有黑我们，但是要求我给他加二十块钱，理由是往回走拉不上顾客，要放空车回去。

我对司机说："不让你放空回去，我一会儿还要打你的车去清河医院。"

小格在家里已经把饭菜备好，我把老铁匠交给小格后，又坐上出租车直奔清河医院。路上，听到车载收音机正在播一条新闻：香港九龙弥敦道嘉利大厦发生火灾，伤亡人数估计已经超过百人，据现场目击者说，高楼之上不断有人跳楼求生，现场十分惨烈……

突然，我心里一紧，冯南燕前天给我打电话，说他们住在一座商住公寓里，名字好像就是嘉利大厦。冯南燕没有手机，一时半会儿无法联系他。我掏出我的手机，找到冯南燕到香港后给我打过的电话，一一回拨过去，要么是忙音，要么无人接听。

赶到医院，我先去急救室找到阿邦。阿邦脸上有血污，他的身边是欧阳清如的电动轮椅，已经严重变形。

阿邦说自己只是受了轻伤，头上蹭破了一点皮，医生已经给他处理过了。

我问阿邦，欧阳清如现在什么情况。

阿邦说，欧阳清如还没有醒过来，医生不让家属进重症监护室。

我去急诊大厅找到银行柜员机，先取出钱，帮欧阳清如交了治疗费。我让阿邦回去休息，没有必要两个人都在这里熬着。

阿邦走后，我一个人坐在重症监护室的走廊里，内心却是扬波翻浪，始终平息不下来。一会儿牵挂欧阳清如的伤势，一会儿担心冯南燕的安危。欧阳清如已经下肢瘫痪，再坏还能坏到什么地步呢？冯南燕对自己的身体和能力那么自信，就算是他真的遇上火灾，应该也能逃生吧。

已是午夜时分，肚子里传来一阵“咕噜”声，我才想起来，从中午到现在一直没有吃东西。我走出急诊大厅，一股寒风吹来，让我打了一个寒战，我看见夜空中有零星雪花飘落，冬天真的到来了。在医院门口的小卖店里，我买了一瓶矿泉水和两个面包，作为我的晚饭加夜宵。

从哪里才能得到香港火灾最新最快的消息呢？信息传播最快的当然是网络，可是刚才问小卖店老板，他说附近没有网吧，也不知道网吧是个什么玩意儿。医院里有电脑，应该可以上网呀。

我顾不上再啃面包，拦住一位女护士，问她能不能借用一下医院的电脑上网。

女护士白了我一眼，说这是医院，是治病救人的地方。

女护士说完，扭身走开了。

我没有死心，又拦住一位从重症监护室走出来的男医生，我把我的情况跟他详细说了一遍。

男医生说，办公室里有一台能拨号上网的电脑，就是网速比较慢，老半天才能打开一个网页。

我千恩万谢，抓起面包和矿泉水，跟在男医生后面，去了办公室。

网速果然很慢，我恨不能用手帮忙摊开显示屏上的网页，好在可以看到香港火灾的消息。香港弥敦道嘉利大厦的火灾已经被官方评估为五级火灾，死亡人数上升到三十三人，受伤人数达到六十多人。火灾现场还没有清理，估计伤亡人数还会上升。我在众多新闻报道中，看到有人用裤子和床单连接到旁边的居民楼，成功地救出数人。这种大胆做法让我想起冯南燕，他能够用一根绳子做“桥”过峡谷……我多么希望这个人就是冯南燕。如果是冯南燕的话，他能够救别人，肯定也能自救吧。

当那位男医生进来喝水的时候，我才发现天色已经放亮，我整整一夜没有合眼。这或许是我生命中最漫长的一夜，两个与我息息相关的男人，一个因车祸躺在重症监护室伤势不明，一个住在一座五级大火焚烧过的大楼里生死未卜。

四十七 奇迹

一位医生从重症监护室出来，问谁是欧阳清如的家属。

我急忙站起身来，心情紧张地望着医生：“我……是，欧阳清如怎么样了，医生？”

医生摘下口罩，露出脸上笑意，我悬着的心当即放下大半。

医生摇一下头，笑着说：“你进去看看他吧，这真是一个奇迹。”

还没有等医生把话说完，我便推门冲进重症监护室。我看见欧阳清如一脸惊诧的表情，惊诧中还夹杂着一丝喜悦和几分疑惑，一张脸上写满忧喜酸苦，大有一瞬阅尽春夏秋冬的感觉。

不等我相询，欧阳清如就语无伦次地对我说：“感觉到了，我感觉到我有腿了，真的感觉到了。”

我拉开病床上的被子，看到两条皮包骨头的大长腿，欧阳清如正在使劲地勾动他的脚趾。我摘下头上的一只发卡，对着欧阳清如的脚底板扎了两下。

欧阳清如的腿轻微哆嗦两下，接着兴奋地喊叫着："疼，疼了，我感觉到疼了。"

我抑制不住内心的激动，像个孩子一样，挠着欧阳清如的脚掌，挠到他喊痒，挠到他求饶，挠到他大笑起来，最后，挠到他哭了。我走到病床头，给欧阳清如擦眼泪。他双手撑着身体坐起来，然后紧紧抱住我，我们俩旁若无人地大哭起来。

我的哭，是为欧阳清如重新站立起来的喜极而泣。可欧阳清如的哭声却十足的凄惨，他抱住我的双臂越来越紧，以至于我的呼吸都无法顺畅。

欧阳清如一边哭一边哀号："我错了，我错了，我是一个十足的蠢货……"

重症监护室的另一张床上躺着一位白发苍苍的老太太，她扭过头来看着我俩，大概以为邻床的病人死了。直到医生走进来，我们俩才相互挣脱着分开。我看到眼泪鼻涕糊满欧阳清如半边脸，觉得自己脸上也湿乎乎的。就在这个时候，我的手机铃声响起来，竟然是冯南燕从香港打来的。这一天，真的是我人生中少有的开心日子，生活真美好。

在香港嘉利大厦火灾中，罹难人数上升到四十一人，烧伤八十人，是香港半个世纪以来最严重的火灾。冯南燕当时住在嘉利大厦十六楼，当他发现安全通道被浓烟锁住后，便把床单和裤子浇上水连接起来，搭到对面明珠大厦的天台上，总共救出了十一人。冯南燕是十六楼最后一个逃生的人，他把一个五岁大的女孩绑缚在自己胸前，攀爬过湿漉漉的床单，大火在他的小腿处留下了一块手掌大小的烧伤。

冯南燕最终在“登珠峰迎香港回归”的选拔中落选。落选不是因为水平差，也不是因为条件不好，而是因为他的体质特殊。原来，在登山运动中，有一大部分罹难的人是因为出汗过多，在极端低温下，由自身出的汗水把自己冻死的。冯南燕恰好是这种能出汗的体质，这是现代登山运动中予以淘汰的第一类型人群。得知这个消息之后，冯南燕十分沮丧，我却很开心，终于可以不再为他提心吊胆了。

生活似乎又平淡下来，我继续卖我的楼盘，冯南燕继续带着人攀岩，而欧阳清如已经能够拄着双拐行走了。

北三环的楼盘售罄，我们转战到了南三环。销售公司的老总在样板房里给我们开会，说是北京房地产的冬天到了，如何让春天的暖阳照耀进房地产的冬天，他让我们开动脑筋找出新楼盘的卖点，把新观念和新房子一起兜售给客户。

突然间，我脑海中灵光闪现，想起了香港嘉利大厦火灾那些被逼无奈选择跳楼的人，如果他们的住宅里有一条能够逃生的绳子……销售公司的老总见到我举手，很是高兴，他问我找到了哪些卖点。

我站起身来的时候，觉得浑身的汗毛都竖起来，我为我的创意想法激动不已。大概是我的表达能力太差，或者是我的思路不够清晰，总之，我的所思所言让老总的脸色越来越难看。

他最终打断我说：“靠窗户的墙壁是用来挂空调内机的，你给人家挂上一捆绳子，是要让住户上吊吗？”

我在销售老总的嘲讽和同行姐妹的不屑中坐下来，能感觉到自己的两个脸颊滚烫,我在心里暗暗地问自己:这个想法真有那么愚蠢吗?

回到家中,冯南燕正在跟两个陌生男人丈量客厅里的墙壁,他觉得结婚要有一套新家具装点新房。那两个做家具的男人说,家里的旧条案占地方又不实用,问能不能折价两百块钱换新家具。

冯南燕闻听,把两个男人轰出门去:"这个条案是明代的花梨木,能换十套新胶合板家具,你们俩拿我当傻瓜了,这单买卖算你们做砸了,赶紧给我滚蛋。"

赶走两个男人,冯南燕大概是看我脸色不好,便问我是不是有什么事。

我把今天在公司里的遭遇,一五一十说给冯南燕听。

冯南燕听完,一拍大腿,大声说道:"这么牛×的创意,花多少钱都买不来,你怎么能随随便便说给那帮孙子听。"

冯南燕很是兴奋,他说他当时在火灾现场也冒出过类似的想法,但是过后就忘了。冯南燕还说,仅仅一根登山绳还不够,最好再配备一条安全带和一个下降用的八字环。冯南燕又补充说,登山绳很漂亮,打成"8"字捆挂在墙上可以做装饰品,那帮土老帽不懂。

接下来,我们俩几乎一夜没合眼,把这个创意的每一步做了细化:

一、在靠近窗户的承重墙上,打两个点的膨胀螺栓固定登山绳;

二、登山绳的长度与楼层高度匹配，高层比低层只增加登山绳长度成本；

三、八字环和安全带始终连接登山绳，以便逃生时能够迅速使用；

四、由燕南飞俱乐部在各个社区承担滑降培训，教授如何正确使用安全带和八字环逃生；

五、与房地产商合作，作为楼盘卖点。

把这个想法商业化的冲动，刺激着我和冯南燕，我俩把这个创意称之为"家庭自救逃生装置"。

第二天，我向公司请了一天假，电话预约了玉叶和陈正坤，我迫不及待地想向他们兜售自己的创业计划。

前些日子，我和玉叶通过电话，从她那里得知陈正坤最终被潘志坚排挤出金城房地产公司。陈正坤虽然还拥有部分公司的股份，但是公司对他的股权做出严格限制，三年内不得套现，更不能向现有股东以外的人转让股份。最绝的一条是，五年之内他不得从事与房地产相关的行业。

玉叶还在电话里告诉我另外一件事，陈正坤带着她去做了一次 DNA 检测，检测结果确认是父女无疑。

我问玉叶，为什么要答应陈正坤去做 DNA 检测，这不仅是对我们姐妹的不信任，也是对母亲的侮辱。

玉叶说："这样做符合我爸爸的人设，他是一个看重结果的商人。"

我和冯南燕昏睡一天，下午四点的时候，欧阳清如打来电话，才把我们俩吵醒。欧阳清如的电话是打给冯南燕的，邀请我们俩周末去昌平吃饭,说是老铁匠过生日。冯南燕用询问的眼神望着我,我未做任何犹豫地点点头,表示接受邀请。

冯南燕问欧阳清如身体恢复得怎么样。

欧阳清如说很好,还说明年开春就能去攀岩了。

自打我与欧阳清如分开之后,他对我的态度转变很多,好像以前他对我的冷淡从未发生过一样,每一次见面还是那么亲切,那么真挚,以至于我会怀疑我自己的记忆是不是出现了偏差。我对欧阳清如的感觉,也会随着他的变化而变化,就像那天在医院里,当医生问谁是欧阳清如的家属时,我一点没有犹豫,脱口而出。我当时甚至忘记了我是冯南燕的未婚妻,而冯南燕那一刻还生死未卜。在欧阳清如面前,我就是这么被动,这么永远的被动,也许,这就是我爱的宿命吧。我甚至不敢往下设想,设想欧阳清如此刻走到我跟前,对我说他还爱我,还想跟我在一起,我会选择谁。对欧阳清如这般纠结,我到底爱不爱冯南燕?如果我爱的人是冯南燕,为什么我的心里时不时会冒出欧阳清如呢?别的女人是不是也会像我这样,心里时时刻刻记挂着前任男友?

冯南燕与欧阳清如通完电话,天色已经擦黑,我急忙去洗漱,因为晚上六点约了陈正坤和玉叶在国贸吃饭。

再次见到陈正坤的时候,感觉他的面容比先前憔悴许多,两鬓的白发也多了,星星点点的不复往日风采。陈正坤主动与我握手,还就以前对我的误解致歉,并再次感谢我对玉叶的无私付出。

玉叶挽住陈正坤的胳膊,把头靠在他的臂膀上,指着我撒娇道:"她是我的姐姐,管我是她应尽的义务。"

陈正坤温和地拍拍玉叶的脸蛋,说道:"金枝为你做的,远远超出义务的范围，有这样的姐姐，是你陈玉叶的造化。”

原来，玉叶已经改了姓氏，随着陈正坤改叫陈玉叶，她在电话里没有提起这个事情，只说自己交了一个男朋友，是BTV的节目主持人。看到她和陈正坤相处还算融洽，我心里稍感安慰。玉叶从小缺失母爱和父爱，现在的一切，都是她应得的。玉叶已经从广告公司辞职，辞职的原因是陈正坤不想女儿给别人打工，他说现今职场上豺狼当道，不适合年轻漂亮的女孩进场。根据玉叶的喜好，陈正坤让玉叶成立了一家服装设计工作室，准备做自己的服装品牌。玉叶乐不可支，在电话里偷偷告诉我，说是奋斗一辈子也不如摊上一个有钱的爹。

我向陈正坤介绍了我的未婚夫冯南燕，也向他介绍了我的创业计划。

陈正坤听完我和冯南燕的讲述后，沉吟半晌，说道：“这的确是一个好项目。”

四十八 欧阳清如结婚了

故宫红墙外的玉兰花开了，意味着北京的春天到了。

我的“家庭自救逃生装置”还处在商业计划中，与陈正坤介绍的几位房地产开发商交流过几次，他们对这个新生事物的态度有些不置可否。有一位房地产商说得很直接，他说中国人不相信自己住的楼房会着火。

有人提出问题，靠两颗膨胀螺栓，能否承受一个成年人的体重？登山绳、八字环和膨胀螺栓的承重有没有国家标准？真遇到火灾，是不是所有人都有胆量从二三十层的高楼上滑降？通过“家庭自救逃生装置”发生伤亡，谁来承担责任？

一系列问题提出来之后，我和冯南燕几乎跑断腿，也找不到相关部门进行解答和解决。当初火一般高涨的创业雄心，瞬间被浇灭。

冯南燕说：“咱们还是踏踏实实搞攀岩吧。”

我问冯南燕：“你不是一直觉得‘家庭自救逃生装置’是一个

利己利人的好事吗？”

冯南燕说:“好事不一定都能做成。”

我说:“只要你还认为这是一件好事，我们就得努一把劲儿。”

陈正坤倒是一直关注着我的创业计划,给我出主意,说仅凭个人行为很难做成这件事情，建议我挂靠一个有官方背景的经济实体,或者争取一家有影响力的房地产公司使用我的产品,让产品具备一定的可信度。

所谓的官方背景和业界影响力，还有谁比金城公司更合适呢？陈正坤虽然没有明示,但他知道我和潘志坚有同学之谊,肯定是在暗示我去找潘志坚想办法。按照我以往的行事风格,我会拒绝再与潘志坚合作,可这几年的商场磨砺,让我明白了一个做生意的道理:没有永远的朋友,只有共同的利益。

潘志坚此时正意气风发，大刀阔斧地在金城公司施展他的抱负。也许是出于对我的内疚,也许是巧合,潘志坚很痛快地答应与我见面,说他正在着手打造以人为本的楼盘亮点,我的“家庭自救逃生装置”与他倡导的理念正好吻合。潘志坚还给我出了一个主意,他觉得在承重墙上打两个膨胀螺栓太过简陋,让我找一个做工业设计的工程师,把这个设计做得稍微复杂一点,因为中国人不相信简单实用的东西。

我一时间没明白潘志坚的思路,我问道,为什么要把简单的东西往复杂里设计。

潘志坚说:“我给你举个例子,当初,西洋的钟表进入中国,中国人不相信这么简陋的小玩意儿能报出十二个时辰。欧洲人就把钟表的后盖拆下来,给中国人讲座钟报时的原理。没有科学思维的中国人压根儿听不进去原理，但是看到复杂神秘的齿轮后,就相信了钟表能报时辰。”

冯南燕有一个中学同学是工业设计师，设计师说这个设计很简单,把两个膨胀螺栓改成三个,并使用加厚钢板,外加一个可以转动的摇臂,能够直接探出窗外。

我说设计不能简单,要往复杂里设计,还把潘志坚的思路说给设计师听。

设计师听完,愣了会儿,说这跟我学的设计理念不符啊。

冯南燕拍着设计师的肩膀说:“你这家伙还这么死心眼,活学活用嘛。我媳妇给你上的这一课,你就甭交学费了,跟你的设计费相抵了。”

设计师果然搞了一个相当复杂的设计，而且每一部分工艺都列出详细数据,并叮嘱我先去质监局做质量检测,再去注册工业设计专利。一切都在按部就班进行,我似乎已经看到千家万户安装上了“家庭自救逃生装置”。用陈正坤的话说,这个装备如果通过行政干预进入房屋验收必选项,市场将会无限大。

晚上,冯南燕接到欧阳清如的电话,说是明天晚上邀请我们俩一起吃饭。

冯南燕问欧阳清如,是谁过生日。

欧阳清如说没有人过生日,是他和小格结婚了。

这个消息把我惊得目瞪口呆，冯南燕说:“这是欧阳做事的风格，一向出人意料。”

上次老铁匠过生日的时候，发生了一件令人意想不到的事情，小格的未婚夫阿邦失踪了。几天之后，欧阳清如才发现，他写的一部《青铜铸剑考》手稿不见了。这部手稿是根据老铁匠的经验以及欧阳清如的心得整理出来的，从合金配料到锻造工艺，以及剑型设计到图样，欧阳清如都做了详细描述。用老铁匠的话说，任何人拿到这部手稿都能铸造出上好的刀剑。

后经小格证实，阿邦在失踪前几日，问小格要不要跟他一起走，他想去浙江横店自己起炉灶，为拍摄影视的剧组打造兵器。小格当时拒绝了阿邦，觉得他学徒期未满就想单飞，既不顾师徒道义又不讲求实际。

欧阳清如也问过小格，为什么不跟着阿邦一起走。

小格哭了，她说：“我不想嫁给一个一门心思只想赚钱的男人。”

我问小格：“你想嫁一个什么样的男人？”

小格抽抽搭搭地抹着眼泪，说道：“我想跟一个有学问的男人，有学问的男人就算是坏，也坏得有道理可讲。”

说完这番话，小格哭得更伤心了，一边哭一边自责：“我就是一个实心眼的傻瓜……”

欧阳清如用手抚摸着小格的头，安慰道：“诚实是人最金贵的品质，有些人一辈子都不配拥有，他们活在自己的谎言之上如坐针毡，只有你这样实心眼的人才能最终领略心安的快乐。”

不知道小格是不是听懂了欧阳清如的话，渐渐止住了哭泣，起身为大家的茶杯续水。

欧阳清如喝尽一杯茶，叹道："我跟阿邦虽有师徒名分，可我早就声明过，不会像过去那样师父讹诈徒弟，什么满师之后白干三年，他想走随时可以走。"

欧阳清如眼睛有些湿润，单手拄着一根拐杖，颤巍巍地绕着院子里的窑炉踱步，感慨道："为什么要出此下策？他日江湖相遇，如何以对啊。"

欧阳清如的婚宴只有一桌，除了他和小格、老铁匠、两个徒弟，就是我和冯南燕，堪堪够一桌酒席。欧阳清如还是如往常一样的打扮，下身穿一条洗得发白的牛仔裤，上衣是一件浅灰色卫衣，外面罩着一件军绿色马甲，马甲有很多口袋，口袋里面装着很多零零碎碎的东西，包括随时可以记录的便条纸和笔。小格虽说没有穿婚纱，但还是刻意穿了一件艳红色的毛衣，映衬得两个粉嫩的脸蛋像是涂过腮红，再配上一双忽闪忽闪的大眼睛，倒也妩媚可人。

可是，我心里总有一股难以名状的酸楚，我甚至搞不清楚这股酸楚因何而起。我找了很多借口，都掩盖不住我嫉妒的本意。我心里也清楚，我现在的嫉妒不仅没有道理，而且是不守妇道，因为我已经是冯南燕的未婚妻了。

酒席开始，欧阳清如说了开场白，欢迎大家来参加他的婚宴。随后，小格拿出两本结婚证，向大家展示传看，她脸上洋溢着明媒正娶的风采。欧阳清如现在不靠拐杖也能行走自如，他和小格双双站着给众人敬酒。老铁匠也起身，祝贺爱徒新婚大喜，他的眼睛扫过我的时候，我能看见老铁匠的眼角挂着浑浊的泪花，闪烁着悲悯的光亮。

冯南燕给欧阳清如送上一个大大的拥抱，还趴在他耳边说着悄悄话，两个人随后哈哈大笑起来。欧阳清如和小格也祝福我和冯南燕早日成婚，说是等着喝我们俩的喜酒。

婚宴酒席达到高潮，只要有人举杯提议，众人便一饮而尽。

酒至酣处，老铁匠给大家讲了一个趣事，说是早些年缺吃少喝，谁家遇到红白喜事，都得绞尽脑汁想些应对之策，主人家会找一些能说会道的近亲，安排到每个酒桌上领酒，领酒之人须在第一道菜上桌后，找到最恰当的理由让众人先喝上三杯烈酒。

冯南燕说："这是好事儿，算不得应对之策。"

老铁匠摇头道："那个年代人们肚子里缺油水，胃里空空的，上来就灌上三杯烈酒，当时顶住了，不光是醉得快，菜也吃不下去。这是一个既省酒又省菜的坏法子。"

我本来有些酒量，可是应了老铁匠的说法，几杯酒落进空腹后，头晕目眩，紧接着肠胃跟着翻腾起来。瞅着一个众人干杯的空当，我赶紧起身奔后院的厕所，趴在马桶上狂吐不止。

等我收拾干净，走出厕所的时候，看到欧阳清如拄着一根拐杖，立在后院的一棵海棠树前发愣。海棠花开得正盛，空气里弥漫着酒香和海棠花香，闻上去让人昏昏欲醉。

看见我从厕所出来，欧阳清如给我递过来一杯温热的白开水，说道："喝茶勾酒劲，喝杯白开水吧。"

我接过水杯，"咕咚咕咚"喝了大半。

我看到四下无人，便问欧阳清如："你为什么娶小格？"

欧阳清如笑了笑，反问我道："我为什么不能娶小格？"

我一时语塞，觉得那些能说出口的理由，都不是正当理由，我对欧阳清如说："你如果还像先前一样站不起来，你娶了小格，我也能理解,可现在……”

欧阳清如打断我的话:“为什么站起来的欧阳清如就不能娶小格?你这样想问题,对小格公平吗?”

见我不作声,欧阳清如接着说:“人类学习、读书、思考哲学,是为了搞清楚自己想要什么,知道自己想要什么之后,人就不会困惑和焦虑了。”

我问欧阳清如:“你知道自己想要什么了?”

欧阳清如说:“我是一个没有太多欲望的人,对这个世界要求的很少,我只是不想浑浑噩噩地活着。人生终究是一场虚幻,在虚幻的人生里,如果我还有能力去温暖别人,就算是善莫大焉。小格虽然没有读太多书,但是她生性淡然,在这个物欲横流的世界里,淡然的人自有一种光环和魅力。就脾性来讲,小格是比较适合我的女人。”

一时间,我和欧阳清如都无话再说。

一阵清风吹过,海棠花瓣扑簌簌落了下来,其中两片花瓣落进我的水杯中。我端起杯子,把剩下的半杯水和那两片花瓣一起喝进嘴里。水进了肚子,海棠花瓣却留在唇齿之间,我轻轻地嚼着花瓣,觉得有一丝丝苦涩。我没有吐出来,而是用鼻子嗅着海棠花香,把苦涩的花瓣咽了下去。

四十九 紫薇勋章

两天的时间，冯南燕接连收到两封邀请函。一封是香港总督府发来的，邀请他前往香港，接受英女王为他颁发的紫薇勋章，将由最后一任香港总督彭定康勋爵代为颁发。另一封邀请函则是“登珠峰迎香港回归”组委会发来的，说是鉴于冯南燕的英勇行为，虽然他的体质不适合登顶，但是邀请他加盟登山队的后援补给队，也算是“登珠峰迎香港回归”团队中的一员。

冯南燕苦笑一声，说自己跟父亲是同样的宿命。

我制止冯南燕，不让他说不吉利的话，并让他对着地上“呸呸呸”吐了三口。在我们老家昶山，小孩子说了恶毒的话，大人都会让孩子吐三口，表明刚才说的话不作数。

我真的想不明白，男人们为什么要去登雪山，我问冯南燕，是为了虚荣心吗。

冯南燕说：“登山是一种很神奇的行为，有时候，你真的会觉得山在那里召唤你。”

我对这种说法不屑一顾:“如果想出去泡妞了，你也可以说是姑娘在那里召唤你。”

冯南燕笑了,他说:“你把我从无限高的灵魂层面,一下子拽回到了滚滚红尘中。”

冯南燕顿了顿,接着说道:“你想一想,所有生命到了最后,卑微到只剩下生与死。当你坐在轮椅上等死的时候,回味你与众不同的经历,你看过绝大多数人不曾见过的景色,你的人生就会比别的生命更显厚重。”

我赌气地问道:“就可以不死吗? ”

冯南燕笑着把我揽进怀里，说道:“我知道爱一个人就舍不得让他去冒险,我答应你,这辈子就去登一次珠峰,我又不登顶,只是后援补给。等我回来,我们就结婚。”

冯南燕一再坚持,要带着我一起去香港领奖,顺便游览一下即将回归祖国的香港。我心里牵挂着我的创业计划,现在没有心思去香港玩,同时也心疼来回的机票钱。冯南燕的差旅费由港英政府承担,我的机票钱却是要真金白银自掏腰包。冯南燕劝我想开一些,说香港在世界上都属于经济活跃地区,没准还能帮我这个创业者开阔眼界。

禁不住冯南燕三番五次开导，我一咬牙关，跟着他去了香港。

这是我第一次坐飞机,我选了一个靠窗的座位,一路上把脖子都快扭断了,一直盯着窗外看,感慨着飞机怎么就能飞上天这样的奇迹。

接受颁奖的总共有两位,除了冯南燕之外,还有一位消防队员，他在嘉利大厦火灾中，勇敢地救出四名香港市民和一位消防队员同事。多年以后，香港人把这位消防队员的故事拍成电影，名字叫《烈火雄心》。

在获奖感言中，冯南燕感谢了英女王，感谢了港英政府，还特意感谢了我，可我不知道自己为这件事情做过什么。

事后，冯南燕对我解释说："是你给了我满满的爱，才让我的内心也充满爱，一个心里充满爱的人，才会去救助别人，所以，我得感谢你。"

我一直觉得，以冯南燕的条件可以找到更好的女人，而不是像我这样一个农村女人。

冯南燕纠正我说，有条件的爱不算是真爱，是交换。

我也问过冯南燕，到底爱我什么。

冯南燕说："首先是漂亮，因为男人都是视觉动物。其次是善良，而且是一种散发着母性慈爱的善良，这种特质对我是致命诱惑。"

我又问冯南燕："你是不是小时候很缺爱？"

潘志坚给了我第一单生意，在他们金城公司开发的"紫禁之巅"楼盘上安装"家庭自救逃生装置"。签订合同之后，我拿到订金，便马不停蹄奔赴天津的工厂，这是一家经我和冯南燕再三考察后才定下来的机械加工厂，为我们制作可转动摇臂。接下来的几天，我一直守在工厂里，盯着第一批摇臂出品。因为人手欠缺，我找来文革，他是我最初的创业伙伴，也是我最信任的合作伙伴。文革在老家接到电话，压根儿就没有问我工资待遇，便从昶山直奔天津。

冯南燕即将去拉萨集结,行囊和装备都已经打好,每次看到那只装得满满的大背包,我心里都有一股隐隐的不安和焦躁,我最后一次问他:“能不能放弃登山?”

冯南燕几乎没做任何犹豫:“不能!”

我说:“现在是我创业的关键时刻,身边正需要人手,你一走一个多月,有没有想过我有多辛苦?”

冯南燕笑着说:“文革来了,他能帮你做很多事。”

临去拉萨的前一天,冯南燕很早就醒了,他给自己刮了胡子,还找出他唯一的西装。我问冯南燕,今天是什么日子要穿西装。

冯南燕催我起床,让我穿上最漂亮的衣服,还坚持要我化妆后再出门。

冯南燕经常抽风似的冒出幺蛾子,我已经习惯他的风格,就起床洗漱化妆。试了好几身衣服,冯南燕都摇头否定。

我问冯南燕,到底要去干什么,我才好有目的地搭配服装。

冯南燕含笑不语,直到我换上一套他觉得满意的装扮,这才出门。胡同里有几个农民工模样的人,拎着装石灰水的塑料桶,正往墙上写着一个个大大的“拆”字。

冯南燕询问一位农民工:“嘿,哥们儿,这房子什么时候拆啊?”

那位农民工操着安徽口音回道:“只要没有钉子户,拆房子就是分分钟的事儿。”

冯南燕牵着我的手,走出老胡同,进了磁器口一家老照相馆,对老板说:“嗨!老板,拍两寸的结婚照。”

我吃惊地捅了冯南燕一把，问道："不领结婚证，拍什么结婚照？"

冯南燕把我揽进怀中，笑着说："今天，我们就去领结婚证。"

冯南燕看着流泪的我，继续说道："我知道你吃了很多苦，我会尽我所能，以后不再让你受苦。"

我哽咽着说："身子吃的苦不叫苦，心里的苦才是苦。"

冯南燕说："你心里有什么苦？说来听听。"

我擦着眼泪说道："我举报过我娘搞破鞋，我娘因此送了命；我诬告过我爹投毒，我爹差点被枪毙。这些苦就算是到死都会留在心底，擦不掉也抹不去。所以，我在这个世界上受再多的累，也不会觉得苦。"

在首都机场的安检口，冯南燕抱着我说："每一个登山家，都是生活中的浑蛋，原谅我，亲爱的。"

我噘着嘴巴，狠狠地打了冯南燕一拳，说道："给我安全回来，浑蛋！"

望着冯南燕走进安检口的背影，那一刻，我下定决心抛开情感纷扰，踏踏实实全心全意地爱他。如此说来，我好像有复杂的情感纠缠似的。其实，我心里清楚，我要放下的只有一个人，那就是欧阳清如。

"紫禁之巅"是一个高档楼盘，"家庭自救逃生装置"是楼盘安装的最后一个配置，金城公司的销售总监几乎每天都要给我打电话，催问安装进展情况，因为销售在即。文革带着六名工人进行安装，每天都要工作十二个小时以上，即便如此，一天也装不完一个单元楼。为了赶工程进度，我只能再去劳务市场招聘工人。不敢大规模招聘工人，不是我抠门，是因为我没钱了。先前，跑各种关系和认证，我已经花光所有积蓄。从金城公司拿到订金后，几乎全部交给了天津的机械厂，雇工人的钱一时没有着落，我急得恨不能上吊跳井。

我已经有两个晚上失眠，整夜整夜的睡不着，怪不得有人说创业是一种煎熬，此时此刻我深有体会。距离完工日期还有不到一个月时间，照目前的进度肯定无法按时完工，而合同里面写得很清楚，不能按时交付就得赔偿高额违约金。我的头开始隐隐作痛，右侧太阳穴上有一根神经时不时地跳着疼，这种滋味儿比失眠还让我难受。

好不容易盼到天亮，我给玉叶打了一个电话，把我一晚上的想法和盘托出：由玉叶向陈正坤出面融资，按照出资额度拥有股份。这是冯南燕给我灌输的思路，他让我不要局限于个人作坊式的小打小闹，“家庭自救逃生装置”拥有巨大的市场潜力，应该成立一家股份公司，让人才和资金都进来，一起把这项有意义的事业做大做强。冯南燕甚至连公司的名字都想好了，叫“金枝燕”，他说真的遇到火灾，希望所有生命通过这根绳子像燕子一样逃生：“燕子落在金枝上，良禽择木而栖，公司的名字恰好把我们两个人涵盖其中，这是天意。”

玉叶大概还躺在床上，说话是一股被窝味儿声调，她问我需要多少钱。

我说暂时只需要七八万块钱，用来招聘工人支付工资。

玉叶说：“我对你的‘金枝燕’没有兴趣，我还是一门心思搞我的服装工作室吧。”

听到这里,我的心凉了大半截:玉叶居然一点不顾及姐妹之情吗?

我被自己难过的心情噎住了,一句话都讲不出来。

电话那头的玉叶, 继续用她懒懒的音调说道:“告诉我一个银行账号,等我醒透了就去银行,给你汇十万块钱过去。不要跟我提股份,我是个服装设计师。”

我开心得差点叫出声来, 我问玉叶:“你手头有那么多钱吗? ”

玉叶说:“开服装设计工作室,我爸给我转了三十万,都在银行里趴着呢。”

我说:“好吧,你不要股份,这钱就算姐姐借你的,我会连同银行利息一起还给你。”

玉叶懒懒地应道:“算了吧,我在大学里捅那个窟窿,还欠着你大几十万呢。”

我说:“一码归一码,等你赚了大钱还我那个大几十万,等我公司回款了,我会先还你这十万。”

玉叶哼了一鼻子:“神经病。”

我在劳务市场招聘了二十名有安装经验的工人, 文革负责给他们做安装前培训,这样的安装几乎没有任何技术难度,只要不把位置搞错就可以。根据用工人数,我又去五金店购买了十把电钻和十架铝合金梯子。五金店老板好久没有接到这么大的生意,亲自开着面包车把工具送到紫禁之巅楼盘。我让文革带人先安装位置比较差的楼座和楼层,根据我的楼盘销售经验,开发商会把好的楼层留下来,先销售差的楼层。

安装工程进展顺利,我的心稍稍平静下来,平静下来就开始牵挂冯南燕。在失眠的夜里,我把这份牵挂细细地摊开,发现里面的担心比思念多。到了西藏之后,冯南燕只给我打过三个电话,说是大本营里只有两部海事卫星电话,主要用来联系工作,他不好意思多打私人电话。

冯南燕只在拉萨待了两天,与登山队会合后,便开赴珠峰大本营。冯南燕说他一切安好,让我不要牵挂。得知我解决了招聘工人的资金后,冯南燕很高兴,说有了金城公司的第一桶金,以后的业务发展就会更快,让我做好心理准备。冯南燕还告知我一个信息,说是在香港定做的结婚戒指,登山组委会的朋友已经给他带到拉萨,回来就准备和我完婚。

跟冯南燕刚刚通完电话,文革就把电话打进来,他问我还记得杨胖秃子吗。

我问文革,为什么突然提杨胖秃子。

文革说:“你在家里吗?我过去跟你细说。”

五十 杨茂功

我刚刚招聘的二十名工人，其中有两位是河北怀安杨家庄人，巧的是跟杨胖秃子同一个村，也都姓杨。文革在跟两个老杨闲聊的时候，其中一个老杨说起他们杨家庄出过一位能人，叫杨茂功。杨茂功祖上是读书人，家里置办过几亩肥田，过着耕读传家的太平日子。杨茂功读书的时候赶上文化大革命，加上家里是地主成分，打小没正经读过几天书。文化大革命结束后，杨茂功娶了邻村赵庄的一位俊秀女子，第二年生下一个大胖儿子，三代单传的杨家人欢喜得不得了，全家人呵护着一根独苗苗，珍贵自不必说。杨茂功的儿子七岁那年，入了村里的民办小学读书，赶上那年秋天雨水多，一气连下了五天大雨，泡乏了学校的土坯墙，一下子闷死了六个孩子，其中就有杨茂功的儿子。这一遭，杨家算是塌了天。生了儿子后，杨茂功的媳妇便被拉去做了绝育手术，因为第一胎生的是儿子，就没有生二胎的资格。

听说学校校舍塌了，全村人都冒着雨跑来，扒房子救孩子。

杨茂功和他媳妇没敢用铁锹，怕铲伤了埋在下面的孩子，就发了疯似的用手扒拉开泥土，直到掀掉了两只手的指甲，直到两只手血淋淋地捧出自己的儿子。看到儿子乌青发紫的小脸儿，杨茂功和媳妇悲恸号啕，哭声盖过了雨声，连杨茂功瘫痪在土炕上的老娘都听见了。哭着哭着，杨茂功的媳妇便噎住没了气，杨茂功赶忙放下儿子，把媳妇的人中掐出了血，媳妇才缓上一口气。杨茂功的媳妇醒来后不哭了，抱起儿子冰凉的身体开始笑，笑声很是诡异，笑得全村人都觉得脖颈子冒凉气。杨茂功看见自己儿子死了，接着挖别人家的孩子，只有他没理会媳妇的笑声。杨茂功的媳妇抱起死去的儿子，一路笑着出了杨家庄，从此再也没有人见过她。杨茂功十里八村寻遍整个怀安县，没有找到媳妇，也没看见儿子的尸首。杨茂功整整找了三年，最后实在找乏了，便把自己闷在屋里睡觉。睡了一个月的昏天大觉之后，杨茂功出门去了村子里的民办小学，校长以为他是来找碴打架的，扯着嗓子喊来了几个民办教师护驾。

杨茂功没有动粗，他问校长："盖一个钢筋水泥的学校，要花多少钱？"

校长被问得有些发蒙，随口说道，大概得七八十万。

杨茂功对校长说："你们等着，我出去挣钱去，五年之后，我回来盖一个钢筋水泥的学校。"

老杨说，杨茂功后来去北京开了酒店，干到第五个年头赚了大钱，准备带着钱回杨家庄盖学校的前天晚上，被人谋财害命。时至今日，案子没破，钱也没找到，杨家庄还是原来那座破学校。

一个月后，"紫禁之巅"的安装工程顺利完工，"家庭自救逃生装置”果然成为该楼盘的推广亮点，开盘不到一个月时间，全盘售罄。潘志坚向我表达祝贺的同时，还为金城公司下一个项目预订了“家庭自救逃生装置”。何慧茹叮嘱我，让我研发一套适合写字楼使用的火灾逃生装置，因为中国正在全力以赴申请加入世界贸易组织，一旦成功加入，中国的经济将面临前所未有的发展机遇，也就意味着未来北京的写字楼，要比现在多出好几倍。

听到这消息，我也很兴奋，当晚便约了冯南燕的设计师同学，跟他商量开发一款在写字楼里使用的火灾逃生装置。就在我们聊得火花四溅之时，玉叶给我打来电话，说是上海一位房地产商正在跟她爸爸陈正坤通电话，他们在上海新开发的楼盘也要装“家庭自救逃生装置”。

接下来几天，不断接到各房地产公司邀约洽谈的电话，有的还要到我的公司拜访，看来成立公司迫在眉睫。

大概是因为我和金城公司的渊源，公司很快给我结清尾款。支付完所有成本费用，我真正的第一桶金赚了九十七万。我迫不及待地想把这个好消息告诉冯南燕，可我已经好几天没有接到他的电话。四天前，冯南燕说他要上山修建冲锋营地，之后便没了消息。

几天来，我带着文革四处跟房地产商见面，洽谈十分顺利，他们没有像对其他建筑材料商那样讨价还价。在建筑成本里面，价值几百块钱的“家庭自救逃生装置”算是九牛一毛，却能给房地产商的人文关怀加分。还有一个原因，我们的产品是独一份儿，没有市场竞争也就没有价格参考。这一点，我还得感谢冯南燕的设计师同学，是他督促我申请专利保护。此前，我一个打工的农村女人，哪里知道知识产权，哪里知道专利保护。

挑了一个周末，我带上文革和两个老杨，坐上长途客车奔赴河北怀安杨家庄。昨天，去银行取钱的时候，文革问我能不能晚一点再给杨家庄盖学校，因为下一步要给天津的机械厂下订单，需要一大笔订金。我说订金的事我来跟机械厂交涉，有上一次顺利合作的背书，我们争取把订金降到5%。

我对文革说："杨胖秃子那七十万块钱，就像一块石头压在我的心头，我一直不知道如何掀开这块石头，我们第一单大生意居然招聘到杨胖秃子的村人，这一切都是天意，天意让我们要从这件事情上解脱出来。"

文革说："我想让两个老杨以后负责招工施工，还有给新工人做培训，你看怎么样？"

我问文革："那你做什么？"

文革点上一支烟，吐着烟圈很拽地说道："我是公司的管理层，这种体力活还是让下面的人来承担吧。"

我们出延庆，经张家口，客车赶到怀安县城的时候，天色已经黑了。我本来想先到县城住下，第二天再去杨家庄。文革不同意，他说带着八十万现金住旅店不安全。

我觉得文革说的有道理，我们在怀安县长途客运站门口雇了一辆面包车，两个老杨负责带路，当晚十点钟找到杨家庄小学校长家。当我们把八十万现金倒在桌子上的时候，校长惊得嘴巴都合不拢了。

我指着两个老杨，对校长说："我听说了你们庄杨茂功的故事，深受感动，所以，我们想为杨家庄捐助一所校舍。"

校长愣了半晌，说道："这是大好事儿，这么多钱不能交到我一个人手里，我去找村长去。"

第二天，我们要离开的时候，校长和村长赶来给我们送行。校长握着我的手问道："我和村长商量好了，您得留下大名，我们好以您的名字为学校命名，还得给您树一座功德碑。"

我说："以杨茂功的名字命名吧。"

时至今日，我也想不透杨茂功是一个什么样的人，以他生前的猥琐作为，我绝对不能把他跟一个捐资助学的人画等号。杨茂功到北京开餐馆，真的是为了筹集建学校的资金吗？他参与赌球坐庄也是为了募集助学善款吗？他黑了七十万赌资是想回杨家庄盖校舍吗？

总之，杨茂功对我来说，是一连串的问号，这件事也让我学会一个道理：人性很复杂，不要轻易给一个人贴标签、下结论。

五十一　神山在召唤

几乎是一夜之间，大街小巷的店铺里传出同一首歌《心太软》。相对于《心太软》,我更喜欢梅艳芳的《女人花》和许茹芸的《独角戏》。为了听歌,我第一次为自己奢侈一回,买了一台 CD 随身听。

今天要去工商局，为我的公司注册登记。直到走进工商局的大门,我才舍得摘下随身听的耳机。我把众多合同的签约期都往后推迟了，因为这些正规的房地产公司不会像潘志坚一样跟我签私人合同,注册正规的公司成了当务之急。负责公司名称审核的工作人员的桌子上,摆着两条中华烟,看见我进门,工作人员赶忙把中华烟收进写字台的橱子里，让我这个空手而来者心里惴惴。他甩给我一大堆表格,让我填写,语气里透着不太友好的京腔京韵。

表格堪堪填写完，我规规矩矩地码放在刚才放两条中华烟的地方,心虚的感觉像是欠了人家两条中华烟似的。这时候,我的手机铃声响了，一个操着粤语的男人努力地用普通话问我是不是冯太太。

当我听清楚对方的问话,脑海里瞬间涌起一种不祥的预感,大脑混沌一片。我把几个听清楚的词汇连接在一起,“冯南燕”“昨天晚上”“遇难”“遗体”……

我呆呆地立在原地，直到工商局工作人员冲我喊道:“公司名字不能只有一个‘金枝燕’,得多填几个备选名字。”

我木然地说:“我就要‘金枝燕’。”

工作人员说:“不填备选名字,我不能受理。”

我一巴掌拍在桌子上，像个粗鲁的男人一样冲着工作人员吼道:“我就要‘金枝燕’,我下回来取营业执照的时候,给你丫带十条中华烟。”

冯南燕的遗体没能运送下山，队友们只把他的背包带回珠峰大本营,这一点让我不能接受,也无法理解。

登山队的总指挥是北京人，他在大本营帐篷里耐心地向我解释说:“我们这次攀登的是珠峰传统路线，冯南燕和后援队在北坳营地待了一个礼拜，完全适应了高海拔环境，才进到8300米修建冲锋营地。他们当晚就住在营地里,准备第二天下撤。当天晚上,冯南燕独自一人离开营地,登上了珠峰。从离开营地时间到他在珠峰上拍摄照片的时间，我们判断冯南燕的攀登速度过快,加上他在峰顶逗留时间过长,对于一个多汗症体质的人来说,这是最致命的,他最后是被自己汗水冰冻死去的。”

总指挥说完,把一个日记本和一个密封塑封袋交到我手上,塑封袋里面装着两枚婚戒。

总指挥接着说:“原谅我们先看了冯南燕的日记，因为每一个登山者的日记就像航海人的航海日志一样，在我们需要了解真相的时候,它就不属于个人隐私范畴。还有,请你理解我们无法把他带回来,在峰顶附近,登山者每移动一步都要付出巨大的能量,所以,在那里遗留下很多登山者的遗体……放心吧,冯南燕不会寂寞的,有很多登山家陪伴着他。”

我离开珠峰大本营那一天,天空放晴了,只有一抹旗云挂在珠峰之巅。我趴在大本营一架倍数最高的望远镜前,整整朝着峰顶瞅了一上午,我想看看永远留住冯南燕的地方,那里很冷吧?他还能感受到冷吗?

直到眼泪模糊了我的双眼,我才离开那架望远镜。

距离珠峰大本营不远处,有一堆玛尼石,石头上镶嵌着在珠峰上罹难的各国登山者的照片。我请一位藏民向导帮我刻了一块玛尼石,把冯南燕的照片和婚戒镶嵌在石头上面,另一枚婚戒戴在我的无名指上。我跪在玛尼堆前,给冯南燕磕了三个头,然后用尽全身气力,对着珠穆朗玛峰喊道:“冯南燕,你这个浑蛋!”

在拉萨到北京的飞机上,我翻看着冯南燕的日记,这本日记是新的,他前往拉萨集结的时候,特意带上一本新日记。

4 月 5 日,天气阴有沙尘暴,北京。

今天,是我人生最重要的日子,我谈了九回恋爱,却第一次领结婚证。

要不要在我登珠峰之前领结婚证,我反复掂量了很久,因为在珠峰那样极端的环境里,什么意外都可能发生。

其实，我领结婚证还有一个目的，我若是真的发生意外，至少我还能给金枝留下一套房子，她是那么渴望在北京有一套属于自己的楼房，我没有理由不帮她实现这个愿望。奶奶说过了，拆迁给两套房子，一套房子给我结婚用，另一套作为她的遗产处理。

……呸呸呸！我一定会安全归来的，这是金枝教我的。

4 月 6 日，天气阴，拉萨。

在这个时候离开金枝，我心里有些过意不去，因为她现在创业到了关键时刻，正是需要我在她身边陪伴的时候。可是，我没有办法不去登山，都说“雪山有毒”，而我的毒 yin（瘾）是遗传基因给我的，从父亲到我，都染上雪山毒 yin（瘾）。

今天到了拉萨，来自全国各地的登山队员们大都已经聚齐，酒店里面热热闹闹的，喜欢登山的人总有用不完的精力。

4 月 7 日，天气阴，拉萨。

香港的队友今天到了，给我带来了预订的婚戒，想到回北京就要和金枝结婚，心里觉得无比踏实。金枝是一个好女人，她到底有多好，连她自己都没有意识到。金枝身上有很多优秀的品质，尤其是她不屈不挠的忍（韧）劲儿十分适合登山，可惜，金枝不好此道。

4 月 8 日，天气多云，海拔 5200 米。

今天进驻珠峰大本营，终于看到我魂牵梦萦的珠穆朗玛峰，这座伟大的神山就像磁石一样吸引着我，今天，我终于匍匐在她脚下。

我把我和金枝的婚戒戴在胸口，我祈祷朗玛女神保佑我们登顶成功，也保佑金枝创业顺利。

4月9日，小雪，海拔5200米。

全体登山队员进行了神山祭拜仪式，这是每一支登山队必不可少的程序，既表示我们对神山的谦(虔)诚，也是给自己心理暗示。

今天还跟金枝通了电话，得知安装工程进展缓慢，我建议她再招聘工人，不能因为人工耽误第一单生意的进程。

4月10日，天气晴朗，海拔5800米。

今天随着部分队员攀登到了5800米，并修建了过渡营地，由于负重过大，身体微感不适，出现轻度缺氧。

4月12日，天气多云，海拔6500米。

今天一路上都是碎石路段，大约有七公里的路程，上升到了海拔6500米，修建了前进营地。修完营地，我第一个钻进帐篷换了内衣，我的排汗量果然比队友多得多，内衣全部湿透。

金枝为我买的棉麻内衣，我偷偷藏在衣橱里没有带，她不知道登山应该穿速干内衣，但我也不想拂了她的一腔美意。

4月15日,天气晴,海拔7790米。

我们在前进营地调整两天，攀越过了登山以来的第一道冰川难关。我的攀冰技术在登山队属于一流,冰镐对于我这种上肢力量好的人来说,简直就是如虎添翼。

我们在海拔7790米的高度建十二号营地,这是一个无处避风的风口,常年刮着八级以上的大风,有时候甚至能达到十二级。夜晚,巨(飓)风吹着帐篷发出超过两百分贝的“哗哗”声,只有内心承受力强大的人才能在这样的环境里安睡。金枝也是内心强大的人,她曾经说过一句让我认同的金句:生活就是这样,当你自己不够强大的时候,就会被别人主宰。

4月17日,大雪,海拔5200米。

部分身体不适的队员下撤到了6500米的前进营地,我们后援队的队员下撤回到5200米大本营,准备往山上运送第二批物资装备。

今天在大本营与金枝通电话,她招聘了二十名工人,真是一个能干的家伙。今天,突然想把我和欧阳清如之间的秘密告诉金枝,可我又不知道如何开口。所以,还是等我回到北京之后再跟金枝坦白吧，希望金枝会原谅欧阳清如的愚蠢,也能接受我的一见钟情。

…………

4月24日，小雪，冲锋营地，海拔8300米。

今天，终于前进到8300米，修建冲锋营地。这是登顶珠峰的最后一个营地，所有登顶队员都要在这个营地休整并积蓄能量。

我身体的缺氧反应比较严重，在帐篷里平躺了大约两个小时后，才逐渐适应。我对自己的身体非常自信，年轻真好，觉得自己无所不能。

有一周时间没有跟金枝通电话，紫禁之巅的安装应该进行到一半了。有的开发商觉得“家庭自救逃生装置”有碍观瞻，我想好一个改进方案，把登山绳和摇臂的外观设计成一个盒子，里面可以装上三套防火隔热服、三瓶矿泉水、一支手电筒、一个哨子。

4月25日，大雪，冲锋营地，海拔8300米。

今天把一位眼压不适的后援队队友护送回了十二号营地。从海拔8300米到7790米，有一段横切的冰原地带，我在下撤路线上加了一条保护绳，一端系在我身上，另一端系在队友身上，防止他从陡峭的冰原上滑落下去。冰原下端就是万丈悬崖，去年有两名瑞典的登山家就是从这段冰原上滑落下去的。

我也担心自己滑落，所以，我把我和金枝的婚戒挂在帐篷里，我不想让她看着我跌落，她只能看见我的笑脸。

当天晚上，我独自一人再次回到8300米的冲锋营地，被队长狠狠批评一通，一个人攀登这段路线是绝对不被允许的。我也不知道为什么要冒这个险，大概是担心帐篷里的婚戒丢失，或者是想感受三十年前……

这篇日记的最后几个字被水渍泡模糊了，辨认不得，我想这可能是冯南燕的泪水。

4月26日，天气晴，冲锋营地，海拔8300米。

我现在所处之地距离珠峰峰顶近在咫尺，2000米的路绳都用不完，只要越过著名的希拉里台阶，就能攀上珠峰。8300米是我父亲曾经驻足过的地方，从这里往上的每一步，都是我父亲不曾涉足过的高度，此刻，我仿佛听见了父亲的召唤，让我登上世界之巅。

根据几天来各国登山者提供的数据看，今夜是冲击登顶的绝佳机会，难道要我放弃这千载难逢的一刻吗？回到北京后，我的大部分精力都要投入到"家庭自救逃生装置"上，我要帮着金枝完成这项有意义的创业计划，估计很难再来攀登珠穆朗玛峰了。

心动不如行动，我已经有夜间攀登冰原地带的经验，怕什么！

我亲爱的父亲，您看着我，我要在今夜登上珠穆朗玛峰！

每一篇日记里，冯南燕几乎都提到我，就如同我在分别的日子里，每一天都会想起他。合上日记那一刻，我的牙齿不知不觉地咬破了嘴唇，一滴鲜血滴在日记的封面上。

五十二 房子

我走出首都机场的时候，看到玉叶、欧阳清如、陈正坤、老铁匠和小格，见到这些人的瞬间，我的眼泪又一次止不住地流下来。欧阳清如已经能够利利索索走路了，他走上前来迎我，我忍不住趴在他怀里哭出声来。玉叶抚摸着我的后背，跟欧阳清如一样没有说话，却能让我感受到亲人的抚慰。碍于小格在场，我抑制住自己的情绪，擦干眼泪挣脱欧阳清如的拥抱。

老铁匠拄着拐杖走过来，牵住我的手，让我节哀顺变。

老铁匠粗糙的大手一如曾经那样温暖有力，他接着用山东话说道："孩子，一辈子的坎儿多着呢，遇见了就得挨着，俺们不能替你难受，你也不能让俺们心疼啊。"

玉叶不让我回冯南燕广渠门的家，大概是怕我睹物思人，直接开车把我载到她家，也就是陈正坤的家。我去陈家浴室冲完澡，换上玉叶的睡衣，在客房里一觉睡到第二天中午。这一觉做了很多梦，梦见冯南燕和他的登山队载誉归来，我抱着鲜花在首都机场迎接他，他当着众人的面亲吻我，还给我戴上婚戒。

我对冯南燕说："婚戒应该在结婚那天才能戴。"

冯南燕说："我怕来不及……"

冯南燕说着说着便流泪了，影像也越来越虚幻，首都机场到达厅变成了白雪茫茫的珠穆朗玛峰。冯南燕脸上的泪水结成两行剔透冰泪，晶莹得能映出我的脸，一张满是绝望的脸。

我心里一直想着一件事，那就是冯南燕在日记里说的"秘密"，他和欧阳清如之间究竟会有什么秘密？冯南燕每天都有写日记的习惯，偶尔一天没有写，第二天也会补上。他有整整一箱子笔记本，都存放在广渠门的家中，我想那些笔记本里肯定会记载他和欧阳清如的"秘密"。

玉叶坚持要跟我一起去广渠门，她不让我一个人回到那个房子里，怕我伤心难过。

玉叶开导我说，爱情没有琼瑶阿姨写的那么神乎，现实中的爱情可以山盟海誓，但是海枯石烂的有几人。

我对玉叶说，那是你还没有遇到真爱。

玉叶笑道："姐，你太幼稚了，你没发现古今中外那些被传颂的爱情，都是不得善终的爱情，梁山伯与祝英台，罗密欧与朱丽叶。他们要是生儿育女柴米油盐地活下来，早就狗撕猫咬打成一锅粥了。"

我问玉叶："那你跟主持人的爱情呢？"

玉叶说："我们俩对彼此还算欣赏，所以才有男欢女爱，也是动物属性的一部分，还上升不到爱情。"

我问道："那接下来呢？"

玉叶说:“接下来,如果彼此还没有厌倦,就进入社会属性部分,结婚生孩子。对了,我下个月就要结婚了。”

我吃惊不小:“这么快就要结婚?”

玉叶笑道:“你不是一直批评我,说我不知道自己想要什么,现在我想明白了,我想拥有一个真正属于自己的家。”

玉叶开着陈正坤为她新买的甲壳虫车,载我来到广渠门。窄窄的胡同里面停车比较麻烦,好不容易才寻到一处合适的停车位,便有一位司机模样的人跑过来,说我们的车挡住他们搬家的货车出来。

看来拆迁在即,胡同里面的人家已经开始搬迁了。

我对工人说,我们进屋拿点东西,马上就走。

走进熟悉的院落,右手的邻居老林在收拾东西,也准备搬迁。

看到我走进来,老林和老伴儿急忙迎出来,老两口拉住我的手,安慰我说:“真是没有想到,燕子是个多好的孩子,从小看着他长大……怎么说去登山,就不回来了呢。”

我极力忍住,没有让自己流泪:“谢谢林叔和林姨,你们也别难过了,我回来拿点东西,马上就得走,我们的车放在胡同里碍事呢。”

林姨皱起眉头,说道:“姑娘,你进不了门。前天,燕子的叔叔和姑姑把门锁换了。”

我吃了一惊:“啊!他们为什么换门锁?”

林叔叹口气:“这不是要拆迁了。”

我说:“拆迁更没有必要换门锁呀。”

林姨把声音压低,生怕别的邻居听到:“孩子,他们这是想把你赶走。燕子在的时候,他们盯着那一套房子,如今燕子走了,他们肯定想把两套房子都霸占。”

早在我去西藏之前，文革在亚运村租赁到一处公司办公地点，上午十点钟有一位深圳的房地产商要到公司看产品。我顾不上再纠缠换门锁的事情，决定先去公司接待客户。在去亚运村的路上，我给冯南燕的姑姑打了一个电话，问她们为什么不经我同意就把门锁换了。

姑姑态度貌似和缓，但是语气里充满敌意：“金枝，房屋的所有权是老太太的，我只要征得老太太的同意，就可以把门锁换掉，外人是无权干涉的。”

我也学着姑姑，用平缓的口吻回道：“冯南燕一直在这栋房子里照顾奶奶，奶奶也承诺拆迁房里有一套留给冯南燕，我当然有权利过问房子的事情。”

姑姑说：“就算老太太答应过给燕子一套房子，可燕子已经不在了，这房子于情于理于法还是老太太的。你跟燕子还没有结婚，北京城里未婚同居的人多了，睡一觉就有了房子，天下哪有这么便宜的事儿？”

我回道：“姑姑，您错了，我和冯南燕不是未婚同居，我们领结婚证了。”

姑姑沉默了片刻：“哦……既然领了结婚证，那就听老太太的吧，看她如何分配那两套房子。”

“金枝燕”公司正式挂牌办公了，文革带上十条中华烟去工商局拿回金枝燕公司的营业执照和公章，当天就给各地房地产商打电话，说是金枝燕公司研发的“家庭自救逃生装置”第二代产品已经上市,可以签订合同了。

所谓的第二代产品,便是在冯南燕的创意基础上,将“家庭自救逃生装置”设备外观美化成一个可以挂在墙上的盒子,盒体采用全白色,就像是空调的内机。各地房地产商对这款产品大加赞赏,在价格方面几乎没做过多的讨价还价,“家庭自救逃生装置”独此一家的优势显现出来。半个月的时间,金枝燕公司签订了一千三百万的销售合同。几年来的商场打拼,让我总结出来一个中国特色经验,要么店大欺客,要么客大欺店,从来没有公平公正的游戏规则。

签下这么多大合同,文革兴奋得一连两天晚上失眠。对此我也很开心,但我似乎找不到文革那样单纯的喜悦,这一刻我才逐渐明白,这个世界上的任何东西,都无法弥补我心中缺失的那一块儿。

怀安的两个老杨也跟着公司忙起来,他们俩回到杨家庄各自组织一个安装队,他俩当上了队长,跟文革签订项目包干合同。文革按照各个地产项目的进程估算,觉得至少要成立五支安装队,才忙得过来。他跟我商量,想回老家昶山招聘三支安装队,也算是帮老乡们出来赚点踏实钱。

我赞同文革的想法,还特意叮嘱他,把小陶和他的那帮小混混兄弟一起带过来。

文革皱起眉头:“把混社会的人招进公司,不合适吧?”

我差点对文革顺口说出“你曾经也混过社会”,话到嘴边硬是咽了下去:“好的环境可以让坏人变好,恶的环境也会让好人变坏,昶山的穷山恶水不养人,把他们带来北京吧。”

文革临走之前，约了几个办公室前台、文秘、后勤人员前来面试，我一看都是长相周正的女孩，其中竟然还有小薇。

我问小薇："你怎么出来应聘找工作了？小关现在做什么？"

提起小关，小薇眼神黯淡下来："小关移民去了加拿大，我不想出去。因为我要照顾父母，为了生存，只好出来找工作。"

我把小薇留下来，让她做总经理助理，还给了她一份很高的薪水。

小薇在招聘合同上签完字，笑着对我说："你居然挖掘出这么有创意的一份事业，你真的很棒！当初，我和小关就看好你。七年前你给我打工，七年后我为你打工，人生有这么多意想不到，真是太有意思了。"

我对小薇说："这不是我一个人的创意，其中一半是我丈夫的想法。"

小薇很是吃惊："你丈夫这么有才华，哪天让我见识一下。"

我说："他永远留在珠峰上了。"

送走小薇后，文革得意扬扬地问我："怎么样，我招人的眼光是不是挺高？"

我回道："我觉得你不像是在招聘公司员工，而是在给自己海选女朋友。"

文革笑着说："以公为主，兼顾私心。"

我说："那可不成，公司里不许谈恋爱，有谈恋爱的，必须先开除一方。"

文革说："姐，你现在架子端起来，越来越像个老总了。那好吧，我相中小薇做媳妇，等她明天来上班的时候，我先把她开除。"

我说："我会留下小薇，把你开除掉。"

五十三　致人死亡

燕南飞户外俱乐部的活动全部停下来,两位教练问我,俱乐部还要不要继续做下去。

我说当然要做下去,只要你们愿意。

两位教练也表达了相同的愿望，只是觉得自己的攀岩技术达不到冯南燕的水平,可能会影响俱乐部的声誉。

我安慰两位教练说:“俱乐部准备转型，就你们目前掌握的技术足够用了。”

关于燕南飞户外俱乐部转型的想法,我思量了好几天。户外攀岩与登山一样,都属于极限运动,都是高风险的运动。对于这类极限运动,我真是又爱又恨。随着金枝燕公司业务开展得越来越大,如何在安装“家庭自救逃生装置”的社区里进行使用培训,是我和冯南燕早就规划过的。冯南燕走了,我不想再让燕南飞俱乐部从事此前的攀岩活动,而是全力以赴做社区培训,把冒险的技术转化成帮助普通人规避危险的技能。

我的转型思路得到两位教练的拥护，他们表示完全有能力承担起社区培训的工作。

金枝燕公司的业务开展得非常顺利，不断有新的房地产商前来洽谈合作，“家庭自救逃生装置”成了新楼盘的人文关怀风尚，甚至有一些老社区和旧写字楼的负责人也来询问采购安装事宜，金枝燕公司几乎每天都能接到新订单。

文革从召平镇带回来三支安装队，一多半都是桃花坞人。从他们惶恐不安的眼神里，我似乎看到了当年初到北京时的我。他们当中有比我岁数大的，也有比我岁数小的，还有我的同龄人，进北京城打工，桃花坞人心里满是憧憬。有一个比我小十多岁的小伙子，腼腆着对我说：“姑姑，俺对不起你，当年受了彭大河的愚弄，吃了他几块糖就天天在村里作践你。”

我说：“以后不要提陈芝麻烂谷子的事，来到北京就勤勤恳恳干活，本本分分赚钱。“

桃花坞的父老乡亲们一齐点头称是。突然，人群里走出一个人，冲着我喊道：“金枝，俺也冲着你来了，你怎么着也得给我安排一个领导岗位吧。”

说话的人正是小陶。我学着小陶的做派，一拳打到他的胸口上，对他说：“脚还没有着地，就想着当领导，小陶，你什么时候才能成熟进步？”

小陶一脸嬉笑：“我从一个社会大哥变成一个农民工，我不知道这是进步，还是退步。”

我对小陶说：“北京是为踏踏实实做事的人准备的，只要你别在社会上胡混，机会会有很多。”

文革已经总结出一套较为成熟的培训流程，仅用两天时间，就让三个安装队全员掌握“家庭自救逃生装置”的安装工艺。文革每日里对着几十号人训话很是上瘾，最长的一回，据说文革没有拿稿子讲了一个多小时。文革训话的时候，让人立正站好，训话若是卡壳了，他就让人“稍息”“立正”“向右看齐”“向前看”。想起要说的话来，然后再“立正”，接着继续训话。训话又卡壳了，文革便“稍息”“立正”“报数”。有一次三支安装队循环报数报了十几遍，文革才把下面要训的话梳理清楚，于是，“稍息”“立正”，接着再训话。接受训话的人，有的是文革的同辈，有的是文革的叔父辈，还有两个人，文革得管他们叫爷爷。“两个爷爷”虽说辈分较高，但是年龄也仅大文革十几岁，对桃花坞第一批闯荡北京城的文革佩服得五体投地。无论文革训斥他们的言辞有多难听，“两个爷爷”也会一字不落全接着，虽然嘴上小声嘟囔着“小嘎愣子”，脸上却挂着灿烂的哂笑。文革每次把“爷爷”训得跟孙子似的，才会心满意足地解散队伍，开始安装工艺的培训。

小陶做了其中一支安装队的队长，队长比普通工人每个月多拿五十块钱的工资。小陶对自己的新角色很满意，用他的话说，在北京当上大哥的感觉不一样。小陶身上颇具社会大哥的气质，敢为手下人说话，能力所及之处也会维护兄弟们的利益，而且还舍得花钱，他的一半工资都用来请手下兄弟们喝酒了。在五支安装队里，小陶的安装队的施工效率最高，一个礼拜多安装了十五户设备。文革受到启发，就此将五支安装队的劳务报酬改成计件制，“家庭自救逃生装置”安装进度提高了不少。

小薇的加盟让我省了很多心，她的管理才能和考虑周全就像润滑剂，让公司的每一个齿轮都咬合得流畅万分。小薇和文革一人主内一人主外，我几乎可以做甩手掌柜了。其实，我倒是希望自己忙碌起来，忙碌的时候，我就不会那么思念冯南燕。想起冯南燕，也就想起他在日记里提到过的“秘密”，他和欧阳清如之间究竟有什么秘密？既然要向我坦白，这个“秘密”肯定与我相关。念及此，我忍不住又给冯南燕的姑姑打电话，我在电话里明确了我的态度，关于广渠门的房子分配问题，我完全尊重奶奶的意见，但我当务之急是要进房子拿走我和冯南燕的一些物品。

冯南燕的姑姑冷冷地用鼻子哼了一声，说道：“房子拆迁，老太太已经签字了，房子里面的重要物件都已经搬走，你就不要再去死皮赖脸做钉子户了，有失体统。”

听到姑姑这番说辞，我心里直冒火：“冯南燕有一箱子笔记本，你们搬走了吗？你们凭什么拿走冯南燕的东西？”

姑姑说：“我们只搬走老太太的贵重物品，书啊笔记本啊那些破烂都留在屋里。”

我强压住怒火：“好吧，我不要房子了，我只要那箱子笔记本，你们赶紧还给我。”

姑姑不紧不慢地说：“我现在九寨沟旅游呢，等我月底回去再说吧。”

姑姑挂断电话，我忍不住哭起来。

玉叶在隔壁听到动静，推门进来，问我怎么回事。

我把和冯南燕姑姑通话的内容告诉玉叶，玉叶愤愤地骂道：“真是欺人太甚，走，咱们把门撬开，今晚上就去把冯南燕的日记拿回来。”

玉叶把车停在一家五金店门口，进去买了一根撬棍出来，店老板一直跟出店外，大概是觉得一个漂亮姑娘大晚上买撬棍有点隔路。

广渠门的胡同外拉起了警示带，不让行人通过，一辆推土机停在警示带里面，几名像是社会小混混的人围拢在推土机旁边抽烟。胡同深处黑乎乎的，隐约能听见呼喝叫骂的声音，大概是户主和拆迁的人发生了纠纷。我和玉叶刚刚钻进警示带，有两个小混混立刻跑过来阻止，说是今晚就要拆房子，不让人进去。

我说我家在这里，我要进去拿东西，凭什么不让我进去。

一个小混混瞅着玉叶手里的撬棍，冷笑道："签了字又反悔的人不在少数，不就是为了几个臭钱吗？为了钱就要影响社会发展，影响国家进步，你们这些小市民是不是太自私了。"

玉叶还想跟他们理论，我把她拖出警示带，我知道有一条隐蔽的小胡同，能够绕进冯南燕家的老宅子。

只用了十几分钟，我和玉叶就找到那条小胡同。院子里一片漆黑，往日吵闹的大杂院里已经空无一人，所有门都贴上了封条。玉叶笨手笨脚撬了一会儿门，屋门纹丝不动。我接过撬棍，费了半天劲，才把房门撬开。屋里已经断电，我和玉叶没有手电筒，只好在屋里摸黑找箱子。我记得箱子原来放在床底下，可当我摸到床底下的时候，下面已经空空如也。就在这个时候，头顶上突然传来一阵"轰隆隆"剧烈的响声，接着感觉到脚下一阵震动。

玉叶忍不住惊叫出声来："啊，是地震了。"

我急忙拉着玉叶冲出屋外，发现右手边林叔家的房子已经坍塌下来，一束刺眼的亮光射过来，同时也传来发动机"轰隆隆"的声响，原来是推土机开始拆房子了。玉叶往前冲了几步，站在一处断墙上一边叫喊着，一边冲着亮光摆动双手，示意他们不要推房子。推土机停下来,一个小混混踏着瓦砾一蹦一跳跑过来:“赶紧走开,我们要拆房子,你们这是在妨碍公务。”

玉叶大声喊道:“屋里还有我们的东西,不能拆。”

小混混走近玉叶,叫嚷道:“你们再不走开,就别怪我不客气。”

玉叶毫不示弱:“你敢把我们怎么样!”

小混混推了玉叶一把,差点把她推个趔趄,我急忙上前扶住玉叶。

玉叶站稳后,双手用力推了小混混一把,骂道:“竟然对一个女孩子动手,你还是男人吗?”

小混混站在瓦砾堆中,被玉叶奋力一推,脚下的砖头松动,一个后仰跌倒在地。小混混举起两只手,在空中虚抓了几下,便一动不动了。

玉叶得理不饶人,接着骂道:“你起来呀,躺在地上装什么屃,想讹人吗?看看你敢把我们怎么样。”

看到小混混躺在地上一动不动,另外几个小混混跑过来,用手电筒照着躺在地上的小混混,我才发现他脸上有血“汩汩”地往外冒着,一根钢筋从小混混的右眼眶穿了出来。一时间,我们全都惊呆了。我的大脑停滞了几秒钟后,立刻掏出手机来,拨打120急救电话。

十几分钟后,120救护车先到了,我们七手八脚把受伤的小混混抬上救护车。另外一个长着一副马脸的小混混一把抓住玉叶,说让我们俩也要跟着去医院。

我和玉叶无奈,只好跟着上了救护车。第一次遇到这种意外情况,我不由得心慌意乱,不知道该如何处理,只能在心里祈祷,那个小混混千万可别死了啊。

玉叶跟我一样，面色苍白，吓得一句话都讲不出来。

马脸小混混冲着车下另外几个人喊道："你们继续拆房子，耽误了拆迁进度，谁都别想拿到钱。"

救护车呼啸着开进协和医院急诊科，直接送进手术室。马脸小混混带着我和玉叶去挂号交费，一路上紧紧跟着，大概是怕我们俩偷着跑了。

办理完挂号和缴费，我们三个人坐在手术室门口等消息。我问身边的马脸小混混："你们负责拆迁的人是不是都有医疗保险？"

马脸小混混说："赚这种钱的人，有个狗屁保险。"

还没等我回答，手术室的门开了，一位护士走出来问道："谁是家属？"

我们三个人全都站起来，我问护士："人怎么样了？"

护士说："抢救无效，人已经死了。"

五十四　两个男人的秘密

一切都发生得太快了,快得让我来不及反应。从欧阳清如遭遇车祸到冯南燕身陷火灾，从欧阳清如重新站起来到冯南燕雪山罹难，从金枝燕公司步入高速运转到玉叶失手导致小混混殒命……这一切都像是在梦境中。我多希望这一切都是一场梦,梦醒后,哪怕我还是那个在召平镇石灰厂做苦力的金枝。命运有时候就像一辆永不停歇的过山车,高峰和低谷交相更替,中间的过程来不及思考,只够你喘口气。

透过看守所的窗户,我看见一道道挂着倒刺的铁丝网,铁丝网的外面是高大挺拔的杨树。我进看守所的时候,这些杨树才开始抽絮,此刻已经披上一树绿叶。

那个噩梦一般的夜晚时常在我的脑海里，一幕一幕像是过电影一样:玉叶推倒小混混,小混混举起双手在空中虚抓着;小混混眼窝里探出半截钢筋躺在救护车上，玉叶看了一眼血肉模糊的小混混哭出声来;护士走出来告诉我们说抢救无效,玉叶一屁股瘫坐在连椅上失声大哭；警察走到我和玉叶跟前问是谁推倒了死者，玉叶倒在我的怀里只顾着哭泣，我对警察说：“是我……推倒了他。”

今天是第二次见律师，律师姓郭，是陈正坤给我找的，据说是北京著名的刑事案件诉讼律师。郭律师极力安慰我，说：“这个案件在主观和客观上都不存在故意伤害，只要我们有去广渠门寻找笔记本的证据，肯定会争取到最轻的量刑。”

我在事发当天便被警察带走，无法再去广渠门寻找冯南燕的笔记本。

郭律师说，玉叶在派出所做完讯问笔录后，立刻驱车前往广渠门，想拿到冯南燕的笔记本，可等她到达现场的时候，推土机已经推平了房子。

通过郭律师疏通各方关系，我的案件以最快的速度走完司法程序，下周一便会开庭审理。冯南燕的姑姑拒绝出庭做证，并否认我两次打电话是为了要冯南燕的笔记本。

郭律师让我大可放心，说他已经拿到比冯南燕的姑姑更强有力的人证。

庭审当日，天空中飘着暮春才有的牛毛细雨，洗刷着满是沙尘的京城。北方的春雨是功利的，无关情调，却滋养着希望。

身陷囹圄近一个月的时间，我觉得身心已经被禁锢到僵硬。站在细雨中，我深深地呼吸着，用心感受着自由的味道，直到警察催促我，我才迈上法院门前的台阶。此刻，我突然想到，北京真是一座神奇的城市，自打我踏进这座城，所有经历没有一件是重复过的，而且每一次变故都充满了挑战，每一次挑战于我都是灭顶的灾难。

我在心里不停地鼓励着自己：这一次，你也一定能够渡过劫难！

郭律师引领着我走进被告席，我扫了一眼旁听的人群，除了媒体记者，我看到许多熟悉的脸庞，欧阳清如、玉叶、文革、小薇、小陶、老铁匠、小格、陈正坤、两个俱乐部的教练、两个老杨，都到场了。我按照郭律师的指导，有条不紊地回复着法官的提问，一切尽在预料中。直到控方律师质疑冯南燕日记中提到的"秘密"是否真实存在，郭律师才请证人欧阳清如出场。欧阳清如已经步履如常，他稳健地走到证人席上，当庭讲出了那个让我期待多日的秘密。

欧阳清如先是看了我一眼，而后对着法官说道："我跟被告算是青梅竹马的恋人，我看着她，以一个十岁的小女孩的身躯如何抚养妹妹长大、读书，而后陪着妹妹来北京读大学。她从烧石灰到去小镇餐厅当服务员，从夜市摆地摊烤烧饼到今天成为北京一家公司的老总，这期间，她独自一人忍辱负重，用弱女子的肩膀扛起了生活给她的全部灾难。"

法官"砰、砰、砰"敲打着法槌，对欧阳清如说道："请说与本案相关的情节。"

欧阳清如接着说："因为我母亲从中作梗，我和庄金枝之间发生了很多误会，最终无奈分手。可我无法放下这个女人，为了得到她的消息，我开始和庄金枝的妹妹庄玉叶保持着通信联络，一直到她们姐俩来到北京。在这段时间里，我的情感失去了方向，我开始和庄玉叶发展成恋人关系。我想用这种方式，来保障我永远不会失去庄金枝的消息，因为我们三个人本来就是亲人。”

法官再次打断欧阳清如的陈述：“请你说与本案相关的重点。”

欧阳清如说道：“我和庄玉叶参加了我的好朋友冯南燕俱乐部组织的攀岩，结果，我从岩壁上摔下来，导致下肢瘫痪。在我生命最低谷的时候，庄玉叶离开了我，而庄金枝却再次走进我的生活，照顾我的日常起居。”

欧阳清如说到这里，不自觉地看了玉叶一眼，眼神里满是愧疚。玉叶则错开欧阳清如的眼神，把头低了下来。

欧阳清如接着说道：“由于我的家庭发生很大的变故，我的经济变得非常拮据，庄金枝把她摆地摊卖烧饼挣来的积蓄全部用来为我进行康复治疗。为了节约开销，她还学会了按摩和针灸，为了多挣一份钱，还兼职一份护理工作。一个花样年华的女人，每天要照顾两个生活不能自理的男人，想到庄金枝这些超越常人的付出，我就会寝食难安。我知道，庄金枝已经把照料我当成她的使命，一如她承担照料妹妹的重担一样。我也明白，即便是我提出来让庄金枝离开我，她也不会答应，因为我了解这个善良的女人有多么执着。”

法官大概把这件事当故事听了，没有再催促欧阳清如，而是双手托着腮，认真地在听证人冗长的讲述。

欧阳清如继续说道：“那次事故导致我下肢瘫痪，我的好朋友冯南燕非常内疚，经常询问我需要什么帮助。这个时候，我突然冒出一个念头，想撮合冯南燕和庄金枝。这种事情需要缘分，于是，我组织一次饭局，把他们俩凑在一起，想看看他们二人之间有没有缘分。见面的结果,出乎意料的好,冯南燕对庄金枝可谓是一见钟情,而庄金枝对冯南燕也不反感。自此,我便有了信心。我把我和庄金枝的事,没有一丝保留地告诉了冯南燕,最后,也把我的想法提出来。冯南燕当时有些犹豫,他觉得像庄金枝这么好的女人,他未必能够有福报得到。为此,我做了一系列铺垫,先是雇用我现在的妻子来照顾我的生活,而后开始对庄金枝冷淡。人都是感情动物,庄金枝被我的冷暴力折磨了长达半年之后,终于离开了我。那天晚上,我躺在床上失眠一整夜,想起庄金枝的遭遇,我就会心疼。这就是我和冯南燕之间的秘密,他有写日记的习惯,大概是把这些事情全部留在了他的日记中。"

听完欧阳清如的讲述,我犹如被人当头一棒,往事一幕幕泛上脑海:欧阳清如对我的冷淡,曾经像刀子一样把我的心割得七零八落;我从欧阳清如家里搬出去那一天,他平静如水地说出那句"谢谢你们";自从我和冯南燕恋爱之后,欧阳清如又一个一百八十度转折,开始对我像一个温暖的亲人;遭遇车祸后的那个早晨,当欧阳清如的下肢有了感知之后,他抱着我失声痛哭起来,撕心裂肺地喊着"我错了,我错了,我是一个十足的蠢货"……

原来,这个"秘密"才是一切的答案。

我一直沉浸在往事中,木讷地跟随着警察往法院外面走去。经过欧阳清如身边时,我站住了,盯着他那双好看的眸子,恨恨地说道:"你以为你是谁,你把自己当成上帝,当成活菩萨,你把我一个有血有肉有情有义的大活人,当成一个物件送来让去,这是善良还是作孽?"

判决结果出来了,鉴于我积极地承担了上限赔偿金额,法院最终判处我有期徒刑三年。这个结果,郭律师早有预料,但是宣判之时,我还是很难从心理上接受。监狱,怎么会是我这种人能够待下去的地方,想到那些或桀骜或不屑或仇恨的眼神,我禁不住手心冒汗,脖颈子发凉。这样的环境,从小没有吃过苦头的玉叶更加无法适应。再说,她这个月就要结婚了,我没有理由不来承担这份本不该属于我的罪业。

收监之日先做体检,体检结果再次让我瞠目结舌,我怀孕了。

监狱的医生一脸道喜的神情,问我要不要这个孩子。

我没有丝毫犹豫:“要,我要这个孩子。”

监狱的医生说:“这孩子真是及时雨,说什么都得要下。”

五十五　尘埃落定

三年之后。

这是千禧年的第一个春天，桃花坞的北坡上开了一片桃花，给青灰色的桃花坞涂上一抹粉红的色彩。北坡上的桃树最大的已经有茶杯口粗细，是我爹出狱那一年栽下的。以大青石为中心，沿着庄疯子的坟墓，每一年新栽的桃树呈扇面状往北坡上蔓延，去年栽的桃树也有大拇指粗细了。桃树长高了，三间青砖大瓦房就不怎么显气派了，但是每到初春时节，桃花掩映，落英缤纷，又让三间青砖大瓦房平添了几分雅致。

我爹没有食言，从监狱出来后，他几乎没有出过召平镇，除了去镇上赶集买旱烟叶子和桃树苗，余下的光阴，他便带着彭大河打理北坡上的桃树。彭大河干活全由着心性，想干的时候就干，不想干的时候就站在大青石上唱《血染的风采》。到了吃饭的点儿，我爹会招呼彭大河跟着回家吃饭。

每年深秋，我爹除了收桃子，还要种桃核、扦插桃枝、就地压条,用来繁殖新桃树。初冬时节,我爹再用卖桃子的钱买来桃树苗,沿着山势往坡顶一路栽上去。春夏两季,我爹也不闲着,除了在桃园里间种玉米、土豆、黄瓜、芫荽、豆角、西红柿之外,还要嫁接桃树,把一些好品种的桃树嫁接在本地的毛桃树上。因此,可以说我爹一年四季都在忙活桃树。我爹不写日记,但他在挂历上记数字,每一天的挂历上都用红蓝两色笔记着不同的数字,那些数字也只有他自己看得明白。

除了种桃树,我爹这两年又多了一个营生,那就是逗弄云旗。云旗是我和冯南燕的儿子,在我收监体检的时候,才发现他来到我的身边。我一直以为,冯云旗是来这个世界拯救我的人,他不仅让我免去两年半牢狱之灾,还在我的生命里投进一缕透亮的阳光,重新点燃我的希望。云旗的名字是欧阳清如起的,他说云旗的意思是绘有云霓的旗帜,出自《离骚》中的“驾八龙之婉婉兮,载云旗之委蛇”。

欧阳清如还说:“旗云是珠穆朗玛峰的标志,取名云旗也是为了纪念他永远留在珠穆朗玛峰的父亲。”

云旗两岁半的时候,我重新回到监狱,服完剩下的半年刑期。这半年,也发生了很多事。温暖如父亲般的老铁匠走了,在一个冬天的早晨,他睡着之后就没再醒过来。欧阳清如实现了他对老铁匠的承诺,为其养老送终。最后两年,老铁匠再也拎不动锤子了,每天只把自己平生铸剑的经验说给欧阳清如听。虽说拎不动锤子,老铁匠还是喜欢坐在窑炉边上,说他看见烧得通体红亮的铁器,心里就会觉得温暖。最后半年,欧阳清如说老铁匠坐也坐不住了,就要求把床搬到靠窑炉近的厢房里住,因为在这里能听见“叮当叮当”打铁的声音。老铁匠说他看不见打铁了,能听一听,心里也会觉得踏实。

欧阳清如铸造的青铜器不仅被古装戏剧组追捧，还被各大博物馆竞相收藏,被誉为新一代的铸剑大师。《青铜铸剑考》被徒弟阿邦偷走了,欧阳清如只好重新撰写,并且注上了他和师父两个人的名字,年初已经出版上市。

没有送老人家最后一程,让我深感遗憾。

另一个大事件,是金枝燕公司关门了。

自打怀孕之后,我便回到桃花坞保胎生育,因为监外服刑须在户口所在地进行。从我被拘留以来,我再也没有操持过公司的业务,全部都由小薇和文革在管理。起初那两年,金枝燕公司的产品火爆市场,处于完全的垄断定价的地位。文革每次给我打电话,都会炫耀说他今天又赶走了几拨讨价还价的房地产商。

我劝文革不要得意忘形,对方要求的价格在合理范围内的,还是应该先把合同签下来。

文革否定我的说法,说是他跟小薇商量过,统一销售价格也是对前面的客户的保护。

我的心思全都在孩子身上，对文革说:“既然你和小薇都觉得这样做有道理,就按你们的想法去做吧。还有,你跟小薇怎么样了,追到手了没有？”

文革说:“革命尚未成功,文革正在努力,北京大妞儿哪有那么容易追到手的。小薇总嫌我没有文化,所以,我现在天天都在读书,她还给我报了首师大的函授班。”

就在金枝燕如日中天的时候,市场上涌现出无数仿品,价格大大低于金枝燕。当初申请的专利保护不够严谨,其他生产厂家在外观上稍做改动，便可以申请同类的专利保护权。所谓的专利，最后只保护了“金枝燕”三个字的商标注册权。竞相降价的恶性竞争持续了一年，大家不得不在产品上偷工减料，以降低生产成本。

服完刑期出狱后，我回了一趟北京，跟小薇和文革讨论了两天时间，我决定关闭公司。我的理由是，以偷工减料来降低生产成本，将来真的遇到火灾，“家庭自救逃生装置”没准变成了坑人害人的装置。我们本着救人的初衷，最后做成一款害人的产品，这样的公司不做也罢。

好在金枝燕占得先机，前两年赚的钱，也足够我们几个人养家糊口。

还有一件值得庆幸的好事，文革终于追上了小薇。两个人在望京盘下一个门店，准备另起炉灶做海鲜夫妻店。

庄水生已经不当村支书了。他是桃花坞干得最长的一任村头，常常自诩是桃花坞政坛上的常青树。庄水生卸任后，不怎么出门闲逛，只在家里伺候生病的老伴儿。庄水生不愿意出门闲逛，不是因为当支书时得罪了人，而是觉得桃花坞的人跟他没有共同语言。庄水生偶尔也出门，出门肯定是来北坡跟我爹聊天，他觉得桃花坞政坛上的两个扛鼎人物才能把话说到一起。庄水生每次上北坡，都是帮我爹干半个钟头的活儿，然后再喝上一下午酒，不醉不归。庄水生劝我爹，说桃树不要再往山上栽了，浇水收桃子都费劲儿。

我爹对庄水生说：“山上栽的桃树不为吃桃子，为了好看，让十里八村的人们看看，桃花坞的十里桃花又回来了。”

庄水生说:“人们现在的心思都在赚钱上，谁还管你桃花坞有没有十里桃花。”

庄水生喝多酒的时候，就喜欢缅怀他们壮志凌云的革命年代,还喜欢炫耀他接待过的上级大领导,尤其喜欢说他曾经不给哪个大领导面子之类的话,说得有名有姓有职位。

我爹有时候实在听不下去了，就会讥讽庄水生几句:“村支书算个㞗蛋大的官儿,值得跟晒大粪似的天天翻弄吗？”

庄水生可不这么认为，他摇着头对我爹说:“命运就给了咱们一个村子大小的舞台,咱们就当上了村头。这要是给咱们一个国家大小的舞台,咱们就是国家主席呀。”

我爹自己端起杯子,喝干一杯酒:“你要是闲得㞗蛋疼,就天天来北坡跟俺栽桃树,别整天发白日梦。”

庄水生还是摇头:“我一辈子的政治生涯全部奉献给了桃花坞,不能再给桃花坞搭上俺这把老骨头。”

我爹愤愤地站起来，冲着庄水生大声嚷道:“咱们为桃花坞做什么奉献了？咱们这辈子除了祸害这个村子,做过一件人干的事吗？‘大跃进’，咱俩带头砍光了桃花坞的百年老桃树；‘破四旧’,咱俩带头挖了桃花坞贞节牌坊的地基石,不立贞节牌坊才镇不住那些乱搞的破鞋妖孽；搞革命，咱俩把桃花坞得罪一个遍,俺抓你婶子当破鞋,你抓你二叔凑数挨批斗,这他妈的都是畜生干的事儿。”

庄水生被我爹说得有点蔫儿,低着头不吱声。

我爹接着说:“水生呀,干过的事儿咱们得寻思个是非对错,一个从来不反思自己的人,他活得是多么不要脸呀。”

接替庄水生当上支书的是彭军。早些年，彭军远走江苏，在当地一家名牌家具公司学徒打工。两年后，彭军回到桃花坞，把村里几个木匠凑在一起，做了一个木器加工厂，为江苏的那家名牌大家具公司做贴牌生产。彭军的木器加工厂做家具、沙发，也做老板桌。那些年流行一股换老板桌的热潮，不管是大小公司的老板，还是党政机关的一把手，办公室里全部换上了老板桌，而且越大越排场。有所区别的是，公司的老板桌上摆关公或财神，党政机关的老板桌上摆国旗或党旗。近些年来，社会上开始流行复古家具，房地产热潮催生家具热销，昶山的复古家具市场供不应求。彭军的木器加工厂越做越大，而且创建了自己的品牌，成为桃花坞首富。富而优则仕，彭军接替庄水生，当上了桃花坞的村支书。用我爹的话说，桃花坞有一只无形的大手，让庄彭两姓轮流执掌桃花坞。

这一年的秋天，水生媳妇走了，检查出来时已是肺癌晚期。文革带着小薇回到桃花坞，给他娘出殡。让我没有想到的是，玉叶也回来了，她小时候是吃水生媳妇的奶水长大的。玉叶怀孕了，五个月已经显怀，挺着个大肚子给水生媳妇送殡。看见儿子带回家一个北京女朋友，庄水生笑逐颜开，恨不能化悲痛为力量，立刻把丧事变成喜事。对前来吊孝的亲朋好友，庄水生都不忘介绍一句："这是文革的媳妇，北京人，大学生，还是一家大公司的副总。"

我进门的时候，庄水生又把小薇介绍了一遍，羞得文革满脸通红。他拽着庄水生的孝服，趴在庄水生耳朵上小声地说："爹，那家大公司的老总是金枝姐，而且公司已经关门，您就别再提这事儿了。”

出完殡,玉叶跟着我回了家,住进北坡的三间青砖大瓦房。进门的时候,她亲热地叫了一声“爹”。

我爹嘴唇哆嗦了一阵子,把云旗放下,走过来抓着玉叶的手,颤巍巍地说:“孩子,爹让你遭罪了。”

说完,我爹哭了起来,哭得像个孩子似的,哭出了声。

晚上,玉叶跟我睡在一个炕上,她说她爸爸陈正坤也来了,住在昶山县城的酒店里。

玉叶问我:“我爸爸想来桃花坞,还想来看看咱爹,你说合适吗?”

我说:“这事儿我做不了主,我得问问咱爹。”

第二天早晨,我爹抱着一捆桃树枝准备上山嫁接桃树,我把陈正坤想来家里看望他的事儿说了。

我爹愣了愣神儿,沉吟了有一袋烟的工夫,抬起头对我说道:“想来就来吧,俺一个快入土的人,什么事儿都不介意了。”

听我爹这么说,我悬着的心放了下来,刚要进屋去告诉玉叶,我爹喊住我,说道:“让玉叶告诉她爸爸,大大方方地来,不要有心理负担。”

我爹说完,抱着桃树枝佝偻着身子出了门。望着我爹的背影,我心里有些酸楚,这些年来,我爹赎罪一般栽下一棵棵桃树,大概是想把他当年亲手糟蹋的桃花坞找补回来。不管历经多少心酸和苦难,我爹的心底一直没能抹掉当年的十里桃花。心底总装着一份被自己亲手毁掉的美好,他活得有多难啊。

五十六　两个老男人

第二天上午，陈正坤走进三间青砖大瓦房的时候，我爹正背着云旗往外走，两个老男人在院门口相遇了。从两个老男人的眼神里就能看出来，他们都一眼认出了对方，可是谁都不知道该如何称呼对方。玉叶站在门槛中间，赶忙介绍道："爹，这是我爸。爸，这是我爹。"

两个老男人还是没有出声，陈正坤先伸出手，我爹随后跟他握了握手，他们俩握在一起的手还使劲地晃了晃，看不出是哪一个老男人主导晃手的。总之，双方握手的方式非常程序化，像是两个敌对国家间的元首首次会晤，平和中透着纠结，期许里埋着情绪。我把云旗从我爹的背上接过来，为了驱赶尴尬的气氛，我大声地张罗着两位老人进屋里落座。我注意到，我爹今天特意换上一身西装，这也是他唯一的西装，是去年过年的时候，我自作主张为他买的。新西装只在过年的时候穿了两天，第三天大年初三，我爹便换上一件旧衣服，上了北坡为新栽的桃树固肥去了。

今天，我爹穿上这身西装，足见他对陈正坤突然造访的重视程度。

陈正坤恰好相反,没有穿西装打领带,而是穿了一条深色休闲裤,一件浅咖啡色中式对襟棉麻上衣,敞开的衣领里露出一件白色的打底秋衣,显得随意又有亲和力。两个老男人在庭院里一棵桃树下落座,我把烧好的开水拎出来沏茶,茶香幽幽,弥漫庭院。桃树上的花苞饱满到圆鼓鼓、粉嘟嘟,苞蕾露出粉嫩的艳红色,只待一夜春风,便会绽放出春天的烂漫。我爹给陈正坤斟满一杯茶,陈正坤抬手示谢意,并将身体前倾过来。我爹放下茶壶,瞭了一眼头顶上的桃树,没话找话说道:"顶多再有个三五天,桃花开了,桃花坞就会好看起来。"

陈正坤啜一口茶，随着我爹的话题说:"北坡上的桃树都是您一棵棵栽下的,是您给了桃花坞第二次生命。"

我爹叹口气:"桃花坞的命结在俺手里，就算是俺真能给它第二次生命,那也是了俺前半生的罪业。"

陈正坤劝慰道:"那个时候是大势所趋，作为个体只能裹挟其中,跟着大趋势作恶,跟着大趋势行凶,大趋势会灭掉任何一个不一样的人。"

我爹说:"好在天道不灭。"

我接过我爹手里的茶壶,给两位老人和玉叶斟满茶杯。云旗拖着一根木棍，夹在两腿中间当作是在骑马，嘴里不停地喊着"驾驾驾",满院子欢实地跑着。

陈正坤眼圈里似乎含着泪水,他望着桃花坞的天空,动情地说道:"从那个时代走过来的人,都需要反省。在每一个睡不着的深夜里,我都会反思,我们每一个活着的人都是罪人。"

玉叶接过陈正坤的话，插嘴道："我姐姐不是罪人，她是走过那个时代的神。"

我制止住玉叶，不让她胡说八道。我心里清楚，陈正坤说的没错，我们每一个活着的人都是罪人。首先，我是害死我娘的罪魁祸首，接着为了玉叶有奶吃，我诬告我爹投毒，差点害得他被判死刑……我爹每天在大喇叭上给我洗脑，导致我去告发我娘，我娘的临终嘱托让我背负上了沉重的枷锁，这才有了我诬告我爹，我想这大概就是我们家的因果报应和命运轮回。在玉叶身上，我几乎一路都在妥协，甚至动用杨胖秃子建造学校的"赌资"为她偿还债务。这些表象上的无私都是因为我的自私，表面上我要帮助玉叶大学毕业完成对我娘的承诺，实际是为了自己能够轻松地活着。在每一个失眠的深夜低头反思的时候，我就是一个罪人。

两个老男人絮絮叨叨说了一上午，临近中午时分，我起身要去厨房张罗午饭，却被玉叶拦住。陈正坤说他要赶下午的飞机回北京，没有时间吃午饭了。陈正坤转头对我爹说道："走之前，我想去看看文茵……可以吗？"

我爹点点头，抬起已经弯曲的胳膊，指着北坡："金枝带你们去吧，清明节我刚去填了新土。"

走出三间青砖大瓦房，我们往北坡走去。春的气息扑面而来，那是桃花含苞和草芽破土的味道，清新里裹缠希望。云旗拖着木棍，蹒跚着走在前面，嘴里念叨着："看奶奶喽，看奶奶喽。"

上北坡的山路有些曲折，云旗突然站住了，直直地瞅着北坡上走过来的一位老人，老人手里也拖着一根木棍。老人看见云旗，立刻扔下手里的木棍，张开两手往前紧走两步，要去抱云旗。

玉叶赶紧抢上前去，把云旗抱在怀里。老人盯着云旗，嘴里不停地唤着："庄九，庄九，你们为什么要抢俺的庄九？"

我把老人扔下的木棍捡起来，交到他的手里，并对老人说："三叔，这是我家云旗，不是庄九。"

老人反应了一会儿，问道："俺家庄九呢？"

我用桃花坞人惯用的说辞对老人说："庄九没准回家了，您快回家看看吧。"

老人闻听，拎着木棍，踉踉跄跄下了北坡。

望着老人的背影，玉叶问我："这是庄三？"

我说："是的，庄三的孙子庄九被人拐卖了，庄三和庄六九州十县跑遍了，也没有找到庄九，庄三就变得疯疯癫癫了。"

玉叶叹口气，说庄三真可怜。

我说庄九更可怜，那么小的孩子不知道会落到什么人手里。说完，我从玉叶怀里接过云旗，紧紧地抱在怀里，往北坡上走去。

陈正坤说："这个世界自打停止贩卖黑奴之后，我们恐怕是唯一一个还有人口买卖的国家。"

玉叶接着陈正坤的话说："传宗接代对中国人有那么重要吗？"

陈正坤说："这些属于文化里的糟粕、传统中的砒霜，需要几代人来扭转。"

玉叶突然问道："庄家人怎么有那么多疯子？"

我对玉叶说："咱爹说过，老庄家的人轴，轴的人就容易疯魔。"

在我娘的坟前，陈正坤用手抚摸着碑上"郭文茵"三个字，两行热泪滚滚而下，滴落在我爹不久前填的新土上。黄色的新土瞬间变成深色,点点滴滴都是由浅至深的神伤心痛。玉叶从背包里拿出一只塑料袋,递给陈正坤。陈正坤从塑料袋里取出冥币和烧香,在坟前焚烧起来。青烟拂过,陈正坤脸上细密的皱纹里全是泪痕。世间极悲,莫过于一个男人无声地流泪。

云旗学着陈正坤的样子,拿着木棍翻动着正在焚烧的冥币,直至它们化为黑色灰烬。

下北坡的路上,我看见彭大河挑着水上山浇桃树,走到跟前时,听见他嘴里念叨着:“起高楼,起高楼,昶山顶数桃花坞牛!”

看见我们一行四人下北坡,彭大河笑着冲我们点点头,继续念叨着“起高楼,起高楼,昶山顶数桃花坞牛”往北坡上走。

玉叶问我:“彭大河念叨什么?”

我说他打小喜欢编顺口溜,被咱爹打傻了后,念叨什么都是疯话。

玉叶轻叹一声:“疯的不光是老庄家人。”

已经爬上半坡的彭大河,还在念叨:“起高楼,起高楼,昶山顶数桃花坞牛!”

五十七　风水宝地

桃花开满北坡的时候，有一个消息在桃花坞传播开来：桃花坞要推掉所有民房盖高楼。

起初，我觉得这是桃花坞人想像城市人一样住楼房，自己意淫出来的想法，因为这两年昶山县城盖起了大片大片的商品楼，很多县城里的人搬进了带电梯的高楼里。那些在县城里有亲戚的桃花坞人去看过商品楼，回到村里吹得天花乱坠，说商品楼里的厕所贴满漂亮的瓷砖，比桃花坞的锅台还干净。徐寡妇的儿子在县城里买了商品楼，徐寡妇去儿子家住了半个月，她说自己一天到晚没事就去坐电梯，从一楼到二十九楼眨眼工夫就到了。最多的一天，徐寡妇说自己上上下下坐了五十趟电梯，一分钱都不用花。

又过了一个礼拜的时间，我、我爹、彭大河，还有云旗，正在北坡上剪桃树枝，村里的大喇叭突然响了。我爹停下手里的活，神情认真地听着大喇叭里的动静。大喇叭对于我爹是一个极具政治意象的东西,它曾经是桃花坞最高权力的象征。我爹用它来骂人,抓破鞋,搞阶级斗争;彭大河用它来卖化肥卖种子中饱私囊,播放浪漫抒情的革命歌曲。到了庄水生执掌桃花坞时,我已经离开了桃花坞,不知道水生用它来做什么。换了彭军当村支书后,他基本上不怎么用大喇叭,偶尔用一回也是广播个通知之类,而且大都是彭军的侄媳妇小霞播报的。

今天在大喇叭里讲话的是彭军本人,他语气沉稳,却不乏激动:“村民们注意啦,现在播报一个重要消息。为了改善乡村的落后面貌,经过村委会研究决定,桃花坞村准备与北京金城房地产公司通力合作,打造桃花坞小镇高级住宅区,完成社会主义新农村的改造……”

当我听到“北京金城房地产公司”几个字的时候,心里不由得一震:难道潘志坚回昶山搞房地产了?

“啪”的一声响,我爹把园艺剪扔到一堆桃树枝上,愤愤地说:“胡闹!胡闹!”

我没有想到我爹会发脾气,安慰他说:“让农民住进楼房改善生活品质,是一件好事情呀。”

我爹说:“每家一个鸟笼子样的楼房,换走桃花坞所有土地,桃花坞的后代没有土地种不了粮食,以后都去喝西北风?”

我爹越说越生气,一脚踢散了地上的桃树枝,把云旗和彭大河都吓了一跳。云旗从未见过外公发这么大脾气,噘着小嘴扑进我怀里,像是受了惊吓和委屈。我爹似乎意识到了自己失态,他弯下腰,从地上捡起园艺剪,接着说道:“他们不光是要盖楼房,还要在北坡上建别墅,毁了我的桃园。”

我问我爹:“您怎么知道他们要在北坡上建别墅?”

我爹说:“上个月底,你去县城办事那天,彭军带着一帮人上北坡,说是北京金城房地产公司的老总来村里考察,其中还有一个鼻涕邋遢的道士,手里捧着一个罗盘,进了北坡桃园就说是风水宝地。俺当时心里就犯过嘀咕,觉得不是什么好事,昨个晚上听水生说,这个房地产公司拿走了桃花坞的所有土地,平地里起楼房,北坡上盖别墅,没想到他们真要打俺们桃园的主意。”

上个月底是云旗的生日，小陶提议要带云旗去县城新建的儿童游乐园玩，还请云旗和我去一家高档餐厅吃了粤菜。那一天,云旗玩得很开心,小陶像一个称职的父亲,陪着孩子玩完了游乐园里的所有项目。

金枝燕公司关门歇业后,小陶去给文革的餐厅打工,做了一年门店店长,据说跟文革的经营理念时有冲突。望京地区是韩国企业和韩国人的聚集区,为了吸引韩国客人进店,小陶进了各种韩国泡菜,还把餐具换成了韩国人喜欢的扁平金属筷子。文革觉得没有必要迎合韩国人,韩国人到了中国应该入乡随俗,主动来适应中国人的餐饮习惯。于是,两个山东人在望京餐馆里的矛盾越来越大,最后只能分道扬镳。小陶离开北京,便回到昶山县城开了一家泡菜厂,专门为韩国餐馆加工泡菜。去年,小陶的泡菜已经开始出口韩国,并按照韩国人的口味调整腌制配方。用小陶的话说,今年的订单够首尔人吃半年泡菜。

看着小陶步入正轨,我很是开心。最近,他每天忙着张罗银行贷款扩大生产,还会隔三岔五来桃花坞看望我和云旗。云旗从小就没有父亲陪伴,这是他成长过程中缺失的一部分,这一点让我时常觉得遗憾。小陶喜欢云旗，我想这不仅仅是因为我的缘故,因为云旗也很喜欢小陶。看着小陶牵着云旗的背影时,我时常感慨生活像个公正的魔法师，让完美的走向缺憾，也让绝望的看见希望，它不偏不倚行走在人性的边缘，无情地剥夺，也慈悲地给予。这也许就是真实的生活，你无法爱他，终也无须恨他，我们能够做到的就是微笑着融入生活。

桃花坞的改造规划被制作成了沙盘，摆放在村委会会议室，供村民们评判并投票。村民们第一次遇到这种变迁，一时间有些无所适从，他们谨慎地互相探听消息，没有急于投票表决。投票拖了两个月，村民们的诉求逐渐清晰起来：要求开发商对回迁房进行精装修，并每户支付八万元安家费。历经一番艰苦谈判，村民们最后的安家费落实到了三万元，并逐户签订合同。最后，全村拒绝签合同的只有两户人家：我爹和庄水生。

我和我爹都去看过沙盘，桃花坞的回迁户被集中在东南角的四栋楼里，其余三十九栋楼全部是对外销售的商品楼，而北坡则是依山而建的上百栋别墅。我和我爹去村委会看沙盘那天，正好赶上村里召开村委会，我爹一步闯了进去，声明自己已经跟村委会签订了北坡山地的承包合同，绝不会出让给什么公司盖别墅。

彭军笑着起身，给我爹让座，说是村委会正在讨论北坡出租地的问题：“您老承包北坡的时候，曾经也声明过，将来会把北坡上的桃树全部捐献给村里，这里有半数村委委员都可以证明。既然有这个声明，村委会便可以全权处理北坡土地的使用权。”

我爹一脚踢开彭军为他拉开的椅子，大声说道：“没错！这是俺亲口说过的话，俺在北坡上种桃树，是为了让桃花坞的子子孙孙看得见桃花，你们想要毁了俺们桃园，这北坡上的桃树我就不捐了。口说无凭,村委会没有我捐献桃树的字据,俺手里可有土地承包经营权的合同,打官司你们赢不了!”

我爹踢开椅子的刹那间，他把自己本已佝偻的身躯挺直了很多。这一刻,我才觉察到父亲已经老了,老到腰身不再像从前那般挺直。佝偻起来的不光是他的腰身,还有他的两条腿和两只手臂。人老之后的最大特征,大概就是佝偻,佝偻的腰,佝偻的腿,佝偻的手臂,还有佝偻起褶皱的皮肤。我担心我爹动真气伤了身体,急忙拉着他往外走。我爹弯曲佝偻的胳膊被我紧紧地攥着，我能感觉到他的胳膊在颤抖。村委会门口挤满了看热闹的人,大家七嘴八舌议论着我爹。徐寡妇已经拄上拐杖了,颤巍巍地站在人群最前面，她大概没有错过桃花坞任何一个看热闹的机会。我爹用力地甩开我的手,嘴里愤愤不平地嘟囔着往外走。看热闹的人群自动让开一条通道，我抱着云旗紧紧地跟在我爹后面,这个场景像是回到了二十五年前,我爹举着镰刀回家砍我娘的时候,桃花坞的村民们也是这般让开一条通道。二十五年过去了,看热闹的人大半已经换成了新人,可是人们看热闹时脸上挂着的莫名猥琐的笑意,一点都没有变。

在我们身后,传来徐寡妇的声音:“为了几棵破桃树,就让全村人住不上高楼、享不成福，庄正德这是要跟全桃花坞过不去呀!”

五十八　衣锦还乡者

潘志坚的司机开着奔驰车，把我送进昶山县政府招待所。上一回拉我进招待所的是欧阳清如的妈妈，那一次的经历极其糟糕，是我这辈子都不想再去触碰的记忆。为了发展当地的旅游业，昶山县已经建造了一座四星级酒店，但是有政府背景的潘志坚还是钟情县政府招待所。招待所经过重新装修，像十多年前一样，充斥着县城级别的顶级奢华。

潘志坚帮我打开车门，非常热情地握住我的手，几乎是把我从轿车里拖出来的。几年不见，潘志坚的脸上洋溢着商人独有的光泽，光泽里既有油滑，也有周到。他把一只手环抱在我的肩膀上，支撑出有分寸的距离，这种曾经同学加曾经同事的热络把握得不远不近。

潘志坚问我从北京回来之后做了什么。

我说什么都没做，在桃花坞带孩子，闲着的时候就帮父亲打理桃园。

潘志坚做作地叹口气，说道："以你的见识和才华，待在家里真是可惜了。干脆这样吧，你来出任金城集团昶山公司的总经理吧，算是帮老同学一个忙，如何？"

这个提议显然是潘志坚信口而来，不是他邀请我见面的主要目的。我说拉倒吧，我一个山野村姑，哪里做得来总经理。

参与这场饭局的有四个人，除了我和潘志坚外，还有昶山县一位分管经济的副县长和一位办公室秘书。县长把话题引到打造桃花坞小镇高级住宅区上，这才是这个饭局的主题。县长先是一番恭维，对我在北京创业的经历大大赞扬一番，而后一副语重心长的口吻对我说道："你是一位见过大世面的桃花坞人，所以要有大格局。农村要发展，农民要改善生活，这是时代的进步，不能因为一己之私，阻碍一个村子往前走的步伐……"

我说我也知道乡村改造是一件利民的好事，但是我做不了我爹的主。

县长话锋一转，说道："你要做老人的思想工作，如果他的思想老也转不过弯来，我们就只能采取强硬手段，来推行新农村的改造了。"

我重重地把筷子拍在桌子上，对县长说："强硬推行恐怕不妥吧，我爹跟桃花坞村委签订了土地承包合同，搞经济搞发展没有错，但是不是也应该有契约精神呢？"

大型机械施工设备已经开进了桃花坞，但是拆迁迟迟没有进行，因为庄水生也一直咬着牙不签合同。彭军、镇长和潘志坚轮番跟他谈话，请他喝酒，从春天苦口婆心谈到夏天，最后安家费给到五万块钱，并且签订了保密协议。可是，第二天等到彭军拿着合同上门的时候，庄水生又变卦了，非得坚持要八万块钱安家费，气得县长当场破口大骂。

庄水生啃着一个刚刚从树上摘下来的大桃，眉飞色舞地跟我爹讲述他如何整治县长，最后还不忘缀上一句："哥，你放心，俺庄水生跟着你死扛到底。"

我爹正在挑拣桃子装筐，他甩手把一只有碰痕的桃子扔进垃圾筐，头也不抬地说道："你跟我扛的不是一样东西，你扛的是钱，俺扛的是桃花坞子子孙孙的念想。"

水生干笑着："什么念想不念想，你把村里的房子卖给了庄三，没有宅基地分不到拆迁房，这才是你不签合同的根儿。你跟自家兄弟唱什么高调，你这点小心思，桃花坞谁不知道。"

"嗖"的一声，我爹又甩出一个烂桃子，正好砸中庄水生的脸："你给我滚！"

庄水生抹了一把脸上的桃汁，嘟嘟囔囔地走出三间青砖大瓦房，下了北坡。不怪我爹发火，他不签合同真的不是因为分不到拆迁房。恰恰相反，彭军带着县长和潘志坚亲自上门跟我爹摊牌，说是考虑到我家在村里没有宅基地的实际情况，就把北坡上的三间青砖大瓦房按照我家的宅基地计算面积，而且把北坡上的桃树也折算成钱，承诺给我爹两套回迁房。我爹依旧不为所动，说是他一套房子都不要，只要北坡桃园。

北坡上的桃园到了丰收的季节，树上挂满白里透红的累累果实，着实惹人爱怜。桃子的保质期短，大片的桃园要雇人摘桃。摘桃子的工钱比去年提高了一倍，桃花坞的村民却没有一个人前来帮忙，我和我爹加上一个傻乎乎的彭大河，一天也摘不了几筐桃。第一批成熟的桃子开始落地了，熟透的大桃子摔落在地上，跌得汁水迸溅，招来了成群成群的苍蝇。我安慰我爹，让他不要着急，我来想办法。

我连夜写了几张告示，把摘桃的工钱又翻了一倍。第二天一大早，我骑着自行车去了召平镇，张贴在石桥上。四周等待雇工的农民们拥上前来，他们很会算账，觉得摘一天桃子比他们干一天大工还要值钱，齐刷刷地举手报名。人多出智慧，不一会儿便有人提出让我先预付每人二十块钱的保证金，他们才会跟我去摘桃。我想了想，觉得农民的要求也算合理，因为保证金会从摘桃子的工钱里抵除。前来领取保证金的有五十三人，我总共发放了一千多块钱，幸亏我早晨出门的时候带了两千块钱。有这么多帮手，用不了三天就能把北坡的桃子摘完。我领着浩浩荡荡的摘桃大军朝着桃花坞进发，临近村口的时候，被村子里几名负责治保的安全员截住，说是接到上级部门通知，不准陌生人进入桃花坞。

我问安全员，接到的是哪个上级部门的通知。

安全员不理会我的质问，对着我带回来的农民威胁道："村里发生了盗窃案，已经报警了，警察马上到，你们进了村就是犯罪嫌疑人。"

五十多个农民闻听此言，一哄而散，白白让我损失一千多块钱。周围看热闹的村民忍不住笑出了声，人群里有几个孩子齐声嚷叫起来："扫帚星，扫帚星，祸害全村成了精。"

整个北坡成了苍蝇的乐园，整个白天全都是苍蝇震动翅膀的"嗡嗡"声，吓得云旗躲在屋里不敢出门。拳头大小的桃子像千禧年的狮子座流星雨,没有最后的灿烂,也没有绚丽的尾巴,干巴巴地落在土地上,只发出一声沉闷的“吧嗒”。这一夜,我爹和我都没有睡觉。我爹佝偻着身子,坐在三间青砖大瓦房的院子里,“吧嗒、吧嗒”抽了一夜旱烟斗。北坡上,桃子跌落在地的“吧嗒”声也响了一夜,每一声都砸在我的心上,痛得我也情不自禁地佝偻起身躯。这一瞬间,我的眼泪涌出眼眶……天哪,这里还是二十五年前的桃花坞。

五十九　桃花坞

花开花谢十八回，桃花坞的桃树已经长到了碗口粗细。如今，桃花坞的十里桃花已经声名远播。去年春天，居然来了一个日本游客观光团，日本人觉得桃花坞的桃花可以媲美京都的樱花，他们对着北坡上的桃花赞不绝口。最近两年，桃花坞的十里桃花成了昶山县的十大美景之首。春天赏十里桃花，夏天搞采摘，秋天看十里桃叶金黄……北坡桃园带动了桃花坞旅游业的发展，成了山东省保护生态多样性的环保样板。

云旗放寒假的时候，从英国带回来一个女孩，叫欧阳依依。

云旗把欧阳依依推到我跟前时，我就觉得女孩的眼角眉梢有几分亲切。云旗把女孩的手交到我的手里，对我说："依依是欧阳叔叔和小格阿姨的女儿，她在伦敦艺术大学读书。"

依依举止优雅得体，与欧阳清如一脉相承，深得我心。依依在桃花坞住了一周，一直住到北坡上的桃花绽放开来。依依赞叹十里桃花的惊艳，几乎每天拍视频给北京的父母看。我跟欧阳清如和小格微信视频过好几回，并邀请他们俩明年春天来桃花坞看十里桃花。欧阳清如精神矍铄，越发显出男人成熟的魅力。小格有些微胖发福，脸上洋溢着一个幸福女人才有的光泽，操着一口流利的京腔，已经听不出丝毫广东口音。我跟欧阳清如微信视频的时候，小陶挤进画面，冲着欧阳清如咋咋呼呼喊道："欧阳大哥，当年把你臭揍一顿，你要是记俺的仇，明年就不要来了，哈哈哈！"

我和小陶结婚已经十七年了，我们的女儿陶敏在县城读高一，每个周末才能回家。我和我爹能够保住北坡和北坡上的十里桃花，幸亏小陶帮忙。先是彭军带着村民们拿着斧头锯子要砍伐北坡上的桃树，是小陶把他当年的小兄弟们召集起来，帮忙日夜守护北坡桃园。接着，小陶找到县委书记，详陈桃花坞的矛盾利害，促使县委书记亲临桃花坞村，与开发商和村民当面协调，最终达成协议：保护北坡的桃园，在原村址上建造别墅和商品楼。

没有拿下北坡的开发权，金城房地产公司报复性出台新的补偿条款，每户村民的安家费由原来三万元降到两万元。一万块钱对于桃花坞的农民来说不是一个小数目，足够他们反目成仇。潘志坚这一招十分阴毒，等于把我们父女与全村的矛盾激化到顶峰。于是，整个桃花坞的村民视我们父女为寇仇，就连云旗出门，都有小孩子往他身上吐口水。小陶劝我带着我爹和云旗去县城居住，他在县城有两套闲置的商品房。我爹死活都不肯离开桃花坞，他属于越老越倔的一类人。最后，小陶自掏腰包三百多万，为全村三百多户补上一万元的安家费。

拿到钱后，村民们的弥天大恨随风而去。三两天后，平时那些跟我爹交好的老人纷纷爬上北坡,对我爹赞誉有加,说桃花坞就得有桃花,为桃花坞的子孙留下个念想,是积大德行大善……

这一年桃子挂果的时候,我和小陶结婚了。小陶答应了我唯一的要求:不举办婚礼。我也满足了小陶唯一的要求:带上云旗去欧洲拍婚纱照,顺便当旅行结婚。云旗听说能去欧洲玩,高兴到晚上睡不着觉,他跟小陶的亲密程度超越一般的父子关系,这一点让我很是欣慰。

云旗问小陶:"能不能带我去看看英国的 Alnwick 古堡?"

小陶问云旗:"安尼克是个什么玩意儿?"

云旗说:"哈利波特的魔法学校。"

小陶说:"没问题,喜欢魔法学校,我将来送你去英国读书。"

这一年,桃子成熟的时候,我没有雇用桃花坞的村民来摘桃,而是在网络上做了广告,办了一个采摘节。周末的时候,通往桃花坞的路上塞满了私家车,前来桃花坞采摘的市民络绎不绝。我爹坐在门口的台阶石条上,望着北坡上采摘的人,对我说:"还是让桃花坞的人来摘桃吧,多少也算有个收入。"

听了我爹的话,办完采摘节,树上剩下的桃子让桃花坞的村民来摘。

桃树叶子变成金黄色的时候,我爹病倒了。接下来两个月,我陪着我爹看病,一路从省城的医院检查到了北京的医院。玉叶和陈正坤联系好北京肿瘤医院的专家,最终穿刺确诊是肺癌晚期,且已经失去手术价值。去北京的时候,我爹还能坐火车,回程的时候,他已经无法坐立了。玉叶租用了医院一辆救护车,亲自陪同送我爹回到桃花坞。回桃花坞是我爹的想法,他似乎对自己的病情很了解，说他要回桃花坞，还说要我把他的骨灰埋在我娘的坟边上。

玉叶回北京的时候，我爹攥着玉叶的手，一个劲地道歉："玉叶，桃花坞栽满桃树，俺的罪业才赎回来一半……剩下的一半是俺对你不住，这辈子没法还你了……"

玉叶早已哭成泪人，她抱着我爹哽咽道："爹，您为了我去北京读书，把存身立命的房子都卖了，这样的恩情能抵消所有罪业……爹……"

本以为我爹熬不过春节，可他竟然支撑到了春天，一直到北坡上开满桃花。那天早晨，我爹说要出门看看，着实让我吃惊不小，因为我爹已经三个月没有下床了。我急忙招呼小陶和彭大河过来帮忙，搀扶着我爹走出三间青砖大瓦房。刚刚走到门口，我爹就站住了，说他上不了北坡了，就在门口看看北坡上的桃花。望着一山坡粉红色的桃花，我爹挺了挺佝偻的腰身，说了他这辈子最后一句话："这光景……真好！"

十岁那年，自打听到徐寡妇说起桃花坞的十里桃花，那幅画面便刻在了我的脑海里："走进桃花坞，就像是走进棉花垛子里一样，风一吹，就看不见地皮了，踩上一脚，花瓣没过脚脖子……"

我也时常会想起欧阳清如在《德伯家的苔丝》扉页上写的那句话：人生很短，人生也很长。幸福的人生很短，痛苦的人生很长。

我为什么会觉得自己活得太久了？难道是我的人生痛苦吗？我真真切切地爱过，也真真切切地被爱过，仅凭这份爱，我已经比很多人幸福了，我为什么会觉得自己的人生痛苦呢？但如果不是此生痛苦，又怎么会觉得人生漫长呢？或许是我跟大多数人一样，记忆抻长了那些痛苦的时光；抑或是我跟大多数人不一样，我不曾忽略生活馈赠给我的快乐。

此生至此，不管是快乐还是痛苦，我都认真细细地品味，所以，我活过比同龄人更漫长的人生。

我想，大概如此吧。